메커니즘 1

줄탁동기啐啄同機

메커니즘 1 줄탁동기啐啄同機

발행일	2021년 10월 4일

지은이	권보성		
펴낸이	손형국		
펴낸곳	(주)북랩		
편집인	선일영	편집	정두철, 배진용, 김현아, 박준, 장하영
디자인	이현수, 한수희, 김윤주, 허지혜	제작	박기성, 황동현, 구성우, 권태련
마케팅	김회란, 박진관		
출판등록	2004. 12. 1(제2012-000051호)		
주소	서울특별시 금천구 가산디지털 1로 168, 우림라이온스밸리 B동 B113~114호, C동 B101호		
홈페이지	www.book.co.kr		
전화번호	(02)2026-5777	팩스	(02)2026-5747

ISBN	979-11-6539-968-9 04810 (종이책)	979-11-6539-969-6 05810 (전자책)
	979-11-6539-967-2 04810 (세트)	

(주)북랩 성공출판의 파트너

북랩 홈페이지와 패밀리 사이트에서 다양한 출판 솔루션을 만나 보세요!

홈페이지 book.co.kr • **블로그** blog.naver.com/essaybook • **출판문의** book@book.co.kr

작가 연락처 문의 ▶ ask.book.co.kr

작가 연락처는 개인정보이므로 북랩에서 알려드릴 수 없습니다.

메커니즘

1
줄탁동기
啐啄同機

권보성 지음

북랩 book Lab

저자의 말

부동산 유희 장편소설 『메커니즘』 출간은 부동산대학원 최고경매과정을 이수한 것이 발단이 되었다.

그때부터 저자는 부동산 경매시장을 배경 삼아 부동산 시장에서 벌어지고 있는 경매꾼들의 실체와 기득권층의 숨은 재테크 기법들을 탐구하며 20년 가까운 세월 동안 부동산 학습에 매달렸다.

부족한 지식들은 부동산학과에 입학해 학습과 수강으로 보충하며 부동산 전반에 관해 파고들었다. 그렇게 4년 6개월 뒤 학위와 평생교육사 자격증을 취득하여 창작의 토대를 만들고, 마침내 완성시킨 담론이다.

소설의 줄거리는 부동산 시장의 전반에 걸쳐 현대사적 흐름과

장단점에 대하여 문제의식을 가지고 접근했다. 부동산 개발시대부터 현재 2021년 6월 망종까지 있었던 실체적 부동산 소재를 엮어 다큐멘터리 형식과 작가적 상상력인 픽션을 덧붙여서 담아낸 부동산 전문 창작소설이다.

저자는 주인공 흰머리 윤편인을 비롯해 또 다른 열세 명의 인물들을 등장시켰다. 그리고 이들이 대학원 경매최고과정 동문으로 회합해 부동산 경매 시장을 거쳐 트윈 주상복합 건축물을 분양하여 대박을 터트리기까지 과정을 촘촘하게 그렸다. 한마디로 이들이 벌이는 재미있는 일화들을 소재별로 한 토막씩 엮어 흥미롭게 전개한 것이다.

왜냐하면 부동산 테크닉을 누구나 쉽게 적용하거나 메커니즘을 응용할 수 있게 해야 한다는 책임감 때문이었다. 그래서 저자는 되도록 실정법을 엄수하여 전문용어는 해설을 달아 가며, 누구나 쉽게 이해할 수 있도록 원고 집필에 심혈을 기울였다.

소설 속 열 명의 주인공들은 명리학命理學 십신十神을 가져다가 특성대로 작명을 했다. 그리고 나머지 인물들은 저자가 임의대로 개명을 했다.

제1권은 '줄탁동기啐啄同機', 제2권은 '절차탁마切磋琢磨', 제3권은 '십인십색十人十色 속 낭중지추囊中之錐', 제4권은 '우공이산愚公移山', 제5권은 '유지경성有志竟成'으로 소제목을 정했다. 그래서 부동산 유희 장편소설 『메커니즘』은 픽션 같은 실사구시 담론의 요체要諦다.

저자는 사회에 첫발을 내딛는 초년생 등이 『메커니즘』을 읽고 누구나 쉽게 부동산 시장의 상식을 마스터할 수 있다고 믿는다. 그리고 꿈과 야망을 이루는 데 작은 보탬이 되기를 희망하면서, 끝으로 이 작품을 완성하는 데 역량을 나누어 주신 모든 분들께 감사를 드린다.

2021년 9월
권보성

제1장

업보

도시를 에워싼 빌딩 숲 가운데 우뚝 솟은 웅장한 스카이 브리지 라운지 트윈 빌딩 하나가 주변 건축물을 거느리듯 한강을 내려다보며, 장엄하게 서 있다.

그곳 라운지 가장자리 테이블 한 좌석에는 흰머리의 사내가 화려한 조명 불빛을 등진 채 깊은 상념에 잠긴 듯 멍하니 허공을 바라보고 있었다.

그는 이따금씩 코끝에 잔을 가져다 대고는, 아메리카노 커피만의 특이한 향기를 음미하면서 홀짝거렸다. 사내의 눈동자는 크리스털 창 너머로 펼쳐지는 화려한 도시의 야경 속으로 빠져들고 있었다.

하늘 높은 줄 모르고 솟아오른 빌딩 숲 사이로 반짝이는 현란한 불빛, 그리고 여의도 밤하늘을 화려하게 수놓는 불꽃놀이 축제가 온통 그의 눈길을 사로잡았다.

사내는 밤 풍경에 매료되어 휘황찬란한 야경 속으로 빨려 들어갔다. 그는 밤거리를 도발하며 미친 듯 달려가는 자동차의 행렬들을 보았다. 그 속에서 결승선을 통과하는 자신의 경주마를 본 것처럼 짜릿한 통쾌감을 느끼고 있었다.

흐르는 한강 물이 달빛을 삼키며 은빛 물결처럼 반짝거리자, 순간 지나간 옛 회상들이 조각조각 눈앞에 스쳐 지나갔다.

지난날의 잔상들이 아른거리다 파편처럼 흩어지자 그는 다시 눈을 돌려 초점을 모았다. 그 순간 검붉은 어둠 사이로 밤섬이 소리도 없이 희미하게 다가왔다.

강 너머로 웅장한 자태를 드러내고 있는 국회의사당 둥근 건물이 스포트라이트를 밝히고 있었다.

밤하늘을 밝히는 스카이라이트 불빛은 검푸른 밤하늘에 한 폭의 그림을 그리며, 빛살을 뿜어내고 있었다.

사내는 멀어진 시야를 끌어당기며, 백발을 끄덕거렸다. 좁혀진 눈동자 속으로 창가에 굴절된 그림자들이 굽이치며, 다가왔다. 자칫 너울너울 춤을 추는 것 같았다.

실내는 잔잔하게 흐르는 고혹적인 재즈 음률 사이로 공간을 넘나드는 향긋한 커피 내음이 지난날의 향수를 자극하고 있었다.

럭셔리 소파에 파묻히듯 몸을 기댄 채 밤경치에 넋을 잃은 사내는, 스카이 브리지 라운지 트윈 빌딩을 계획하고, 건축한 흰머리 윤편인이었다.

그는 지나간 시절 부동산경매 대학원 최고위 과정 동기들과 '돈 사랑' 모임을 결성하고, 부동산경매 물건에 투자를 시작했었다.

그리고 경매로 낙찰받은 대지 위에 가치 부가를 첨가하는 공작을 펼친 끝에 마침내 그 지역을 대표하는 랜드마크 건축물을 올릴 수 있었다.

그렇게 소문난 초고층 주상복합 아파트는 거금 5,500억 원에 가까운 초대박을 쳤었다.

그런 그가 오늘은 자신이 올린 트윈 타워 빌딩 최상층 사이에 연결된 스카이 브리지 라운지 소파에 파묻혀 커피를 즐기고 있는 것이다.

흰머리 윤편인은 간간히 그때의 일을 회상하며, 섬처럼 흩어진 기억의 조각들을 마치 퍼즐을 맞추어 가듯 하나씩 떠올리고 있었다.

도시의 밤 풍경을 구경하며 커피를 즐길 수 있는 스마트 주상복합 아파트 건축물은, 대지 8,925.7평방미터 대지에 41층 두 동이 올라갔다.

옥상 층은 도시의 야경을 내려다보며 수영을 즐길 수 있는 인피니티 풀장이 설계되어 있었다.

맨 꼭대기 층은 동과 동을 연결하는 스카이 브리지 라운지가 들어섰다.

중간층은 동과 동을 브리지로 연결해 실내 워터파크와 사물인터넷 그리고 증강현실과 가상현실 등이 융·복합된 복합 문화 공간과

공연장이 시설되어 있었다. 더불어 건강과 미용을 위한 피트니스 센터가 들어섰다.

지하층은 주차장으로 시공되고, 지상 공터는 숲속 공원으로 꾸며져, 그 공간에는 놀이동산 시설 등을 갖추고 있었다. 흰머리 윤 편인은 처음부터 스마트 주상복합 아파트를 건설하겠다고 뛰어든 것은 아니었다.

그는 꿈도 야망도 없는 평범한 장사꾼에 불과했었다.

단지 격동하는 IMF 시대를 만나 그 흐름의 파도를 타고 흘러가다가, 운영하던 사업장을 넘겨야 했기에 어쩔 수 없는 운명의 덫에 걸려들었던 것이었다.

그가 부동산 시장으로 뛰어든 계기가 된 것은, 다름 아닌 자신의 개수작이었다.

매도 술책

"서둘러 와라, 내가 바쁘니까 이만 끊는다."

흰머리 윤편인은 수화기를 내려놓기가 무섭게 주방 쪽으로 뛰어 갔다. 그는 요즘 들어 통화 횟수가 부쩍 늘고, 행동마저 바빠졌다. 어딘가에서 걸려온 한 통의 전화를 받고 난 뒤부터였다. 그래서였을까? 틈만 나면 사방에 다이얼을 돌렸다.

"어머…. 저러다 우리 사장님 발바닥에 불나시겠네, 삼촌은 뭐 아는 거 있으세요? 요즘 들어 부쩍 더 저러시는 이유를…?"

그의 발 빠른 행동에서 불안감을 느낀 연희가 카운터를 지키는 철수를 향해 슬며시 물어 왔다.

"야! 그 도깨비 속을 내가 어찌 알겠냐? 왜 저 지랄을 떠는지…. 그딴 것 물을 시간 있으면, 어서 가 하던 일이나 마저 끝내, 야….

알면 다쳐!"

철수는 인상을 구기며 퉁명스럽게 쏘아붙였다.

"쳇! 말 좀 해 주면 입술이 부르트기를 해, 돈이 들어가? 말라깽이 자식이 비싸게 놀기는…. 헹!"

연희는 주둥이를 한 움큼 내밀며, 혀를 날름거리고는 이내 자기 자리로 돌아가 버렸다.

"연희야! 손님들 들어오시잖아! 빨리 가 봐!"

철수는 출입문을 밀치고 들어서는 손님들을 가리키며, 냅다 고함을 질렀다.

'쿵쿵!' 울려 대는 음악 소리에 묻혀 버린, 그의 목소리는 순식간에 사라져 버렸다. 철수는 안 되겠다 싶어 손짓을 해 대며, 버럭 큰 소리로 다시 불렀다.

"알았어요, 지금 가잖아요!"

연희는 그가 부르는 소리에 걸음을 옮기며 소리쳤다.

그녀는 함께 일하는 정희가 아직 출근 전이라, 혼자서 큰 홀을 메뚜기처럼 폴짝폴짝 뛰어다니고 있었다.

"어서 오세요!"

연희는 홀 안을 두리번거리는 손님들에게 다가가 인사를 건네고는, 그들의 뒤를 바짝 따라갔다. 세 사람은 빈 테이블을 찾아가 구석진 자리에 차례대로 앉았다.

연희는 잠시 기다리다가 메뉴판을 코앞에 들이밀며, 주절거렸다.

"주문하시겠어요?"

그녀는 잘록한 허리를 구부린 채 상큼한 미소로 손님들을 대하며 방긋 웃었다.

"아가씨! 이 집에서 제일 비싼 기본 안주에 생맥주 3,000시시 주시오. 호호…"

빨간 코 사내는 연희의 가슴을 힐끔거리며, 주문을 시켰다. 그녀는 '어머머…. 말미잘 개뿔 자식이 어딜 넘겨다보는 거야…. 빨간 코 주제에 음흉하기는….' 하며 속으로 읊조리고는, 돌아가면서 그들을 향해 이어 주절거렸다.

"예! 잠시만 기다려 주세요, 곧 가져다드리겠습니다."

연희는 읊조리던 속마음과는 다르게 친절한 미소로 주문을 받고는, 공손히 돌아왔다. 그때 '딸랑!' 울리는 경쾌한 방울 소리가 출입구 쪽에서 들려왔다.

연희는 자연스럽게 소리 나는 쪽으로 눈길을 돌렸다. 출입문을 밀고 들어선 앳된 여성은 긴 웨이브 머릿결에 미모를 겸비한 늘씬한 아가씨였다. 연희는 기다리던 반가운 얼굴이 아니라 그런지 금세 실망하는 표정이었다. 그러나 그녀의 모습 뒤에는 가려진 정희의 갸름한 얼굴이 미소를 띠고 서 있었다.

정희는 바로 뒤따라 들어와 그녀보다 앞서 걸으며, 철수가 서 있는 카운터를 향해 걸어왔다. 동시에 철수와 눈이 마주친 그녀는 긴 웨이브 머릿결을 꾸벅거리며, 인사부터 챙기고 있었다.

방금까지도 찌푸렸던 연희 얼굴이 어느새 밝아져서는 방긋 웃는 표정으로 슬금슬금 정희 근처로 다가오고 있었다.

"어서 와, 먼저 말하던 그 친구!"

연희는 눈웃음을 치며 묻고는, 그녀 곁을 스치듯 지나쳐 갔다.

"으응⋯."

정희는 가볍게 웃어 가며, 고개를 끄덕였다. 그리고 이어 주절거렸다.

"안녕하세요? 삼촌!"

정희는 살짝 미소를 보이며, 스트레이트 머릿결을 까닥하고 숙였다.

"어서 와, 어제 말했던 그 친구?"

철수는 반가운 얼굴로 이들을 맞이했다.

"예⋯. 어제 말씀드린 그 친구예요."

정희는 눈을 깜박거리며, 미영을 툭 건드렸다.

"안녕하세요?"

미영은 약간 긴장된 얼굴로 긴 웨이브 머릿결을 가볍게 까닥거렸다.

"예⋯. 어서 와요."

철수는 그녀를 위아래로 뜯어보고는, 마음에 드는지, 흡족한 미소로 싱긋 웃고는 이어 주절거렸다.

"정희는 이 친구를 데리고 가서 영업 준비부터 하고 나오도록 해, 정식 인사는 그때 하자고⋯!"

철수는 손님들이 몰려올 시간이 임박해지자, 급한 대로 서비스할 채비부터 시켰다.

"서둘러라!"

그는 새로운 아르바이트 아가씨에 대해서 이렇다 저렇다, 군소리를 하지 않았다.

해가 서쪽에서 뜰 일이었다. 예전 같으면 마음에 들든 안 들든, 일단 자기의 존재를 확실하게 심어 주던 까칠한 삼촌이었기에 더욱 그랬다.

"알겠어요, 삼촌."

정희는 일단 대답을 하고서는 '잔소리꾼 말라깽이 삼촌이 무슨 일일까?' 생각하면서도, 영문을 몰라 갸웃갸웃거리며, 안쪽으로 걸어갔다.

그리고는 친구 미영을 데리고, 곧장 탈의실로 들어갔다. '호프광장'에 출근하는 아르바이트생들은 철수를 삼촌이라고 불렀다. 그가 무슨 속셈에서인지, 그렇게 부르라고 교육을 시켰다.

아르바이트생들은 촌스럽게 삼촌이 뭐냐며 "오빠"라고 불렀다. 하지만, 그는 무슨 이유에서인지 바득바득 우겼다. 그래서 철수는 호프광장에 출근하는 아르바이트생들의 심심풀이 땅콩이 아닌 입방아 삼촌이 되었다.

"철수야, 새로 온 아르바이트 아가씨는 얼마씩 주기로 했니?"

주방에서 볼일을 보던 흰머리 윤편인이 그들을 목격하고는, 성큼성큼 카운터로 다가와 물었다.

"시간당 7,000원씩이요, 왜 계집아이가 별로예요?"

철수는 유들거리며, 말하고는 형의 눈치를 살폈다. '혹시나 한소리를 듣는 것은 아닌가?' 싶어서였다. 그러나 그의 반응은 의외였다.

"아니…. 뭐 그런대로 너 보기에는 어떠니?"

흰머리 윤편인은 아가씨가 마음에 드는 눈치로 넌지시 웃어 가며 말했다.

"애는 괜찮아 보여요."

철수는 안심이 되어 순간 긴장이 풀어진 채로 말했다.

"쟤는, 며칠이나 나올 수 있다던…?"

흰머리 윤편인은 궁금한 눈빛으로 묻고는 철수를 쏘아보고 있었다.

"응, 내가 보름만 도와달라고 했어요!"

철수는 주먹을 입에 대고 큰 소리로 말했다.

"그래, 잘했다. 그 안에 결판을 내야 하는데, 일이 잘 풀릴지 모르겠다. 젠장!"

그는 무슨 걱정거리가 있는 얼굴로 한숨을 푹 내쉬며 중얼거렸다. 그러고는 고개를 갸웃갸웃거리며, 고민하는 눈치를 보였다.

"요즘 같은 시절에 손님이 이래 많은데 자기들이라고, 별수 있겠어요? 호호호."

철수는 눈꼬리를 치켜 올려 가며, 음흉스럽게 웃었다.

그때 홀 스피커 너머로 흥겨운 노랫소리가 신나게 흘러나왔다.

"못 찾겠다! 꾀꼬리— 꾀꼬리— 나는야 술—래!"

취객들은 멜로디에 취하고, 술에 취해 콧노래를 흥얼거리고 있었다.

"하긴, 옛날부터 도둑을 맞으려면, 개도 안 짖고, 열 사람이 도둑한 사람을 지키지 못한다고…. 하하하! 그들이 아무리 날고 기어도 이건 모를 것이다."

휜머리 윤편인은 말을 하다 말고 한바탕 웃고는, 혼잣말을 웅얼거렸다.

손님들은 여기저기서 술잔을 기울이며, 웅성웅성 떠들어 대고 있었다.

"형! 뭐 내가 모르는 게 또 있어요?"

철수는 애매한 표정으로 물어 왔다.

"갑자기 손님이 늘어난 것도 그렇고…. 무슨 조화라도 부린 겁니까?"

철수는 그 이유가 뭔지 몹시 궁금했다. 형으로부터 대충 이야기를 들었지만, 그것만 가지고는 도저히 이해가 되지 않았다.

"조화는 뭐 그냥 꼼수 좀 부렸지. 흐흐…."

휜머리 윤편인은 홀을 천천히 훑어보면서 실실 웃었다.

"그게… 뭔데요?"

철수는 뭔가 알 것도 같고, 모를 것도 같은 표정으로 안달이 난 듯 다그쳐 물었다.

"너는 쓸데없는 데 신경 쓰지 말고, 카운터나 잘 봐 자식아!"

휜머리 윤편인은 짜증을 내며, 퉁명스럽게 한 소리 하고는 출입문 쪽으로 쌩하니 걸어갔다.

"알았어요, 젠장! 신경질은…."

철수는 괜히 짜증을 부린다며, 투덜거렸다. 흰머리 윤편인이 안에서 문을 밀치고 나서려는데, 출입문이 열리며 말끔한 차림새의 중년 손님 한 쌍이 들어왔다. 이들은 들어오는 초입부터 사방을 두리번거리며, 빈 테이블을 찾는 것처럼 손짓을 해 보였다.

"어서 오세요!"

철수는 흰머리 윤편인이 옆으로 비켜서자, 손님을 향해 목청껏 인사를 외쳤다.

"저쪽 11번 테이블이 비었는데, 그쪽으로 가시겠어요?"

연희는 쪼르륵 달려가 빈 테이블을 가리키고는, 손님을 그쪽으로 안내를 했다.

한 쌍의 중년 부부로 보이는 손님들. 그중 여자 손님은 연희를 따라 빈 테이블로 천천히 걸어가 가만히 앉았다. 그러고는 한동안 주위를 두리번거렸다.

그사이 화장실을 다녀온 남자 손님은 홀 안을 두리번거리면서 그녀가 앉은 테이블을 찾아왔다.

잠시 다른 볼일을 보고 있던 연희는 그의 꽁무니를 조용히 따라갔다. 그리고 남자 손님이 자리에 앉기를 기다렸다가 가만히 메뉴판을 펼쳐 보이면서, 조심스럽게 물었다.

"주문하시겠습니까?"

"…"

"기본 안주하고, 생맥주 500 둘 주세요."

중년 사내는 굵은 저음의 목소리로 주문을 했다.

"예…. 생맥주 500시시 둘에 기본 안주 하나 말이죠?"

연희가 확인 차 묻자 중년 사내는 말없이 고개만 끄덕였다.

"저기 아가씨, 여기 오래 근무했어요?"

파마머리 중년 부인은 그녀의 옷깃을 붙잡다시피 하면서, 살짝 미소를 머금은 민낯으로 물어 왔다.

"아뇨…. 그건 왜 물으세요?"

연희는 돌아서려다 머뭇거리며, 그녀에게 상냥하게 되물었다.

"아니…. 별일은 아니고요, 그냥 아가씨가 상냥해 보여서 물어봤어요."

중년 부인은 멋쩍은 듯 빙그레 웃었다.

"어머…. 감사합니다. 저는 여기 아르바이트하러 나온 학생일 뿐입니다."

상냥하다는 말에 연희의 입에서 무심코 자신의 신상이 튀어나왔다.

그녀를 올려다보는 중년 부인의 얼굴은 말과는 다르게 뭔가를 간절히 묻고 싶은 표정이었다.

"말 나온 김에, 뭐 하나 물어봐도 될까요?"

아니나 다를까. 중년 부인은 천연덕스럽게 양해를 구하면서 해쭉 웃었다.

곱슬머리에 인상이 까다롭게 생긴 중년 사내는 여전히 홀 전체를 훑어보면서 두리번거리고 있었다.

"예…. 물어보세요."

연희는 아무 생각 없이 고개를 끄덕였다.

"여기 호프광장은 매일 이렇게 손님들로 꽉 차나요?"

중년 부인은 두 눈을 희번덕거리며, 궁금한 눈길로 묻고는 미소를 살짝 지었다. 파마머리 그녀의 애매모호한 민낯에는 호기심을 떠나 호프광장에 대해 뭔가 알고 싶다는 표정이 역력히 드러나 있었다.

"아니요, 월요일부터 금요일까지 주중에는 손님이 꽉 차는 데 비해 주말인 토요일과 일요일은 조금 뜸하죠, 그런데 그건 왜요?"

연희는 말을 하면서도, 이상한 손님도 다 있다 싶어 궁금증에 반사적으로 되물었다.

그때 준비를 끝낸 정희가 새로운 아르바이트생과 함께 걸어 나오고 있었다.

"아… 아니, 그냥 손님이 많아서 물어봤어요."

중년 부인은 거짓말이라도 하다 들킨 어색한 얼굴로 더듬거리며, 넌지시 웃고 있었다.

"아, 예…. 주문은 곧 가져다드리겠습니다. 잠시만 기다려 주세요."

연희는 적어 놓은 계산서를 테이블 위에 가만히 두고서 곧장 카운터로 향해 걸어갔다.

그녀와 달리 곱슬머리 사내는 연신 홀 안을 구석구석 훑고 있었다. 어디 훔쳐 갈 물건이라도 없나 싶어 찾는 눈빛 같았다. 곧장 카운터로 돌아온 연희는 큰소리로 외쳤다.

"삼촌! 기본 안주에 '생 5' 둘이요!"

그녀는 평소 말버릇대로 주문을 넣었다.

"오케이!"

철수는 새로 온 미영과 대화를 나누고 있다가 습관처럼 대답을 했다.

"그럼, 그렇게 알고 나머지는 정희에게 가 봐, 아마 아가씨가 해야 할 일을 잘 가르쳐 줄 거야."

철수는 미영에게 지켜야 할 몇 가지를 일러 주고는 홀 서비스에 곧바로 투입시켰다.

"삼촌! 저기 11번 테이블 손님이 우리 호프광장에 관심이 많은가 봐요?"

연희는 멀어져 가는 미영을 바라보다가 대뜸 손가락으로 뒤쪽을 가리키며, 그에게 눈짓을 해 보였다. 철수는 어깨너머로 힐끔 넘어다보고는 이어 주절거렸다.

"왜, 뭘 물어보는데?"

철수는 자기 딴에는 별 볼 일 없어 보였던 모양이다. 대충 묻고서 전표를 작성하고 있었다.

"이것저것 캐묻던데요?"

제 딴에는 이상한 생각이 들어 그런 건지, 아니면 여자의 촉인 건지. 연희는 테이블 쪽을 힐끔거리며 말했다. 중년 부부는 수시로 카운터를 힐끔거리며 여전히 이곳저곳을 두리번두리번 탐색하고 있었다.

"요즘 같은 IMF 시절에 손님이 북적거리니까 궁금했나 보지…, 뭐."

철수는 그런 손님들이 가끔 있어 대수롭지 않게 여기고, 전표를 끄적거려 연희에게 건넸다.

전표를 건네받은 연희는, 곧장 주방으로 달려갔다.

철수는 말은 그렇게 해 놓고, 들은 말이 있어, 혹시나 싶은 생각이 들었다. 그래서 이따금씩 11번 테이블 쪽을 슬쩍슬쩍 돌아보곤 했다.

부부는 남녀가 번갈아 화장실을 드나들면서 망할 놈의 좀도둑처럼, 주방 안쪽이든 어디든, 공간이 보이는 곳은 놓치지 않고 이 잡듯 힐끔거렸다.

그렇게 두 사람은 맥주를 마시는 내내 도둑고양이처럼 손님들의 들고 남을 유심히 체크하면서 살펴보고 있는 눈치였다.

철수는 부부의 행동에서 '상가를 몰래 살피러 나온 매수자가 아닌가?' 싶어 의심을 품기는 했지만, 그때뿐이었다.

그런 일들이 심심치 않게 있었기에 그는 혹시나 한 소리를 들을까 싶어 형에게 말하지 않았다. 그들이 다녀가고 나서도, 무슨 조화 속에서 연일 손님들이 만석을 채우고 있었다.

IMF 시절에 그야말로 앉을 자리가 없을 정도였다.

나흘 후 중년 사내는 새로운 일행과 어울려 호프광장을 다시 찾아왔다.

사내는 홀 안을 두리번거리다 지난번에 앉았던 테이블이 비어 있는 것을 확인하고는 곧장 그리로 걸어가서 앉았다. 그러고는 아니나 다를까 이번에도 한참을 이곳저곳을 훑어보듯 두리번대고는 같이 온 일행과 한바탕 웃어 가며, 대화를 나누고 있었다.

그날도 홀 안은 평소보다 많은 손님들로 넘쳐나고 있었다.

사내는 기본을 시켜 놓고, 술을 마시기보다는 젠장 맞게도 호프 광장 분위기와 손님들의 들고 남 등을 체크하듯 연신 계산대를 기웃대다가 돌아갔다.

그러나 철수는 대수롭지 않은 보통 손님이라고 생각했다.

왜냐하면 드나드는 손님 가운데는 별 이상한 술꾼들이 하루에도 수십 명씩 다녀가곤 했었기 때문이다.

그래서 철수는 그들이 언제 왔다 갔는지조차 그 기억을 할 수 있는 형편이 아니었다.

남모르게 똥줄이 타들어 가는 사람은 흰머리 윤편인뿐이었다. 중개업자로부터 농지 소유주가 다녀간다는 언질을 받은 날짜가 벌써 열흘이 지나갔다. 그런데 사람 미치고 환장하게도 중개업자한 테는 이렇다 할 연락이 없었기 때문이었다.

흰머리 윤편인은 시간이 흐를수록 마음이 초조해져 속이 바짝 바짝 타들어 가고 있었다.

왜 안 그렇겠는가? 호프광장을 개업하고, 잠 한번 제대로 자 보지도 못했다. 뼈 빠지게 머슴 노릇까지 해 가며, 재료 배달꾼 노릇을 자처한 세월이 벌써 2년이 넘게 흘렀다.

영업은 철수가 도맡아서 해 왔다. 하지만, 수년간 이해타산은 매달 적자투성이였다. 장사라고 해 봐야 종업원 월급과 임대료를 주고 나면, 그가 손에 쥐는 돈은 쥐꼬리보다 못했다.

오죽하면 세금 내기에도 빠듯한 실정이었다. 국내 경기는 급속도로 나빠져 손님은 매달 줄어 갔지만, 이렇다 할 해결책이 없었다.

그 와중에도 영업은 투자액은 증가하는 데 비해, 수익은 마이너스 상태로 손실만 눈덩이처럼 늘어 가고 있었다.

이대로 계속 나가면 본전은 고사하고, 파산을 면치 못할 지경이었다. 피가 마르고 애간장을 저미는 고통을 견디다 못한 그는 생각다 못해 최악의 사태를 모면해 보려고, 호프광장을 중개업소에 내놓기로 마음을 먹었다.

그러나 호프광장은 생각처럼 쉽게 나가지 않았다. 말이야 바른 말로 하랬다고, 누가 이 IMF 시국에 선뜻 장사를 열겠다며 덤벼들 것인가? 그래서 그는 고민을 거듭하다가 결국 권리금을 대폭 내려서 내놓을 수밖에 없었다.

그랬더니 중개업소 사무장이라는 사람들에게 이따금씩 연락이 왔다. 그들은 자기들 수작에 넘어가면 좋고, 안 넘어가도 그만이라는 식으로 아가씨에게 수작을 부리듯 옆구리를 찔러보는 식이었다.

목마른 사람에게 갈증을 해소시켜 줄 것처럼 이들은 '호프광장을 절반 가격에 넘기면 당장이라도 계약을 하겠다는 우라질 손님들이 있다'며 큰 소리를 쳤었다. 그러나 그는 미친 척 개소리와 잡소리에도 거들떠보지 않았었다.

그러고 나면 그들과 관련된 놈들로부터 심심치 않게 장난치는 전화가 걸려오곤 했었다.

그중에는 완전 거저먹겠다고 덤벼드는 사기꾼들이 이따금씩 극성을 부렸다.

그렇게 저렇게 자꾸 시간이 흘러가자 초조해진 흰머리 윤편인은 호프 광장만 넘기면 된다는 생각에 돌연 마음을 바꿔 먹었다.

그래서 서둘러 시작한다는 것이, 다른 부동산과 교환하는 방향으로 광고를 실은 것이다. 그가 자신의 통념을 깨뜨린 약발은 얼마 지나지 않아 거짓말처럼 먹혀들고 있었다.

애타게 기다리던 소식이 이틀이 지난 늦은 저녁 시간에 날아든 것이었다.

자신을 중개업소 사무장이라고 소개한 그는, 이천에 있는 농지와 호프광장을 일대일로 교환하자며, 그럴듯한 협상 제의를 해 왔다.

그 제안이 그해 도둑처럼 찾아들어 온 그의 운명이었을까? 흰머리 윤편인은 토지라는 매혹적인 소리와 팔아야 한다는 급한 마음에 일단 협상 조건을 받아들이기로 했다.

그래도 그는 어디서 들은 소리는 있어 거래 전에 일단 물건부터 보자고 조건을 걸었다.

그들이 소개한 농지는 이천 어느 지역과 어떤 위치에 자리하고 있는지를 장소부터 확인하자며, 그들과 약속을 먼저 잡은 것이었다.

다음 날 흰머리 윤편인은 시간을 지키기 위해 서둘러 그들과 만나기로 한 약속 장소로 차를 몰았다.

사무장이 알려 준 중개업소는 서초동 한적한 상가 건물 안쪽에 자리하고 있었다. 흰머리 윤편인은 타고 간 승용차를 밖에다 잠시 세워 두고 그들의 사무실로 찾아 들어갔다.

기다리고 있던 사무장이 반갑게 그를 맞이해 주었다.

그러고는 곧바로 사무실 대표 공인중개사라며, 약간 대머리가 까진 살찐 중년 사내 한 사람을 소개했다.

흰머리 윤편인은 서로가 초면이라 간단하게 수인사를 나누며 그와 안면을 텄다.

그러자 그는 잠시 앉으라며 자리를 권했다. 그러고는 차 대접도 없이 곧바로 농지에 관해 솔깃한 설을 풀어놓기 시작했다.

그가 잠깐 동안 늘어놓은 말은 이랬다.

'토지 주변은 곧 들어올 지하철과 함께 새로운 신도시 타운이 형성되고, 그와 더불어 산업 도로가 함께 개통되어 수년 안에 신도시 상업 타운으로 변모할 것'이라는 그럴듯한 노가리였다.

그는 덧붙여 '그때는 주변 지역 토지 가격이 상승해 아마도 대박을 칠 것'이라며 대놓고 사기를 쳤다.

그는 정말 꿈같은 엄청난 이야기를 입술에 침도 바르지 않은 채로 하며, 흰머리 윤편인을 가지고 놀았다.

그런데 문제는 사내의 달콤한 속삭임이 그의 귓속으로 파고들어 왔다는 것이다. 속칭 공인중개사라는 살찐 중년 사내가 설마 허가낸 사기꾼일 줄은 꿈에도 몰랐던 것이다.

그래서 그의 말을 순진무구하게도 의심 없이 그대로 믿었다. 그를 훔쳐보고 있던 사무장은 입술이 귀에 걸린 흰머리 윤편인의 표정을 읽으면서 속으로 쾌재를 외쳤다. 그놈은 '옳다구나, 이놈 드디어 걸려들었네…' 하는 확신에 찬 음흉한 미소를 지었다.

그리고는, 그만 토지를 보러 가자며 서둘러 중개업소를 나서며 앞장을 서서 걸었다.

그렇게 흰머리 윤편인은 사무장과 함께 농지가 있는 이천으로 향했다. 그런데 사무장은 승용차를 타고 가는 도중에도 흰머리 윤편인을 향해 "지금 보러 가는 토지는 대박 터지는 땅"이라며 달달한 미끼를 재차 늘어놓았다.

그 말을 듣기 전에 이미 사무실에서 나눈 우라지다 똥창 빠질 사이비 공인중개사는 "몇 년 후면 지하철이 들어오고, 농지 옆으로 산업도로가 뚫린다."라며 솔깃한 정보를 알려 주었고, 그는 그 유혹에 이미 홀딱 넘어갔다.

그런데 사무장이 다시 들려주는 달콤한 유혹의 소리가 당시에는 매력적인 여인의 콧소리보다 더 그의 가슴을 설레게 했었다.

그래서 그는 운전하고 가는 내내, 부푼 꿈에 젖어 있었다. 이들은 한 시간 남짓을 달린 끝에 드디어 토지가 있는 이천에 도착했다. 거기서도 사무장이 인도하는 장소까지는 한참을 더 따라 들어가야 했다.

그리고 나서야 그는 세 개로 나누어진 기형적인 토지를 볼 수 있었다. 농지는 전田을 갈아엎어 답畓으로 쌀농사를 짓고 있었다.

그때만 해도 토지에 대해서는 문외한이나 진배없었던 무식했던 그가, 보면 뭐 할 것인가? 부처님 눈에는 부처만 보이고, 돼지 눈에는 돼지만 보이는 데는 두말할 필요가 없었다.

오직 눈에 보이는 현실보다 장차 눈부시게 변모된 웅장한 가상 현실이 그의 눈앞에 펼쳐지고 있었다.

그의 두 눈은 눈뜬장님이오, 귓속에 박힌 달콤한 속삭임은 신도시가 토지 가격을 상승시켜 줄 것이라는 상상으로만 가득했다.

그렇게 농지를 둘러보고 돌아오는 길에, 동행했던 사무장을 중개업소 근처에 내려 주었다. 그리고서 흰머리 윤편인은 곧장 아는 지인을 찾아가 토지에 대한 조언을 구했다.

그러나 지인은 토지는 언젠가는 제 몫을 한다는 말만 들려줄 뿐, 가타부타 농지에 관한 다른 말이 없었다. 당시 그는 달면 달다, 쓰면 쓰다고, 말 한마디조차 없는 그에게 섭섭했었다.

다만 그는 지인도 토지에 대해 이렇다 말을 해 줄 별다른 지식이 없나 보다 생각하고, 그에 대한 서운함을 접었다.

여하튼 흰머리 윤편인은 어쩔 수 없는 운명의 덫에 걸려들어 결국 달콤한 유혹에 말려들 수밖에 없었던 것이다.

그는 땅은 사 놓으면 언제가 돈 값어치를 한다는 어른들의 옛말을 떠올리며, 고언을 믿기로 했다.

생각이 거기까지 미치자, 그는 뒤도 안 돌아보고, 농지를 덥석 물었다.

당시만 해도 흰머리 윤편인의 부동산 지식은 소리만 요란한 빈 깡통이었다.

결국 그는 꿀 바른 헛바닥에 홀딱 넘어가 이런저런 판단도 없이 덜컥 농지와 교환하겠다고 약속을 정했다.

그리고 얼마 지나지 않아 흰머리 윤편인은 사무장으로부터 한 통의 연락을 받았다. 그의 말은 농지 소유주가 예고 없이 상가를 보러 간다는 귀띔이었다.

그가 가만히 생각해 보니 토지 소유주가 방문한다고 미리 알려 주는 것은, 대놓고 말을 안 해도 자기에게 손님을 끌어 모으라는 모종의 언질이라고 생각했다.

아니, 중개업자가 흰머리 윤편인에게 양치기 소년이 되라고 알려 주는 것 같았다. 하지만 그는 호프광장을 팔아야 된다는 절박한 심정에서 스스로 움직일 수밖에 없었다.

어쩜 사무장을 핑계 삼아 자신은 당연히 그래도 된다는 생각이었다.

그러나 중개업자는 그의 생각하고는 전혀 딴판으로 다르게 움직이고 있었다.

그런 사실도 모른 채, 온다고 기다리던 농지 소유주는 수일이 지나가도 미치고 환장할 정도로 나타나지 않았다. 나중에 알고 보니 중개업자는 별도로 신문 광고를 내고, 호프광장을 인수할 사업자를 별도로 물색하고 있었다.

그리고 광고를 보고 연락이 오면, 상가 위치를 알려 주면서 '영업장에 가면 누구도 모르게 조용히 둘러보고 오라'며 따로 다짐을 받았다. 그러고는 '혹시라도 마음에 들면 연락을 달라'며 미리 신신 당부를 해 두었다.

자칫 종업원이나 손님들이 알면 영업에 방해가 된다고, 그런 불편을 주지 말아 달라면서 미리 부탁을 해 놓은 것이었다.

그렇게 여러 사람들이 흰머리 윤편인도 모르는 사이에 호프광장에 다녀갔었다.

어리석게도 제 잘난 맛에 빠진 그는, 업자의 삼각 돌려치기 영업장 처리 수법이라는 사실을 꿈에도 몰랐다. 그냥 손님들을 끌어모으기에 혈안이 되어 헛바늘이 솟도록 최선을 다하고 있을 뿐이었다.

그 짓도 미치고 환장하게도 모두가 공짜 손님들이었다.

흰머리 윤편인이 전화로 불러들인 지인들은 이유도 모른 채, 아니 그가 왜 그래야 하는지를 알 필요조차 없다는 표정들로 마냥 공짜 술을 먹었다. 그러고는 "즐겁게 놀다 간다."라는 말 한마디로 고마움을 대신 전할 뿐이었다.

그런데 손님이 늘어나자, 놀라운 일이 벌어졌다.

일일 매상과 수익이 배로 뛰어 손실을 메워 주고 있었던 것이다. 흰머리 윤편인은 혹시나 싶어 일단은 공짜 손님 모두를 카드로 결제를 받았었다.

그렇게 받은 카드 영수증은 영업이 끝난 밤이면 눈물을 삼키며, 우라질 전표를 발기발기 찢어 버렸다.

속을 태워 가슴속에는 애가 끓는 아픔이, 아니 뭉쳐 있는 그 고뇌라도 카타르시스처럼 통쾌하게 발산해 주길 바라면서 아주 잔인하게 갈가리 찢어발겼다.

그렇게 연극 같은 미친 짓이 열나흘간 이어졌다. 그렇게 보름이 지난 어느 날, 마침내 상가를 계약하자는 미치고 기뻐 돌아갈 연락을 한 통 받을 수 있었다.

그의 미친 짓이 효력을 발휘했는지, 아니면 중개업자의 간사한 혓바닥에 상대가 걸려들었는지를 그는 알 수 없었다.

여하튼 자신이 행한 개수작이 자랑스러울 뿐이었다. 상가를 넘겨야 한다는 절박한 심정이 그를 한 치의 양심도 없는 도덕적 불감증에 빠트렸던 것이었다.

어쨌거나 흰머리 윤편인은 모든 준비를 마치고, 들뜬 기분으로 그들을 기다렸다.

그러나 상습적 사기로 경험이 풍부한 중개업자는 뒤로 빠진 채 업소 사무장이 매수자를 데리고 영업장에 나타났다.

이들은 손님들이 들어오기 전 한가한 시간을 이용해 지난번 다녀간 중년 부부를 앞세우고 들어왔다. 낯이 익은 중년 부부를 본 철수는 어디서 본 기억이 있어 눈앞이 가물가물했다.

그는 마침내 그의 얼굴이 생각이 나자 그래그래, 하며 고개를 끄덕였다. 그러고는 혼자서 해쭉 웃고 있었다. 흰머리 윤편인은 그때까지만 해도 이들 부부를 농지 소유주로 착각하고 있었다.

그렇게 계약 일보 직전까지도 그는 몰랐다. 영악한 중개업자의 수작질은 나중에야 드러났다. 막상 계약서가 작성되고, 도장을 찍어 서류를 넘겨받는 순간에야 비로소 이들의 삼각 거래 아래 자신이 놀아났다는 사실을 알게 된 것이다.

한편 분한 생각도 들었다. 하지만, 당장은 상가를 넘기는 것이 급선무라 모른 척 외면을 하고 말았다.

여하튼 계약은 오늘 밤 0시를 기해서 호프광장의 모든 것을 넘기는 조건이었다. 이때만 해도 흰머리 윤편인은 개수작을 떨든, 삼각 거래를 하든, 자신의 이익만 챙기면 그만이라고 생각했다.

그래서 모로 가나 뒤로 가나, 어쨌든 간에 망할 놈의 상가만 팔면 장땡이었다.

삼자가 모인 계약은 처음 약속한 조건대로 순조롭게 이행되었다. 그는 준비했던 소개비를 사무장에게 건넸다. 그렇게 2년간 뼈빠지게 고생했던 호프광장을 시원섭섭한 가운데 넘겨주고 말았다.

그리고 밤 0시를 기해 아쉬움 속에서 빠져나왔다.

그러나 문제는, 흰머리 윤편인이 교환된 부동산에 관해 전혀 무식한 깡통이었다는 것이었다. 자신이 거래한 농지가 경지정리(농지를 효율적으로 이용하고 수확을 늘리기 위해 일정한 구역의 농지를 반듯하고 널찍하게 고치고, 배수·관개에 따른 설비를 공동으로 개량하는 일) 대상 지역에 속해 있다는 우라질 사실을 정말 꿈에도 몰랐다.

그렇게 몇 년이 흘러갔다. 하지만 중개업자가 알려 준 개발 정보 대신에 환지換地 안내문 한 통이 날아들었다.

그때야 비로소 자신이 사기를 당했다는 사실을 알았다. 순간 흰머리 윤편인은 머릿속이 하얘지며 길길이 날뛰었다. 그는 사기 친 놈들이 옆에 있다면 당장이라도 요절을 낼 기세였다.

얼굴이 붉게 상기된 그가 책상을 발칵 뒤집다시피 해 명함을 한 장 찾아내었다. 그러나 명함은 예전에 받아 놓았던 연락처였다.

그곳으로 손가락이 불이 나도록 전화번호를 눌렀다. 그러나 다 소용없는 짓이었다. 이미 버스는 지나갔고, 죽은 자식 불알 만지기나 다름이 없었다.

벌써 오래전에 부동산 사무실도, 망할 놈의 중개업자도, 이미 자취를 감춘 뒤였기에 어쩔 도리 없이 벙어리 냉가슴만 앓았다.

그는 자신의 무지몽매함에 가슴앓이를 하며 한숨만 내뿜고 있었다. 가끔은 죄 없는 소주를 걸쳐 가며 자신을 원망도 해 보고, 놈들의 앞날에 저주도 퍼부어 보았다.

그렇게 지옥 같은 하루가 몇 날처럼 저물어갔다.

교환된 농지는 다음 해에 계획관리지역(특별한 계획에 따라 체계적인 관리가 필요한 지역) 토지에서 진흥보호지역(농지보존지역) 토지로 탈바꿈(환지)되었다.

그 후 농지 족보(토지대장 등)마다 경지정리 된 농지라는 흉터가 따라붙었다. 흰머리 윤편인은 자신의 얕은 개수작으로 상대를 농락했다가, 그 허접한 대가를 혹독하게 치르고 말았다.

아니, 자신이 수작질을 했던 것보다 몇 곱절은 더 당하고 만 것이다.

이렇게 흰머리 윤편인은 영악하고, 사악한 중개업자 헛바닥에 놀아나, 자신의 이득보다 몇 곱절 손실을 본 것이었다.

그랬다. 그는 입에 꿀을 바른 놈이 뱃속에 칼을 품고 사기 쳐 먹겠다고 덤벼드는 줄은 꿈에도 몰랐다.

한마디로 나는 파리 위에 때려잡는 파리채 든 놈이 있다는 인간 시장을 우습게 봤다가, 개뿔! 큰돈만 날린 꼴이었다.

이렇듯 흰머리 윤편인은 쇠망치로 뒤통수를 얻어터지고 나서야, 비로소 자신의 알량한 역량이 남의 피를 몰래 빨아먹는 모기 주둥이에 불과했었다는 사실을 뼈저리게 느꼈다. 그래서 그는 뭐가 됐든, 아는 만큼 세상이 보일 것 같다며 나름의 깨달음을 얻고 나서야 정신이 번쩍 들었다.

그날로 흰머리 윤편인은 서점으로 달려가, 필요한 부동산 전문 서적들을 종류별로 구입해 가지고 돌아왔다.

그렇게 시작된 그의 부동산 공부는 늦게 배운 도둑질에 날 새는 줄 모른다고, 그는 날이 갈수록 부동산 늪 속으로 점점 빠져 들어갔다.

부동산 학문에 헐벗고 굶주린 사람처럼 하루를 책 속에서 살았다.

지식의 깊이와 저변의 폭을 넓히려고 흰머리 윤편인은 분양 상담사를 기점으로 서서히 공인중개사 영역까지 발을 넓혀 나가고 있었다.

매년 10월이면 행사처럼 치르는 공인중개사 시험에도 수차례 도

전해 낙방거자 경험도 매년 치르며 끊임없이 도전을 했다.

그는 경매 등 부동산 강좌가 있는 곳이라면, 아무리 먼 지역이나 지랄맞은 불편한 곳이라도 마다하지 않는 불구의 정신으로 수소문을 하다시피 찾아다녔다.

그렇게 좌충우돌하며 지내던 어느 날, 그에게 우연한 기회가 찾아들었다.

이른 아침 배달된 조간신문을 읽고 있던 흰머리 윤편인은, 하단 광고에 실린 모집 광고를 읽다가 눈이 번쩍 뜨였다.

한국대학 부동산 대학원에서 부동산경매 최고위 과정 수강생을 모집한다는 내용이었다. 그는 갑자기 무릎을 탁! 치며 '그래 바로 이거야!' 하고, 눈을 크게 뜨고는 광고 내용을 찬찬히 훑어보았다.

모집 광고 첫 문장에는 경매 무료 강좌 교실을 개최한다고 적혀 있었다. 그는 '얼씨구나, 잘됐다!' 싶어 먼저 참석하겠다고, 전화를 걸어 신청부터 했다.

왜냐하면 부족한 부동산경매 지식도 배우고, 세상 물정에 팔딱 뛰는 사람들을 사귈 수 있다는 생각이 들어서였다.

그렇게 수강 신청을 마치고, 어느덧 며칠이 흘러갔다. 이른 아침 운동을 다녀온 흰머리 윤편인은 오전 일과를 서둘러 마쳤다.

그는 오늘 대학원으로 수업을 간다는 설렘으로 점심은 간편식으로 해결을 한 채 서둘러 집을 나섰다.

그가 바지런을 떠는 이유는 강좌가 열리는 대학원까지 시간 안에 도착하기 위해서였다. 그는 곧바로 차에 시동을 걸어 엔진을 가열시켰다.

잠시 후 아파트 차고를 빠져나온 흰머리 윤편인은 차분한 성격으로 조심스럽게 차를 몰아 대학원으로 달려갔다.

왜냐하면 추운 날씨 탓에 아스팔트가 결빙되어 도로 사정이 좋지 못했기 때문이다. 그래서 더욱 신경을 쓰며 몰고 가야 했다.

대로는 오후 점심시간이 지난 시간대라 도로마다 차들의 행렬이 무리를 지어 천천히 달리고 있었다.

거리에는 한 겨울 추위 속에 찾아든 동장군이 기승을 부려 도로마다 꽁꽁 얼어붙어 빙판길이 대부분이었다.

염화칼슘을 뿌렸다고 하지만, 차들은 제 속도를 내지 못한 채 엉금엉금 기어가고 있었다.

흰머리 윤편인은 밀리는 시내를 겨우 빠져나와 한참을 달린 끝에 대학원 정문 앞에 마침내 도착할 수 있었다.

그는 정문을 통과하기 위해 수위실 앞에서 가로막고 있는 차단기를 지나 차로를 따라 들어갔다.

우회전을 하자, 곧바로 잘 정돈된 정원과 교내 주차장이 눈에 들어왔다. 하지만 그를 반겨 주는 사람은 쥐뿔도 없었다.

서둘러 와서 그런지 여기저기 빈자리 여유가 많이 보였다. 그래서 그는 앙상한 가지를 드러내 놓고 서 있는 소나무 근처 자리에 적당한 곳을 골라 차를 세웠다.

흰머리 윤편인은 차에서 내리면서 손목시계를 힐끔 들여다보았다.

아직 강의 시간까지는 조금의 여유가 남아 있었다. 그는 주위를 두리번거려 커피 자판기가 있는 곳을 한 군데 찾아냈다.

그러고는 곧바로 자판기 앞으로 걸어가 동전을 찾아 넣었다. 달그락 소리와 동시에 종이컵이 떨어졌다. 뜨거운 물이 멈추자 커피를 손에 들은 그는 진한 원두 향기를 코끝에 음미하며 홀짝홀짝 마셨다.

순간 아지랑이가 물씬 피어오르며 손끝으로 따스함이 전해져 왔다. 그는 따사로운 커피 잔을 두 손으로 감싸며 겨울 햇볕이 내리쬐는 대학원 교정을 한 바퀴 둘러보았다.

운동장 주변에는 교정을 지키는 파수꾼처럼 겨울옷을 두르고 늘어선 고목나무들이 서로를 의지하며 추위를 버티고 서 있었다.

겨울바람에도 꿋꿋하게 추위를 버티는 큰 나무들과 달리 뜰 옆 정원에는 가녀린 어린 나무들이 애처롭고 처량하게 오들오들 떨고 있었다.

그 광경들이 시야를 가로막듯 그의 눈앞으로 다가왔다.

순간 흰머리 윤편인은 추위에 덜덜 떨고 있는 모습이 몹시 안쓰러워 보였다. 마치 황량한 들판을 쓸쓸하게 걸어가는 자신의 처지와 어딘가 닮아 있다는 생각이 문득 들었다.

그러자 괜히 센티멘털한 감상 속으로 빠져 들었다. 갑자기 자신이 앙상한 나뭇가지가 된 것처럼 추위를 느꼈다. 그는 몸을 잔뜩 움츠렸다. 그러고는 강의실로 빠른 발걸음을 옮기기 시작했다.

제2장

경매 최고위 과정

무료 강좌

동지 추위가 무색할 정도로 따사로운 햇살이 스며드는 이른 오후 대학원 강의실은 붐비는 사람들로 마치 시장통처럼 북적거리고 있었다.

창문을 뚫고, 스며드는 볕살이 빗질을 하듯 머리카락 사이로 파고들어 발기발기 찢어졌다. 날빛을 내는 벽면들은 어지러운 그림자들로 흔들흔들 춤을 추며 그를 반겼다.

해거름처럼 어두운 좁다란 복도를 따라 늘어선 입구에는 젊고 발랄한 도우미 학생들이 서성거리며, 밀려드는 청강생들을 맞이하고 있었다.

이들은 길쭉한 탁자 위에 입학 등록에 필요한 지원 서류들과 홍보 책자를 잔뜩 쌓아 놓고 기다렸다.

많은 청강생들이 몰려들 것을 미리 짐작이나 한 것처럼 제법 많은 도우미 학생들이 곳곳에 눈에 띄었다.

이들은 몰려드는 사람들에게 책자를 나누어 주었다. 그러는 가운데 몇몇은 무료 공개 강좌에 대한 홍보를 하느라 여념이 없었다. 일부는 이것저것 물어 오는 질문 공세에 답변을 해 주느라 정신들이 없어 보였다.

이렇게 학생들은 파트별로 나눠져 각자의 일을 분담하고 있었다.

재기 발랄한 예쁜 여학생들은 부지런히 접수를 받았다. 젊고 활달한 또 다른 남학생들은 입학원서를 정리하며, 도란도란 정담을 나누고 있었다. 그리고 나머지 학생들은 밀려드는 지원자들을 강의실로 안내하느라 분주하게 움직이고 있었다.

흰머리 윤편인 눈에는 이들이 조교라기보다는, 부동산 학문을 전공하는 대학원생들로 보였다. 이들은 아마도 담임 교수의 부탁을 받고, 거절할 수 없는 자원봉사를 맡고 있는 것은 아닌가? 하는 생각이 들었다.

흰머리 윤편인은 그 앞을 서성거리듯 기웃기웃하며, 이것저것 궁금한 내용을 생각나는 대로 물어보았다.

그러고는 그들이 건네준 홍보 책자 등을 받아서 곧바로 강의실로 들어갔다. 그의 첫눈에 들어온 것은 둔탁한 고동색 교탁이었다.

고개를 돌리자 청록색 칠판을 가로지르는 고딕체 글씨가 '환영합니다' 인사를 대신하고 있었다.

그 아래로는 부동산경매 최고위 과정 설명회라는 채색된 글자가 가지런히 정돈되어 단정하게 붙어 있었다.

그리고 글씨 밑으로는 '부동산 대학원 경매 주임교수 나경매'라고 적혀 있었다.

흰머리 윤편인은 시골서 막 상경한 촌놈처럼 이곳저곳을 두리번 거렸다.

그렇게 서성대다가 가운데 줄 중간에 적당한 빈자리를 찾아내고서, 그리로 가서 털썩 앉았다. 그는 자신이 앉은 자리가 설마 운명의 팀원들을 만나게 해 줄 자리이며, 학기 동안 줄곧 자신이 앉게 될 좌석인지 그때는 몰랐다.

주변 사람들은 낯선 얼굴들을 살펴보느라, 동물원을 구경하듯이 빛나는 눈동자를 반짝거렸다. 그러면서 수시로 두리번거리고 있었다.

잠시 후 웅성거리는 사람들 사이로 풍채가 산만 한 중년의 사내가 사발 머리를 끄떡이며, 희불그레한 얼굴을 내밀었다. 그는 밝은 표정으로 교탁 밑 단에 올라섰다.

첫눈에 눈이 크고 코가 왕방울만 한 사내는 두꺼운 입술로 입을 열었다. 그는 어딘가 모르게 시원시원해 보이면서도 한편으로는 속이 엷고 부드러워 줏대가 없어 보였다. 사내는 들고 온 가죽 가방을 가만히 열었다.

그러고는 몇 권의 책들을 빼내어 교탁 위에 가지런히 올려놓았다.

사발 머리 사내는 입고 있던 바바리코트를 벗어 가지고, 제자로 보이는 여학생에게 눈짓을 하고 건네주었다.

그의 코트를 받아든 여학생은 싫은 내색 없이 이내 강의실 밖으로 종종걸음으로 사라졌다.

잠시 그녀를 바라보던 사내는 이내 매무새를 고치며, 모여든 예비 수강생들을 환한 얼굴로 둘러보았다.

입구부터 입추의 여지없이 꽉 들어찬 강의실을 바라보는 그의 눈빛은 기쁨으로 가득 차 벌어진 입을 다물지 못하고 있었다.

사발 머리 나 교수는 흐뭇한 미소를 머금고, 소형 마이크를 옷깃에 살며시 꽂았다.

그러고는 고개를 들어 모두를 천천히 둘러보면서 천천히 입을 열었다.

"안녕하십니까? 만나 뵙게 돼서 반갑습니다."

사발 머리 나 교수는 정중하게 인사를 했다. 그리고 이어 주절거렸다.

"저는, 부동산 대학원 경매 최고위 과정을 담임할 주임교수 나경매입니다."

밝은 미소로 자신을 소개한 사발 머리 나 교수는 주의가 산만하고 도란도란 소리로 어수선했지만, 아랑곳하지 않고 계속 주절거렸다.

"공사다망하신 가운데 경매 무료 강좌 및 부동산경매 최고위 과정 설명회를 빛내 주시기 위해 소중한 시간을 내시고 참석하신 여러분 성원에 진심으로 감사를 드립니다."

말끝에 사발 머리 나 교수는 좌중 모두를 향해 깍듯하게 고개를 숙였다.

이런저런 답례의 말을 끄집어내고 간략하게 자기소개를 마친 그는 본론에 앞서 서론을 끄집어냈다.

그는 부동산 대학원 경매 최고위 과정 설명회를 주최한 이유와 앞으로 진행될 과정들을 약 10분간에 걸쳐서 대략적으로 설명을 해 주었다.

그리고 시작된 부동산경매에 관한 기본적인 원론들을, 어린아이에게 사탕을 물려 주듯이 미치고 환장할 정도로 달콤하게 말해 주며 수강생들의 이해도를 높여 나갔다.

사발 머리 나 교수는 먼저 한 방에 수억을 벌었던 성공 사례 몇 가지를 달달하게 엮어서 꿀물이 뚝뚝 떨어지도록 읊어 주었다.

참가자들은 하나라도 놓칠세라, 다양한 도구를 사용해 메모를 하고 있었다.

대박을 낸 '억' 소리 경매 강의는 소란스럽던 강의실을 순식간에 적막강산처럼 잠을 재우다시피 했다.

특히 수억을 챙긴 대목에서 청강생들의 동공은, 쏘아 대는 광선처럼 한곳을 강렬하게 녹이고 있었다.

그렇게 사발 머리 나 교수의 땀 나는 혓바닥 강의는 작은 숨소리

조차 들리지 않았다. 모두가 귀를 쫑긋 세운 채로 숨을 죽이고 있었기 때문이었다.

숨소리조차 사라진 강의실에는 사발 머리 나 교수의 목소리만 쩌렁쩌렁 울렸다.

그와는 다르게 참가자들은 고요히 흐르는 강물처럼 조용하고 잠잠했다.

열기에 빠져든 청강생들은 중요한 대목을 빼곡히 적어 가며, 서서히 열강에 녹아들어 갔다.

한 방에 수억을 벌어들였다는 기법을 설명할 때는, 짧은 목을 쭉 빼고서 모두가 한곳으로 빠져들었다. 그러고는 달콤함에 마른침을 꿀꺽 삼켰다.

대박에 목이 말라 돈을 좇는 사람들은, 신천지를 찾아낸 눈망울로 반짝거리고 있었다. 그 순간은 사발 머리 나 교수를 향한 이들의 신뢰는 유행가 가사처럼 '무조건 무조건'이었다.

흰머리 윤편인도 예외는 아니었다. 모두가 이해도가 떨어지는 강의도 넋을 놓고 따라갔다.

일부의 사람들은 부지런히 필기에 전념했다. 개중에는 볼펜만 죽어라 돌려 대는 청강생들도 있었다.

전국에서 모여든 사람들 중에는 별의별 사람들이 다 눈에 띄었다.

그러다 궁금증이 생기면 사람들은 참지 못하고, 그 즉시 손을 번쩍 들었다.

"저, 여기요…! 교수님!"

누군가 외치는 소리에 청강생 대부분이 소리 나는 곳을 향해 잠시 시선이 멈추었다. 그녀는 잘생긴 외모에 부티가 자르르 흐르는 핑크빛 밍크코트를 걸치고 있엇다.

한눈에 보기에도 아우라가 온몸을 두르고 있어 감히 사내들이 범접을 못 할 것 같은 분위기를 지니고 있었다.

그녀는, 어느 사내라도 첫눈에 반할 정도로 환장할 미인에 재색까지 뛰어났다.

하지만 신장만큼은 볼품없는, 작은 앉은키였다.

청강생들의 시선이 일제히 그녀를 향했다. 그러고는 그녀의 모습에 놀라 떡 벌어진 입을 다물지 못하고 있었다.

사발 머리 나 교수는 잠시 강의를 중단하고, 소리 나는 쪽으로 육중한 머리를 돌려 그녀를 보았다.

"거기 손 드신 분 질문하세요."

그는 미모에 혹한 표정으로 만면에 웃음을 띠고서 그녀를 가리켰다.

"교수님! 정말 유치권을 해결하면 대박이 나나요?"

그녀는 장난스럽게 묻고는, 금세 수줍은 미소를 머금고 새침하게 바라보았다.

"아하! 유치권(남의 물건을 점유하고 있는 사람이 그 물건으로 인해 발생한 채권의 변제를 받을 때까지, 그 물건을 맡아 둘 수 있는 권리)… 대박 말입니까? 사건에 따라 경중이 다릅니다."

한달음 열강으로 붉게 달아오른 사발 머리 나 교수는 그녀를 보면서 말하고는 히죽거렸다. 사람들의 시선을 한 몸에 받은 그녀는 뿌듯한 표정으로 고개를 끄떡끄떡거리고 있었다.

그래서 그랬는지, 이들의 우라질 질문은 꼬리를 물고 이어졌다.

"저, 교수님! 법정지상권은 해결이 가능한 겁니까?"

얼추 40대 중반으로 보이는 사내는 재미 삼아 한번 물어보듯 열의 없는 목소리로 중얼거렸다.

와글와글 떠드는 여러 소리에 묻혀 버린 그의 질문은, 허공을 맴돌다 바람에 날려간 먼지처럼 흩어져 버렸다.

사내는 반응이 없자 멀뚱멀뚱 나 교수를 쳐다보다가 포기한 채로 혼자 구시렁거리고 있었다. 그때였다.

"교수님! 여기요!"

젤을 바른 단정한 노신사 한 분이 손을 번쩍 들고서 냅다 큰 소리로 외쳤다.

그의 목소리는 외모나 나이에 비해 아주 굵고 우렁차며 날카로 웠다. 마치 기차 화통을 삶아 먹은 목소리처럼 강렬하게 울려 퍼졌다.

청강생들은 놀란 토끼 눈을 하고서 한곳을 향해 시선을 모았다. 강의를 하다 잠시 멈춘 사발 머리 나 교수가 아연한 얼굴로 그를 바라보며 주절거렸다.

"예에…. 거기 손 드신 분 무슨 질문인지를 말씀해 보세요."

사발 머리 나 교수는 가만히 손을 들어 노신사를 가리켰다.

"아니, 저쪽 분이 법정지상권(당사자의 설정 계약에 의하지 않고, 법률의 규정에 의해 당연히 인정되는 지상권)을 질문을 하셨는데, 교수님께서 아무런 반응이 없으셔서 손을 들었습니다. 사실… 궁금하기로 말하면 저도 마찬가지입니다."

노신사는 질문했던 사내를 가리키며, 목청을 한껏 높였다.

"아, 예에… 법정지상권에 대한 질문이 무엇이었지요?"

노신사가 따지듯 물어오자, 사발 머리 나 교수는 얼른 사내를 돌아보며, 눈짓을 하고 물었다.

사내는 어리벙벙한 눈매로 뒷머리를 긁적이면서 모호한 태도로 주절거렸다.

"다른 게 아니라, 법정지상권은 해결이 가능한지가 궁금해서요?"

중년 사내는 밑도 끝도 없이 말을 하고는, 멋쩍은 얼굴로 머리를 긁적거렸다.

"법정지상권 해결이 궁금하시다 그 말씀이군요?"

사발 머리 나 교수는 애매한 질문에 묘한 미소를 짓고서 이렇게 주절거렸다.

"뭐 여러 상황으로 전개될 수도 있겠지만, 무엇보다도 사건의 정황을 정확하게 파악하는 것이 중요합니다."

사발 머리 나 교수는 당장 개념을 이해시킬 시간이 없었다. 하지만, 그렇다고 얼렁뚱땅 넘길 수가 없어서 대충이라도 이해를 시켜야 했기에, 그를 보며 설명을 이어 갔다.

그에 반해 중년 사내는 연신 흐트러진 머리를 까닥거리고 있었다.

"그래야 전체적인 사건의 실마리나 단서를 찾을 수 있거든요."

"…"

사발 머리 나 교수의 설명에 노신사와 사내는 대충이라도 알아들었는지, 아니면 수박 겉핥기로 모르면서도 깝죽대는지를 누구도 그 속은 몰랐다.

그저 두 사내는 연신 고개만 끄덕이며, 멀뚱멀뚱 사발 머리 나 교수를 바라보고 있었다.

"그래서, 법정지상권이 걸린 사건을 낙찰받기 전에 세밀한 권리 분석이 필요한 겁니다."

그의 설명에 사람들은 쥐뿔도 몰라 골이 빠개져도 다 아는 척 위세를 떨며, 연신 고개를 끄덕거리고 있었다.

"왜냐하면 사건을 분석하다 보면 법정지상권에 해당될 수 없는 물건들이 가끔씩 발견되기도 하거든요."

사발 머리 나 교수는 눈알을 희번덕거리며, 이해를 하시겠느냐는 얼굴로 모두를 쳐다보았다.

그때 여기저기서 스트레스를 해소하듯 소리를 질러 댔다.

"헐…! 대박!"

"…"

청강생 일부는 구경꾼처럼 '그럴 수도 있겠구나' 하는 표정으로 웅성웅성거렸다.

"다만, 중요한 것은 그러한 꿀단지를 골라내는 요령입니다. 하하하!"

사발 머리 나 교수는 한바탕 웃었다.

"으흠, 꿀단지…?"

사람들은 제각기 혼잣말로 속살거렸다.

"다, 여러분 노력 여하에 달려 있습니다."

뭉뚱그리듯 설명을 마친 나 교수 얼굴은 약간 상기된 채로 붉어져 있었다.

어떻게 하면 좀 더 쉽게 이해시킬 수 있을까 고민한 흔적이 얼굴 곳곳에 드러나 있었다.

"교수님! 권리 분석 순위는 어떻게 알 수 있습니까?"

거구의 노신사는 재차 질문을 던졌다.

그는 큰 덩치만큼 강의실 분위기를 쥐락펴락 압도하며, 질의도 선두에 나서서 먼저 하고 있었다. 참가자들은 자신들의 가려운 곳을 대신 긁어 주니 그를 마음속으로 응원했다.

그러면서 때때로 박수를 쳐 주며 감사 표시를 하곤 했었다.

하지만 그 중심에는 항상 흰머리 윤편인이 감초처럼 끼어 있었다.

"그렇지 않아도 설명을 하려고 생각했었는데 아주 적절한 시기에 질문을 잘하셨습니다."

사발 머리 나 교수는 설명에 앞서 칭찬을 잘했다.

"헐…!"

"…"

그럴 때면 청강생들은 '쟤 뭐라는 거야?' 하는 눈빛으로 노려보곤 했었다.

"여러분이 학습할 경매 최고위 과정은 권리 분석과 더불어 경매 절차, 그리고 집행 실무에 필요한 실정법(현실적인 제도로 시행되고 있는 법)과, 임장(현장 활동)까지 하나씩 차례대로 배우게 됩니다."

사발 머리 나 교수는 말과 동시에 칠판에 강의한 내용들을 또박또박 적어 나갔다.

시간이 흐를수록 참가자들은 사발 머리 나 교수가 시간이 촉박해 감당하기도 벅찬 문제를 곧잘 끄집어내 질문을 해 왔다.

이들은 거부를 잘 하지 못한다는 사발 머리 나 교수의 취약점을 잘 알고 있는 것처럼, 미치고 환장하게 묻고 또 물어 왔다.

아니, 빌어먹을 공짜라는 선입견에 여기저기서 너도나도 손을 들고 있었다. 새로운 질문들은 궁금증을 증폭시켜, 점점 강의실을 뜨겁게 달구어 갔다.

사발 머리 나 교수는 한 명이라도 더 등록을 시키려는 조급한 마음에, 이들에게 끌려갈 수밖에 없었다.

그러나 그는 영리하게도 부족한 시간을 핑계로 청강생들의 궁금증과 아쉬움만 최고조로 증폭시켜 놓았다.

당장 경매 수업을 신청할 수밖에 없도록 우라질 갈증과 미련을 남겨 놓은 것이었다.

청강생들은 아우성을 치면서도 어차피 신청할 수업이라 그런지, 순순히 받아들이고 있었다.

자신이 쓸 시간을 적절하게 사용하고 효율적인 내용들만 간추려 강의를 끝낸 그는 소란스럽던 강의실이 잠시 소강상태를 보이자, 다시 주절거렸다.

"다음 시간은 도시건축공학과 나대로 교수님의 강의가 있을 예정입니다." 하고 안내를 했다. 그는 설명을 마치자, 동시에 잠깐 휴식 시간을 갖겠다며, 화장실을 다녀오실 분은 다녀와도 좋다고 말했다.

잠시 브레이크 타임을 한다는 소리에 청강생들 일부가 자리를 이탈해 서둘러 밖으로 나갔다.

다른 사람들 속에 어울려서 급하게 화장실을 다녀온 흰머리 윤편인은 얼른 제자리로 돌아가 앉았다.

그러고는 '이번에는 누가 나와서 돈 벌어 주는 강의를 할 것인가?' 교탁을 뚫어져라 쳐다보고 있었다.

그의 바람대로 곧바로 도시건축공학과 나대로 교수가 등장해 도시 개발과 관련된 공법 강의를 진지하게 이어 갔다. 그는 큰 신장에 점잖게 생긴 외모에서 풍기는 모습대로 "공법을 모르면 부동산에 관해서는 눈뜬장님과 매한가지"라며, 주의를 모아 강의를 시작했다.

그는 이와 같이 부동산경매도 공법을 모르고는, 수익을 창출하는 데 많은 장애와 애로 사항이 뒤따른다고 강조했다. 그래서 때로는 어찌할 수 없는 곤경에 처할 수도 있다며 은근히 경고하듯 말했다. 그렇게 그의 강의는 시간 내내 강물처럼 도도히 흘러가며 '도대체 공법이란 무엇인가?' 모두를 고민하게 만들면서 끝을 맺었다.

이어진 세 번째 시간은 뒷골 때리는 추조문 법대 교수의 부동산법과 민법 등에 관한 맛보기 법률 강의 순서였다.

그러나 청강생들이 지레 겁을 집어먹은 외모와는 달리 날카로운 인상과 눈매에서 나오는 번뜩이는 기운은 나름 멋과 흥취가 살아 있었다.

그는 첫인상과는 다르게, 유머러스한 익살로 자신의 핸디캡을 메우고 있었다.

그는 법률에 관해 생소했던 전문 용어들을 우라지게 쉽게 풀어내며, 청강생들의 이해를 도왔다.

그렇게 하품과 지루함으로 부동산법과 민법 그리고 민사집행법 (경매 집행법) 등의 시간은 꾸역꾸역 지나갔다.

마지막 시간 부동산 대학원 학과장 도시계획학과 부박사 교수의 짧은 인사말을 끝으로, 두 시간을 훌쩍 넘긴 설명회는 그렇게 성황리에 끝이 났다.

미궁 속에 빠진 우라질 궁금증과 젠장맞을 아쉬움은 사발 머리나 교수의 바람대로 각자의 해우소를 찾아야 하는 참가자의 몫이었다.

다만 주최 측은 부동산 대학원 홍보를 염두에 두고 있었다. 그러나 사발 머리 나 교수는 그들과는 생각이 완전히 달랐다.

그는 참가자를 경매 최고위 과정에 한 명이라도 더 등록시키는데 목적이 있었다.

그렇게 사발 머리 나 교수의 달달한 유혹에 녹아든 사람들은 등록 신청서를 기꺼이 받아 들었다.

청강한 참가자들의 기억 속에 남아 맴도는 한 방의 수억은 뿌리칠 수 없는 달콤한 마시멜로 같은 미끼였다.

이들은 날카로운 낚싯바늘에 걸린 욕망의 물고기처럼 딱 걸려들었다. 그의 교묘한 혓바닥 놀림은 마약보다 무섭게 이들의 머릿속을 파고들었다.

결국 사람들은 대박이라는 욕망에 사로잡혀, 스스로 사발 머리 나 교수의 포로가 되고자 달달한 블랙홀 속으로 빨려 들어왔다.

참가자들은 너도나도 입학원서를 작성했다. 혹시라도 차례에서 밀려날까 싶은 두려움에, 이들은 서둘러 지원서를 제출하고 있었다.

흰머리 윤편인도 우라질 패거리에 끼어 안달복달 조바심을 내고 있었다. 부동산경매로 떼돈을 한번 벌어 보겠다고, 부동산경매 최고위 과정에 등록한 지원자는, 대략 250명 정도였다.

많은 지원자로 말미암아 수강생은 주간과 야간으로 나눠서 편성되었다.

수업은 일주일에 여섯 시간으로 수요일과 금요일 하루 두 강좌씩, 90분 타임으로 오후 2시부터 5시까지 강의 스케줄이 잡혔다.

강의 기간은 3개월로, 계절 강의 2개월 기간보다 1개월이 길었다. 참가자들은 등록을 확인하고는 다음 강의를 기약한 채 경매 교재와 등교 스케줄 그리고 커리큘럼을 받아 챙겼다.

그 시각 흰머리 윤편인은 신청서를 작성해 등록하고는, 대학원 석사과정이라도 입학한 것처럼 우쭐한 기분에 젖어 있었다.

그렇게 대학원 정문을 나선 사람들은 뿔뿔이 흩어지며 각자의 귀갓길에 올랐다.

한 겨울 추위 속에서도 어깨를 당당하게 펴고서 주차장으로 걸어 간 흰머리 윤편인은 자신이 타고 왔던 승용차에 서둘러 올라탔다.

그리고 자동차 시동을 걸고서 한참을 부르릉거리며 엔진을 가열 시켰다. 실내에 머물던 찬기가 서서히 가시기 시작하자, 그는 천천히 주차장을 벗어나 집으로 향했다.

제3장

경매 기법

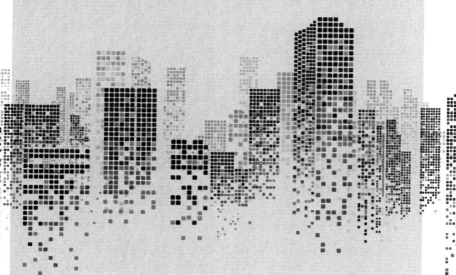

팀 조직 구성

다음 주 수요일 오후.

주간반 강의실은 100여 명 정도의 수강생들이 모여 강의실이 떠나가도록 북적거리고 있었다.

전국에서 모여든 수강생들은 낯모르는 얼굴과 새로운 분위기가 어딘지 모르게 낯설고 어설퍼 이방인을 경계하듯 눈초리들이 매섭고 날카로웠다.

이들은 서로의 눈치를 살피느라 차갑고 싸늘한 강의실 추위도 잊은 채 한동안 정신들이 없었다.

그러나 차츰 시간이 흐르자 이들은 처음 대하는 처지에도 어설픈 눈인사로 서로의 안면을 익히며, 가볍게 대화를 나누고 있었다.

흰머리 윤편인은 강의실에 도착하자 첫날에 자신이 앉았던 자리가 비어 있는지를 살피며 그곳으로 먼저 눈이 갔다. 마침 그 자리는 공석으로 비어 있었다.

그는 얼른 걸음을 옮겨 그곳으로 갔다. 그러고는 가져간 개인 사물 등을 책상 위에 가만히 올려놓았다.

그러고는 주위를 천천히 둘러본 후 먼저 가방을 의자 아래다 살짝 내려놓았다.

그는 아래로 수그렸던 고개를 가만히 들어 올리고, 어수선한 사람들을 꼬나보듯 잠시 시선을 고정시켰다가 이내 두리번거렸다.

그러고는 뒤로 밀려난 의자를 잡아당겨 제자리에 가져다 놓고는 약간의 우당탕 소리를 내고 앉았다.

그는 그렇게 낯섦을 허튼 몸짓으로 날려 버렸다. 그러고는 허공을 바라보며 멍하니 있기도 했다.

그러다 결국 이들 속에 섞여서 주변 사람들을 상대로, 여기까지 오게 된 해묵은 동기를 풀어놓았다.

흰머리 윤편인은 어느새 이들과 가볍게 주고받는 사이가 되었다. 이들 가운데 몇몇은 오랜 연륜으로 숙련된 경매꾼처럼, 노가리를 떠벌렸다.

언뜻 듣기에는 부동산경매와 관련해서 모르는 게 없는 것처럼 아는 체를 하는 우라질 수강생들이 제법 많이 있었다.

시간이 갈수록 강의실은 시끌벅적한 시장터처럼 변질되어 갔다.

그즈음에 어디선가 나타난 젊고 씩씩하게 생긴 남자 조교 하나가 단신을 커버하듯 교탁 아래 불거져 솟은 교단 위에 올라섰다.

그는 가만히 출석부를 펼치더니 수강생 이름을 한 명씩 호명하면서 출석을 체크했다.

또 다른 젊은 여자 조교는 호명에 답변하는 자에 한해 비닐 케이스에 담긴 이름표를 나누어 주고 있었다.

그녀는 예쁜 미모를 하고서 날씬한 몸매를 자랑하듯 강의실을 제비처럼 날아서 안방처럼 날렵하게 돌아다녔다.

명찰을 받아든 수강생들은 조교가 일러 준 대로 포켓 근처에 제멋대로 달았다.

한동안 강의실을 들썩거리게 만든 이들의 소란은 조교가 강의 준비를 마칠 때까지 계속되고 있었다.

그러나 사발 머리 나 교수가 등장하면서 소란스럽던 강의실은 점차적으로 가라앉기 시작했다.

자신들을 담임할 그에 대한 기본적인 예의를 갖추고자 하는 수강생들의 태도가 무의식중에 작용하고 있는 것 같았다.

교단 위에 올라선 사발 머리 나 교수가 빙그레 미소를 보이며 주절거렸다.

"모두들 안녕하셨죠?"

그는 강의실을 둘러보면서 밝게 인사를 건넸다.

"예…!"

수강생들은 목청을 높여 한껏 소리를 질렀다.

"추운 날씨에 오시느라 수고들 많이 하셨습니다. 계절학기 동안 아니, 3개월 동안 여러분과 경매 학습을 함께할 담임 나경매 교수입니다."

그는 고개를 살짝 수그렸다 들고는 만면에 미소를 머금은 채 계속 주절거렸다.

"자, 우선 앞뒤 좌우에 앉아 계신 분들과 인사부터 나누시기 바랍니다."

사발 머리 나 교수는 좌중을 둘러보며, 양팔을 펼쳐 날갯짓을 하듯 휘휘 내젓고는 사람 좋게 실실 웃고 있었다.

"안녕하세요?"

수강생들은 통성명도 없이 인사부터 넙죽 하고 있었다.

"예에…. 만나서 반갑습니다."

이들은 자기 주위 사람들을 위주로 고개를 까닥거리며 부산스럽게 소란을 떨었다.

"학기 동안 잘 부탁 합니다."

이들은 왠지 모를 어색함에 억지웃음을 만들고서 전후좌우로 악수를 청했다. 처세에 능란하거나 언변이 유창한 사람들은 유들유들 덕담을 보태 가며, 첫인상을 상대에게 심어 주기 바빴다.

거기에 반해 흰머리 윤편인은 주변 사람들을 향해 고개를 가볍게 끄덕거리며, 악수를 하는 게 고작이었다.

강의실은 순식간에 웅성웅성거렸다. 마치 서울역 대합실처럼 박작거리듯, 수선스럽게 변해 가고 있었다.

"자… 자! 인사들 했으면 이제 조용히 하시고, 여기 주목해 주세요!"

사발 머리 나 교수는 기다리다가 안 되겠다 싶어 이들의 시선을 끌듯 서둘러 손뼉을 치면서 목청을 높였다.

수강생들은 갑자기 커진 그의 목소리에 취하고 있던 행동들을 잠시 멈춘 상태로 소리 나는 쪽을 향해 고개를 돌렸다.

소란스럽던 강의실은 서서히 말소리가 엷어지다가 잠잠하게 가라앉고 있었다. 사발 머리 나 교수는 분위기가 조성되자 바로 주절거렸다.

"이제 안면들도 트고 첫인사도 나누었으니, 여러분이 학기 동안 함께할 팀 동료를 구성하기로 합시다."

사발 머리 나 교수는 모두를 둘러보며, 이제부터 이들이 해야 할 일을 말했다.

그러고는 이들에게 눈짓을 하면서 계속 주절거렸다.

"여기… 첫 번째 줄부터 각조 열 명씩 끊어서 팀을 구성해 보세요."

사발 머리 나 교수의 말이 채 끝나기도 전에 조용했던 강의실은 금세 떠들썩해졌다.

이들은 어느새 끓어 넘치는 찌개 냄비처럼 와글와글 들끓고 있었다. 그새 마음에 드는 동료들이 생겨 그 옆자리로 옮기면서 일어나는 소동이었다.

"이렇게 어수선해서야 어떻게 팀을 조직하겠습니까? 모두 제자리로 돌아가 앉으세요!"

고새 난장판으로 변해 버린 강의실 분위기에 실망한 사발 머리 나 교수는 이건 아니다 싶어 목청을 높여 가며, 모두를 원위치 시켰다.

순간 벼락 치는 소리에 깜짝 놀란 수강생들은 주섬주섬 들고 온 짐들을 챙겨서 제자리로 돌아가 앉았다.

그러고는 이내 마땅찮은 얼굴로 구시렁구시렁 투덜대고 있었다. 그러든지 말든지 사발 머리 나 교수는 전체를 아우르며, 주절거렸다.

"제가, 팀을 정해 주도록 하겠습니다!"

그는 마음씨 좋은 아저씨 인상을 잔뜩 구겨 가며 목청을 높여 말했다.

"총원이 150명이니 열 명씩 열다섯 개 팀으로 나누도록 하겠습니다."

사발 머리 나 교수는 긴 손가락을 펴 보였다.

이들은 우왕좌왕 소란을 떨면서, 그의 잘생기지도 못한 손가락을 보겠다고 아우성을 치며 기웃기웃거렸다.

"여기… 맨 앞줄을 기준해서 뒤로 열 명씩 앉아 보세요."

그의 말이 떨어지기 무섭게 수강생들은 앉은 자리에서 일사불란하게 움직였다.

이들은 앞줄을 기준해서 15종대로 빈자리를 채워 가며 빠르게 정돈을 마쳤다.

뭐 정리랄 것도 없이 앉은 자리에서 빈자리만 좌우와 뒤의 사람이 옮겨와서 그 자리를 채웠다.

팀 정리가 끝나자, 사발 머리 나 교수는 정해진 순서에 따라 각 팀 임원 선출에 관한 이야기를 끄집어냈다.

무슨 소린가 싶어 수강생들은 올망졸망 모여 웃고 떠드는 학생들처럼 초롱초롱한 눈망울을 굴렸다. 그리고 그를 유혹하듯 쏘아보고 있었다.

"지금부터는 여러분이 의논해서 팀장과 총무를 선출하도록 하세요."

그 말을 마지막으로 잠시 강단을 서성대던 사발 머리 나 교수는 어디론가 자취를 감춰 버렸다. 바람에 날려 홀연히 사라져 버린 연기처럼 그의 모습은 강의실 어디에서도 볼 수 없었다.

각 팀원들은 서로에 대해 전혀 모르는 상태에서, 그리고 길게 종대로 늘어져 서로의 얼굴을 보기도 어려운 거리에서 어떤 우라질 놈을 뽑아야 할지, 미치도록 막막해하고 있었다.

그러나 누구를 선택하든 임원은 뽑아야 했다. 모두가 살쾡이 눈으로 서로의 눈치를 살피고 있었다.

그때 흰머리 윤편인이 슬쩍 나섰다. 그는 우선 팀원들을 한곳으로 모여 달라고 손짓을 했다.

그래서 이들은 다른 팀들을 피해 한적한 공간에 옹기종기 모여들었다.

이들이 서로를 마주 보고 원을 두르듯 서성거리자 흰머리 윤편인은 고개를 끄덕이며 모두를 돌아보고는 다시 주절거렸다.

"저는, 우리 중에 가장 연장자로 보이는 이분을 팀장으로 추천할까 합니다."

그는 자신의 직관을 믿는 듯, 나이가 지긋한 속 알머리 봉상관을 가리켰다. 그는 머리를 검게 염색을 하고 젤을 발라 뒤로 넘기고 있었다.

하지만, 머리숱이 몇 가닥 없어 속 알머리가 훤하게 드러나 보였다.

얼굴은 세월의 흔적을 고스란히 간직한 채 주름은 눈에 보이지 않을 정도로 이마에 윤택이 반짝거렸다.

그 말을 듣고 모두의 시선이 한순간 그를 쫓고 있었다.

"저도요!"

"…"

"저도요!"

두 사람이 찬성을 한다며, 고맙게도 손을 들고 나섰다. 그러고는 침묵을 지키듯 새로운 의견이 없자 흰머리 윤편인은 다시 주절거렸다.

"그럼, 다른 분들은 어떠신지? 자신의 의견을 밝혀 주시겠습니까?"

그는 모두를 둘러보며, 묻고는 고개를 주억거렸다.

팀원들은 서로의 얼굴을 번갈아 쳐다보면서, 어찌해야 좋을까?

눈치를 살피기에 바빴다. 그때 한 사람이 나섰다.

그는 고생한 흔적이 이끼처럼 얼굴에 남아 있어 피부가 약간 거뭇거뭇했다. 이목구비가 뚜렷해 추남은 아니었다. 하지만 그렇다고 잘생긴 미남도 아닌 평범한 중년의 사내로, 둥근 머리를 까닥거리면서 목을 내민 맹비견이었다.

"다수결로 하시죠?"

그는 단조롭게 말했다.

"그렇게 하시죠? 저는 찬성입니다!"

훤칠한 미남 얼굴에 젤을 바른 선정재가 씽긋 웃어 가며, 한 표를 추가하고 나섰다.

그는 팔척장신에 잘생긴 외모가 돋보이는 사내로, 첫눈에 여성들이 호감을 느끼는 귀공자 타입으로 눈매가 서글서글해 여자깨나 울려 본 생김새를 하고 있었다.

"반대하는 사람은 없습니까?"

흰머리 윤편인은 주위를 돌아보며, 반응을 살폈다.

그러나 우라지게 고맙게도 누구 한 사람 나서는 사람이 없었다.

나머지 팀원들은 별 무리 없이 묻어서 따라오는 눈치였다.

"좋아요, 그럼 팀장을 맡아 주실 분 의향을 물어봅시다."

흰머리 윤편인이 그렇게 말하자 팀원들의 눈길이 속 알머리 봉상관을 향해 일제히 쏠렸다.

그는 지금까지 싫다 좋다 말 한마디 없었다. 그저 이들이 자신을 어떻게 가지고 노는지, 무슨 수작을 부리고 있는지를 넋 놓고 바라보고만 있었을 뿐이었다.

그에 반해 팀원들은 '저 작자가 무슨 말을 하려나?' 싶은 눈빛으로 그의 얼굴을 거울을 쳐다보듯이 빤히 쏘아보며, 기다렸다.

속 알머리 봉상관은 팀원들의 눈길이 자신에게 몰리자, 그는 결심이 서린 얼굴로 천천히 입을 열었다.

"여러분이 저를 팀장으로 뽑아 주셔서 이거 몸 둘 바를 모르겠습니다. 하여튼 영광입니다."

속 알머리 봉상관은 약간의 고개를 숙여 말하고는 해죽 웃었다. 그의 생김새를 보아서는 한 번쯤은 사양할 만한데, 그는 사람들의 예상을 깨 버리고 사양 한 번 없이 그대로 받아들일 눈치였다.

"헐…!"

"…"

그때 마땅찮은 누군가 어이가 없다는 듯이 짧은 탄식 소리를 냈다.

그러거나 말거나 속 알머리 봉상관은 이어 주절거렸다.

"음…. 책임이 무겁지만, 팀을 위해 성의를 다해서 맡아 보겠습니다. 제가 부족하더라도 아무쪼록 많은 협조와 성원을 부탁드리겠습니다."

그는 히죽 웃어 가며 기분 좋게 승낙을 했다. 그리고는 아울러 이들에게 도움을 달라고, 신신당부하듯 말했다. 일부의 사람들은 아니꼬운 시선으로 마땅찮은 눈을 흘기고 있었다.

"짝짝짝…!"

팀원들 가운데는 괜히 싫어 눈꼬리가 올라간 사람도 있었다.

하지만, 대부분은 박수로써 그를 환영하고 있었다. 흰머리 윤편인은 자기가 해야 할 몫은 다 했다는 생각에 슬쩍 뒤로 물러나 그의 선출을 환영하며, 손뼉을 치고 있었다.

"총무를 맡을 분으로는 여성분이 좋을 성싶은데, 누구 추천할 분 없습니까?"

이번에는 외모가 서당 훈장처럼 너그럽고 잘생긴 사내가 미소가 가득한 얼굴로 주위를 둘러 가며 나섰다.

그는 넉넉한 풍채에 이목구비가 뚜렷해 인상이 좋고 한눈에 보아도 어질고 선한 선비형 얼굴이었다.

후일 그는 흰머리 윤편인과 마음이 통하고 죽이 잘 맞는 파트너로 함께할 큰 머리 문정인이었다.

그는 깜찍스럽게도 여성이 홍일점이라는 것을 알면서도 짐짓 모르는 체 시치미를 떼고서 우대하는 눈치였다.

"추천이 필요하겠습니까? 여성이라고는 달랑 한 분뿐인데…. 하하하!"

핸섬한 젤 바른 선정재가 그녀를 가리키며 환한 미소로 중얼거렸다. 그러고는 한바탕 웃었다. 팀원들도 덩달아 웃어 가며 '하긴 그러네,' 하는 표정들이었다.

"헐…. 그리고 보니 홍일점이네…?"

상구 머리 노식신은 빙그레 웃어 가며, 미모의 명정관을 넘겨다 보았다.

딱 봐도 상구 머리처럼 생긴 사내가 가발을 뒤집어쓰고 알이 두꺼운 안경 너머로 그녀를 멀뚱히 쳐다보며 말했다. 목이 굵고 키가 작달막한 그는 체격은 뚱뚱했다. 하지만, 이목구비가 큼직큼직해 호남형이었다.

"음…. 제가 봐도 총무님으로 적임자 같습니다."

흰머리 윤편인은 편안하게 생긴 얼굴로 중얼대고는 해쭉 웃어 가며, 큰 머리 문정인을 마주 보았다.

그는 큰 머리를 끄덕이면서 자신도 그렇다는 것을 눈으로 말하고 있었다.

미모의 명정관은 타고난 미모가 출중해 한눈에 남자들이 반할 우월한 자태를 지니고 있었다.

뿐만 아니라 그녀는 늘씬한 팔등신 몸매에 균형 잡힌 이목구비가 첫눈에 상대를 녹여버릴 수 있는 타고난 매력을 품고 있었다.

먼저 시원한 이마에 가느다란 눈썹 그리고 커다란 쌍꺼풀 눈망울에 오똑한 콧대, 게다가 쭉 빠진 듯 날씬한 이중 턱 선이 그녀를 눈부시게 하는 아우라 그 자체였다.

"저, 여성분은 혼자이신 것 같은데, 팀을 위해 한번 맡아 주시죠?"

젤 바른 선정재는 청혼하는 사내처럼 눈웃음을 살살 치며, 부드럽게 권했다. 그러나 그녀는 단칼에 무 토막을 자르듯이 못 하겠다며, 두 손을 흔들었다.

"하하하! 봉사 좀 하시죠?"

짱구 머리 나겁재는 웃는 얼굴로 은근히 압박을 하면서 들이댔다.

첫눈에 보아도 위압감을 느끼는 생김새에 한때 어디선가 한가락 했을 우람한 체격을 가지고 있었다.

그는 부리부리한 눈매에 매부리코를 하고 있어 당장 보기에도 약간 거부감을 갖게 하는 인상을 지니고 있었다. 거기에 비해 목소리는 우렁찬 듯 가늘게 찢어지는 음성을 보유한 사내였다.

"저요? 아… 아니 저는 그럴 자격이 안 됩니다."

그녀는 한사코 사양을 하고 있었다.

"제가 눈은 봉황 눈알처럼 작아 보여도 사람 보는 눈 하나는 정확합니다. 아마, 모르긴 몰라도 누구보다 잘하실 겁니다."

흰머리 윤편인은 관상을 아는 척 능청스럽게 들이댔다.

허접한 소리에 팀원들은 키득키득 웃음을 터트렸다. 이들과 달리 그녀는 약간의 인상을 찌푸려 가며 주절거렸다.

"다른 분들도 많은데, 왜 하필 저를…."

미모의 명정관은 마땅찮은 얼굴로 대꾸하면서 어쩔 수 없다는 체념한 표정을 짓고는 가만히 말꼬리를 내렸다. 그녀는 더 이상 거부할 명분도, 그럴 생각도 없는 눈치였다. 그때 옆자리에 있던 속 알머리 봉상관이 주절거렸다.

"허허허! 사양하지 마시고, 함께 마음 맞춰서 팀을 위해 일 좀 해 봅시다."

속 알머리 봉상관은 활짝 웃어 가며 도움을 청하듯 너스레를 떨었다.

"알겠어요."

미모의 명정관은 마지못해 받아들이는 표정이었다. 그러고는 우아하게 다듬은 머릿결을 끄덕이며 말을 이어 갔다.

"제가 부족하겠지만, 성의껏 보조를 하겠어요. 하지만, 다들 도와주서야 해요. 아셨죠? 그럼 여러분만 믿겠습니다."

그녀는 응석을 부리는 아이처럼 앙살을 떨어 가며 모두에게 다짐을 받았다.

앙살스레 말하는 그녀의 자태에 넋이 나간 속 알머리 봉상관은 자신도 모르게 부르르 살이 떨렸다. 한눈에 반한 눈빛이었다.

그는 남모르게 가슴을 매만지며, 이미 굳어 버린 자신의 성난 근육들을 의식했다. 순간 그는 만면에 웃음을 띠어 가며 빠르게 주절거렸다.

"여부가 있겠습니까? 당연히 도와드려야죠. 허허허!"

속 알머리 봉상관은 무엇이 좋은지 연신 헤벌쭉 웃어 가며, 마른침을 꿀꺽꿀꺽 연달아 삼키고 있었다. 아무래도 젊은 미모를 보고, 한눈에 뿅 간 눈치였다.

"염려 놓으세요, 우리도 힘닿는 데까지 돕겠습니다. 흐흐…"

젤 바른 핸섬 맨 선정재가 한마디 거들면서 그녀와 눈길을 교환하고 있었다.

순간 이들의 눈빛은 섬광처럼 강렬하게 반짝거렸다.

그러는 가운데 팀원들도 너도나도 한마디씩 쏟아 내고 있었다.

그녀가 홀딱 반할 만한 헛바닥 사탕발림 말들을 알랑방귀 뀌듯이 늘어놓고 있었다.

그녀의 미모는 누가 보아도 환장할 정도로 빼어났다.

그래서 그랬는지, 속 알머리 봉 팀장은 그녀만 보면 오금을 못 편 채 히죽히죽거렸다. 말해 뭐 하겠는가? 얼마나 좋아했으면 그녀만 보면 마른침을 꼴깍 삼켰다.

그때 새치머리 안편관이 불쑥 한마디를 꺼냈다.

그는 까맣게 익어 한눈에 시골스럽게 풍기는 외모로 체격은 협소했다.

하지만, 건강한 피부에 너부데데한 얼굴에 드러난 이목구비는 왕방울 눈동자 아래 툭 불거진 입술 그리고 두툼한 콧방울이 돋보여 나름 강단이 있어 보이는 사내였다.

"팀장님과 총무님을 선출했으니 격식을 갖춰 팀명도 정해야 되지 않겠습니까? 흐흐…."

그는 말을 해 놓고 보니 왠지 어색해 무안한 얼굴로 씨익 미소를 보였다. 그러나 그의 생각과 달리 한 사람이 툭 나서며 가만히 주절거렸다.

"하하하! 팀명이라…. 거 좋은 생각입니다."

그때까지 조용히 지켜만 보던 삼각 머리 조편재가 처음으로 입을 열었다. 부티 나는 외모를 가진 사내는 우윳빛 피부를 가진 얼굴에 큰 눈덩이를 부라리며, 중저음 목소리로 지껄였다.

그의 체격은 보통으로 귀가 날렵하게 위에 가 붙었고, 이목구비가 나름 균형이 잡혀 있었다. 하지만, 간간이 몰려 있는 주근깨가 그의 인상을 영 볼품없이 욕심만 많은 사내로 보이게 했다.

"그럼, 어떤 이름이 좋을지를 각자 추천들 해 보세요."

속 알머리 봉상관은 회장직을 맡고부터 적극적인 자세로 임했다. 아마도 책임감 때문인 것 같았다.

그는 모두를 돌아보며, 일일이 눈을 맞추고서 히죽히죽 웃어 가며 기다렸다.

"제가, 돈을 좀 밝히는데, 다른 분들이라고 다를까 싶어, 저는 '돈 부자' 모임이요. 흐흐…."

좀 엉뚱한 데가 있는 짱구 머리 나겁재는 자신의 견해를 밝히고는 어딘가 모르게 민망해 실실 웃고 있었다.

팀원들은 싫다 좋다 일언반구 말도 없이 실 웃고서 눈동자들만 어지럽게 굴리고 있었다.

이들은 뭔가 골똘히 궁리하는 눈치였다.

"저는, 돈을 사랑하는 모임이라는 취지에서 '돈 사랑' 모임이요."

상구 머리 노식신은 이미 준비해 놓았던 작명처럼 쉽게 말했다.

그는 세상에 돈 싫어하는 사람이 없다며, 한마디 내뱉고는 계면쩍은 표정으로 실실 웃었다.

"저는, 부동산경매 대학원 모임이라는 취지에서 '부경대모'를 추천합니다."

조용히 지켜보던 흰머리 윤편인도 골머리를 굴려 그럴듯한 팀명 하나를 제시하고서 흐뭇해하고 있었다.

"저는, 인생은 한 방이라는 차원에서 '돈 한 방'을 추천합니다."

한참을 궁리한 끝에 팀명을 생각해 낸 삼각 머리 조편재가 익살을 떨어 가며, 콧소리로 지껄였다.

그의 코믹한 말 펀치에 팀원들은 한순간에 빵 터졌다.

"으하하하!"

"까르르…!"

주위 사람들은 웃음 바이러스에 감염된 듯 덩달아 웃음을 터뜨렸다. 그러고는 신명 나게 한바탕 웃고 있었다. 그에 질세라 젤 바른 선정재가 웃어 가며 빠르게 주절거렸다.

"저는, '손대면 톡 터지는 재테크와 사랑 노름'이요."

그는 누가 돈 정재 아니랄까 봐, 재물과 사랑을 하듯 돈 놓고 돈 먹기 노름을 들먹거렸다.

그 순간 그는 흐르는 콧물을 틀어막듯 손등을 갖다 대며 훌쩍거렸다.

젤 바른 선정재는 감기에 걸렸다는 생각에 잠시 고개를 돌려 호주머니를 뒤적뒤적거려 닦을 것을 찾았다. 그 모습을 조용히 지켜보던 미모의 명정관이 잽싸게 가방을 뒤적거려 티슈를 몇 장 꺼냈다.

그러고는 곧바로 걱정하는 표정을 보이며 가만히 주절거렸다.

"어머…. 코감기 걸리셨나 봐요?"

그녀는 손에 쥐고 있던 몇 장의 휴지를 젤 바른 선정재에게 건네주며 닦으라는 시늉을 해 보였다.

그때 옆자리에 서 있던 속 알머리 봉상관은 괜히 질투가 나서는 주름진 눈꼬리를 치켜뜨고서 그를 사정없이 쏘아보고 있었다.

"고… 고맙습니다."

젤 바른 선정재는 얼떨결에 받아들고는 순간 스치듯 닿은 그녀의 손길에서 뭔가 형언할 수 없는 따뜻한 느낌을 받았다.

미모의 명정관 역시 연민에 찬 눈빛으로 바라보고 있었다. 두 사람과 달리 그 모습을 지켜보는 속 알머리 봉상관의 낯빛은 볼썽사납게 이지러져 여간 심상치 않은 눈빛으로 째려보고 있었다.

그러고는 젤 바른 선정재를 외나무다리에서 만난 원수 놈을 쳐다보듯, 순식간에 험상궂은 표정을 하고서 입을 열었다.

"음…. 저는 열 명이 모였으니 팀명을 '팀 텐 경부인'으로 추천합니다!"

속 알머리 봉상관은 못 볼 꼴을 본 듯 인상을 잔뜩 구긴 채 큰소리로 내뱉었다.

그는 은근히 질투가 나자 배창자가 꼬여 앓는 신음소리를 내었다. 그러고는 마음씨 좋은 푸근한 인상을 잔뜩 찌푸린 채 있었다.

그의 추천은 열 명의 경매, 부동산, 사람들을 간략하게 줄여서 '팀 텐 경부인'이라 칭했다.

"저는, 돈이라면 불길도 뛰어드는 '돈 나방'을 추천합니다. 흐흐흐."

둥근 머리 맹비견은 거뭇거뭇한 인상에 미소를 짓고서 생각나는 대로, 아니 의무감에 낱말을 이어 붙여 말하는 눈치였다.

그러나 팀명은 나름대로 의미를 담고 있어야 했었다.

미모의 명정관은 눈치를 보아하니 더 이상 추천할 사람이 나올 것 같지 않은 분위기라 팀원들을 한번 획 둘러 보고는 넌지시 주절거렸다.

"모두 좋은 이름을 추천하셨는데요. 호호!"

그녀는 입을 가린 채 웃어 가며, 계속 중얼거렸다.

"제 생각은, '부경대모'와 '돈 사랑' 둘 중에 정하면 어떨까 싶은데요? 다른 분들 생각은 어떠신지요?"

미모의 명정관은 가렸던 손을 슬며시 내리고 빙긋 웃어 가며 말했다.

그녀는 여러 사람 의견을 종합해서 그 가운데 뜻도 있고, 듣기도 좋으며, 발음하기도 쉬운 팀명을 제안하고 있었다.

속 알머리 봉상관은 자신이 추천한 팀명을 빼놓자, 그러지 않아도 심사가 뒤틀려 불편하던 참인데 은근히 속이 쓰리고, 분노가 치밀었다.

그러나 내놓고 말할 분위기도 아니고 해서 꾹 눌러 참아 가며, 똥 씹은 얼굴로 구경만 하고 있었다.

게다가 자신이 한눈에 뻑이 간 그녀가 주장하고 있으니, 거기다 뭐라 참견하겠는가 싶어 잠자코 듣고만 있는 것이 그녀에게 점수 따는 일이라 생각했다.

"괜찮은 팀명 같은데요?"

둥근 머리 맹비견은 그녀의 옆자리에서 무엇이 좋아 연신 싱글

벙글 웃어 가며, 찬성표를 난발해 댔다.

"그중에 노 팀원님이 추천한 '돈 사랑'은 어때요?"

그녀는 뜻보다는, 쉽고 발음하기 편한 점과 재물과 여성스러움을 담고 있는 점에 무게를 두고 싶었다. 그래서 '돈 사랑' 쪽에 힘을 싣고 말하면서 모두의 눈치를 살폈다.

"'돈 사랑'도 어감이 나쁘지 않습니다."

젤 바른 선정재는 기다렸다는 듯이, 상냥한 얼굴로 말하고는 눈웃음을 슬쩍 해 보였다.

"어째… 우리 팀명으로 정해도 괜찮을까요?"

미모의 명정관은 모두의 눈치를 살펴 가며 되물었다.

"저는 좋은데, 다른 분들 의견은 어떠신지…?"

젤 바른 선정재는 미소를 머금은 채 주위를 둘러보고는 그녀를 주시하며 말했다.

"제가, 작명은 잘 모르지만, 듣기에는 괜찮은 것 같습니다."

큰 머리 문정인은 접혀 있는 속내를 펼치듯 한마디를 꺼내 중얼거렸다. 그는 '학기가 끝나면 그만인데, 거창하게 요란 떨 필요까지 있나?' 싶어 지금껏 구경만 했었다.

"저도 같은 생각입니다."

짱구 머리 나겁재는 이래도 좋고, 저래도 좋다는 심심한 얼굴로 말했다.

"그냥 부르기도 쉽고, 특히, 돈 냄새를 풍기는 뉘앙스가 좀 그렇기는 해도 듣기는 좋습니다."

흰머리 윤편인은 썩 마음에 들지 않았다. 하지만, 모두가 좋다는 쪽으로 갈무리를 하면서 한편으로 섭섭한 마음도 들었다. 왜 아니겠는가? 그도 생각하는 사람이고, 감정 없는 나무토막은 아닌지라 말은 없어도 속이 뻔했다.

"그—려! 팀명이 내 듣기에도 거 뭐 시기더냐? 모던 러브 하면서, 뭐랄까? 아… 그—려! 럭셔리해 부리네, 참말로 시방!"

상구 머리 노식신은 자신의 의견이 채택되자, 괜히 기분이 째지게 좋아서는 익살을 떨어 가며, 몸 개그로 모두를 웃겼다.

"으하하하…!"

"까르르…!"

그의 코믹한 농담 소리에 팀원들은 졸지에 빵 터졌다.

"껄껄껄…!"

"키득 키득!"

"킥킥킥!"

이들은 곰살궂게 서로를 가리키며 낄낄거리고 있었다.

한참이 지나고 나서야 그 웃음이 가라앉았다. 팀원들은 명랑한 분위기 속에서 자연스럽게 돈 사랑을 받아들였다. 그러고는, 자신들의 팀명으로 결정을 지었다.

그렇게 결의가 끝나갈 무렵 사발 머리 나 교수는 강의실에 모습을 드러냈다. 그는 전체 임원을 선출해야 한다며, 수강생 모두를 아우른 채 각 조에서 한 명씩 추천하라고 말했다.

그와 동시에 이들은 한동안 우왕좌왕 소란을 피우고 있었다.

강의실이 떠나가라 아우성을 치던 수강생들은 급기야 자신들 가운데서 적당한 사람을 한 명씩 골라 추천하기 시작했다.

그렇게 각 팀에서 추천된 사람들은 사발 머리 나 교수가 직접 학급에 필요한 임원들을 뽑아 자신의 재량껏 회장, 부회장, 감사, 고문, 사무총장 등에 임명했다. 팀원들의 추천을 받은 흰머리 윤편인은 울며 겨자 먹기로 영양가도 없는 임원을 그렇게 맡게 되었다.

여하튼 학기 동안 학급 운영에 필요한 조직 구성은 이렇게 마무리가 되었다.

그러고 나자 사발 머리 나 교수는 서둘러 첫 강의를 시작했다. 그러나 그날의 첫 수업은 팀을 구성하는 데 대부분의 시간을 활용했다.

그래서 두 번째 강의가 첫 강의처럼 이들의 머릿속에 자리하게 되었다. 그는 남은 시간이 별로 없다는 핑계로 경매 학습 전반에 관한 설명을 시작으로 맛보기 권리 분석을 강의했다.

시간은 이것저것 기초적인 내용들을 설명하는 가운데 어느 순간에 훌쩍 지나갔다.

말소 기준 권리(근저당권, 담보가등기, 가압류, 강제경매신청등기)가 되는, 최선순위 등 권리 순위를 나열하는 가운데 그날의 두 번째 수업은 그렇게 끝이 났다.

강의를 마친 팀원들 가운데 몇몇은 운명적인 만남을 축하하는 술자리를 갖기를 원했다. 왜냐하면 서로를 좀 더 탐색하기 위한 술고래 친목을 다지기 위해서였다.

그러나 일부 팀원들의 사정으로, 탐색전은 다음으로 미루어졌다.

갈 사람들은 가고, 그래도 흰머리 윤편인을 포함해 나머지 팀원들은, 헤어지기 아쉬워하며 먹자골목 돼지갈비집으로 몰려갔다.

이들은 지난 세월 동안 살아오면서 겪었던 수많은 부동산 경험담을 안주 삼아 주거니 받거니 술을 마셨다.

이들은 선술집에 가서 한잔 꺾고, 호프집에 가서 입가심을 하고, 그것도 부족해 결국 노래방까지 몇 차를 걸치고, 밤이 까무러친 새벽이슬을 맞고서야 각자의 목적지로 돌아갔다.

제4장

경매 집행 실무

경매 기초

금요일 오후 중천을 넘어가는 겨울빛 햇살이 유리 창문 사이로 살며시 스며 들어왔다. 반사되어 반짝이는 빗살무늬가 눈이 시리도록 어지럽게 흔들렸다.

햇살은 하얀 벽면을 가득 채우며 눈부심과 어둠 사이를 오고 갔다. 그렇게 흔들흔들 거리며 그림자를 그려 내는 공간 사이로 수강생들이 하나둘씩 빈자리를 채워 갔다. 강의실은 시간이 갈수록 점점 아우성이 커져 가고 있었다.

"어머⋯. 팀장님! 오늘은 핸섬 청년이 울고 가겠어요?"

강의실로 걸어 들어오는 속 알머리 봉상관을 보자, 미모의 명정관은 반가움에 사탕발림을 하듯 그를 추켜세웠다.

"정말요? 허허허! 그렇다면 이거 탄산수 먹고, 비행기 탄 기분인

걸…"

그녀의 유쾌한 한마디에 희색이 만면해진 속 알머리 봉상관은, 순간 찌릿찌릿 일어나는 전율을 느끼며, 남모를 근육이 굳어 갔다. 그의 눈빛은 어느새 사랑스러운 애정을 담고서 허허거리고 있었다.

미모의 명정관을 처음 본 이후부터 속 알머리 봉상관은 한 살이라도 더 젊어지기 위해 비용을 아끼지 않는 눈치였다.

"호호호! 정말이지 오늘 멋져 보이세요."

미모의 명정관은 그의 비위를 맞추어 가듯 입술에 침을 바르며, 방실거렸다.

속 알머리 봉상관은 기분이 째지다 못해 순간 영혼이 가출해 넋이 빠졌다가 다시 돌아온 표정을 지어 가며 흐뭇하게 주절거렸다.

"다른 분들은 아직 오시지 않은 모양이죠? 허허!"

그는 자리에 앉다 말고, 주위를 둘러보며 물었다.

"예… 다른 분은 아직이고요, 윤편인 임원은 저하고 같이 도착했다가 잠깐 볼일을 본다고 나갔어요."

미모의 명정관은 어디선가 날아든 문자를 확인하며, 중얼거렸다.

그녀가 핸드폰을 만지작거리자, 속 알머리 봉상관은 불현듯 뭔가 생각이 났다. 그는 호주머니를 이쪽저쪽 뒤져 가며, 당황한 얼굴로 주절거렸다.

"허허! 일찍 온다고 서두르다가 핸드폰을 집에 두고 왔나 보네,

정신머리하고는 내 참!"

그는 점점 기억력이 약해지고 있다는 사실을 인지하며, 독백을 하듯 혼잣말로 뭐라 뭐라 하고 있었다.

그때 강의실로 여러 명이 몰려 들어왔다. 반가운 얼굴들이 하나둘씩 모습을 드러냈다.

"어서들 오세요! 오늘은 저보다 늦게 도착했습니다. 허허!"

속 알머리 봉상관은 이들을 먼저 발견하고, 반갑게 인사를 건넸다.

"안녕하세요? 두 분이 먼저 와 계시네요? 흐흐…"

새치머리 안편관은 야릇한 눈빛을 반짝이며, 히죽 웃고는 넉살스럽게 인사를 건넸다.

그는 두 사람 모습에서 나름 무언가를 감지한 표정이었다. 그러나 아직 농담할 처지가 아니라 근질거리는 주둥이를 꼭 다문 채 서 있었다.

"총무님! 오늘 의상 죽이는데요, 오늘 누구 만나러 가십니까?"

짱구 머리 나겁재는 곱게 차려입은 그녀가 오늘따라 환장할 정도로 아름답다는 생각에 나름 신경이 쓰였다.

그래서 능청스럽게 물어 가며 그녀를 향해 한쪽 눈을 찡긋 감고서 추파를 던졌다.

"아니요, 왜 무슨 일 있나요?"

그녀는 도리질을 치며 오히려 짱구 머리 나겁재를 째리듯 올려다 보았다.

"아니…. 그러지 않아도 미모가 받쳐 주는 총무님인데, 거기다 의상까지 받쳐 주니 너무나 곱고, 화사해서 제가 눈알이 어질어질하고, 눈이 다 부셔서 안 그럽니까? 흐흐…."

짱구 머리 나겁재는 예뻐서 환장하겠다는 마음을, 아니 안고 싶다는 마음을 돌려서 말하고는 히죽히죽 웃었다.

"어머머…. 그렇게 좋게 봐 주시니 고맙습니다."

미모의 명정관은 말과는 달리 새침한 얼굴에 희미한 미소가 번지며 '짱구 머리 자식이 예쁜 건 알아 가지고, 으흠…' 하며 속살거리고는 눈꼬리가 약간 올라간 채로 어깨 뽕을 살짝 올렸다.

그러고는 조소하듯 피식 웃었다. 홍일점으로 팀원들의 사랑을 한 몸에 독차지하는 그녀의 인기는 하늘을 찌를 기세처럼 단연 최고였었다.

그렇게 미모의 명정관은 늑대들의 시선을 즐기는 여우처럼 매번 화려하게 치장을 하고 출석을 했었다.

그래서 그랬을까? 그녀가 환장할 몸짓을 할 때마다 팀원들은 애를 태우며, 더더욱 안달이 났었다.

비닐하우스 설익은 풋고추들이 아낙들의 발자국 성화에 빨갛게 영글어 가듯이 이들은 그녀에게 관심을 쏟았다.

"갈수록 고와지는데 비결이 뭡니까?"

뒤에서 슬그머니 다가온 젤 바른 선정재가 앞으로 슬쩍 나서며, 넌지시 한마디 하고는 빙그레 웃었다.

그는 핸섬한 미남으로 여자들이 잘 따르는 타입이었다.

이미지 자체에서 풍기는 묘한 매력을 가진 사내라고나 할까? 빛을 내는 반딧불처럼 발광이 장난이 아니었다. 아니 한마디로 멋진 오빠처럼 잘난 유형이었다.

"어머…. 언제 오셨어요?"

그녀는 핸섬남 젤 바른 선정재의 얼굴을 보자, 반가운 표정으로 물어 가며, 얼른 흐트러진 자신의 매무새부터 가다듬었다.

순간 팀원들의 곱지 않은 시선이 이들을 질시하듯 두 사람을 향해 모아지고 있었다.

"방금 도착했습니다. 그런데 무슨 얘기들을 그렇게 재미있게 하십니까?"

젤 바른 선정재는 화제의 흐름을 파고들듯, 아주 궁금한 눈빛으로 물어 가며 미소를 지었다.

"별다른 얘기랄 게 뭐 있나요? 호호!"

그녀는 젤 바른 선정재에게 남다른 호감을 느끼고 있는 눈치였다. 그래서 그랬을까? 그를 대하는 태도가 어느 사내를 대할 때와는 사뭇 달라 보였다.

"문 팀원님하고, 조 팀원님만 보이지 않습니다."

젤 바른 선정재는 당장 눈에 뜨이지 않는 팀원들을 묻고는 혹시나 싶은 얼굴로 강의실을 살피듯 한 바퀴 획 둘러보았다.

"글쎄요, 오늘은 조금 늦나 봅니다."

상구 머리 노식신은 누군가와 통화를 막 끝내면서 그의 말을 받았다.

벌써부터 왁작거리는 강의실은 몇 군데를 제외하고는 빈자리를 찾아볼 수 없었다. 여느 시장통처럼 가득 메운 수강생들이 소란스럽게 떠들어 대고 있었다.

그때 누군가 강의실 안으로 헐레벌떡 뛰어 들어왔다.

큰 머리 문정인과 삼각 머리 조편재, 두 사람이었다.

이들은 거친 숨을 몰아 내쉬듯 헉헉대고는 자기 자리에 가서 앉았다.

아직 사발 머리 주임교수도, 오늘 강의를 책임질 초빙 강사도, 도착 전이었다. 이들은 몰고 오던 자동차가 신호등에 걸리는 바람에 혹시나 강의 시간이 늦어질까 싶어 일부러 도로를 우회했다.

하지만 다 소용없는 짓이었다.

그렇게 샛길을 이용해 달려왔건만, 그래도 지체된 시간을 세이브 시킬 수는 없었다. 그래서 두 사람은 당황한 나머지 넋 놓고 달려온 것이었다.

주차장에서 만난 이들은 1초라도 당겨 보겠다고, 함께 줄행랑을 놓듯이 죽어라 달려와 강의실을 돌아보니, 수업은커녕 아직 시작 전이었다.

그때야 한숨을 돌린 이들은 이마에 흐르는 땀방울을 손등으로 문지르며, 팀원들을 향해 어설픈 인사를 건넸다. 그리고는 힘든 표정으로 주절거렸다.

"아직, 수업은 시작도 안 했는데 괜히 오살지게 뜀박질을 했네. 젠장!"

고개를 갸웃거린 조편재는 넋두리처럼 중얼거렸다. 그의 이마에는 동지섣달 추위 속이라고는 믿을 수 없는 땀방울이 송골송골 맺혀 있었다. 팀원들은 할 말을 잊고서, 그를 멍 때리며 바라보았다.

순간 큰 머리 문정인이 애처로운 표정으로 주절거렸다.

"그러게 말입니다."

그는 맞장구를 쳐 주듯 말했다.

그즈음 볼일을 마친 흰머리 윤편인은 돌아오는 길에 사발 머리 나 교수와 우연히 맞닥뜨렸다. 두 사람은 자연스럽게 수업에 관한 대화를 나누면서 강의실로 들어섰다.

그의 뒤로는 말쑥한 정장 차림의 중년 사내 하나가 알이 두툼한 안경을 코끝에 걸치고, 긴장된 얼굴로 따라 들어왔다. 아마도 그는 오늘의 강의를 책임지기 위해 초청된 강사처럼 보였다.

그는 보통 키에 마른 체격으로 어딘가 모르게 귀티가 흘렀다. 그러나 귀공자 타입 하고는 거리가 좀 있었다.

어찌 보면 범생이 외모를 닮아 착실하게 보이는 사내였다. 사발 머리 나 교수는 교탁 가까이로 중년 사내가 다가오도록 손짓을 해 보였다.

그러고는 곧바로 평소처럼 사발 머리를 끄덕대며 강의실을 찬찬히 둘러본 뒤 출석부를 들여다보았다.

출석체크는 그가 도착하기 전에 이미 조교의 손에서 1차 확인이 되어 있었다.

사발 머리 나 교수는 출석부를 대충 훑어보다가 체크가 되어 있지 않은 수강생을 위주로 다시 호명을 했다.

그는 그들의 출석 여부를 확인하고, 곧바로 조교에게 뭐라 뭐라 하면서 출석부를 건네주었다. 그러고는 전면을 응시했다.

사발 머리 나 교수는 환한 웃음으로 수강생들과 가볍게 인사를 주고받았다. 그리고 옆자리 중년 사내에게 뭐라고 얘기하며, 조용히 말을 건넸다.

그는 알겠다는 듯이 고개를 끄덕였다. 하지만 그의 표정은 긴장의 끈을 놓지 않고 있었다.

그와는 달리 수강생들은 새로운 얼굴이 누구일까 싶어 호기심이 어린 눈망울로 그를 유심히 살펴보았다.

그러면서 자기들끼리 속닥거렸다. 그렇게 강의실은 떠드는 소리와 웃음소리가 뒤섞여 와글와글거리고 있었다.

이들과 달리 이런 자리가 처음인 중년 사내는 무척 긴장된 표정이었다. 그는 어색한 얼굴을 드러낸 채 주위를 두리번거렸다.

아니, 낯선 곳에 초대된 이방인처럼 두려운 눈빛이었다.

"여러분! 여기 주목해 주세요!"

그와는 다르게 사발 머리 나 교수는 교탁 위를 탁, 탁! 가볍게 두드렸다. 그러고는 소형 마이크를 양복 겉저고리 옷깃에 가볍게 끼웠다.

스피커를 통해 들려오는 그의 목소리는 소란스럽던 강의실을 순식간에 잠재워 버리기에 충분했다.

"오늘은 경매 집행 실무에 관한 강의를 듣기 위해 특별히 초청한, 원주지청 소속 판사님 한 분을 소개해 드리도록 하겠습니다."

사발 머리 나 교수는 불안한 표정을 짓고서 초초한 듯 긴장한 얼굴로 굳어 있는 사내를 가리켰다. 그리고 곧바로 그의 간단한 약력을 소개하고는 뒤로 물러섰다.

"아… 안녕하세요? 저는, 원주지청에 근무하고 있는 판사 김 범식입니다."

그는 약간 불안정한 음성으로 자기소개를 하고 나서 가볍게 인사를 했다. 김 판사는 소개를 하는 순간부터 몸이 먼저 반응을 보이고 있었다.

학질에 걸린 다리처럼 후들거리면서 목소리는 약간 더듬더듬 거렸다.

"안녕하세요?"

그와 달리 수강생들은 합창을 하듯이 일제히 그를 반겼다. 여성 수강생들은 칠석날 밤에 은하수를 건너 직녀성을 만나러 온 견우성을 반기듯 활짝 핀 해바라기 얼굴로 그를 맞이했다.

그는 일반인을 상대로 하는 일상적인 법원 경매 집행 업무와는 전혀 다른 강의였다. 아니, 대학원 수강생들을 상대로 가르쳐야 하는 부담감으로, 김 판사에게 또 다른 용기가 필요했는지 모른다.

그것도 본인에게 길이 남을 대학원 첫 강의였다. 그래서 더욱 뜻깊고 두려운 마음마저 들었을 것이다.

그러나 뜨겁게 환영하는 수강생들의 반응에서 약간의 자신감을 얻었다.

그의 긴장된 불안감은 시간이 지나갈수록 차츰 가라앉는 눈치였다.

김 판사는 점차 자신감을 회복하고 본연의 실력을 점점 되찾아갔다. 그는 어느새 긴장감이 풀려 차츰 안정감을 찾아 갔다. 그리고는 본래의 자기 페이스를 유지하기 시작했다.

그렇게 그는 부동산경매 집행 실무에 관한 강의를 차분하게 이끌어 나갔다. 김 판사는 일반인들이 주로 실수를 많이 범하는 항목을 중점적으로 지적했다.

그리고 족집게 수업을 하듯 중요한 내용을 뽑아내 집중적으로 강의를 해 주었다.

그러나 어려운 판례나 법률 내용이 나올 때면 자주 흐름이 끊어졌다. 김 판사는 수강생들의 고충을 충분히 고려해 기꺼이 감내하고 받아들이는 눈치였다.

그러고는 이해가 가도록 쉽게 보충 설명을 곁들였다. 하지만 수강생들은 모르면 무조건 질문부터 하고 보자는 식이었다.

때로는 어이가 없고, 기가 막히다 못 해 코가 막히는 조잡한 내용으로, 이들의 질문 범위 또한 황당했다. 그래도 김 판사는 먼저 질문을 받아 주고, 해설을 곁들여 알아듣기 쉽게 이들을 이해를 시키고 있었다.

"판사님! 유치권(타인의 물건 또는 유가증권을 점유한 자가 이에 관해 생긴 채권의 변제를 받을 때까지 이를 유치할 수 있는 권리)도, 우리가 알아듣기 쉽도록 설명을 좀 해 주세요." 손을 살짝 들은 미모의 명정관은 궁금한 표정을 짓고는 상큼한 미소로 앙증스럽게 말했다.

"허허허! 유치권을 너무 어렵게만 생각하지 마세요."

김 판사는 말과 동시에 경쾌하게 웃었다. 그녀가 잘생긴 미녀라서 그랬는지, 밝고 환한 얼굴로 대답을 해 주었다.

"우리는 정말 어려워요. 판사님!"

그녀는 엄살을 떨며 눈웃음을 흘렸다.

주위에 여자 수강생들도 이때다 싶어 덩달아 목청을 높여 어렵다고 외쳤다. 김 판사는 이들의 소리에 실 웃어 가며, 이렇게 주절거렸다.

"이렇게 생각하시면 이해가 빠를 겁니다."

김 판사는 앞자리에 앉아서 앙증맞게 눈총을 쏘아 대는 그녀를 마주 보며, 우는 아이를 달래는 심정으로 부드럽게 말했다.

"가령, 여러분이 고장 난 자동차를 정비소에 수리를 맡겼다고 칩시다."

그는 모두를 응시했다.

"그리고 정비사가 약속된 시간에 수리를 끝냈다면, 여러분은 자동차를 찾아가기 위해 정비소에 약속된 수리비를 지불해야 합니다. 그래야 자동차를 가져올 수 있으니까요."

김 판사는 수강생들이 이해하기 쉽도록 자동차를 응용해 설명을 풀어 나갔다. 수강생들은 고개를 끄덕이며 한마디씩 고시랑거리고 있었다.

"아… 그거야, 삼척동자도 다 알죠?"

쌍구 머리 나겁재는 입속말을 웅얼거렸다.

"정비소는 여러분이 수리비를 내고 찾아갈 때까지 자동차를 자기 물건처럼 잘 가지고 있어야 하는 의무도 있지만, 수리비를 받을 때까지, 자동차를 내주지 않을 권리도 가지고 있다는 겁니다. 유치권을 행사하는 것처럼 말입니다."

김 판사는 설명을 끝내놓고, 모두의 눈치를 살폈다. 먼저 '이들이 내용을 이해를 했을까?' 싶었다.

하지만 뭐가 뭔지 어리둥절한 표정들을 한 채 자기 얼굴만 빤히 쳐다보고 있자, 그는 실망한 듯 다시 주절거렸다.

"하나의 예를 더 들어 볼까요?"

김 판사는 넌지시 웃고는 약간 상기된 표정으로 다시 주절거렸다.

"여러분이 고장 난 손목시계를 고치기 위해서 시계 수리 전문점에 맡겼다고 칩시다. 이러한 경우 시계 수리 기사는 고장 난 시계를 약속한 날짜까지 완벽하게 수리해야 합니다. 그리고 수리가 완성된 손목시계를 손님이 찾아갈 때까지, 안전하게 보관해야 합니다. 이때 수리 전문점은 주인 된 책임으로 시계를 보관할 의무와 동시에 수리비를 받고, 시계를 내어줄 권리가 발생한다는 겁니다. 반면 손님은 시계 수리비를 지불할 의무와, 동시에 시계를 찾아갈 권리를 가지고 있는 겁니다. 따라서 손목시계 주인은 찾아갈 권리가 있지만, 시계 수리 전문점은 수리비를 받기 전까지, 시계를 내주지 않을 권리를 가지고 있는 겁니다."

김 판사는 쓰윽 이들의 표정을 살피고는 다시 이어 갔다.

"다만, 시계 수리비를 대체할 수 있는 채권 등은 수리비를 대신할 수 있습니다. 따라서 유치권도 이와 다를 바가 없다고 이해하시면, 그리 어렵지가 않으실 겁니다."

김 판사는 조갈증에 입술이 마르는 눈치였다. 바작바작 죄이는 긴장감 때문에 그는 이따금씩 혓바닥을 내밀어 침을 바르고 있었다.

"헐…! 대박! 그런 거야…?"

수강생들은 알 것도 같고, 모를 것도 같은 내용에 아리송한 표정을 짓고서 서로를 쳐다보며 웅성웅성 거렸다.

"즉, 유치권도 이런 원리에서 이치가 똑같습니다."

설명을 마친 김 판사는 갈증이 나 생수를 한 컵 따라서 벌컥벌컥 들이켰다.

"…"

강의실은 잠시 침묵이 흐르고 있었다.

그러나 이곳저곳에서 들려오는 소곤거리는 목소리는 여전했다.

"헤헤! 그렇게 설명해 줘서 그런가? 정말 귀에 쏙쏙 들어옵니다."

유치권 원리를 대충이라도 깨우친 짱구 머리 나겁재는 중얼중얼거리며, 뒷자리 앉은 둥근 머리 맹비견을 돌아보았다. 그리고는 '당신도 그렇지요?' 하는 눈빛을 날렸다. 그러나 그는 고개를 좌우로 흔들며, 어깨를 살짝 올리고는 두 손을 가볍게 펼쳤다. 자신은 아직 잘 모르겠다는 무언의 대답 같았다.

수강생들은 강의를 쉽게 풀어서 설명한 김 판사의 노력 덕분인지? 그런대로 반응이 좋았다.

따라서 사람들의 호응도나 수업 자세도 적극적이었다. 그러나 김 판사의 표정은 수시로 어두워졌다가 밝아지기를 반복하고 있었다.

왜냐하면 경매 집행법도 잘 모르는 수강생들이, 주제도 모른 채 어려운 집행 실무를 끄집어내 깝죽거렸기 때문이었다.

그래서 이해도가 떨어지는 질문을 쉽게 풀이해서 설명하느라 중도에 흐름이 자주 끊어졌다.

그러나 김 판사는 이에 아랑곳하지 않은 채 열정적으로 강의에 매달렸다. 그는, 뭔가 소득을 얻어 가려는 사람들의 마음을 헤아리고 있는, 홍익인간을 실천하는 아저씨 같았다.

김 판사는 이해하기 힘든 강의를 쉽고 달달하게 풀이해 가며, 이들 곁으로 친근감 있게 다가갔다. 그 덕분일까? 수강생들은 경매 집행법에 관해서 조금씩 이해도를 넓혀 갈 수 있었다.

하지만 이들이 경매라는 묘미에 막 홍미를 느끼려는 순간 아쉽게도 마쳐야 할 시간이 다가왔다.

오후 내내 쉬지도 않고 강행군을 했다. 하지만, 내용이 워낙 광범위해서 세 시간으로는 어림도 없었다. 집행 실무로 돈맛을 제대로 알기도 전에 마치는 수업을 수강생들은 무척 서운한 듯 몹시 아쉬워하는 눈빛을 보이고 있었다.

반면 김 판사는 자신이 준비해 온 준비 자료를 다 끝내지 못한 섭섭한 표정을 짓고서 아쉬운 듯 마지막을 정리했다. 짧은 시간 안에 그 많은 내용을 설명하고, 이해시키는 데는 시간적 여유가 너무도 부족했기 때문이었다.

"제가 여러분께 드리는 마지막 부탁은, 기본기를 잘 익히시라는 겁니다."

김 판사는 강의를 무사히 마쳤다는 안도감에 긴장되었던 낯빛은 온데간데없이 사라졌다. 그는 여유 만만한 표정을 짓고서 속세를 잊은 얼굴로 환하게 웃고 있었다.

수강생들은 사람 좋아 보이는 그가 싫지 않은 눈치로 열띤 호응을 보이고 있었다.

"알겠습니다…!"

그중 일부는 아쉬움에 목청을 높여 힘껏 대답했다.

"그래야 범타를 줄이면서 홈런을 치는 겁니다."

그는 처음과 달리 히죽 웃어 가며, 유머를 이따금씩 구사했다.

"반드시 기본기를 충실하게 다져야 한다는 사실을 꼭 명심들 하세요."

김 판사는 안경알 너머로 커다란 두꺼비눈을 껌벅거리며, 마지막 유언을 남기는 사부처럼 간곡하게 당부하고 있었다. 김 판사는 재물은 버는 것도 중요하지만, 가진 재물을 지켜 내는 관리야말로 더욱 중요하다는 사실을 말하고 싶었는지 모른다. 아니 흰머리 윤편인은 그렇게 믿고 싶었다.

"예…!"

"…"

이들은 우렁차게 대답을 하고서 웅성거렸다.

"으… 그걸 누가 모르나…. 젠장!"

웅성거리는 소란 속에서 누군가 구시렁거렸다.

"글쎄 말이야…. 눈 뜨고 당하는 세상인 걸 나더러 어쩌라고…?"

강의실은 금세 속닥거리며, 복작복작 떠들고 있었다.

김 판사는 강의를 무사히 마쳤다는 안도감에 흐뭇한 표정으로 가볍게 고개를 숙였다. 수강생들도 함께 인사를 나누며, 강의실이 떠나가도록 냅다 소리를 질렀다.

"감사합니다…!"

"…"

떠들썩한 찬사를 받으며, 인사를 마친 그의 표정은 무척 편안한 느낌 속에서 행복해 보였다.

김 판사는 곧장 자신이 가져온 가죽 가방을 챙겨가지고, 강의실을 유유히 빠져나갔다.

수강생들은 그에게 강제경매(채무자의 부동산을 압류하고 경매해 그 대금으로 채권자의 금전 채권을 충당하게 하는 강제집행)부터, 담보권(채무자가 채무를 이행하지 않을 때 채권자가 그 이행을 확보하는 권리) 실행을 위한 임의경매(경매의 권리를 가진 사람이 집행관에게 신청해서 행하는 경매)까지, 알찬 실무를 배웠다.

그래서 모두는 고마움에 목청이 터져라 인사를 했다.

김 판사가 떠난 강의실은 삼삼오오 모인 수강생들로 한동안 소란스러웠다.

잠시 후 출입문이 열리며, 사발 머리 나 교수가 들어섰다. 그의 등장으로 소란스럽던 강의실이 서서히 소강상태로 들어갔다. 이들의 속닥거리는 소리가 차츰 가라앉고 있었다.

수강생들이 그를 빤히 주목하자, 사발 머리 나 교수는 한마디 주절거렸다.

"강의는 잘 들었습니까?"

그는 좌우를 둘러 가며, 수강생들의 반응부터 살폈다.

"예…!"

"…."

대부분의 수강생들은 일단 대답부터 해 놓고 그를 주시하고 있었다.

"예!"

거기에 비해 몇몇 사람들은 하는 둥 마는 둥 건성건성 대답을 하고 있었다.

"아니요!"

"…."

시간이 아쉬웠던 수강생들은 짜증스럽고 아주 신경질적으로 귀싸대기를 후려치듯 소리를 질렀다.

"시간이 너무 촉박했어요!"

저마다 수강생들은 각자 다른 반응을 보이고 있었다.

"하하하! 학교 사정이 허락하는 대로 다시 한번 모시도록 하겠습니다."

사발 머리 나 교수는 달관한 여유로움으로 물었다가 수강생들의 깜짝 반응에 화들짝 놀라고 있었다.

그는 안 되겠다 싶어 얼른 화제를 바꿔 대충 얼버무리는 선에서 얘기를 끝냈다.

사발 머리 나 교수의 속셈을 알기라도 한 것일까? 수강생들은 항의를 하듯 더욱 목청을 높이고 있었다.

그 선두에는 흰머리 윤편인에 목소리가 들려왔다.

"그때가 언제입니까?"

그는 아쉬웠던 시간만큼 쌓인 불만을 해결하려고, 노골적으로 큰소리를 질렀다.

그 순간 사발 머리 나 교수 눈 밑에 미세한 경련이 일면서 잠시 황당한 얼굴로 미간을 잔뜩 찌푸렸다. 그러고는 못마땅한 듯 그를 주시하고 있었다.

"확실하게 약속을 해 주세요, 교수님!"

뒤이어 큰 머리 문정인이 큰소리로 외쳤다. 덩달아 많은 수강생들이 오리 떼처럼 꽥꽥 목청을 높였다.

그 순간 벌겋게 달아오른 사발 머리 나 교수는 어쩔 줄 몰라 몹시 당황한 얼굴을 짓다가 '이래서는 안 되겠다' 싶었다. 그래서 이내 감정을 추슬러 표정을 감추면서 능청스럽게 히죽히죽 거리고 있었다.

"특강이라도 요청하세요!"

이들은 번갈아 소리치며, 그의 목을 조이듯 점점 한쪽 구석으로 몰아갔다. 그의 붉은 얼굴은 창백해졌다가 금세 본 얼굴을 찾아가곤 했다.

그러나 이들의 고함소리는 강의실을 순식간에 난장판 속으로 빠트렸다. 못내 아쉬워하는 수강생들은 나 교수의 약속을 믿을 수 없다는 눈치였다. 그는 당황하면서도 평정심을 잃지 않았다.

대충 예상은 하고 있었다. 하지만, 이 정도까지 뜨겁게 호응할 줄 몰랐다는 표정이었다.

"아… 알겠습니다. 하하하! 학과장님과 의논을 해 보겠습니다."

사발 머리 나 교수는 일단 순간을 모면하려 했다. 그래서 미처 계획에도 없던 말을 늘어놓고서 거짓된 얼굴로 이들을 바라보았다.

"정말입니까?"

뒷자리에 앉아 있던 짱구 머리 나겁재가 냅다 고함을 쳤다. 사발 머리 나 교수는 못 들은 척 외면을 했다. 그러고는 자신의 손목시계를 슬쩍 들여다보며 딴청을 피우고 있었다.

그 모습에 천불이 난 수강생들은 다 소용없다는 것을 뻔히 알면서도 한번 찔러나 보자는 심산이었다. 그러나 그는 이미 마음을 굳힌 듯 모두를 외면한 채 서둘러 주절거렸다.

"자… 자, 그만들 진정하시고, 여러분들이 해야 할 일을 알려 줄 테니 착오 없도록 착실히 메모를 해 두세요."

사발 머리 나 교수는 핑곗거리를 찾다가 새로운 내용을 꺼내 들고는, 빠르게 이어 나갔다.

"여러분이 준비할 과제물은 졸업 논문에 발표할 리포트입니다."

그는 칠판을 놔둔 채 구두로 설명했다. 수강생들은 갑자기 튀어나온 과제물 소리에 어리둥절한 표정이었다.

"…"

그러지 않아도 불만으로 가득 차 신경질이 나서 죽겠는데, 거기다 우는 아이 뺨 때리는 것도 아니고, 생뚱맞게 과제물이라니, 수강생들은 사발 머리 나 교수가 좋게 보일 리가 없었다.

험악한 분위기에 주둥이를 한껏 내민 이들은 눈에 쌍심지를 켜고서 빚쟁이를 만난 듯 쏘아보고 있었다. 이들이 그러든 말든 그는 자기 할 말을 계속 주절거렸다.

"과제물은 다음 달 마지막 주까지 완성시켜 제출하시면 됩니다."

과제물에 대한 설명을 마친 사발 머리 나 교수는 수업을 마치기 위해 무척이나 서두르는 눈치였다. 뭔가 나름 급한 용무가 생긴 표정으로 수시로 도착하는 알람 소리에 가끔씩 핸드폰 문자를 확인하곤 했었다.

아니, 그보다도 이 자리를 빨리 벗어나려는 뻔한 수작처럼 보였다. 수강생들은 갑작스럽게 튀어나온 뜬금없는 소리에도 긴장하지 않았다.

왜냐하면 무료 강좌를 마치고 신청서를 제출하면서 받았던 커리큘럼 내용 안에, 이미 정해져 있던 사항이기 때문이었다.

그것을 알기에, 더 이상 군소리도 못하고, 말똥말똥 노려보는 것으로 그의 개수작에 관한 응징을 대신하고 있었다.

"교수님! 개인이 각자 작성해야 하는 겁니까?"

둥근 머리 맹비견은 똥인지 된장인지, 팀인지 개인인지를 모르겠다며, 목소리에 힘을 주어 물었다.

"아닙니다. 팀원 전체가 하나의 물건을 선정하고, 권리 분석부터 임장까지 끝내시면 됩니다."

좌중을 돌아보다 질문을 받은 사발 머리 나 교수는 둥근 머리 맹비견을 주목하고, 그 작성 과정에 대해 늘어놓았다.

그의 소리에 반응을 보인 둥근 머리 맹비견은 마음속으로 '아하! 배틀이 아니라 일종의 컬래버레이션이라고…' 하고 읊조리며, 고개를 끄덕끄덕거렸다.

그때 삼각 머리 조편재가 이렇게 물어 왔다.

"우리가 직접 서식까지 작성해서 말입니까?"

그는 히죽히죽 웃어 가며, 모두가 궁금해하는 곳을 긁어 주듯 물었다. 다른 수강생들도 그의 질문에 수긍을 하듯 고개를 끄덕였다. 송곳처럼 날카로운 질의에 만족을 한 것 같았다.

그러면서 이들은 만족한 표정으로 두 사람을 번갈아 쏘아보고 있었다.

"그건 그렇지 않습니다. 여러분이 필요로 하는 기초 자료는 조교가 수업을 마치는 대로 제공을 할 겁니다."

사발 머리 나 교수는 삼각 머리 조편재의 눈을 마주 보며 부정을 하듯 오른손을 저어 가며 말했다.

"휴! 그나마 다행이네, 젠장!"

그는 웅얼거리며, 안도하는 눈치였다.

"물건을 분석하는 데는 각종 민원서류가 필요하다는 사실을 여러분도 다 알고 계시죠?"

그는 말끝에 모두를 둘러보며, 광대뼈 살을 유난히 드러낸 채 눈길을 보냈다.

"예…!"

이들은 합창을 하듯 목청을 외쳤다. 그러나 이들 중에는 '지금 무슨 개소리를 하는 거야?' 하며, 상황 파악이 안 되는 수강생들도 더러 섞여 있었다. 그들은 당황한 얼굴로 눈알을 빠르게 좌우로 굴렸다.

그러고는 옆 사람 움직임을 따라 하느라 몹시 굳은 표정이 되어 눈치 보기에 급급해하고 있었다.

"그 서류들도 리포트와 함께 제출하셔야 합니다."

사발 머리 나 교수는 서류 몇 장을 봉투에서 꺼내 한 손에 들어 보였다.

"교수님! 보고서는 성적에 반영됩니까?"

가만히 듣고 있던 흰머리 윤편인은 궁금증이 생겼다. 그래서 참지 못하고, 손을 번쩍 들고서 질문을 했다.

수강생들은 '그래, 맞아, 그거야. 성적에 반영되지도 않는데, 고생할 이유가 없잖아…?' 하는 눈빛으로 서로에게 속닥거리고 있었다.

"물론입니다. 수료식 때 논문 최우수 상장과 메달이 수여될 예정입니다."

사발 머리 나 교수는 답변과 동시에 빙그레 웃었다.

이들은 서로를 쳐다보며 빙긋 웃고는 새로운 사실에 흥미를 느끼듯, 아니 빅뉴스라도 들은 청중처럼 강의실이 떠나가도록 웅성웅성거렸다.

"자격시험도 있습니까?"

고개를 약간 숙이면 정수리가 훤하게 드러나는 속 알머리 봉상관이 턱을 받치고 있던 손을 내리며, 점잖게 물었다.

"물론입니다. 여러분이 학기 동안 배운 과목에 대해서 상담을 할 수 있는 자격의 유무를 알아보는 경매 상담 자격시험도 치를 예정입니다. 즉 경매 상담 인증서를 부여하기 위해 치르는 시험이라고 보시면 됩니다."

말끝에 사발 머리 나 교수는 고개를 끄덕이며, 히죽 웃었다.

"헐…! 대박!"

순간 누군가 놀라 외쳤다.

"으…잉! 그럼 등수도 있습니까?"

속 알머리 봉상관은 눈알을 희번덕거리며, 걱정스러운 표정을 잔뜩 짓고서 다시 물었다.

"아니, 등수는 발표하지 않습니다."

사발 머리 나 교수는 살짝 도리질을 치며, 아니라고 부정했다. 그러고는 히죽 웃고 있었다.

"헐…! 젠장! 그나마 다행이군그래…."

이들은 걱정 속에서도 한숨을 내쉬며, 안도하는 표정이었다.

"그러나 성적 우수자에게 상장과 상패가 수여될 예정입니다."

설명을 마친 사발 머리 나 교수는 모나리자 미소처럼, 신비로운 눈길로 수강생들의 반응을 살피고 있었다.

"와우…! 대박!"

순간 수강생들은 강의실이 떠나가라 탄성을 질렀다.

"우…와 완전 대박!"

순식간에 시장통처럼 변한 강의실은 떠들썩한 목소리로 한동안 북적거렸다. 그 모습을 가만히 지켜보던 사발 머리 나 교수가 이어 주절거렸다.

"자 자, 조용하시고, 민원서류는 몇 가지를 확인해야 하는 건지 누가 대답해 주실 분 없습니까?"

사발 머리 나 교수는 경매를 처음 접하는 수강생들을 배려해 몇 가지 주의 사항을 알려 주려는 눈치였다.

그는 맨 앞줄에 앉아서 열심히 강의를 듣고 있는 미모의 금발 여성에게 눈길을 보내며, 눈짓으로 물었다.

그녀는 갑자기 자신을 가리키자, 고개를 흔들며, '어머, 하필 왜 나야, 저 쌤이 미쳤나 봐…' 하는 눈빛으로 쏘아보고는 모르겠다며, 벌겋게 달아 오른 얼굴로 그의 눈길을 외면해 버렸다.

"얼빠진 놈 그걸 알면 그 여자가 왜 여기 앉아 있겠냐? 흐흐…."

짱구 머리 나겁재는 째리듯 그를 쏘아보며, 입속말을 속살거렸다. 사발 머리 나 교수는 딱하다는 표정을 순간적으로 보였다.

그러고는 어쩔 수 없다는 표정으로 다시 눈길을 돌려 옆자리에 앉아 있는 큰 머리 문정인을 대신 가리켰다. 그는 뜻밖에도 자칫 물음을 기다렸다는 듯이 조금의 주저함도 없이 천천히 주절거렸다.

"음…. 민원서류는 등기사항전부증명서(등기와 관련된 원본을 등사해 작성한 문서)와, 건축대장(건축물을 관리하기 위해 작성하는 서식) 그리고 토지대장(소재·지번·지목·면적, 소유자의 주소·주민등록번호·성명 또는 명칭 등을 등록하는 장부)과, 토지이용계획확인서(토지 이용 계획을 확인하는 내용의 문서) 그리고, 임대차확인증명서(시행 규칙에 따라 특정 사실을 확인하고 이를 증명하는 내용의 문서)가 있으며…. 에… 또 지적도(경계, 도면의 색인도·제명 및 축척, 도곽선 및 도곽선 수치, 좌표에 의해 계산된 경계점 간 거리 등을 등록한 평면 지도) 및 임야도(소재, 지번, 지목, 경계 및 기타 행정자치부령으로 정하는 사항을 등록된 문서) 등과 그 밖에도 부동산 공부公簿가 있습니다."

큰 머리 문정인은 열심히 손가락을 꼽아 가며, 한 가지씩 열거해 갔다. 마치 새끼줄을 뽑아내듯 줄줄이 쏟아 냈다.

"오! 역시 문정인이야…."

여기저기서 팀원들의 찬사가 터져 나왔다.

"잘 설명했습니다. 아주, 훌륭합니다."

사발 머리 나 교수는 엄지손을 척 들어 주며, 그에게 미소 짓고 있었다.

"음, 여기에 보충 설명을 보태자면, 밀린 세금이나, 관리비 정산에 관한 서류도, 확인하셔야 한다는 사실입니다."

그는 말끝에 슬쩍 수강생들의 눈치를 살피고는 계속 강의를 이어 갔다.

"토지는 지상권(토지를 사용하는 권리)과, 지역권(자기 땅의 편익을 위해 타인의 토지를 이용할 수 있는 권리)도 잘 살펴야 한다는 중요한 사실을 잊지 않으셨겠죠? 그리고 이번 과제물에는 농지는 해당 사항이 없지만, 때로는 농지원부 등도 검토해야 한다는 사실을 알고 있어야 합니다."

사발 머리 나 교수는 눈을 크게 뜨며 희번덕대면서 목청을 한껏 높였다.

"예…!"

"…"

이들은 대부분 열심히 대답을 했다. 하지만, 그중 일부는 구렁이 담 넘어가듯이 건성건성 소리만 내고 있었다.

"물론, 유치권이 있으면, 그 정황도 자세하게 조사해야 된다는 사실을 명심하셔야 됩니다."

사발 머리 나 교수는 강의실 전체를 훑어 가며 주의를 주고는, 두 눈을 주억거렸다.

"예⋯!"

그 순간 창가에 앉았던 비둘기들이 고함소리에 놀라 화들짝 날갯짓을 하며, '우라질 인간들 느닷없이 소리는 지르고 난리야⋯.' 하듯이 구구구! 지저귀고는 저 멀리 날아가 버렸다. 순간 사발 머리 나 교수는 다시 한번 핸드폰을 살펴보았다.

"그럼, 오늘은 그만 돌아들 가시고, 다음 주에 또 만납시다."

그는 서둘러 마무리 말을 하고서 이들에게 인사를 받는 둥 마는 둥 급하게 강의실을 빠져나갔다.

제5장

리포트
컬래버레이션

팀 미팅

사발 머리 나 교수가 사라지는 뒷모습을 지켜보던 수강생들도 하나둘씩 무리를 지어 강의실을 떠나가고 있었다. 그들이 떠난 빈자리는 남아 있는 목소리들로 채워져 파동은 순간을 넘나들었다.

공간을 메워 가듯 강의실은 메아리만 왕왕 울려 대고 있었다. 그때 미모의 명 총무는 흩어진 자신의 개인 사물을 챙겨 가며, 앞자리를 향해 주절거렸다.

"팀장님! 우리 팀도 무슨 물건을 선정할지를 의논해야 되지 않을까요?"

그녀는 과제물로 어떤 물건을 선정해야 할지 몰라 답답해하던 터였다. 그래서 총무로서의 의무감도 있고 해서 속 알머리 봉 팀장을 향해 물었다.

"당연히 그래야 되겠죠? 그럼, 총무님이 팀원들이 각자 흩어지기 전에 서둘러 회신을 돌리시겠습니까?"

속 알머리 봉상관은 그녀가 왜 그러는지 알고 있기에 대뜸 경쾌한 목소리로 대답했다.

"어디로 모이라고 할까요?"

미모의 명정관은 마땅한 장소를 정하기가 애매했다. 그래서 몹시 난처한 표정으로 되물었다.

그러고는 가만히 아름드리 다듬어진 머리를 만지작거리며 서 있었다.

"허허허! 글쎄요, 우리가 먼저 모였던 장소는 어떻겠습니까?"

속 알머리 봉 팀장은 혀를 날름대고는 그녀에게 되물었다. 그도 딱히 생각나는 곳이 없었다. 그래서 일전에 이용했던 먹자골목 돼지갈비 식당을 들먹이고 있었다.

"뭐 팀장님 좋을 대로 하세요, 그럼 제가 팀원들을 그리로 오시라고, 문자를 보낼까요?"

그녀는 대화를 하면서도 왠지 모르게 그가 영 거추장스러웠다.

왜냐하면 속 알머리 봉 팀장이 자신을 대하는 눈빛이 음흉스럽고, 능청스러웠기 때문이었다. 그래서 그녀는 그를 대할 때마다 몹시 어색하고 민망했었다.

하지만, 총무를 맡고 있어 어쩔 수 없다는 자포자기 심정이었다. 그래서 능글능글하고 추한 모습을 꾹 참아 내면서도 한편으로는 여간 못마땅했었다.

그런데 요즘 들어 그의 뜨거운 눈길이 더욱 극성을 부렸다. 그녀는 연신 미간을 찌푸렸다가 다시 표정을 고치곤 얄궂은 미소로 그를 대했다.

"총무님이 허허허! 수고 좀 해 주세요."

그녀와 달리 속 알머리 봉상관은 오늘따라 아름다운 미모에 취했다. 그래서 그녀를 바라보는 눈빛이 여간 예사롭지 않았다. 그녀가 좋아하는 눈치인지 싫어하는 눈치인지에 대해 그는 도통 관심이 없었다.

오로지 자신이 추구하는 유토피아, 아니 끝없는 욕정의 충족만이 중요했다. 속 알머리 봉상관은 자신의 마음속에 들어온 그녀를 처음 본 순간부터 왠지 모르게 수없이 간음을 했었다.

그는 그렇게 상상 속에서 남모를 욕정을 채웠다.

그가 미모의 명정관의 탐스러운 알몸을 더듬고, 애무하면서, 자신을 받아들이는 그녀의 깊은 늪에 빠져, 허우적대는 사랑의 유희를 즐겼다.

그러다 제정신이 돌아올 때면, 늦은 나이에도 아랫도리에 주책없는 무게감을 느끼곤 했었다.

그렇다고 관음증의 전조 증상이나 마조히즘에 빠진 것은 아니었다. 다만 그렇게 하고 싶다는 늙은 갈망일 뿐이었다. 그때 미모의 명정관의 아리따운 목소리가 들려왔다.

"팀장님! 우리도 음식점으로 출발해야 되겠죠?"

그 말과 동시에 그녀는 대뜸 속 알머리 봉상관의 팔짱을 끼고서 발걸음을 재촉했다. 그 순간 그는 심장이 녹아 들어가는 미묘한 전류가 감정을 파고들었다.

그래서 형언할 수 없는 뇌파의 충동을 그녀로부터 강하게 느끼고 있었다.

"어…어, 허허허! 그럽시다."

속 알머리 봉상관은 마법에 걸린 병정처럼 그녀의 말에 오금을 펴지 못했다. 그래서 손오공이 삼장법사 손아귀를 벗어나지 못하는 것처럼 고분고분했다.

돈 사랑 총무 미모의 명정관은 팔색조 미녀로, 기획과 업무분야에 재능을 가진 지성미 넘치는 재원으로, 때로는 애교를 부릴 줄도 아는 재치와 끼를 겸비한, 재색을 두루 갖춘 늘씬한 여자였다.

그녀는 명예를 중시하다가도 이따금씩 허점을 드러내기도 했다. 자존심도 강해 높은 긍지가 그녀의 삶의 전부였다.

반면 결벽성을 가지고 있어 한번 눈 밖에 나면 결별을 두려워하지 않았다. 그녀는 자신이 좋아하는 남성이 과격하거나, 멋대로 노는 꼴을 두고 보지 못하는 성격이었다.

그러나 날아드는 꿀벌에게 가끔은 꽃향기를 느끼도록 모호한 교태를 부리는 버릇이 있어 곧잘 오해를 사기도 했다.

한편 강의실을 먼저 빠져나온 팀원들은 명 총무로부터 문자를 받고, '아니 이런 것은 미리미리 서둘러 보낼 일이지…. 젠장!' 하며 투덜거렸다.

그러고는 가던 발걸음을 우회해 먹자골목 돼지갈비집으로 발길을 돌렸다.

흰머리 윤편인은 귀가하려고 운전대를 잡고 있다가 방향을 돌려 제일 먼저 음식점에 도착해 있었다.

모임 장소로 결정된 돼지갈비 이층집은 대학생들이 수시로 드나드는 저렴한 단골 식당이었다. 대학가 먹자골목 안에 있어 맛도 일품이었지만, 이들로서는 서비스가 그만한 집이 없었다.

먼저 도착한 흰머리 윤편인과 몇몇 팀원들은 아직 도착하지 못한 얼굴들을 한동안 기다려야 했다.

그러나 지방서 올라온 새치 머리 안편관은 기차 시간 때문에 먼저 간다는 문자를 보내왔다.

그는 늘 기차표를 미리 예매하고 수업에 참석하는 관계로, 사전 예고도 없이 벌이는 미팅은 참여할 수 없었다.

기다림 끝에, 먼저 간 새치 머리 안편관을 제외하고 나머지 팀원 아홉 명이 한자리에 모였다.

마지막으로 미모의 명 총무와 함께 도착한 속 알머리 봉 팀장은, 종업원이 지나가자 그를 불러 세웠다.

그러고는 미모의 명 총무에게 슬쩍 눈치를 주면서 주문하라고 권했다.

그녀는 알겠다며 고개를 끄덕였다. 그러고는 종업원을 향해 조용히 주절거렸다.

"여기요…. 일단은 돼지갈비 9인분하고요, 잠시만…요. 저…, 술은 뭘로 주문할까요?"

그녀는 음식을 시키다 말고 먼저 모두의 의향을 물었다.

"돼지갈비엔 소주죠, 우리 소주로 통일합시다. 다들 어때요?"

속 알머리 봉상관은 먼저 말을 꺼내면서 한 사람씩 돌아가며 쓱 눈치를 살폈다.

그러나 팀원들은 무슨 할 말들이 그리도 많아 속닥거리느라 정신들이 없었다. 그때 짱구 머리 나겁재가 나서며, 목청을 높여 이렇게 주절거렸다.

"암요…. 돼지갈비에 소주가 대낄이죠."

그는 해쭉 웃고서 엄지손을 세워 말했다.

"그럼, 모두 소주로 통일할까요?"

총무 명정관은 얼굴에 미소를 그려 가며 다시 확인하듯 되물었다.

"예!"

여기저기서 일부의 팀원들이 목청을 높였다.

"저도요!"

뒤늦게 흰머리 윤편인이 겸연쩍게 소리쳤다. 대부분의 팀원들은 고개를 끄덕거리며, 동그라미를 만들어 그에게 보였다. 그와 동시에 미모의 명 총무가 서둘러 주절거렸다.

"두꺼비 빨간 놈으로 다섯 병 주세요."

그녀는 빨간 뚜껑이 알코올 도수가 높다는 것을 알고 있는 듯 적당량을 주문했다.

주문서에 체크를 마친 허리가 가냘픈 여종업원은 잠시만 기다려 달라고 말했다.

그리고는 가볍게 고개를 까닥 숙이고, 커다란 홍부 박을 연상시키듯, 히프를 좌우로 흔들며 돌아갔다. 그 순간은 속 알머리 봉상관은 그녀를 향해 잽싸게 주절거렸다.

"여기, 천천히 주셔도 됩니다!"

속 알머리 봉 팀장은 음식을 먹기 전에 먼저 처리할 문제를 생각하고, 그렇게 외쳤다. 여종업원이 가던 발걸음을 잠시 멈추고, 힐끔 돌아보면서 알겠다는 듯이 고개를 끄덕였다.

그는 고개를 돌려 잠시 분위기를 조성을 하듯, 여유를 부렸다. 그러고는 곧바로 팀원들의 시선을 향해 크게 주절거렸다.

"우리가 모인 이유는 제가 굳이 설명을 안 해도 모두들 알고 계시죠?"

그는 회의 분위기를 조성을 하듯, 좌중을 둘러보면서 서두를 꺼냈다.

팀원들은 문자를 이미 받아 보고 알고 있다는 듯, 가볍게 고개를 끄덕거렸다.

"예…. 대충 알고 있습니다."

흰머리 윤편인은 그의 얼굴을 마주 보며, 고개를 끄덕거렸다.

"총무님! 음식이 나오기 전에 아예 임무를 정합시다."

속 알머리 봉상관은 일방적으로 말했다. 팀원들은 '뭔 귀신 씻나락 까먹는 소리를 하고 자빠졌나?' 싶어, 그를 일제히 쏘아보면서 정말로 어이가 없다는 표정을 하고 있었다.

"크크! 팀장님 의도는 알겠습니다. 하지만, 각자 임무는 물건을 정하고 난 뒤에 결정해야 될 것 같은데요?"

그녀는 순서를 뒤바꿔서 말하는 팀장이 이상했다. 그래서 잇몸을 드러낸 채 키득키득거렸다.

그제야 분위기를 파악한 속 알머리 봉상관은 갑자기 등 뒤에서 식은땀이 솟아 흘러내렸다. 그는 순간 당황한 표정을 짓고서 이렇게 주절거렸다.

"내가 순서를 바꿔서 얘기했나? 흐흐…"

그는 씁쓰레한 웃음을 보이며 중얼거렸다.

속 알머리 봉 팀장은 순간 자신도 무안해 벗어진 이마를 가만히 쓸어 넘겼다. 그리고는 붉어진 낯빛으로 조용히 히죽거리고 있었다.

미모의 명 총무가 안타까운 눈빛으로 '나이는 못 속이는구나?' 생각하며, 그를 바라보았다. 그때 속 알머리 봉상관은 능청스러운 얼굴로 겸연쩍게 주절거렸다.

"미안 총무님, 나이를 먹으면 가끔은 뒤죽박죽 내뱉기도 하는 겁니다. 허허허!"

속 알머리 봉상관은 괜히 계면쩍고, 쑥스러워 그녀를 향해 너털웃음을 웃었다.

"가끔씩, 그럴 때가 있더라고요."

그녀는 귀염성 있게 피식 웃어 가며 받아 주었다. 그러고는, 아름드리 머릿결을 찰랑대며 계속 주절거렸다.

"먼저 경매 물건부터 정하고 난 뒤에, 그다음으로 리포트 작성 팀과 임장활동 팀으로 양분하면 어떨까요? 뭐 그것도 아니면, 경매 물건을 각자 알아서 선택하고, 독자적으로 내용을 정리한 뒤에 다시 모여 결론을 도출해 내시든가요."

미모의 명정관은 해결 보따리를 풀어 놓듯이 새로운 안건을 먼저 내놓았다.

그리고 사내 녀석들의 눈치를 살피고 있었다.

"만약… 경매 물건을 선택 한다면, 부동산 가운데 빌딩, 또는 아파트, 그것도 아니면 상가주택이나 다세대 그리고 단독주택 중 다가구나 다중주택, 한옥. 참! 연립빌라까지. 이런 것 등이 있는데 어느 물건이 좋을까요?"

속 알머리 봉상관은 좀 전에 한 말실수가 여간 신경이 쓰였다. 그래서 조심스럽게 입을 열고서 그녀의 표정을 힐끔거렸다.

"제 생각은 빌딩 하나면 적당할 것 같은데… 여러분 생각은 어떠신지요?"

흰머리 윤편인은 넌지시 자신의 생각을 묻고서 좌우 눈꼬리에 미세한 경련을 일으키며, 주위를 살폈다.

"빌딩은 권리 분석이 여간 어렵지 않을 텐데요?"

상구 머리 노식신은 입을 삐죽 내밀었다. 그리고 오른손을 흔들어 가면서 반론을 폈다. 그의 인상에 흐르는 아니꼬운 눈초리가 '자식 더럽게 잘난 척하고 자빠졌네.' 하는 표정이었다. 그때 둥근 머리 맹비견이 불쑥 나서며 빠르게 주절거렸다.

"어차피 아파트를 분석하나, 빌딩을 분석하나, 신경 써야 하는 것은 마찬가지 아닌가요?"

그는 무지하면 용감하다고, 순간적 판단 미스를 했다. 그래서 권리 분석이 물 말아 먹듯 별일이 아닌 것처럼 우습게 생각하고 말했다.

"그건 잘 모르시고 하시는 말씀 같은데, 제 생각은 권리 분석이 됐든, 임장이 됐든, 아무튼, 어느 분이 담당할지 모르겠지만, 제 생각에는 아파트보다 빌딩 분석이 여간 까다롭지 않을 거라고 생각이 듭니다. 물론 컬래버레이션으로 다 함께 참여한다면 작업은 의외로 쉽게 끝낼 수도 있겠지만 말입니다."

상구 머리 노식신은 그의 어이없는 의견을 반박하면서 모두가 참여하는 쪽으로 여론을 몰아가고 있었다.

"젠장! 어차피 권리 분석하는 거 수고하는 것은 매일반인데 이왕이면 금적금왕擒賊擒王이라고, 크게 갑시다."

삼각 머리 조편재는 가만히 듣자하니 '아파트보다야 빌딩이 아무려면 낫지 않을까?' 싶어 그쪽으로 기우는 눈치였다. 그는 여럿이 함께 한다면, 아무래도 덩어리가 커야 그나마 모양새가 있다고 생각했다.

그 순간 옆자리에 앉아 있던 젤 바른 선정재가 슬그머니 주절거렸다.

"저는 작은 물건도 괜찮을 성싶은데…. 흐흐…."

그는 속마음과 달리 괜한 시기심에 삼각 머리 조편재를 견제하 듯 실실 웃어 가며 중얼거렸다. 삼각 머리 조편재는 가만히 듣고 있자니 그의 소리가 역겨웠다.

그래 살쾡이 눈을 부라리듯 눈초리를 가늘게 뜨고 그를 죽일 듯 쏘아보았다.

그러고는 즉시 대거리를 하고 나섰다.

"그건 아니죠, 일단 기선부터 제압을 해 놓고 봐야 우리가 돋보입 니다."

삼각 머리 조편재는 그를 반격하듯 잽싸게 맞받아쳤다.

잠시 분위기가 싸늘하게 식어 갔다. 순간 짱구 머리 나겁재가 불 쑥 나서 넉살스럽게 주절거렸다.

"완전 맞죠, 아… 아파트가 빌딩보다 뽀대나면 젠장맞을! 이건 완 전 사기죠. 하하하!"

그는 슬쩍 분위기를 띄우며, 능청스러운 몸짓과 익살맞은 목소 리로 모두를 웃음의 도가니로 몰아넣었다.

순간 긴장이 흐르던 방 안 공기는 졸지에 **빵** 터졌다.

그의 개그 한마디에 분위기가 한순간에 역전되어 팀원들은 서로 를 쳐다보며 배꼽을 잡듯 웃고 있었다.

"까르르…!"

"으하하하…!"

그의 몸짓 하나에 모두가 낄낄거렸다.

"흐흐…. 나 교수님 이야기가 사실이라면, 아무래도 빌딩이 좋을 듯싶습니다."

상구 머리 노식신은 처음 주장과 달리 그의 말에 힘을 싣듯 말했다. 그는 수상자만 상을 준다는 나 교수의 말이 떠오르는 순간 '아차!' 싶어 갑자기 잠자던 오기가 발작을 일으켰다. 그는 경쟁심에 어느새 마음을 돌렸다.

"호호호! 제 생각도 같습니다. 하지만, 누가 리포트를 작성하지요?"

미모의 명정관은 웃다 말고서 잠시 걱정하는 표정을 보였다. 그러고는 속 알머리 봉상관에게 묻듯이 그를 슬며시 올려다보았다. 그때 흰머리 윤편인은 드러나지 않게 살며시 웃고 있었다.

"정말! 그 작업을 누가 맡죠?"

속 알머리 봉 팀장은 좌우를 둘러보면서 걱정스러운 얼굴로 중얼거렸다.

"에잇… 그런 걱정은 붙들어 매셔도 됩니다. 설마 누가 한들 저보다 못하겠습니까?"

흰머리 윤편인은 거들먹대듯이 그까짓 것, 하는 여유를 보이면서 히죽 웃었다.

그때 큰 머리 문정인이 불쑥 나서며 천천히 주절거렸다.

"여러분들의 의견을 존중합니다. 하지만, 제 생각은 좀 다릅니다. 가령 두 개 조나 세 개 조로 팀원을 나누면 어떨까? 싶습니다. 왜냐하면 배틀 방식은 서로에게 자극이 되기도 하지만, 우수한 리포트가 나올 가능성도 크기 때문입니다."

그는 '이건 아니다' 싶어 색다른 자기주장을 꺼내 놓고 말했다.

"그것도 굿 아이디어 같은데요?"

둥근 머리 맹비견은 손가락을 문질러 '딱!' 소리를 내고는, 곧바로 엄지손을 추켜세웠다.

"예…. 저도 그게 좋겠습니다."

짱구 머리 나겁재가 줏대 없이 동참하겠다며 나섰다. 그는 '친구 따라 강남 간다'고, 둥근 머리 맹비견이 좋다고 하자, 슬그머니 얹혀 가는 모양새를 취했다.

가만히 듣고 있던 흰머리 윤편인도 '그러는 것도 좋겠다.' 싶어 한마디 얹어 주절거렸다.

"저도 나쁘지 않다고 봅니다. 모두가 원하는 방법을 선택해야 민주적이니까요."

그는 말은 그럴싸하게 하고 있었다. 하지만, 경쟁 방식도 괜찮다 싶었다.

왜냐하면 미꾸라지가 사는 논 구덩이에 정적이 나타나면 생존을 위한 미꾸라지는 아주 팔팔하게 힘이 세져 사람들에게 맛있는 식감을 제공하기 때문이었다.

게다가 단체로 움직일 때는 뒷말이 없는 것이 좋다는 주의였다.

그의 의견에 망설이던 팀원들도 하나둘씩 동참을 하고 나섰다. 비로소 의견이 하나로 모아졌다.

"좋아요, 다들 문정인님 의견에 동의하시나요?"

미모의 명정관은 엄숙한 표정을 짓고서 이들을 향해 다시 한번 조심스럽게 물었다.

그녀는 팀장의 체면을 염두에 두는 총무 입장에서 그가 아무래도 신경이 쓰였다.

"아니, 물건을 다양하게 선택해서 그중에 제일 잘된 리포터를 제출하자는 것 같은데, 그게 뭐 나쁠 거야 없잖습니까?"

속 알머리 봉상관은 그녀의 효과 덕택으로 평소와 다르게 통 크게 받아들이고 있었다.

그녀는 '어머, 영감탱이가 웬일이래? 호호!' 하며 속살대고는, '잘됐다' 싶어, 그에게 눈짓을 하면서 가만히 주절거렸다.

"팀장님! 먼저 팀부터 나누시죠?"

"…"

"그럼 그럴까요? 허허허! 팀 구성은 어떻게 짜면 좋겠습니까?"

속 알머리 봉상관은 그녀의 눈짓 한 번에 오금도 제대로 못 펴고는 순순히 응했다. 그래도 무엇이 좋은지 연신 실실 웃어 가며, 모두에게 의견을 구하고 있었다.

"글쎄요? 사는 구역을 기준하면 어떻겠습니까? 흐흐…"

둥근 머리 맹비견은 촐싹대듯 연신 갸웃갸웃거렸다.

팀원들은 그것도 나쁘지 않다는 표정을 보이며, 고개를 끄덕이고 있었다.

"서로 협력하기에는 아무래도 이웃해 사는 것이 좋겠죠?" 미모의 명정관은 좋은 생각 같다며, 환하게 미소를 짓고 중얼거렸다.

그녀는 가까운 곳에 살아야 그만큼 서로 간에 협력하기도 유리

하다는 생각을 했다.

그녀의 말이 타당성이 있다고 생각한 흰머리 윤편인은 가만히 팀원들을 둘러보았다. 그러고서, 손에 들고 있던 물컵을 탁자 위에 내려놓고는, 곧바로 주절거렸다.

"마포구에 사시는 분 없으세요? 아니면 가까운 곳에 사시는 분도 좋습니다."

흰머리 윤편인은 둘레둘레 주위를 살피며, 도톰한 손을 가만히 흔들었다.

"저요!"

둥근 머리 맹비견이 오른손을 번쩍 들며 외쳤다.

"저도요!"

그의 옆자리에 나란히 앉아 있던 짱구 머리 나겁재가 자신도 근처에 산다며, 가세하고 나섰다. 그 순간 맞은편에서 가만히 지켜보고 있던 큰 머리 문정인이 자신과 함께할 팀원을 구한다며, 서둘러 주절거렸다.

"강남구 근처에 사시는 분 누구 있으시면 함께합시다."

그는 아주 점잖게 말했다. 그리고 나머지 팀원들의 얼굴을 일일이 돌아보며 기다렸다.

"어머, 저도 그쪽에 살아요."

그녀는 밝은 미소로 기다렸다는 듯이 손을 들고 말했다.

이어서 근처에 살고 있는 젤 바른 선정재가 사는 지역이 같다며, 합세를 하고 나섰다. 이들을 조용히 지켜보고 있던 삼각 머리 조편재가 질시에 찬 표정으로 왼손을 들고 마지막으로 나섰다.

"성동구에 사시는 분 찾습니당!"

"…"

삼각 머리 조편재는 코믹한 영감 목소리를 내며 실 웃었다.

"까르르…!"

순간 빵 터진 그녀의 웃음소리에 모두가 방 안이 떠들썩하도록 낄낄거렸다.

"으하하하…!"

"…"

짓궂은 그의 익살스러운 몸짓과 목소리에 팀원들은 해맑게 웃고 있었다.

"흐흐흐…. 저는 성동구는 아니지만, 그 팀에 합류해야 되겠습니다."

"…"

상구 머리 노식신은 눈물을 짜내며 한바탕 웃고는 그렇게 말했다.

그는 성동구와 가까운 근처에 살고 있어 구는 달랐다. 하지만, 남은 인원이 둘뿐이라는 사실에 선택에 여지가 없었다.

"그럼, 나만 외톨이로 남았네…. 혼자 하려니 그렇고, 뭐, 어쩔 수 없지, 인원이 적은 쪽으로 붙는 수밖에. 그러는 게 좋겠죠?"

속 알머리 봉상관의 물음에 팀원들은 머리를 끄덕였다. 그러고는, 손가락으로 동그라미를 만들어 그에게 보여 주었다. 그는 용산

구에 살고 있어 개인적으로 팀을 꾸리려 했었다. 그러나 인원도 부족하고 서로의 균형을 맞추기 위해 생각을 바꿔 먹었다. 그래서 성동구로 합세하기로 한 것이었다.

그렇게 돈 사랑 팀원들은 지방에 거주하는 새치 머리 안편관을 제외한 채 조 편성을 세 개 조로 나누었다.

이들의 과제물 회의는 이렇게 일단락을 지었다.

시기적절하게 때맞춰 주문한 술과 음식이 차례대로 들어오고 있었다.

돼지갈비는 주방에서 대충 구워져 나왔다. 코끝을 자극하며 찌르는 맛있는 고기 냄새가 미치고 환장할 정도로 이들의 침샘을 자극했다.

순간 회의 분위기는 삽시간에 흐트러졌다.

위장의 충동질에 팀원들은 누가 먼저라고 할 것도 없이 젓가락을 집어 들었다. 그리고 쏜살같이 달려들어 먹기 시작했다. 흰머리 윤편인과 몇몇 팀원들은 술상 위에 익어 가는 돼지갈비보다 술이 먼저 고팠다.

이들은 얼른 팔을 뻗어 소주병부터 집어 들고는 잽싸게 뚜껑부터 돌렸다. 시골 장마당 닭 장수가 잔인하게 닭 머리를 비틀어 잡는 것처럼 힘껏 돌렸다. 병뚜껑이 '빠드득' 소리를 내면서 획 튕겨져 나왔다.

소주병을 잡은 흰머리 윤편인은 한사람씩 돌아가며, 술잔을 권했다.

그는 내민 빈 술잔에 자신의 정감을 담아 주듯 소주를 가득히 따라 주었다.

"자… 자, '금강산도 식후경'이라는데 우선 배부터 채우고 봅시다."

그러거나 말거나 상구 머리 노식신은 식욕이 당겨 한마디 내뱉고는 얼른 구워진 돼지갈비를 집어 들었다.

그러고는 황해도 의적 임꺽정처럼, 아니, 험상궂은 산 도둑놈처럼, 맛깔나게 뜯어 먹기 시작했다.

팀원들도 그에 뒤질세라 구워진 돼지갈비를 골라다가 살뜰하게 뜯어 먹고 있었다.

산만해진 분위기로 회의는 잠시 중단된 채로, 이들은 서로 먹기 경쟁이라도 벌이듯 허기진 배를 채우고 있었다.

"먹어, 먹어. 먹는 게 남는 거야. 히…."

짱구 머리 나겁재는 누구 들으라고 하는 말처럼 연신 중얼중얼거리며, 갈비를 뜯고 있었다. 일부 팀원들은 참았던 식탐을 채워 가며, 상추 잎에 돼지갈비와 마늘을 차례대로 올려놓았다.

그리고 침샘이 자르르 흐르는 입 속으로 꾹꾹 쑤셔 넣고는 맛깔나게 씹고 있었다.

"팀장님! 건배 한번 해야죠?"

짱구 머리 나겁재는 빈 잔에 소주를 가득 따라 주면서 건배하는 시늉을 해 보였다.

"허허허! 좋죠, 뭐 그럽시다."

속 알머리 봉상관은 활짝 웃어 가며, 채워진 술잔을 앞으로 내밀었다. 그러고는 모두에게 건배를 제의했다.

"자… 자, 모두들 잔을 채우시고, 거국적으로 우리 건배를 한번 합시다."

그의 건배 제의에 팀원들은 서둘러 빈 술잔을 서로 채워 주고서, 가만히 들고 있었다.

속 알머리 봉상관은 주위를 획 둘러보면서, 냅다 소리쳤다.

"돈 사랑 팀!"

하고 목청을 힘껏 올렸다. 기다리던 팀원들은 곧바로,

"위하여…!"

소리를 지르며, 술잔을 강하게 부딪쳤다.

이들은 술잔이 비워지기 무섭게 서로를 채워 주며, 마시기를 권했다. 술잔은 거듭거듭 포석정을 굽이치듯, 차례대로 돌아가고 있었다.

흰머리 윤편인은 홍취가 오르자 이방원의 「하여가」를 읊어 댔다. 팀원들도 이런들 어떠하고, 저런들 어떠하냐며, 달달한 소주 맛에 취해 갔다.

큰 머리 문정인은 답가로 정몽주의 「단심가」로 받았다. 팀원들은 이 몸이 일백 번 다시 죽어, 백골이 흙과 먼지가 되어도, 돈 사랑께 일편단심 충성을 다하겠다며, 잔을 높이 치켜들어 건배를 외쳤다.

"여러분! 안편관 씨가 개인 사정으로 참석을 못 했는데, 그를 위해서도 건배를 한번 합시다."

속 알머리 봉상관은 어쩌다 그의 빈자리가 허전해 보였다.

그래서 돌연 그를 챙기고 나왔다. 팀원들은 그거 좋은 생각이라며, 일제히 반기면서 고개를 끄덕거렸다.

그런데 뜻밖에도 속 알머리 봉 팀장의 한마디가 이들의 귀를 경악 시키고 말았다. 왜냐하면 그가 이렇게 주절거렸기 때문이었다.

"건배사는 잘 가세요, 편관 씨 다음 주에 또 만나요."

"자…, 건배!"

그는 말과 동시에 술잔을 높이 치켜들었다. 팀원들은 취중에도 건배사가 좀 엉뚱해, 피식피식 헛웃음을 터트렸다. 흰머리 윤편인은 생뚱맞은 눈길로 그를 쏘아보며, 실실 웃고 있었다.

"우라질 영감태기 건배사가 좀 거시기 하네. 흐흐…."

둥근 머리 맹비견은 해죽해죽 웃어 가며, 혼잣말을 웅얼거렸다.

"크크!"

미모의 명정관은 좀 엉뚱하긴 해도 나름 건배사가 재미있어 해밝은 웃음을 담고서 키득키득거렸다. 그녀의 웃음소리에 팀원들도 슬며시 고개를 숙인 채 가볍게 어깨를 들썩거리며 웃기 시작했다.

"크크 흐흐…!"

"…."

"흐흐흐…."

"건배!"

흔들리는 소주잔을 치켜든 팀원들은 웃음을 참느라, 속 알머리 봉 팀장보다 한 박자 뒤에 건배를 외쳤다.

그러고는 잠시 후 분위기를 살피던 미모의 명정관이 한마디 주절거렸다.

"팀장님! 음식을 들면서 못다 한 이야기를 마저 끝내면 어떨까요?"

그녀는 회의 중에 음식이 들어오면서 중도에 잠시 끊어져, 못다 한 이야기의 결론을 끝내고 싶어 했다.

그러던 차에 잠깐 틈이 생기자, 이때다 싶어 넌지시 그의 의중을 물었다.

"이야기라고 해 봐야 별게 있습니까?"

젤 바른 선정재는 두 사람의 대화를 가로채듯 끼어들어 미모의 명정관의 빈 술잔을 채워 주며 중얼거렸다.

그녀는 자기들 관심사에 빠져 있는 다른 팀원들과 달리 자신의 말에 관심을 기울여 주는 핸섬남 젤 바른 선정재가 괜히 고마웠다.

그래서 그랬을까? 그윽한 눈길로 바라보며, 그가 따라 준 소주를 날름날름 받아 마셨다. 그러는 가운데 그녀는 속 알머리 봉상관의 대답을 기다리고 있었다.

딴청을 피우다 젤 바른 선정재가 불쑥 나서자 그는 바짝 긴장을 하면서 서둘러 주절거렸다.

"아하! 경매 물건을 정하자 이 말입니까?"

잔을 비운 속 알머리 봉상관이 금세 표정을 바꿔 가며, 거들먹거리듯 응대를 했다.

그때 옆자리에서 누군가 불쑥 나서며 타박하듯 빠르게 주절거렸다.

"뭐가… 그리 복잡합니까? 각조가 알아서 선택하면 될 텐데 안 그렇습니까?"

흰머리 윤편인은 별것도 아닌 일을 가지고 웬 수선이냐며 모지락스럽게 목청을 높였다. 그는 좀 전에 이들에게 은근히 심통이 났던 모양이었다.

"그럼, 조원들끼리 알아서 하면 되겠네, 뭐."

삼각 머리 조편재는 술기운에 나오는 대로 지껄이고는, 붉어진 얼굴로 모두를 희번덕거리며, 둘러보았다.

그녀는 어이가 없어 붉게 물든 해당화 얼굴로 그들을 쏘아보면서 한동안 침묵하고 있었다.

"허허허! 의논하고 자시고 할 것도 없이 그러면 되겠습니다. 어때요? 다른 분들은…?"

속 알머리 봉상관은 그녀가 난처한 얼굴로 침묵하고 있자, 얼른 말을 받아서 모두에게 되물었다.

"아 예, 뭐 그럽시다. 쉬운 방법 두고서 돌아갈 필요는 없잖습니까? 이쯤에서 다들 그렇게 알고 끝냅시다."

흰머리 윤편인은 좌중을 쓰윽 살피며, 동의하는 뜻에서 말했다.

"그게 좋겠습니다."

조용히 듣고만 있던 큰 머리 문정인이 공감을 한다며, 찬성을 하고 나왔다.

"그럼, 각 조가 알아서 하는 걸로 합시다."

속 알머리 봉 팀장은 속이 상해 노기가 서린 그녀의 얼굴을 힐끔 쳤다 보고는 말을 이어 갔다.

그 순간 그녀는 속으로 생각했다. '아… 개똥도 다 약에 쓸데가 있다고, 영감탱이가 이럴 때는 제법 쓸 만하네.' 하는 눈빛으로 그를 쏘아보며, 조용히 미소를 날리고 있었다.

속 알머리 봉상관은 그녀의 기대를 저버리지 않으려는 심산으로 제법 강단 있게 지껄였다.

"과제물은 리포트 작성이 끝나면 그때 결정하는 걸로 합시다."

그는 말을 끝내고 붉어진 얼굴로 흰머리 윤편인을 쏘아보았다.

그 순간 팀장 봉상관의 눈빛에서 반짝이는 단호함 같은 형언할 수 없는 기운을 읽을 수 있었다. 그래서 그랬을까? 흰머리 윤편인 은 즉시 주절거렸다.

"당연, 그게 순서 아니겠어요?"

그는 속 알머리 봉상관의 말을 받아 주고서 고개를 끄덕였다. 모 두가 긍정을 하듯 가만히 그를 바라보고 있었다. 그때 미모의 명 총무가 나서며 빠르게 주절거렸다.

"모두들 그렇게 하는 겁니다. 나중에 딴소리하기 없기예요? 호호 호!"

미모의 명정관은 그때야 비로소 앙살을 떨며, 콧소리를 냈다.

속 알머리 봉상관은 이제야 마음이 놓여 흐뭇한 낯빛으로 그녀를 향해 해바라기한 채 웃고 있었다.

한편 흰머리 윤편인은 헛물켜는 팀장 봉상관이 왠지 모르게 안타까웠다.

그러나 두 사람이 벌이는 재미있는 구경거리를 놓칠 수는 없었다. 아니, 참견할 수 있는 사이가 아니라 그랬을까? 하여튼 모르는 척 시치미를 떼고 외면한 채 있었다.

"아… 예!"

팀원들은 흥얼흥얼 건성건성 대꾸하며, 서로에게 술잔을 건네 주고받았다.

"네… 네~!"

흰머리 윤편인은 사람 좋게 웃어 가며, 대답을 했다.

"그럽시다, 뭐…. 흐흐흐."

이들은 취중이라 다들 웃음을 머금고, 술기운에 연신 고개를 까닥까닥거렸다. 술자리는 어둠으로 달려가며, 잔을 비우고 있었다.

핸섬남 젤 바른 선정재는 옆자리에 앉은 그녀에게 계속 술잔을 권했다. 미모의 명정관은 웬일로 다른 팀원들이 권하는 술잔은 받아 놓고 마시지는 않아도, 이상스럽게도 젤 바른 선정재가 권하는 술은 최면에 걸린 듯 넙죽넙죽 잘도 받아 마시고 있었다.

그러나 그녀는 결국 술을 이겨 내지 못한 채 얼마 못 가서 쓰러졌다. 그리고는 잠시 기절해 죽은 듯이 엎드려 잠이 들었다. 그러든 말든 사내들은 한동안 걸쩍지근한 화제들로 안주를 삼아 이야기를 통째로 씹어 가면서 많은 시간이 흘러가고 있었다.

"명 총무님! 이제 2차 가야죠, 어서 일어나 노래방에 갑시다. 빨리 일어나 보세요!"

속 알머리 봉상관은 독이 잔뜩 오른 불쾌한 낯짝으로 득달같이 그녀를 깨었다. 그의 목소리는 어딘지 모르게 몹시 노골적인 불만이 드러나 있었다.

가만히 지켜보고 있던 젤 바른 선정재도 안 되겠다 싶어 잠시 그녀를 가볍게 흔들어 깨었다. 그러나 마음에 품었던 사내 옆에서 깜박 정신을 잃은 미모의 명정관은 어느새 깊은 잠에 취해 있었다.

그녀는 꿈속을 헤매다 누군가 흔들어 깨우는 소리에 잠시 고개를 들었다. 그러고는 게슴츠레한 눈으로 그를 올려다보다가 이내 배시시 웃는 얼굴로 고개를 숙였다.

그녀는 연정을 품은 사내의 부드러운 손길이 싫지 않았다.

그래서 슬며시 젤 바른 선정재의 품속을 파고들어 황홀한 꿈을 꾸고 있었다.

그녀는 꿈결에 한 번도 가 본 적이 없는 은빛 백사장을 걷고 있었다. 바닷가 너머로 펼쳐진 석양빛에 붉게 물든 노을 진 사파이어와 잘 어우러진 에메랄드 물결을 바라보며 아름다움에 취해 있었다.

그때 어디선가 홀연히 나타난 멋진 사내가 가만히 손을 내밀었다.

그녀는 어디선가 본 듯한 사내의 손을 잡을까? 잠시 망설이다가 다시 한번 얼굴을 확인하고 나서야 얼른 잡았다.

사내는 그녀가 가슴에 새긴 그놈의 얼굴을 하고 있었다.

그는 순간 그녀를 번쩍 들어 올렸다. 사내는 그녀를 품에 안은 채로 황금 모래사장 위를 천천히 걸어갔다.

그렇게 해안가 끝에 다다르자 아가리를 쩍 벌린 커다란 조개들이 하나둘 나타났다.

사내는 그 사이로 성큼성큼 걸어 들어갔다. 그러자 거기에는 속 알머리 봉 팀장이 커다란 도깨비방망이를 앞세우고 지키고 있었다.

그리고 잠시 후 다시 황금 동굴이 보이기 시작했다.

멋진 사내는 잠시 자신을 내려놓고는 종적을 감추듯 그 속으로 연기처럼 홀연히 사라져 버렸다.

미모의 명정관은 사내를 찾고 싶은 마음에 동굴 안으로 천천히 걸어 들어갔다. 그때 실오라기 하나 걸치지 않은 멋진 사내의 건장한 근육질 모습이 눈에 들어왔다.

사내는 두 개의 영롱한 진주를 가만히 내밀며, 자신의 손을 살며시 끌어당겼다. 그녀는 근육질 사내의 넓은 가슴에 가만히 얼굴을 묻었다.

부드러운 손길이 그녀의 가녀린 허벅지를 더듬어 내려갔다. 그녀는 반사적으로 꿈틀거렸다.

그 순간 야수로 돌변한 멋진 사내는 그녀의 허리가 으스러지도록 다가왔다.

그가 터치 하는 손길마다 몰려오는 오르가슴은 그녀를 절정의 무아지경 속으로 밀어 넣고 있었다.

미모의 명정관이 환락의 유희 속을 허우적거리며 클라이맥스에 막 도달하려는 찰나, 누군가 귀청 떨어지는 목소리로 그녀를 흔들어 깨우고 있었다.

"명 총무님! 노래방 갑시다. 총무님!"

젤 바른 선정재의 어깨를 팔베개 삼아 잠이 들어 있는, 그녀의 모습을 목격한 속 알머리 봉상관은 순간 피가 거꾸로 솟아 벌컥 역정을 내며 소리쳤다.

그녀는 그래도 꼼짝을 하지 않았다. 급기야 그는 자리를 박차고 일어나며, 기차 화통을 삶아 먹은 목청으로 미모의 명정관을 다시 불렀다.

"명 총무님! 어서 정신 차리시고 일어나 노래방 갑시다!"

그러한 팀장의 마음을 알 길이 없는 그녀는, 자신의 황홀한 꿈을 깨운 봉 팀장의 목소리가 정말 싫었다.

아니, 남아 있는 티끌의 친분마저 원망스러웠다.

왜 아니겠는가? 자신의 황홀한 마지막을 망쳐 버린 그였기에 당연했다. 그녀는 그러고도 한참 후에야 겨우 정신을 차릴 수 있었다.

나머지 팀원들도 하나둘씩 소지품을 챙겨 들고서 노래방을 가자며 성화를 부렸다. 그제야 자리를 털고 일어난 속 알머리 봉상관은 방을 나섰다.

몽롱한 꿈결 속에서 어렴풋이 정신을 차린 그녀는, 흘러내린 침을 남몰래 훔쳤다. 그리고 널브러진 소지품과 자신의 코트를 챙겨 엉거주춤 일어섰다.

그녀는 술값을 내야 한다며 그길로 계산대로 찾아갔다.

거기서 가져간 계산서를 확인해 술값을 치렀다. 그리고 낭창낭창 밖으로 걸어 나왔다.

그녀는 문 앞에서 휘청거리며 기다리고 있는 팀원들과 자연스럽게 합세했다. 그리고 이들은 노래방을 가자며 함께 어울렸다.

"명 총무님, 저쪽에 보이는 노래방으로 갑시다."

상구 머리 노식신은 혀가 꼬부라진 말투로 중얼거리며 자신을 따라오라는 손짓을 했다.

"어머⋯. 내가 왜 이러지⋯. 알겠어요, 앞서가세요."

그녀는 취기가 올라 몸에 중심을 잃고서 이따금 비틀거렸다. 젤 바른 선정재는 기다렸다는 듯이 그녀를 옆에서 부축해 살며시 보듬었다.

그녀는 아무 소리 없이 그를 기대고 걸어갔다. 속 알머리 봉상관은 안절부절 속에 천불이 나 뒤따라 걸어왔다. 이들은 잠시 밤거리를 휘젓듯 거닐다 화려한 네온사인 불빛이 반짝거리는 '불러봐 노래방' 앞으로 우르르 몰려갔다.

입구를 찾아서 지하로 내려간 팀원들은 누가 먼저라고 할 것도 없이 빈 방을 찾아 헤맸다. 그때 누군가 "여기 빈 방 있다!"라고 소리쳤다. 이들은 그곳으로 우르르 몰려가 떠다밀듯 들어갔다.

"먼저 들어가 노세요."

젤 바른 선정재는 볼일이 급해 화장실로 향하며, 그녀에게 손짓을 했다.

마지막까지 남아서 회원들을 챙겼던 속 알머리 봉상관도 그의 뒤를 바짝 따라가면서 한마디 지껄였다.

"선정재 씨… 총무님 팔베개해 주느라 힘들지 않았어요?"

그는 이죽거리며 핏발이 서린 채로 물었다.

말로는 위하는 척 걱정을 했다. 하지만, 속 알머리 봉상관의 눈에는 질시와 분기가 가득 차 있었다.

그에게 사랑하는 여인을 빼앗겨 원망이 서린 차가운 눈초리였다.

"힘들긴 했어도 참을 만했습니다. 흐흐흐."

젤 바른 선정재는 방실거리며, 성이 나 부풀어 오른 자지를 꺼내 변강쇠처럼 오줌발을 세차게 갈겨 대고 있었다.

"내가 보기에는 꽤나 힘들어 보이던데, 허허! 속으로는 무척 좋았나 보네그랴?"

그는 젤 바른 선정재의 자지를 옹골차게 훑어보며, 능청스럽게 비아냥거렸다.

"하하하! 총무님처럼 귀여운 미인을 마다할 사내가 어디 그리 흔한가요?"

젤 바른 선정재는 게슴츠레한 눈으로 그를 쏘아보며, 혀를 날름거렸다. 그러고는 다시 주절거렸다.

"그래서 제 오줌발이 이렇게 세차게 나오지 않습니까. 하하하!"

그는 속 알머리 봉 팀장의 염장을 긁어 가며, 오줌을 냅다 갈겨 대면서 생글거렸다. 순간 속 알머리 봉상관의 붉은 눈총이 자신을 향해 금방이라도 한 펀치를 날릴 기세라 그는 슬쩍 말을 돌렸다.

"그렇지만, 제 이상형은 아닙니다."

젤 바른 선정재는 아주 거만한 표정이었다.

그는 힘이 빠져 쭈글쭈글하게 쪼그라들다 펴진 그의 남근을 힐끔 쳐다보면서 중얼거렸다.

"허허허! 그래요?"

속 알머리 봉상관은 '이 녀석 봐라…' 하는 눈빛으로 그를 쏘아보며 환하게 웃었다.

순간 젤 바른 선정재는 고개를 옆으로 돌리며 히죽 웃었다. 속 알머리 봉상관은 그의 몇 마디에 금세 안색이 밝아지면서 이렇게 읊조렸다.

'자식이 듣던 중 제일 반가운 소리를 하고 자빠졌네, 신통하게도 시리…. 흐흐…' 하고는 혼잣말로 뭐라 뭐라 중얼중얼거리고 있었다.

두 사람은 서로가 다른 생각을 하며, 남은 오줌을 '부르르' 털어내고는 실실 웃고 있었다. 어디선가 귀에 익은 노랫소리가 쿵작거리는 멜로디에 섞여서 들려오고 있었다.

"팀원들이 기다리겠어요, 어서 들어갑시다."

젤 바른 선정재가 앞장을 서며 그의 팔뚝을 잡아끌었다. 그러나 속 알머리 봉상관은 그를 돌려 세우고, 뒤따라 걸었다.

그리고 몇 발자국 못 가서 방 호실을 찾아 들어갔다. 두 사람은 귀청이 찢어지도록 울려대는 노랫소리에 리듬을 탔다.

곧바로 어깨를 들썩들썩 들먹이면서 빈자리를 찾아가 앉았다. 방안 가득 눈보라가 휘몰아치듯 어둠을 헤치며 불빛 방울들이 쏟아져 내렸다.

휘날리는 눈발처럼 돌아가는 싸인 볼 조명 아래 발정 난 그림자는 미친 듯이 신나게 춤을 추고 있었다.

이들도 나이트클럽 조명 아래 춤을 추는 쌍쌍 그룹처럼 흔들흔들 거렸다.

마이크를 잡은 흰머리 윤편인은 갖은 똥폼은 다잡은 채 가사를 음미하며, 노래를 부르고 있었다.

그러자 흥에 겨운 팀원들은 탬버린을 미친 듯이 흔들며 두들겼다.

신나는 리듬에 흥취가 오른 사람들은 박자를 맞춰 가며, 온몸을 흔들어 놀고 있었다.

"노세…! 놀아! 노는 게 남는 거야!"

이들은 우라질 막춤인지 개풀 뜯어 먹는 개나리 춤인지를 모르는 흔들림에 신이 났다. 마치 흥청대는 도시의 클럽처럼 멋지게 돌아갔다.

노래가 끝나면 발광하던 발정 난 그림자도 자취도 없이 어디론가 사라져 버렸다. 그러다 누군가 새로운 노래를 시작하면 이들은 하나가 되듯 모두가 어우러졌다. 팀원들은 그동안 쌓였던 스트레스를 해소하면서, 함께 열광의 도가니 속으로 빠져 들어갔다.

이들은 삶에 지친 도시의 사냥꾼처럼 노래를 불렀다. 사람들은 팀원이라는 동질감 속에 하나가 되어 리듬을 타고 있었다. 언제 꺼질지 모르는 촛불 같은 요로 인생, 주어진 시간은 다시 오지 않기에 이들은 순간의 행복을 즐기고 있었다.

그러나 짧은 시간 황홀한 분위기는 한순간에 깨져 버렸다.

"어머…. 벌써 시간이 이렇게 되었네."

그녀는 점차 술이 깨어나면서 혼미했던 정신이 돌아오자 먼저 시간을 확인했다.

그러고는 뭔가에 쫓기듯 자신을 재촉하고 있었다.

그러던 차에 어디선가 연락이 들어와 가방 속에 핸드폰이 연속적으로 부르르 떨리고 있었다. 그녀는 연거푸 핸드폰을 확인하며 안절부절못하는 눈치였다.

잠시 생각에 잠긴 미모의 명정관은 더 이상은 지체할 수 없다는 갈등 속에서 슬며시 빠져나갈 틈을 노렸다. 시간이 흘러도 끝날 줄 모르는 사내들의 놀자 판을 그녀 입장에서 마냥 기다릴 수만은 없었다.

그녀는 할 수없이 화장실을 다녀오겠다는 말을 남기고, 노래방을 살며시 빠져나갔다.

팀의 홍일점인 그녀의 서두른 귀가 걸음은 여흥의 재미를 한순간에 날려 버렸다. 미모의 명정관이 없는 빈자리는 철 지난 바닷가처럼 을씨년스러울 정도로 우라지게 쓸쓸해 보였다.

이들은 점점 노는 재미를 잃어 갔다. 누가 먼저였는지? 그녀의 돌아감을 눈치 챈 사내들은 하나둘씩 자취를 감추고 있었다.

제일 먼저 사라진 속 알머리 봉상관은 "그녀가 없는 술자리는 오아시스 없는 사막"이라고 말했다. 그러고는 그녀를 찾아오겠다며 노래방을 슬그머니 나가 버렸다.

젤 바른 선정재가 그 뒤를 이어 사라졌다. 그는 불안감을 느끼고, 혹시나 싶어 그 뒤를 곧바로 따라나섰다.

그렇게 나가서는 이들은 돌아오지 않았다. 마지막까지 남아서 즐기던 흰머리 윤편인과 나머지 팀원들도 썰렁해진 허전한 빈자리에 흥미를 잃었다.

그래서 서둘러 자리를 박차고 일어섰다. 이들은 그렇게 귀가 길을 재촉하고 있었다. 윤편인은 그길로 차를 세워 둔 주차장을 향해 발길을 옮기며 대리운전사를 불렀다.

이들은 그렇게 각자의 목적지로 뿔뿔이 흩어지고 있었다.

매각 물건 검색

보고서 작업

다음 날.

흰머리 윤편인은 하루가 시작되자, 서둘러 대법원 경매 사이트에 접속했다. 그리고는 과제물로 적당한 부동산 물건을 찾기 시작했다. 그는 먼저 서부 지원 사이트에 올라온 매각물건(경매할 부동산) 등을 주로 살폈다.

그렇게 이것저것 물건을 뒤져 가며, 건물이나 빌딩을 찾아 혈안이 되어 고르다 한 주가 빠르게 지나갔다. 그는 서울지원 등 지방법원에 등록된 매각물건을 일일이 검색했다. 그리고 입맛에 맞는 부동산을 찾아 이곳저곳 지방법원 사이트를 이 잡듯 뒤지고 다녔다.

그렇게 2주가 지날 무렵 흰머리 윤편인은 노력 끝에 용산역 부근에, 6층짜리 근린생활시설 및 업무시설(주거, 사무실, 상가를 모아 놓은 건축물) 건물을 하나 찾아냈다.

그러나 임의경매 매각 물건으로 저당권자 및 채권자들이 줄줄이 걸려 있었다. 물건은 민사 소송까지 진행 중인 골치 아픈 경매 물건 가운데 하나로 쉽지 않은 작업이었다. 흰머리 윤편인은 다각도로 사건의 개요를 훑어 나갔다.

여러 번 유찰(물건 낙찰이 결정되지 않고 무효로 돌아감)된 우라질 물건은 이런저런 문제점을 내포하고 있었다.

권리 분석은 그의 실력의 부족으로 특별히 어려운 점을 찾아낼 수 없었다.

하지만 우라질 민사 본안(보전 처분에 의해 직접 보전될 권리 또는 법률 관계의 존부를 확정시키는 재판 절차) 사건이 걸려 있어 한편으로는 꺼림직하기가 왜놈 같았다.

게다가 임장 활동에서 나타나는 애로 사항들이 눈에 띄게 확인되었다.

여러 문제점을 가진 물건은 생각만으로도 골치가 지끈거렸다. 그래서 작업과정 또한 두 배의 힘이 든다는 사실을 모르는 것도 아니었다.

그러나 다른 관점으로 들여다보면, 역설적 과제물로는 가장 적당한 매각 물건이 아닐까? 그는 판단했다.

왜냐하면 누구든 꺼리는 물건을 달려들어야 의외에 소득을 건질 수 있다는, 흰머리 윤편인만의 패러다임 재테크의 정리라고나 할까? 하여튼 그만의 아집이었다.

심신 중에 사물을 주재하는 상주불멸의 실체가 있다고 믿는 불교인의 집착과 비슷했다. 다만, 낙찰을 직접 받기에는 생각하고, 헤아려야 할 사건들이 여럿 걸려 있는 것이 흠이었다.

흰머리 윤편인은 고민을 거듭하다가 이왕 저지르는 길에 그래도 이 정도 물건은 되어야 후회가 없을 것 같았다. 그는 왠지 싸움을 붙어도 보스하고 붙어야, 져도 덜 쪽팔린다고 생각을 했었다.

그러면서 리포트 작성도 어차피 자신의 몫이라며, 마음을 단단히 먹고 있었다.

그러나 임장 활동은 함께 움직여야 했다. 흰머리 윤편인은 보고서 작업에 앞서 둥근 머리 맹비견과 짱구 머리 나겹재에게 자신이 찾아낸 물건과 앞으로 전개될 진행 과정을 상세히 설명하는 문자를 보냈다. 내용을 확인한 두 사람은 잘 알았다는 회신 외에는 이렇다 할 반론을 제기하지 않았다.

그들의 마음을 확인한 흰머리 윤편인은 곧바로 리포트 작성에 들어갔다. 자신이 찾아낸 매각 물건을 막상 작업을 시작하려니 덜컥 겁부터 났다. 아니 은근히 두려움마저 느껴졌다.

혹시나 잘못해서 쪽팔리지나 않을까? 걱정이 눈앞에 섰다. 가만히 호흡을 크게 내쉬고, 차분히 마음을 다잡았다. 그렇게 흰머리 윤편인은 노트북을 클릭해 한글 워드를 가동시켰다.

그러고는 대법원 사이트에 접속해 사건 기본 내역부터 순차적으로 복사하고, 내용들을 하나씩 기록해 나갔다.

어려워 보였던 작업들이 하나둘씩 해결되면서 조금씩 용기가 생겨나기 시작했다.

이런 식으로 흰머리 윤편인은 경매 사건 기록 열람 조서까지 작성하는 데 꼬박 일주일을 제대로 쉬지도 못한 채 매달렸다.

걱정했던 우라질 문서 작성은 순조롭게 진행되어 처음 생각과 달리 힘들지 않게 완성되어 가고 있었다. 그렇게 흰머리 윤편인은 경매 강의가 없는 날을 골라서 과제 작업에 매달렸다.

그는 작업 과정 틈틈이 조원들과 연락을 취해 그들과 함께 임장 활동을 다녀오곤 했었다. 민원서류는 '온라인 정부 24'를 통해서 쉽게 확보할 수 있었다.

다만 임대차 관계(임차인 전입 여부)를 확인하는 데 관련 서류가 필요하다는 사실을 알았다.

흰머리 윤편인은 일행들과 주민 센터를 찾아갔다가 허탕을 쳤다. 왜냐하면 부족한 서류 미비로 되돌아오는 과오를 범했기 때문이었다.

그는 그제야, 확인 작업에 필요한 서류를 갖춰서 재차 방문을 했다.

"무엇을 도와드릴까요?"

젊고 활달한 미시즈 동직원은 상냥한 미소로 그들을 올려다보며 말했다.

"여기, 주소에 임차인(세입자)을 확인 좀 하려고 그럽니다."

흰머리 윤편인은 집에서 복사해 가져온 매각 명세서(경매 입찰할 물건의 주소 등을 상세히 기록한 문서)와 등록 사항 등의 열람 요청서를 그녀에게 건넸다.

"무슨 일로 그러시는데요?"

미시즈 동직원은 건네준 복사지를 힐끔 쳐다보고, 의아한 눈빛으로 물어 왔다.

"거기 나온 주소 건물이 법원 경매에 나왔거든요."

흰머리 윤편인은 엷은 미소로 말했다.

"아… 그러세요? 확인할 수 있는 서류를 가져오셨나요?"

미시즈 동직원은 손에 들고 있는 매각 명세서를 처음 보는 눈치로 매각 입찰 공고를 보여 달랬다.

"가만있자, 여기…."

그는 복사해 놓은 경매 정보지를 얼른 그녀에게 건넸다. 지난번 되돌아간 경험을 되풀이하지 않기 위해 미리 서류를 준비했기 때문이었다.

그래서 그는 매각 명세서를 보여 주면 동직원이 알아서 잘 처리해 줄 것이라 믿었다. 그러나 그녀는 새로운 직무를 맡아 영 생소한 표정이었다.

미시즈 동직원은 다시 건네준 서류를 확인하고 나서야, 임대차 서류를 찾아와서 보여 주었다.

흰머리 윤편인과 일행들은 그 서류를 통해서 현재 거주하는 임차인들의 주거 상황을 제대로 확인할 수 있었다. 그렇게 부족한 내용들은 틈틈이 임장활동을 통해서 보충 작업을 해 나갔다.

그는 근 두 달 동안 수업이 없는 날을 골라잡아서 체계적이고, 짜임새 있는 리포트를 작성해 가면서 조금씩 완성도를 높여 나갔다.

그의 작업은 이렇게 전개되었다. 먼저 리포트에 목차를 정했다.

그리고 우선 부동산 컨설팅 개요 및 정의와 위치도 및 현황사진, 대법원 경매 정보, 대상 물건 현황, 권리 및 임차인 분석, 경제 환경 구조 및 법률과 기술 분석, 향후 예상 및 대응 방안, 향후 일정 및 낙찰 후 이용 방안, 경매 사건 기록 열람조서 등과 실전에 필요한 공부 사항을 이렇게 꼼꼼하게 작성했다.

1. 부동산 현황 조사 보고서

2. 부동산의 현황 및 점유 관계 조사서

3. 임대차 관계 조사서

4. 입찰 물건 명세서

5. 임차인에 대한 법원의 통지서 내용

6. 권리신고 겸 배당 요구서

7. 입찰기일 변경 신청서

8. 입찰기일 통지서

9. 낙찰 허가 결정에 대한 즉시항고

10. 부동산 낙찰 허가 결정에 대한 재항고장

11. 매각허가 결정 취소 신청서

12. 낙찰대금 완납 증명원

13. 낙찰 허가 결정등본 교부 신청

14. 경매 취하 동의서

15. 채권상계신청서

16. 낙찰대금 납부 신고서

17. 인도 명령 신청

18. 명도 확인서

19. 야간 송달신청서

20. 특별 송달 신청서

21. 낙찰에 의한 소유권 이전 등기촉탁서 등

그리고 목차별 세부사항도 부제목을 정해 꼼꼼하게 기록했다. 그렇게 여러 날을 뛰어다닌 노력은 마침내 성과물로 나타났다. 흰 머리 윤편인은 팀원들과 약속된 날짜, 그러니까 리포트를 제출하는 날에 가장 잘된 보고서를 결정하기로 한 것이었다.

어느덧 시간은 흘러 약속한 날이 점점 다가오고 있었다. 그는 전체적인 내용을 감수 하듯 하나씩 살펴 가며, 재확인 작업을 꼼꼼하게 거쳤다.

그리고 완성된 리포트를 과제물로 제출하기 위해 프린트를 하기 시작했다.

인쇄된 리포트는 제법 부피가 두툼했다. 해냈다는 만족감에 흐뭇한 흰머리 윤편인은 책상 서랍을 뒤져 더블 클립을 찾아내어 고정을 시켰다.

드디어 완성시켰다는 성취감이 가슴 저변에서 물밀듯 올라왔다.

왠지 모를 벅찬 기쁨에 가슴속 깊이 뿌듯했다.

흰머리 윤편인은 가슴 위에 놓여 있던 바윗돌 하나를 치워 버린 느낌이었다. 그는 순간적으로 날아갈 것 같은 상쾌한 기분이 들었다. 그래서 콧노래가 절로 흥얼흥얼 흘러나왔다.

그는 신명이 오른 상태로 노란 빈 봉투를 찾아서 리포트를 그대로 담았다. 그리고 책상 서랍 속에 보관하듯 잘 넣어 두었다.

그런데 흰머리 윤편인은 우라질 과제물을 끝냈다는 안도감에 순간 긴장이 풀어졌다. 그래서 갑자기 할 일이 없어진 것처럼 돌연 허탈한 기분이 들었다.

그는 안 되겠다 싶어 잠시 휴식을 취하면서 눈을 감은 채 의자에 기대어 쉬고 있었다.

그때 정 막을 깨우듯 핸드폰 벨 소리가 요란하게 울렸다.

"바람이 불어오는 곳— 그곳으로 가—네. 바람이 불어오는 곳— 그곳으로 가—네."

그가 핸드폰을 집어 살짝 들여다보니 큰 머리 문정인에게 걸려온 전화였다. 무슨 일인가 싶어 얼른 주절거렸다.

"여보세요? 윤편인입니다."

그는 몸을 약간 일으키며, 여유롭게 받았다.

"안녕하셨습니까? 문정인입니다."

그의 핸드폰은 말소리를 제외하고 적막감이 감돌았다. 어느 산사의 경내처럼 조용했다.

"하하하! 누구신가 했더니 문 형이셨군요?"

흰머리 윤편인은 자세를 바로 앉으며 말했다. 그는 핸드폰에 뜬 이름을 보고서도 능청을 떨었다.

"반갑습니다. 어쩐 일로 전화를 다 주시고…?"

그는 대뜸 인사부터 챙기고, 용건이 뭐냐는 듯이 공손하게 다시 물었다.

"어째… 리포트 준비는 잘 끝나 갑니까?"

큰 머리 문정인은 차분하게 물어 왔다.

"그게 생각보다 쉽지 않습니다."

"이거… 바쁜데 괜히 시간을 뺏는 건 아닌지 모르겠습니다."

"아… 저 한가합니다. 아주 잘 거셨습니다."

그는 고개를 갸웃거리며 방긋 웃었다. 그리고 이어 주절거렸다.

"방금 마무리 작업을 했는데 팀원들 마음에 들지 모르겠습니다."

흰머리 윤편인은 말끝에 히죽 웃었다.

"벌써요…? 아니 무슨 물건을 작업했는데 벌써 끝냈습니까? 부럽다 부러워…."

큰 머리 문정인은 은근히 놀라는 말투로 추켜세우듯 빈정거렸다.

"하하하! 문형은 어떻게… 작업은 끝냈습니까?"

흰머리 윤편인은 그의 칭찬 섞인 부러움에 자신도 모르게 우쭐해 되물었다.

"아… 저요? 아직 마무리 중인데, 약속한 날짜에 가져갈 수나 있을지 모르겠습니다."

"아니, 아직이라고요? 무슨 물건을 작업하셨는데 그리 오래 걸립니까?"

흰머리 윤편인은 안타까운 마음 반, 그리고 이상스럽게 기분이 과히 나쁘지 않은 그런 마음 반이 섞여 괜스레 목청을 높였다.

"아파트요… 그러는 윤형은 무슨 물건을 작업하셨습니까?"

큰 머리 문정인은 간단하게 대답하고는 즉시 되물었다.

"저는 6층 상가 건물을 작업했습니다."

흰머리 윤편인은 은근히 목에 힘을 주며, 제 딴에는 뻐기듯 자랑스럽게 말했다.

"와우! 힘든 물건을 작업하셨네, 근데 벌써 작업을 끝냈다 말입니까?"

큰 머리 문정인은 화들짝 놀라며 의심에 찬 음성으로 물었다.

"왜요? 믿기지 않나 보죠…?"

흰머리 윤편인은 그의 불편한 음성에 괜히 까칠하게 대꾸했다.

"아니… 나는 아직도 아파트를 끝내지 못하고 작업 중인데, 상가 건물을 벌써 끝냈다고 하니…. 이게 어찌 놀래지 않을 수 있단 말입니까?"

그는 슬쩍 말을 돌려 그를 칭찬하듯 중얼거렸다.

"하하! 힘들기는 했는데 그만큼 배운 게 많습니다. 흐흐…" 흰머리 윤편인은 은근히 거들먹거렸다.

"허허! 모르긴 해도 여간 고생이 많은 게 아니었겠습니다."

그는 마음에서 우러나는 걱정을 해 주고 있었다.

"예…. 뭐 좀 했습니다."

흰머리 윤편인은 그의 진정성에 괜히 주눅이 들어 꼬리를 내리 듯 목소리를 낮춰 대답했다.

"좌우지간 대단합니다."

큰 머리 문정인은 엄지손을 추켜들어 칭찬하고 있었다.

"에잇…. 문형에 비하겠습니까?"

흰머리 윤편인은 그제 서야 겸손을 떨고 있었다.

"하여튼 수업 날 강의실에서 봅시다."

큰 머리 문정인은 작별을 고했다. 사실 그도 인간인지라 어찌 속이 쓸쓸하고 한구석에 상한 마음이 없었겠는가? 그러나 그는 대범하게 생각했었다.

'어차피 팀원 중에 누구라도 리포트를 잘 작성해 상을 받는다면, 자신도 어부지리로 상을 받는 것이 아닌가?' 하는 여유로움이 느긋하게 깔려 있었다.

그래도 마음 한편으로는 질시와 부러움도 있었다 하지만, 그뿐이었다.

"예… 그럼 들어가세요."

흰머리 윤편인은 공손하게 말을 하고는 전화를 끊었다. 큰 머리 문정인은 키가 장신으로 명예와 정도를 좋아해 원칙을 굳게 지키는 기질이 강했다. 반면 고지식해 융통성이 부족했다.

그러나 이해와 논리력 그리고 수용과 직관력이 뛰어난 지적인 사내였다. 그는 학문 성취와 자격 취득에도 남다른 능력을 가지고 있었다. 큰 머리 문정인은 문서 작성과 부동산에 특별한 역량을 가지고 있었다.

그와 통화를 끝낸 흰머리 윤편인은 내친김에 '성동구는 어떤 물건을 작업 했을까?' 괜히 궁금해졌다.

그의 손에는 어느새 책상에 놓여 있던 핸드폰이 쥐어져 액정을 바라보고 있었다. 그는 곧바로 삼각 머리 조편재의 번호를 확인하고, 천천히 눌렀다.

신호음이 가고 있었다.

잠시 후 경쾌한 멜로디 소리가 들려왔다. 신호음이 수차례 울려도 그는 한참을 받지 않았다. 막 끊으려고 하는데 그의 목소리가 들려왔다.

"여보세요? 조편재 핸드폰입니다."

굵직한 저음 목소리가 울려왔다.

"안녕하십니까? 윤편인입니다."

그는 점잖게 말했다.

"이게 누구야? 헤헤. 웬일이오? 저한테 전화를 다 주시고…."

삼각 머리 조편재는 숨을 헐떡이며, 받는 것이 아주 급하게 뛰어와 받는 눈치였다.

"왜, 기다리던 애인이 아니라서 실망했습니까?"

흰머리 윤편인은 실실 웃어 가며, 딴죽을 걸었다.

"뭘 귀신 닭 잡아먹는 소리를 하시는 겁니까? 애인은커녕 세컨드도 없수다. 흐흐흐."

"설마…?"

그는 믿을 수 없다는 표정이었다.

"아니, 그러지 마시고, 윤형이 애프터서비스 하시면 되겠네…. 크크!"

삼각 머리 조편재는 능청을 떨어 가며 비아냥거렸다.

"으…잉, 내가? 나 먹을 것도 없는디…. 으하하하!"

흰머리 윤편인은 오랜 죽마고우하고 농담을 걸듯 슬그머니 넉살을 떨었다.

"젠장! 그 나이 먹도록 살았는데, 아직 질리지도 않습니까? 그만 통칩시다. 히히히!"

그는 함께 사는 와이프를 자신에게 넘기라는 뉘앙스로 빈정대고는 실실 웃었다.

"질리긴요, 영원히 쭉 갑니다. 포에버로….."

흰머리 윤편인은 속으로 '우라질 자식! 내가 너냐?' 읊조리고는 가운뎃손가락을 버젓이 들고 있었다.

"난 몇 번 갈아탔더니 이제는 여자라면 신물이 올라옵니다. 흐흐흐."

"가정을 꾸리셔야지, 사람이 물건도 아니고, 바꿔치기 자주 하시면 당연 그렇죠."

그는 고개를 설레설레 흔들고 있었다.

"그러나 저러나 리포트 작성은 끝낸 겁니까?"

삼각 머리 조편재는 그의 진행 사항이 궁금해 먼저 물어 왔다.

"젠장! 내가 물어볼 말을 먼저 하십니다. 그러는 조 형은 끝냈습니까?"

그는 피식 웃고서 중얼거렸다.

"조금 전에 시작했는데, 마감일에 가져갈 수나 있을지? 한걱정입니다. 젠장!"

"하하하! 서두르지 마세요, 그날 못 가져오면 다음에 완성시켜 가져오면 되죠, 뭐. 흐흐…."

"으… 잉! 뭐, 뭐라는 겁니까? 아니 지금, 그게 말이요, 막걸리요? 젠장! 왜 아예, 수료식 날 가져오라 하지, 그러슈!"

삼각 머리 조편재는 가운뎃손가락을 핸드폰에 가져다 대고서 빈정거렸다.

"아… 그거야 조 형 마음이 아니겠어요? 크크!"

흰머리 윤편인은 그의 대거리에 맞받아치듯 비아냥거렸다.

"아, 아니지 내가 밤을 꼬박 새워서라도 기필코 가져간다. 젠장! 두고 보슈, 윤 형!"

그는 흰머리 윤편인이 새겨들으라고 일부러 억양을 높여 가며 씩씩거렸다.

"에쿠! 몸 상할라, 이미 다 해 놓고서 엄살떨지 말고, 잠이나 푹

자 두시지 그럽니까? 흐흐…"

흰머리 윤편인은 네놈 속을 이미 다 알고 있다는 투로 빈정거렸다.

"내가 오늘 클럽에 놀러가 젊은 것들 데리고, 청춘 업그레이드나 좀 하고 돌아올까 했는데 젠장!"

"그 말을 듣고 나니 영 기분이 잡쳐서 그만둬야겠습니다."

"아하, 뭘 그럴 것까지야 있습니까?"

"두고 보시오. 젊음 성능 테스트고, 지랄이고, 다 때려치우고, 내 반드시 보고서부터 끝내서 가져갈 테니 어디 내 보고서가 잘난지, 윤형 보고서가 더 잘난지를 한번 겨뤄 봅시다. 흐흐흐."

삼각 머리 조편재는 말끝에 헛바닥을 날름거렸다. 그러고는 가운뎃손가락을 핸드폰 앞에다 가져다 대고는, 눈알을 희번덕거리며, 실실 웃고 있었다.

"하하하! 그러시든가 마시든가, 좋을 대로 하시고, 좌우지간 수요일 날 봅시다."

흰머리 윤편인은 허공에 어퍼컷을 날리면서, 작별을 고했다.

"알겠습니다. 그럼 다음 주 수요일 강의 날 봅시다."

삼각 머리 조편재는 약간 심정이 상한 목소리로 퉁명스럽게 말했다. 그러고는, 깜박했던 것처럼 주절거렸다.

"참! 그리고 내가 다음 주에 못 가면 이 몸은 집에서 리포트 작성한다고, 말이나 잘 전해 주시오. 흐흐…"

그냥 끊기가 아쉬웠던 그는 기어코 한마디를 덧붙이며, 빈정거렸다.

"앓는 소리 작작하시고, 수업 날 봅시다."

흰머리 윤편인은 능구렁이가 수십 마리 우글거리는 삼각 머리 조편재 속을 꿰뚫고 있는 듯 말했다.

그래서 돌려 치면 업어 치고, 메어치면 뒤집기로 받아쳤다. 그래서 그는 실소하듯, 웃음이 툭 터져 나와 실성한 놈처럼 실실 웃고 있었다.

아마도 리포트 작업은 벌써 끝내 놓고, 우라질 소리로 상대를 기만하는 그였기에, 흰머리 윤편인도 대놓고 꽈배기를 틀며, 비아냥거린 것이었다.

삼각 머리 조편재는 보통 신장으로 대범하며, 자유롭게 움직이는 성격의 소유자다. 그는 셈이 빠르고, 수리에 밝아 돈의 흐름을 주시했다. 그래서 금맥을 찾아내는 동물적 감각을 타고났다.

반면 아내보다 화류계 여성을 좋아하는 기질을 가지고 있었다. 삼각 머리 조편재는 재물 집착이 남달라 탐욕이 강했다.

그래서 투기나 투자에 역량을 발휘하는 사내였다. 그는 스케일이 크고, 큰 재물을 다룰 줄 아는 타고난 귀재였다.

그러면서도 인정도 있어 봉사도 잘 했으며 의리를 가진 사내이기도 했다. 그러나 무슨 일인지, 흰머리 윤편인과는 천성적으로 성격이 잘 맞지 않았다.

그래서 삼각 머리 조편재는 그의 행동이나 태도를 비틀어 보았다. 그는 언행 하나하나에도 비위가 뒤틀려 하며 심사가 상한 듯 눈에 거슬려 했다. 그러면서 괜히 쓸데없는 트집을 잡는 묘안 기운을 가지고 있었다.

　하여튼 두 사람은 서로를 은근히 견제하며, 마치 견원지간처럼 그렇게 지냈다.

제1장

부동산 시장의 흐름

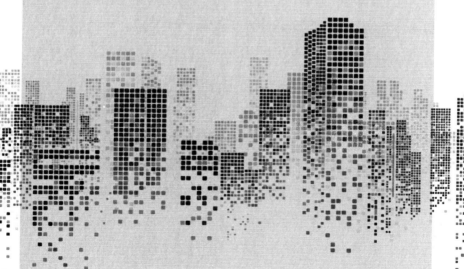

복습

수요일 오후.

겨울 햇살이 스며든 강의실은 수강생들로 박작거리고 있었다. 사발 머리 나 교수는 여느 때와 다름없이 가죽 가방을 열어 가져온 교재들을 교탁 위에 가지런히 올려놓았다.

그는 곧바로 가죽 가방을 제자리에 내려놓았다. 그러고는 교탁 위에 놓인 출석부를 훑어보며, 수강생들의 출석 여부를 확인했다.

잠시 후.

점검을 마친 그는 들고 있던 출석부를 가만히 내려놓고는 잠깐 동안 교탁 위를 정리하느라 꼼지락대었다.

그러고는 고개를 들어 모두를 향해 주절거렸다.

"어째… 주말들은 잘 보내셨습니까? 오늘은 그동안 배운 과정들을 복습하면서 부동산 시장의 흐름을 배우는 시간을 갖고자 합니다."

"예…!"

수강생들은 적당히 대답을 하고서 이내 숙연해졌다. 이들은 그를 유심히 쏘아보며 '뭔 소리를 꺼내려나?' 주시하고 있었다.

그렇게 이들을 향해 중얼거린 사발 머리 나 교수는 벗어 놓은 외투를 잠시 옮겨 놓고서 이내 수업을 시작했다.

첫 시간이라 수강생들은 숨을 죽인 채 그의 얼굴을 빤히 쏘아보고 있었다. 그러는 가운데 강의실은 속닥거리거나 괴로워하듯, 신음 비슷한 '으…!' 소리가 이따금씩 튀어나오곤 했었다.

"어때요? 경매와 관련된 생소한 전문 용어를 공부해 보니… 다들 할 만하던가요?"

사발 머리 나 교수는 머리카락을 이마 위로 가만히 쓸어 올리며, 히죽 웃음을 보였다.

"말해 뭐 합니까? 뭐가 뭔지 도통 이해도 안 되고, 나이가 들어서 그런지 영 머릿속에 들어오지 않습니다."

속 알머리 봉상관은 젊음을 부러워하듯 툴툴대며, 하소연을 늘어놓았다.

"허허허! 그러실 줄 알고 준비했습니다."

사발 머리 나 교수는 모두의 고충을 알고 있다는 얼굴로 실실 웃었다.

일부의 수강생들은 '어머… 쟤 뭐라는 거니…? 정말!' 하며 눈살을 찌푸리고 있었다.

"와…우! 교수님 멋쟁이!"

그러나 한쪽에서는 그를 칭찬하듯, 누군가 소리쳤다.

정쟁하는 여야가 주장이 갈라져 소리치듯… 이들은 자신들의 신념대로 지껄이고 있었다. 그러든 말든 사발 머리 나 교수는 자신이 해야 할 말을 이어 가며 주절거렸다.

"먼저 그동안 여러분이 어렵고 힘들게 느껴졌던 부동산 관련법과, 경매 관련 전문 용어 몇 가지를 병행해 가며, 설명을 해 드리겠습니다."

사발 머리 나 교수는 말과 동시에 가볍게 몇 장의 책장을 넘기고 있었다.

"교수님! 쉽게 쉽게, 어떻게 안 되겠습니까?"

짱구 머리 나겁재는 목청을 돋우어 능청스럽게 지껄였다.

"하하하! 모두들 힘드신 것은 알지만, 세상에 어디 공짜 점심이 있습니까?"

그는 짱구 머리 나겁재의 눈을 마주 보며, 한바탕 웃고는 우리가 사는 세상 어디에도 대가 없는 무료가 있을 수 없다고 말했다.

"그래도 말입니다…. 왜? 있잖아요?"

짱구 머리 나겁재는 구원의 손길을 바라듯, 간절한 눈빛으로 그를 바라보았다.

그 옛날 스승 귀곡자에게 『손자병법』을 구걸하는 제자 방연처럼 그는 비굴하게 말했다.

"한 방에 튀기시려면 왕도는 없습니다. 글쎄… 혹시 로또 복권에 당첨이 된다면 모를까…?"

사발 머리 나 교수는 콧방귀를 뀌듯 피식 웃고는 혼잣말로 뭐라 뭐라 모지락스럽게 중얼거렸다.

"에…잉! 숨겨진 비술이나 비기 같은 뭐… 그런 거 없냐? 이 말이다. 짜…샤!"

짱구 머리 나겁재는 순간 안면이 일그러지며, 혼잣말을 중얼중얼 읊조렸다.

거시적 미시적 포인트

"여러분… 제가 일방적으로 강의하는 것보다 모두가 참여하는 수업 방식이 어떻겠습니까?"

사발 머리 나 교수는 아직도 어려워하는 그를 보며, 좀 전에 생각을 바꿔 먹었다.

"완전 좋아요!"

누군가 소리쳤다.

"전문 용어 설명은 어쩌고요?"

새치 머리 안편관은 속이 상해서 '이거 왜 이리 변덕이 죽 끓듯 하는 거야… 젠장!' 하는 눈빛으로 고함을 쳤다.

"쟤 뭐야? 이랬다저랬다 검은고양이 네로야? 젠장맞을!"

둥근 머리 맹비견은 짜증을 부리며 혼잣말로 툴툴거렸다. 수선스러운 강의실은 수강생들의 이런저런 말들로 한동안 북적거렸다.

사발 머리 나 교수는 이들의 소란스러움에 이골이 나서는 다시 주절거렸다.

"앞으로 개별적인 시간을 따로 내서 복습하는 강의 스케줄은 어려울 것 같습니다. 그러니 이번 기회를 최대한 활용하시기 바랍니다."

사발 머리 나 교수는 동문서답을 하듯, 짐짓 딴청을 피우며 말했다.

성질나게도 새치 머리 안편관이 묻는 말에는 메아리가 없었다. 그래서 그는 다른 말만 지껄이고 있는 그를 향해 아주 서운하고, 매서운 눈초리로 쏘아보고 있었다.

그리고 이렇게 고시랑거렸다. '그래… 아주 마르고 닳도록 잘 해 처먹어라!' 그러고는 아예 포기해 버렸다.

그때 삼각 머리 조편재가 끼어들었다.

"저, 교수님! 리포트를 작성하면서 의문이 들었던 점인데요, 권리 분석 전에 부동산 물건을 먼저 골라야 하지 않습니까?"

그는 남들이야 지지고 볶든, 물고 뜯든, 내 알 바 아니라는 듯이 자기가 묻고 싶었던 질문을 물었다.

"그렇지요."

그는 짧고 간결하게 말했다. 그 순간 수강생들의 눈길이 두 사람을 쫓아가며, 서로를 교차하듯 쏘아보고 있었다.

"그런데 무엇을 코어 포인트로 골라야 하는지를 잘 몰라서 그렇습니다."

그는 물건의 핵심이 뭔지 몰라 질문을 던졌다. 그러고는 사발 머리 나 교수를 빤히 쳐다보면서 곧 잡아먹을 듯이 주목을 하고 있었다.

"좋은 질문입니다. 부동산은 국지적(일정한 지역에 한정되는 것)이고, 심리 작용이 강한 물건이라는 것쯤은 이미 여러분도 잘 알고 계시리라 믿습니다."

사발 머리 나 교수는 모두를 향해 동공을 확장시키며, 금방이라도 달려들 기세로 쏘아보았다.

"예…!"

수강생들은 기세에 눌린 듯 대부분 목청을 높여 소리쳤다.

"그럼 정부 정책에 따라 부동산시장이 예민하게 반응한다는 것도 잘 아시겠네요?"

사발 머리 나 교수는 국민들이 부동산 정책에 따라 날개를 폈다 오므렸다 하는 이유를 아는지, 묻고 있었다.

"예…!"

이들은 목소리 하나는 끝내주게 우렁찼다.

정말 알고 대답을 하는 건지, 아니면 모르면서 남들 따라 눈치껏 건성건성 대답을 하고 있는 건지…. 좌우지간 강의실은 금세 북새통처럼 와글와글 거리고 있었다.

"부동산 관련 정책들이 발표되면 국민들은 너나없이 촉각을 곤두세운다는 소리를 많이 들어 보셨을 겁니다. 특히 투자자들은 정책과 여론에 대해 민감하게 대처한다는 사실을 잘 아십니까?"

사발 머리 나 교수는 인상을 폈다 오므리기를 반복하면서, 본격적인 논의를 펼치기에 앞서 서론들을 하나씩 들춰내고 있었다.

그는 담론을 벌이듯 주고받아 가며, 차례대로 까발려 나갔다. 두루마리 화장지가 누군가에 속옷에 걸쳐 술술 풀려나오는 것처럼 그는 설을 풀고 있었다.

"예…!"

주구장창 열심히 대답하는 수강생들이 있는 반면 그런 가운데 일부의 사람들은 자기들 대화에 빠져 있었다.

이들은 사발 머리 나 교수의 물음 따위는 아랑곳하지 않은 채, 서로 속닥거렸다.

그는 그런 그들이 빤히 눈에 보였다. 하지만, 강의에 달관한 그는 개의치 않은 채 빠르게 할 말을 주절거렸다.

"그럼 부동산 시장은 정책의 향방에 따라 시장의 흐름이 수시로 요동을 친다는 것도 잘 아시겠네요?"

사발 머리 나 교수는 모두를 참여시키려는 목적으로 보편적 부동산 흐름을 강조하고 있었다. 좌우지간 그는 부동산 시장의 움직임을 화두로 꺼냈다.

"예…!"

대부분의 수강생들은 그의 말에 긍정적인 태도를 취하고 있었다. 그러나 대답은 항상 갈라져 나왔다.

"아니요…!"

이들 중 일부가 반항을 하듯 소리쳤다.

강의실은 금세 소란스러워지며, 혼란을 야기하듯 웅성웅성거렸다.

"자… 자, 조용히들 하시고, 여러분은 세계경제와 금융시장 등의 움직임이, 국내 부동산 시장을 어떻게 좌지우지하는 줄은 이미 다 아시고 계시죠?"

그는 국제시장 변화가 판도라 상자라도 되는 표정으로 말하며, 어깨 뽕을 살짝 올렸다.

"예!"

수강생 몇몇이 목청껏 대답했다. 뒤이어…,

"아니요… 모릅니다!"

또 다른 일부의 수강생들이 목청을 높였다. 이들의 반응은 제각각이었다. 왁자지껄 떠드는 소리에 강의실은 금세 웅성웅성거리며, 시골 장터처럼 소란스러워지고 있었다.

"아무튼, 그렇다고 본다면, 부동산 시장을 주의 깊게 살펴야 할 필요가 있습니까? 없습니까?"

사발 머리 나 교수는 서두에 질문한 삼각 머리 조편재의 질문을 겸해서 거시적인 방향 쪽으로 접근하고 있었다.

"있습니다!"

대부분의 수강생들과 달리 일부의 사람들은 '그래 네놈 똥 굵다!' 식으로 인상을 찌푸리고 있었다.

그때 흰머리 윤편인이 불쑥 나서 저 잘난 듯 이렇게 주절거렸다.

"교수님! 국외와 국내의 복합적인 문제들이 서로 견제 작용을 하고 있다, 뭐 그런 겁니까?"

그는 사발 머리 나 교수의 강론을 대충 알아들은 척 질문을 하고 나섰다.

"뭐…, 그 말도 맞는 소리긴 합니다. 하지만, 제 말은 시장의 변화를 미리 알아야 물건을 찾아내는데, 그만큼 어려움이나 낭패가 적다는 말을 하는 겁니다. 즉 확률적으로 미래 가치가 있는 물건을 선택할 수 있다는 말입니다."

사발 머리 나 교수는 물건의 소재는 사람마다 취향과 성격이 달라서, 자신들이 원하는 부동산[빌딩, 상가, 오피스텔, 아파트, 빌라, 다세대, 다가구, 다중주택, 단독주택, 한옥, 원룸, 토지(대지, 논밭, 임야, 그린벨트), 재건축, 재개발, 입주권, 분양권, 공장, 등]을 선택해 입찰에 참가하겠지만, 시장은 흐름과 타이밍을 놓치면, 죽 쒀서 개 주는 꼴이 되기에, 없는 시간을 쪼개가며, 이러한 문제점을 털어놓고 있는 것이었다.

"한마디로 현대는 정보를 선점하는 자가 승기를 잡을 수 있는 세상이라는 겁니다. 다들 이해들 하시겠죠?"

사발 머리 나 교수는 히죽 웃어 가며, 모두를 향해 주억거렸다.

"헐…! 대박!"

누군가 탄식을 하듯 소리를 질렀다.

"교수님! 너무 어려워요…!"

미모의 명정관은 예쁜 미소로 콧소리를 내며, 앙살을 부렸다. 그의 정면을 향해 소리치는 그녀를 발견한 그는 입가에 웃음을 보이며, 한마디 주절거렸다.

"허허허! 그래요, 제 설명이 그렇게 이해하기 어려웠습니까?"

사발 머리 나 교수는 겸연쩍은 표정으로 그녀를 대하며 실 웃고 있었다.

"아니요, 충분히 이해할 수 있습니다."

큰 머리 문정인은 '그 정도쯤이야.' 하는 표정으로 슬쩍 끼어들었다. 그 소리를 듣자, 괜히 열이 뻗친 젤 바른 선정재가 눈꼬리를 치켜뜨고, 그를 죽일 듯 노려보면서 주둥이를 삐죽거렸다. 그러고는 '자식! 잘난 척도 정도껏 해야지 젠장!' 하고 눈총을 쏘았다.

"어머…, 지랄! 아는 척은… 지가 알면 얼마나 안다고…. 흥!"

그녀는 쭉 째진 눈으로 그를 흘기며 못마땅한 듯 입술을 실쭉되면서 속살거렸다

"그렇다면, 다행입니다. 하여튼 부동산 시장은 여러 변수가 수시로 요동치는 격동의 시장입니다."

그는 말끝에 컵에 든 물을 한 모금 마셨다. 뭐라 말할 수 없는 갈증에 왠지 목이 타는 눈치였다. 그러고는 다시 강의를 이어 갔다.

"음…. 여러분은 환경에 따라 진화와 멸절을 거듭하는 시장 흐름을 파악해 윈드서핑을 타듯이 잘 적응해야 됩니다."

말끝자리에 사발 머리 나 교수는 이해들 하시겠느냐며 모두에게 눈길을 보냈다.

"즉 카멜레온처럼, 생존에 적합한 방식으로 대처하는 민첩함이 핵심이라 이 말입니다. 물론, 운도 따라 주어야 되겠지요?"

사발 머리 나 교수는 처음과 달리 이들의 눈치를 살펴 가면서 강의 수위를 낮춰 진행하고 있었다.

"설명이 거시적으로 치우친 감이 있지만, 부동산은⋯ 첫째, 정보가 돈이라는 겁니다. 따라서 부동산 정책을 철저히 분석하는 버릇을 가져야 합니다."

나 교수는 해쭉 웃어 가며 사발 머리를 까닥거렸다.

"헉⋯! 대박!"

짱구 머리 나겁재는 탄식하듯 웅얼거렸다. 수강생들도 잠시 술렁거리고 있었다.

"둘째, 물건마다 투자의 가치가 달라서 지역의 특성과 차이, 그리고 부동산의 성격적 구별이 중요하다는 겁니다."

사발 머리 나 교수는 설명을 해 놓고는 흘러내린 머리카락을 가만히 쓸어 올렸다.

"헐⋯!"

뒷자리에서 누군가 비웃듯 탄식을 하고 있었다.

자신은 대단한 실력자나 되는 것처럼⋯ 고시랑거리고 있었다.

"셋째는, 철저한 계획을 세워 자신만의 투자 물건을 선택하는 차별성을 가지라는 겁니다."

"와우! 쩐⋯다!"

둥근 머리 맹비견은 무의식적으로 웅얼거렸다.

"마지막으로 권리 분석은 습관적으로 임장 활동은 생활화하는 태도가 매우 중요합니다."

사발 머리 나 교수는 뒷말을 힘주어 강조하며 수강생들의 산란한 표정을 조심스럽게 살폈다.

"헐…! 졸라 까다롭네, 젠장!"

짱구 머리 나겁재는 짜증이 확 솟아 대놓고 구시렁거렸다. 그러나 그는 누가 뭐라고 떠들어 대든 한쪽 귀로 듣고, 한쪽 귀로 흘려 버리면서, 잠자코 자기 할 말을 차분하게 주절거렸다.

"그래야 여러분이 좋아하는 대박의 지름길로 안내하는 겁니다."

긴 설명을 끝낸 그는 잠시 호흡을 고르며, 이들의 동정을 살피듯 돌아보았다. 강의 내용에 대해서 얼마나 이해를 했는가? 알고 싶어서였다.

"저기요? 교수님! 부동산은 물건마다 수익을 얻는 방식을 달리하라는 말입니까? 좀 전에 차별화를 말씀하신 것처럼 말입니다."

상구 머리 노식신은 알은체하며, 슬쩍 끼어들었다.

"그렇습니다. 다만 물건마다 다르게 수익을 내는 방법은, 여러분이 많은 실전 경험과 다양한 학습을 통해서만, 얻을 수 있는 산 경험 즉, 생활 속 습관적 노하우가 유력한 수단이 될 수 있다는 점을 머릿속에 새겨 놓아야 합니다."

나 교수는 사발 머리를 끄덕대며, 그에게 엄지손을 세워 주었다.

"교수님! 그럼 돈만 믿고 깝죽대지 말라 이 말입니까? 흐흐…."

둥근 머리 맹비견은 짓궂은 표정으로 농담을 지껄이듯 이죽거렸다. 순간 수강생들은 '쿡쿡' 웃어 가며, 어깨를 가볍게 들썩거리고 있었다.

"크크! 사람하고는. 아무것도 모르면서 부동산 시장에 무작정 뛰어드는 어리석음을 경계하라… 뭐 그런 비슷한 말 아닙니까?"

새치 머리 안편관은 정말 한심하다는 눈빛으로 그를 쏘아보며, 아는 척을 했다.

"하하하! 역시, 뭔가 다르십니다. 아주 정곡을 찌르시는군요."

흰머리 윤편인은 슬쩍 끼어들며 한마디 거들고는 환하게 웃었다. 그와는 달리 팀원들은 말없이 고개를 끄덕이면서 웃고 있었다.

"허허! 네, 그렇게 이해하시면 됩니다."

사발 머리 나 교수는 누구의 손도 들어 주지 않은 채 어물쩍 넘어가고 있었다. 둥근 머리 맹비견은 갑자기 화가 치밀고, 분통이 터져 그를 죽일 놈처럼 째려보았다.

그는 금방이라도 한마디 쏘아붙이려는 기색이었다. 하지만 주변 분위기에 눌려 꾹 참는 눈치였다. 그는 주위를 의식하고, "우라질 자식! 더럽게 아는 체하고 자빠졌네…" 투덜거리며 눈을 돌렸다.

짱구 머리 나겁재는 뒤에서 참으라며, 그의 어깨를 가볍게 토닥거렸다. 둥근 머리 맹비견은 고개를 돌려 괜찮다며, 씨익 웃어 주었다. 이들이 그러는 동안에도 사발 머리 나 교수는 계속 주절거렸다.

"여러분은 우선 거시적인 부동산 시장을 외면하고서는, 돈과 친해지기 어렵다는 사실을 기억하시면 됩니다. 아시겠습니까?"

사발 머리 나 교수는 이들을 아우르듯 눈동자에 힘을 잔뜩 주고 말했다.

"예…!"

대부분의 수강생들은 고개를 끄덕이며, 목청을 높였다.

"두 번째는 미시적인 부동산 시장인데, 여러분은 당장이라도 입찰을 받느냐 못 받느냐에 관심을 가지고 있지 않습니까?"

사발 머리 나 교수는 이들에게 낚시걸이를 하듯, 은근히 미끼를 던지고 있었다. 그의 표정은 손맛을 보고 싶은 강태공의 얼굴 그 자체였다.

"그렇죠, 결국 우리가 바라는 것은 낙찰이니까요?"

흰머리 윤편인은 '이제야 제대로 된 경매를 만날 수 있겠다.' 싶어 벌써부터 얼굴 가득 화색이 돌고 있었다. 수강생들은 뜰 든 마음에 서로가 속닥거렸다.

"그렇다면 앞에서 설명한 네 가지 조건들을 충분히 내 것으로 소화시키는 체득도 중요하겠지요?"

사발 머리 나 교수는 두 눈을 희번덕거리면서 잡아먹을 듯이 묻고는, 이마에 서너 가닥 주름을 잡고서, 다시 빠르게 주절거렸다.

"하지만, 우리가 간과해서는 안 되는 또 다른 일들이 도사리고 있다는 겁니다."

사발 머리 나 교수는 눈에 힘을 잔뜩 주고서, 수강생들을 향해 말했다. 그의 표정은 왠지 모르게 걱정이 가득한 찜찜한 낯빛이었다.

"헐…! 젠장! 뭘 또 알아야 되는 건데…?"

둥근 머리 맹비견은 혼잣말을 속살거렸다.

"여러분은 반드시 인도나 명도(토지, 건물, 등, 사물이나 권리 따위를 넘기거나 받음)를 받는 역량을 키워야 낙찰한 물건을 점유한 양도인과 한결 수월한 협상을 전개할 수 있다는 겁니다. 그래야 경매 시장에 진출해 대어를 잡지 못하면, 하다못해 작은 물고기라도 건져 올릴 수 있는 겁니다."

그는 말끝에 약간 경직된 얼굴을 보였다.

그의 주장은 짚신 장사가 삐죽삐죽 튀어나온 지푸라기를 깔끔하게 잘 다듬어야, 남보다 더 많이 팔 수 있다는 마무리의 중요성을 강조하고 있었다.

"헉…! 정말!"

누군가 소리쳤다. 강의실은 순간 수군수군거렸다. 사람들은 서로를 쳐다보았다.

"아니, 그거야 집달 관 아재들이 다 알아서 해 주는데, 뭘 걱정이람…?"

무지하고 약삭빠른 수강생 하나가 누구 들어 보라는 듯 중얼거렸다.

"그래야 여러분이 좋아하는 한방에 홀인원도 치고, 더불어 대박과 함께 수익을 챙기는 겁니다."

사발 머리 나 교수는 골프채를 제대로 잡는 방법을 알고 있는 것처럼, 순간 골프 치는 시늉을 해 보이면서 히죽 웃었다.

그는 다 된 밥에 코 빠뜨리는 식으로, 막판에 소송 등으로 많은 시간과 비용을 허비하지 말고, 사람의 마음을 얻을 수 있는 신통 방통한 비술(진정성)부터 먼저 갖추라는 것이었다.

"아시겠습니까?"

사발 머리 나 교수는 뭔가 걸리는 게 있는 눈치로 히죽 웃었다.

"예…!"

수강생들은 몇몇을 제외하고서 애기 스님이 공염불 하듯 건성건성 대답하고 있었다.

"쳇! 누가 들으면 때 돈 버는 줄 알겠네, 젠장!"

힘든 수업에 염증이 난 수강생 하나가 구시렁거렸다.

"오…! 원 샷 원 킬…!"

둥근 머리 맹비견은 작은 소리로 중얼거렸다.

그러자 짱구 머리 나겁재가 맞장구를 치며 주절거렸다.

"아냐, 그보다는 정의로운 인간이 되어라~"

그는 갑자기 장난을 치듯 휘파람 소리로 흥얼거렸다.

이들은 수업 시간 내내 눈치껏 입놀림을 하며 노닥거리곤 했었다. 사발 머리 나 교수는 못 본 척 딴청을 피우면서도, 중간 중간에 강의실 분위기를 유심히 살피고 있었다.

다행히 걱정했던 우려와 달리 몇몇을 제외하곤 나머지 수강생들은 잘 따라오고 있었다.

"물건을 고르는 데는 무엇보다도 자신의 가치관이 좌우한다는 것을 익히 잘 알고 계시죠?"

그는 달관한 자신의 식견을 '이들도 설마 알겠지?' 하는 안일한 마음으로 묻고 있었다.

"예…!"

대부분의 수강생들은 시원스럽게 대답했다. 그러나 유리창에 금이 가는 소리는 여지없이 튀어나왔다. 개중에 일부가 소리쳤다.

"잘 모릅니다!"

누군가 악을 쓰며 대답하자 강의실은 금세 웅성웅성거리기 시작했다.

"으… 뭔… 소리야 대체…?"

이해가 어려운 사람들은 탄식을 하듯 소리를 질렀다.

"왜냐하면 여러분이 원하는 수익구조가 부동산 매매차익인지? 그것도 아니면 임대 수익인지를 분명히 해야 선택하기가 쉽기 때문입니다."

그는 투자 이익을 어디에서 남길 것인지를 분명히 하라며, 못을 박고 있었다.

"음…. 다음은 부동산 물건에 대한 옥석 가르기를 잘 하셔야 됩니다."

사발 머리 나 교수는 말끝에 목이 타자 생수 한 모금을 홀짝 마셨다.

"…"

강의실은 잠시 침묵이 흘렀다. 많은 눈동자가 그를 주시하고 있었다. 그가 컵을 내려놓고 고개를 돌리자 곧바로 질문이 터져 나왔다.

"교수님! 옥석 가르기에서 중요한 핵심이라면 뭘 말합니까?"

삼각 머리 조편재는 당신을 기다렸다는 표정으로 물었다.

"하하하! 지금부터 설명을 할 테니 잘 듣고 기억들 하셨다가 적절할 때 요긴하게 사용하시기 바랍니다."

사발 머리 나 교수는 질문을 하면 은근히 좋아했다. 왜냐하면 배울 자세가 되어 있다는 것이 그의 지론이었다.

"네…에!"

삼각 머리 조편재는 굵은 톤 저음의 목소리로 성악을 하듯 익살스럽게 대답했다. 수강생들은 익살맞은 우라질 소리에 많은 눈들이 일제히 그를 향하며 낄낄거렸다.

소리 없이 실실 웃던 사람들도 여럿이 낄낄거리자, 덩달아 '까르르…!' 폭소를 터트리기 시작했다.

사발 머리 나 교수도 그런 분위기가 재미있어 강의를 잠시 멈춘 채 따라 웃었다.

그러고는 잠시 지켜보다가 잠잠해지자 다시 말문을 열었다. 강의실은 소란한 분위기로 흐트러졌던 눈길들이 그를 향해 다시 돌아오고 있었다.

"왜냐하면 부동산은 현재 시장을 보는 눈도 중요하지만, 미래를 내다보는 안목이 더욱 중요하기 때문입니다."

사발 머리 나 교수의 강의가 이들에게 전하는 메시지는 이랬다.

구입 당시에 저렴한 수익도 중요하지만, 미래의 이익을 내다볼 수 있는 즉 매도할 시기에 수익을 미리 염두에 두라는 취지에서 설명을 하고 있었다. 그래서 요건은 물건을 잘 골라야 된다는 것이었다.

"으…잉! 징말?"

윤편인은 고개를 끄덕이며, 장난스럽게 웅얼거렸다. 수강생들도 잠시 웅성거리다 그의 눈치를 살피며 잠잠해져 갔다.

"음… 과거에는 최소 3년에서 5년을 내다보았다면…. 지금은 최소 10년 후를 내다보는 눈을 가지고 내재가치가 있는 물건을 찾아야 된다는 겁니다."

사발 머리 나 교수는 지금보다 이익을 실현시키는 시기 즉 미래 시장을 생각하고 접근하라는 것이었다.

"헉…! 그런 거야?"

순간 나겁재는 짱구 머리를 끄덕이며, 속살거렸다.

"물론… 경우에 따라 다르기도 하지만 말입니다."

그는 슬쩍 문제의 핵심을 벗어나는 뉘앙스를 보이면서도 장기적인 안목을 강조하고 있었다.

왜냐하면 부동산 시장에서 단기적 이득을 취하는 시대는 이미 저물었다는 그의 판단에서 나왔다. 즉 사 놓으면 오르는 불로소득 시대는 가고, 시장을 이해하려는 노력(학습)의 시대에 들어섰다는 것이었다.

그의 강조에 수강생들은 노고에 보답이라도 하듯, 이해를 한 표정으로 고개를 끄덕이는 사람과, 사실을 곡해하고 있다는 표정을 보이며, 오만 인상을 찌푸리는 사람으로 나눠져 있었다.

그리고 세상을 달관한 듯 실 웃고 있는 사람들이 그를 주목하고 있었다. 그때 누군가 소리쳤다.

"저기요… 교수님! 현장에서 무엇을 중점적으로 살펴야 하나요?"

미모의 명정관이 상큼한 미소를 짓고 외쳤다. 속 알머리 봉상관은 그녀의 목소리에 귀가 솔깃해 궁금한 눈빛을 반짝거리며, 가만히 귀를 기울였다.

이들이 그러든 말든 사발 머리 나 교수는 그녀의 질문을 받자, 계속해서 주절거렸다.

"그것은 내가 선택한 부동산이 무엇이냐에 따라 보는 관점이 달라질 수 있습니다."

사발 머리 나 교수는 그녀를 마주 보며 말했다. 그 순간 속 알머리 봉상관은 가는 눈을 치켜뜨고서 못마땅한 듯 두 사람을 쏘아보고 있었다.

"어떻게요?"

그녀는 볼펜을 한 바퀴 획 돌려 가며, 묻고서 씽긋 웃었다.

"가령 낙찰받을 물건이 아파트냐? 상가냐? 그것도 아니면 단독주택이냐? 토지냐에 따라 차별을 해야 합니다. 만약 토지라면 그것도 대지냐? 전답이냐? 임야냐? 도로이냐? 그린벨트이냐에 따라 그종류 별로 접근 방법을 달리해야 한다 이 말입니다."

사발 머리 나 교수는 물건에 따라 종류별로 구별할 것을 주문하고 있었다.

"오…호! 그래!"

순간 수강생 중 누군가 웅얼거렸다.

"그쪽 수강생분 생각은 어떠십니까?"

사발 머리 나 교수는 히죽 웃어 가며, 그녀에게 역으로 되물었다.

"글쎄요…? 저는 잘은 모르지만, 접근 방법은 달라야 한다고 생각합니다."

그녀는 어쭙잖은 답변을 내놓고는 낯이 화끈거려 배시시 웃고 있었다. 그 바람에 흰머리 윤편인도 팀원들도 속 알머리 봉상관과 젤바른 선정재를 제외하고 슬며시 따라 웃고 있었다.

"예를 든다면요?"

사발 머리 나 교수는 미소를 보이며 재차 물었다.

"그게, 사람들이 보는 관점에 따라 다를 수도 있겠지만, 사실 저는 주택보다 아파트가 밀집한 지역 상가 쪽에 더 관심을 가지고 있습니다."

그녀는 문제의 핵심을 비켜가며, 자기 의견을 떠벌렸다.

"하하하! 그러면 어떻게 접근하실 생각이십니까?"

사발 머리 나 교수도 아름다운 미모에 낚인 모양이다. 그렇지 않고서야 어찌 그녀의 엉뚱한 답변에도 계속 말을 시키고 있단 말인가? 이들은 도대체 영문을 몰랐다.

"호호! 아직, 거기까지는 부동산 지식이 딸려서 잘 모르겠습니다."

그녀는 머뭇머뭇거리며, 불편하고 언짢은 기색을 감추느라 그의 눈길을 피해 고개를 가로저었다.

그리고 이렇게 속살댔다. '어머, 말미잘 작은 고추 같은 자식이, 아주 나를 말려 죽일 작정인가? 뭘 자꾸 주접떨고 물어오는 거야? 신경질 나게시리…. 흥!' 하며 부끄러운 듯 고개를 수그렸다.

"뭐 그럴 수도 있습니다. 음… 그렇다면 아파트로 예를 들어 봅시다."

사발 머리 나 교수는 설명 도중에 그녀를 보며 히죽히죽 웃었다. 그녀는 불편한 속마음과 달리 해쭉해쭉 따라 웃어 가며, 그를 주시하고 있었다.

"헐…!"

속 알머리 봉상관은 남의 속도 모르고 두 사람의 정겨운 모습이 아주 눈꼴 시려 못 보겠다는 표정이었다. 그러고는 괜히 헛기침을 해 대며 앓는 소리를 냈다. 그의 좋은 인상은 잔뜩 찡그러져 이마에는 주름살이 겹겹이 쌓여 갔다.

"재건축 지역이냐? 재개발 지역이냐?"

사발 머리 나 교수는 이들의 속사정을 알 길이 없어 질문 외에는 아랑곳하지 않은 채 지속적으로 설명을 이어 갔다.

"이건, 또 뭔 소리요?"

중간에 앉은 곱슬머리 수강생이 구시렁거렸다.

"또는 오래된 아파트라도 복도 형인지? 계단 형인지가 다른 것처럼 신축도 종류에 따라 접근 방식이 달라져야 한다 이 말입니다."

그는 물건의 형태나 종류 또는 용도에 따라 구분해, 취급 유형을 차별화하라고 말하고 있었다.

그때 누군가 주절거렸다.

"저… 말입니다. 교수님!"

상구 머리 노식신은 질문과 동시에 엉거주춤 오른손을 들었다. 순간 수강생들의 시선이 그들을 향해 집중되고 있었다.

"예… 말씀하세요."

사발 머리 나 교수는 그를 가리켰다. 수강생들의 눈길이 그를 따라 움직였다. 그는 주저 없이 주절거렸다.

"아파트 단지는 되도록 1,000세대가 넘어가는 단지를 선택해야 합니까? 그리고 몇 층짜리인지? 대지 지분은 얼마나 되는지도 확인하고, 지역은 일반 주거 1종인지? 2종인지? 그거도 아니면 일반 3종인지를 말입니다."

그는 잠시 호흡을 고르며 무슨 생각을 하고는 잠시 주춤 거리다가 다시 빠르게 이어 갔다.

"소형 단지라면 층수는 몇 층에 해당하는지? 대지 지분은 얼마나 소유하고 있는 건지? 그리고 용도지역은 건폐율과 용적률이 제대로 나오는 것 까지도, 등등을 살핀다는 말씀이십니까?"

상구 머리 노식신은 알은체를 하고서, 그를 올려다보았다.

둥근 머리 맹비견은 그런 그를 '자식! 제법인데…' 하고 읊조리며, 부러운 듯 쳐다보고 있었다.

"그렇죠, 잘 알고 계십니다. 가령, 준주거 지역이라면 주상복합 아파트라는 것쯤은 알고 있어야 될 겁니다."

사발 머리 나 교수는 엄지손을 세워 그에게 보여 주면서 히죽 웃었다.

그는 재개발이나 재건축이 시작되면 내용(위치·층수·대지 지분·용도 지역)에 따라, 아파트 가치 평가가 달라질 수 있다는 판단에서 설명하고 있었다.

"그런 방법으로 차별화시켜서 접근하시면 됩니다."

사발 머리 나 교수는 흐뭇한 표정을 지었다.

"그러면 교수님! 조합 아파트나 민영 아파트, 그리고 주공이나, 시영 아파트가 아니면 임대아파트에 따라서도 접근 방식을 달리해야 하나요?"

미모의 명정관은 의구심이 가득한 눈초리로 묻고서, 그의 대답을 기다렸다.

"그렇습니다, 아파트를 낙찰받을 때도 소유주가 단독으로 사는지? 아니면 함께 사는지? 또는 임차인이 사는지에 따라 명도(부동산을 넘겨주거나 받음)하는 접근 방식을 달리하는 것처럼 말입니다."

사발 머리 나 교수는 설명과 동시에 아시겠느냐는 표정으로 눈짓을 했다.

그녀도 수강생들도 고개를 끄덕이며, 잘은 몰라도 이해를 하겠다는 얼굴로 히죽거렸다.

"아이고! 갈수록 태산이네, 젠장!"

짱구 머리 나겁재는 이마를 찡그려 짚어 가며, 구시렁거리고 있었다.

"구체적인 사항들은 시간이 허락하는 데까지 파헤쳐서 살펴보기로 합시다."

사발 머리 나 교수는 말끝에 엷은 미소로 모두를 둘러보았다. 사람들은 그러거나 말거나 자신들이 하고 싶은 행동을 하고 있었다.

지역 물건 고르기

"교수님! 제가 아파트를 하나 낙찰을 받아볼까 하는데요, 무엇을 기준해야 할지 몰라서 말입니다. 헤헤!"

흰머리 윤편인은 뒷머리를 긁적이며, 나 교수를 올려다보았다.

"아하! 그러십니까? 어느 지역을 검토하고 계시는데요?"

사발 머리 나 교수는 가볍게 받아 주고는 미소를 보이며, 그에게 물었다.

"마포구 공덕동 일대입니다."

흰머리 윤편인은 수더분한 표정으로 대답했다.

"그 지역이라면 사통팔달로 아주 교통이 편리한 역세권 지역이라고, 볼 수 있습니다."

사발 머리 나 교수는 자신이 살고 있는 동네 모양 잘 알고 있는 표정을 지었다.

"그래서 말인데요…. 그 지역은 교수님이 보시기에 괜찮은 동네이긴 한 겁니까?"

흰 머리 윤편인은 의심이 잔뜩 묻은 얼굴로 씨익 웃어 가며, 되물었다.

"아… 네…에. 그 주위에 대학교와 중·고등학교 그리고 학원 등이 자리하고 있어, 교육 환경도 그리 나쁘지 않은 편입니다."

그는 흰머리 윤편인을 건너다보듯 말하며, 사발 머리를 끄덕였다.

"으흠… 그리고요?"

순간 고개를 끄덕이며, 눈빛이 살아 반짝이는 윤편인은 안달이 난 낯빛을 하고서 다시 물었다. 그러자 사발 머리 나 교수는 피식 웃어 가며, 차분히 주절거렸다.

"공덕 역세권은 대략 지하철 노선만 손꼽아 보아도 세 네 개가 교차하는 아주 교통이 편리한 역세권 지역입니다."

나 교수는 사발 머리를 갸웃거리며, 지하 철도가 세 개인지, 네 개인지, 갑자기 헷갈려 정확하게 설명하지 못한 채 어림잡아 대충 얼버무렸다.

"헐…! 대박!"

누군가 중얼거렸다. 그 순간 어디선가 질문이 터져 나왔다. 사람들의 눈길이 소리 나는 곳을 향해 돌아갔다.

"교수님! 제가 알기로는 그쪽으로 경의선 철도를 포함해서 공항 지하철까지 네 개의 노선이 지나가는 걸로 아는데 아닙니까?"

질문한 수강생은 지하철 5호선과 6호선 그리고 공항 지하철과 경의선 철도 노선까지, 게다가 몇 년 뒤에 GTX 대심고속철도가, 가까운 용산역으로 연결된다는 정보를 꿰차고 있는 큰 머리 문정인이었다.

"예…. 그렇습니다."

사발 머리 나 교수는 가볍게 받아 주고서, 자기 설명을 이어 가며, 다시 주절거렸다.

"게다가 시내 접근이 용이하고, 근처에 한강공원이 있어 주거 환경 또한 쾌적합니다."

그는 말끝에 멋쩍게 웃고는 이어 계속 주절거렸다. 그 순간… 흰 머리 윤편인은 속살거렸다.

"오… 예! 완전 좋아…. 아주 좋아…. 히."

그는 설명을 듣다 보니 은근히 잘했다는 생각이 들었다.

그래 벌써부터 뭔가를 작심한 표정을 짓고, 어느새 미세한 흥분에 젖어들고 있었다.

"에… 또한 주변에 편의 시설도 많아서 도시민이 살기에는 여러모로 장점이 많은 지역입니다."

사발 머리 나 교수는 잠시 숨을 고르며, 물컵을 집어 들었다. 그러고는 갈증을 해소하듯 단숨에 마셨다.

가만히 지켜보던 흰머리 윤편인은 그가 고개를 들자, 기다렸다는 표정으로 빠르게 주절거렸다.

"앞으로 발전할 전망이나, 부동산 가격이 상승할 여력은 충분히 있습니까?"

그는 정보 하나라도 더 알고 싶은 욕망의 눈빛으로 묻고서, 사발 머리 나 교수를 강렬하게 쏘아보고 있었다.

"아마… 교통이 편리하고, 재개발할 주택들이 많아서, 상승할 가능성이 충분한 지역이라고 보아도 무방할 겁니다."

사발 머리 나 교수는 설명을 하고 나면 언제나 자기 긍정에 연신 고개를 까닥까닥 흔들고 있었다.

"으…잉! 정말?"

이들은 새삼스럽지도 않은 정보에도 까닭 없이 화들짝 놀란 척 소리를 질렀다. 왜냐하면 까다롭고 힘든 수업으로 쌓이는 스트레스를 스스로 날려 보내기 위한 일종의 방편이었다.

"다만, 재개발을 하는 동안 인구가 빠져나가면 지역 경제는 당분간 힘들어진다고 봐야 되겠죠?"

나 교수는 사발 머리를 끄덕대고는 그를 쳐다보았다. 이제는 아시겠느냐는 표정이었다.

그는 주변에 재개발할 지역들이 아직 남아 있다는 생각을 했는지 모른다. 그러나 현재는 어느 정도 마무리가 되어 주위는 온통 고층 빌딩으로 산을 이루고 있었다. 물론 아직 재개발을 시작도 못한 동네들이 1, 2킬로미터 주변을 둘러보면 아직 여기저기 버려진 동네처럼 남아 있었다.

"아하! 그렇구나…?"

흰머리 윤편인은 혼잣말을 중얼거리며, 고맙다는 눈짓으로 고개를 끄덕거렸다. 수강생들은 필요한 메모를 하느라 그의 설명을 열심히 적고 있었다.

"하지만, 주택이 부족하면 집값이나 전세 값도 오르고, 임차인 구하기도 오히려 쉽습니다."

사발 머리 나 교수는 실실 웃어 가며, 계속 설명을 이어 갔다.

"특히 직장인이 선호하는 역세권 지역이라, 전망은 희망적이면 희망적이지, 그리 나쁘지 않다고 봅니다."

"왜냐하면 신축 아파트가 많은 지역은 젊은 층 세대가 몰려들어 지역 경제가 활기를 띠기 때문입니다."

사발 머리 나 교수는 지역을 살피는 방법을 자연스럽게 알려 주게 되면서, 그에게 내색하지 않아도 질문 자체를 흐뭇해하고 있었다.

"감사합니다."

흰머리 윤편인은 정중하게 고개를 숙였다.

"지금까지 들으신 내용을 마중물을 삼아서 물건이나, 지역을 찾으실 때 참고하시면 나름 상당한 도움이 되실 겁니다."

사발 머리 나 교수의 주관적인 견해는 인간은 살아가면서 누구에게나 배우고, 서로에게 가르침을 받는다고 생각했다.

"오… 대박! 오…솔…레미오…!"

이렇게 강의 중간에 혼자만의 탄성을 지르거나, 탄식을 하며, 자지러지는 요절복통 수강생들이 곳곳에 숨어 있다가, 뿅 망치 두더지처럼 심심하면 한 번씩 튀어나오곤 했었다.

그러나 강의에 달관한 사발 머리 나 교수는 그들이 그러든 말든,

한쪽으로 듣고 한쪽으로 흘려버리는 묘한 습성을 지니고 있었다.

한마디로 철저한 '렛 잇 비'였다.

"교수님! 지역을 선정할 때 반드시 살펴야 할 요점이 있다면, 무엇부터 살펴야 되는지요, 그리고 핵심을 짚어 줄 수 있습니까?"

흰머리 윤편인은 다시 손을 들고 외쳤다.

그의 얼굴은 누가 들어 보라는 표정을 한 채 묻고 있었다.

"글쎄요? 음… 우선 지역의 물동량을 살펴야 합니다."

사발 머리 나 교수는 노트북을 들여다보며 말했다.

"물동량이요?"

흰머리 윤편인은 의아한 표정을 짓고 아무것도 모르는 척 동공을 확장시켜 그를 빤히 쳐다보았다.

그게 뭐냐는 표정이었다. 그와 달리 수강생들은 서로를 쳐다보고, 속닥속닥 이야기하며, 웅성거렸다.

"아… 그 말은 지역의 주택 거래량을 살피고, 동시에 회전율도 함께 파악해야 된다. 뭐 이런 말입니다."

사발 머리 나 교수는 말끝에 씨익 웃고 있었다.

"왜 그렇습니까?"

짱구 머리 나겁재는 궁금한 표정을 하고서 불쑥 끼어들었다.

흰머리 윤편인은 고개를 돌려 힐끔 그를 쏘아보고, 이내 사발 머리 나 교수를 향해 주시했다.

"하하하! 아파트 거래가 증가하면 가격이 상승하는 반면, 조정기 (실정에 맞게 정돈되는 시기)나 하락기에는 가격이 저조하기 때문입니다."

사발 머리 나 교수는 지금 뭔 소리를 하고 있는 건지 아시겠느냐는 얼굴로 이들을 빤히 쳐다보았다.

수강생들은 생면부지 낯선 사람을 만난 표정을 한 채 갈피를 못 잡고, 이들 중 몇몇은 어리둥절한 기색을 보이고 있었다.

사발 머리 나 교수는 수요는 많은 데 비해 공급이 적으면 가격이 상승하고, 거래량도 늘어난다는 것과, 공급은 많은데 비해 수요가 적으면 가격이 하락하면서 거래량도 감소한다는 것이었다.

"다른 이유는 없습니까?"

시장 흐름에 대해 대충이라도 알고 있던 상구 머리 노식신이 의심쩍은 얼굴로 묻고 나섰다.

"그보다 전세가 등락율과 입주 물량(신축아파트 수) 등도 살펴야 합니다."

사발 머리 나 교수는 모두를 향해 말하고는 히죽 웃었다.

수강생들은 그 소리를 듣자 곧바로 웅성거렸다. 상구 머리 노식신은 '웃기는 젠장!' 하며 읊조리고는 따가운 눈총을 쏘아 대고 있었다.

"전세가 등락 율은 왜죠? 흐흐…"

둥근 머리 맹비견은 뒤통수를 만지작거리며 겸연쩍은 듯 미소를 보였다.

"그 이유야 임대차(임차료를 지급할 것을 내용으로 하는 계약) 시장의, 가격 흐름을 파악할 수 있다면, 집값 동향에 대해 예측할 수 있기 때문입니다."

그는 둥근 머리 맹비견을 쳐다보며 말했다.

"헐…! 대박! 그런 거야?"

누군가 신음에 가까운 소리로 말했다. 수강생들도 웅성웅성 거렸다. 강의실은 금세 소란스럽다가 잠잠해지길 반복하고 있었다.

"또한 캡 투자(전세금을 끼고 매입하는 주택) 수요도, 집값 향방을 알 수 있는 바로미터(사물의 수준이나 상태를 알 수 있는 기준이나 척도)입니다."

사발 머리 나 교수는 공급보다 수요가 많을수록 전세가와 집값은 상승한다는 말을 하고 있었다.

"헉…! 징말!"

수강생 중 더벅머리 사내가 매부리코를 벌렁거리며 소리쳤다. 그때였다.

"그럼, 입주 물량은 무엇으로 확인합니까?"

가만있기가 무료했던지 새치 머리 안편관이 불쑥 끼어들었다.

"…"

순간 수강생들의 눈빛이 그를 향했다.

"그것은 건축 허가량부터 착공, 그리고 준공까지 공급량 등을 알아야, 사전에 매가(집을 파는 가격) 하락 위험을 피할 수 있기 때문입니다."

사발 머리 나 교수는 공급의 증가(신축이나 기존 주택 매도)는 곧 집값 하락을 부추기거나, 예고하는 신호탄이라며, 주의할 것을 경고하고 있었다.

"물론, 매도 타이밍을 맞추는 데도 용이합니다."

사발 머리 나 교수는 모두의 표정을 살피며, 아시겠느냐는 얼굴로 묻고 있었다.

대부분의 사람들은 고개를 갸웃갸웃거리며, 어두운 표정으로 인상만 구기고 있었다. 이들은 "쳇! 그걸 알면 내가 왜 여기에 와 있겠느냐?"라며 한마디씩 구시렁거렸다. 그러고는 매우 불만스러운 눈총을 그에게 쏘아 대고 있었다.

"오…우! 대박!"

짱구 머리 나겁재는 그런 것까지 알아야 한다는 스트레스에 벌컥 짜증이 나 탄성을 질렀다.

"그 밖에 살필 사항은 없나요?"

메모를 하고 있던 미모의 명정관은 아쉬운 눈초리로 손을 들고 물었다.

"아하… 질문 잘 하셨습니다. 그 밖에도 청약 경쟁률과 미분양 증감 추이를 사전에 미리 파악해서 데이터베이스를 해 두시면, 시장의 흐름을 읽는 데 한결 수월할 겁니다."

사발 머리 나 교수는 잠시 놓쳤던 내용을 덧붙이고, 그녀에 대한 고마움에 밝은 얼굴로 히죽 웃고 있었다.

"오…호! 쩐…다!"

뒷자리에서 누군가 소리쳤다.

순간 사발 머리 나 교수의 눈총은 빠르게 그를 향했다. 하지만,

그것뿐이었다. 그는 다시 주절거렸다.

"아… 그리고 교통의 편리성은 역세권 지역을 위주로 살피도록 하세요."

사발 머리 나 교수는 내용을 강조하듯 눈에 힘을 잔뜩 주고 말했다.

"으흠… 맞아 그래야 출근 시간을 조금이라도 앞당길 수 있거나 하다못해 늦잠이라도 더 잘 수 있을 테니까…" 하는 이런저런 말들이 오고 갔다. 순간 강의실은 웅성거렸다.

그럼에도 불구하고, 사발 머리 나 교수의 강의는 계속 이어졌다.

"다음으로 우리나라 학부모들은 맹자의 후손도 수제자도 아닌데, 정말 아이러니하게도 학군의 중요성을 엄청 따진다는 겁니다."

사발 머리 나 교수는 희번덕거리며, 약간 목청을 높여 말했다.

"혈…! 극성도 어지간해야지…. 완전 지랄들을 떨어요!"

여성 수강생들과는 달리 일부 남성들은 입에서 나오는 대로 경박스럽게 지껄이고 있었다.

이들은 전세 보증금 및 집값 상승의 원인 중 하나는 맹모삼천지교가 발원지라는 사실을 완전 모른다는 표정으로 떠들었다.

사발 머리 나 교수는 자녀를 둔 학부모들은 대부분 자식의 장래를 위해 학군이 좋은 지역을 선호하며, 그곳이 어느 지역에 있더라도 웃돈을 주고서라도 이사를 간다는 것이었다.

즉 전셋집을 얻거나, 주택을 매입하려고, 혈안이 되어 온갖 수단

방법을 가리지 않는다. 그래서 학군이 좋은 지역은 집값이 천정부지로 치솟는 현상이 벌어진다는 것이다.

따라서 그에 말을 꼬집어 보면 정부의 교육 정책이 일관성이 있어야 국민들이 혼란에 빠지지 않는다는, 뼈 있는 가르침을 여기서도 극명하게 밝혀지고 있었다.

"또한 요즘은 미세먼지로 인한 쾌적한 주거 환경을 선호해서, 근처에 도시공원이나 숲속 공원 같은 숲 세권과 한강 공원 같은 강 세권 등은, 가시권(해양 조망, 녹지 조망, 가든 조망 등 볼 수 있는 범위)이라 해서, 주택의 가치를 높여 주는 즉 돈이 되는 시대라는 겁니다."

사발 머리 나 교수는 요즘 환경 문제가 이슈로 떠오르는 추세라, 시장의 흐름을 염두에 두고 말했다.

그의 말인즉 세상 흐름에 편승하지 못하면, 오뉴월 개꼬리 신세를 면치 못한다는 것이다.

"오…우! 징말!"

뽀글뽀글 파마머리를 한 여성 하나가 짐짓 몰랐다는 표정을 짓고서 소리를 질렀다. 일부를 제외한 대부분의 수강생들도 생소한 내용에 '아… 그렇구나?' 하는 기색을 보이고 있었다.

"그러므로 편리한 근린시설, 그리고 주변의 가격 상승 요인과 하락 요인 등이 존재하는지를 꼼꼼히 조사하는 임장만큼은 빼놓을 수 없는 필수 조건입니다."

사발 머리 나 교수는 주택 가격이나, 토지 가격에 영향을 끼치는 주위 여건이나, 환경 변화를 내다보는 안목, 그리고 부지런한 발걸음만이, 내 돈을 불려 주거나, 지켜 준다는 설명을 강조하듯 떠들어 댔다.

"오…호! 대박! 딴은 그렇기도 하겠군…."

수강생 하나가 중얼거렸다.

"여기에 좀 더 덧붙인다면 지역의 세대수와 인구수는 얼마나 되는지도 검색해 보시고…."

사발 머리 나 교수는 설명 도중에 잠시 누군가를 보면서 히죽 웃고 있었다.

"어…휴, 뭔 내용이 졸라 많네, 젠장!"

둥근 머리 맹비견은 엄청난 분량에 놀라 짜증을 내며 구시렁거렸다.

"음…. 단지의 규모도 함께 살펴야 혹시나 모를 재건축 등 가치 평가에서 손실을 조금이나마 줄일 수 있다는 것을 명심 하세요."

"…."

"예…! 잘 알겠습니다!"

수강생들의 대답은 알든, 모르든, 일단 소리부터 냅다 질렀다. 그리고 구시렁거렸다.

"오…호! 단지와 세대수 크기까지…?"

짱구 머리 나겁재는 무슨 소리를 떠벌리는지를 감을 잡은 듯, 알겠다며 목청을 높였다. 순간 강의실은 서로를 마주 보며 웅성거렸다.

"교수님! 지역을 고르는 조건들은 대강 접수가 되었는데요?"

짱구 머리 나겁재가 의문을 품은 표정을 짓고서 불쑥 주둥이를 나불거렸다. 그때 둥근 머리 맹비견은 '어…쭈! 제법인데…' 웅얼거리며, 그를 부러운 듯 쳐다보고 있었다. 말과 동시에 사발 머리 나교수는 주절거렸다.

"그런데요?"

그는 그의 물음이 반가워 환한 얼굴로 대꾸했다.

"문제는 내부도 들여다봐야 하는데, 막상 아파트를 고를 때 오장육부나 다름없는 실내를 모른다는 겁니다. 헤헤!"

짱구 머리 나겁재는 코믹한 목소리와 몸짓으로 깝죽거리며 말했다. 순간 강의실은 웃음이 빵 터졌다.

"하하하…!"

"까르르…!"

사발 머리 나 교수는 물론 수강생들 대부분이 여기저기서 피식피식 배꼽을 잡고 있었다.

짱구 머리 나겁재는 웃음거리 제공은 자신이 유발해 놓고, 정작본인은 '뭐가 재미있어 웃느냐? 이 우라질 인간들아!' 하는 낯빛으로 양손을 벌리고는, 어처구니없다는 표정으로 인상을 마구 구겼다.

그리고는 계속 말을 이어 갔다.

"꼭 찍어 주신다면 뭐가 있겠습니까?"

짱구 머리 나겁재는 사람들이 뭐라 웃든, 자기 할 말을 끄집어내서 그에게 물었다.

"허허허! 그럼 한번 살펴볼까요?"

사발 머리 나 교수는 덩달아 웃고서 설명을 이어 갔다.

"토지를 제외한 건축물은 외부 및 내부 상태를 구분해서 살펴야 되겠죠?"

그는 나겁재를 처다보는 동시에 전체 수강생을 둘러보며 주절거렸다.

"예…!"

이들은 그의 열강에 부응이라도 하는 눈치로 대답 하나만큼은 끝내주게 잘하고 있었다.

"먼저, 아파트 외부 요건을 살펴본다면, 단지 내 세대수와 대지권 평수는 얼마나 되는지를…"

"…"

그때 누군가 신음하듯 구시렁구시렁 주절거렸다.

"헉…!"

'아니, 앞에서 노가리 까 놓고, 또 같은 보따리 푸는 거야, 뭐야? 이거야말로 재탕인가?' 하며, 툴툴대고는 노골적인 불만을 드러냈다.

그러나 사발 머리 나 교수는 기본의 반복은 망각의 귀신도 방해하지 못한다는 지론을 가지고 있었다.

"방향은 남향인지 또는 북향인지를 살피고, 일조권(태양 광선을 확보하는 권리)과 함께 조망권도 살펴보고."

사발 머리 나 교수는 희번덕거리며, 눈동자에 힘을 잔뜩 주고서 설명했다.

"오…호! 정말?"

수강생들은 수시로 구시렁거리며, 때로는 툴툴대기도 하면서 불평과 불만을 쏟아 내었다.

반면 머리로는 이해를 하고, 가슴으로 수긍도 하면서 이들은 조금씩 따라오고 있었다.

"복도식인지? 계단식인지? 준공은 몇 년도에 승인을 받았는지도…."

그는 갑자기 말이 빨라지면서 침이 사방으로 튀었다.

"쳇! 졸라 복잡하네. 젠장!"

순간 짜증이 확 솟구치자 나겁재는 구시렁거리며 짱구 머리를 자주 흔들었다.

"정말! 별걸 다 보고 자빠졌네…. 젠장!"

상구머리 노식신이 혼잣말을 고시랑거렸다.

"그러게 내 말이…."

강의실은 구석구석 이런저런 말들이 여기저기서 샘솟듯 튀어나오고 있었다.

"구입할 주택의 실거래 가격, 그리고 공시지가는 얼마인지도…."

사발 머리 나 교수는 시간이 부족해 갑자기 속도를 내고 있었다. 강의가 빠르게 전개되면서 수강생들은 허겁지겁 따라가기에도 버거워 골통이 핑핑 돌아 버릴 지경이었다.

"우우…. 어렵다, 어려워…. 휴!"

속 알머리 봉상관은 익어 버린 완숙함에 비해, 감당하기 힘든 눈치였다. 그는 잘 듣다가도 좋은 인상을 구겨 가며 한마디씩 내뱉고 있었다.

그에 비해 윤편인은 내용 전반을 이해하고 있는 모양이었다. 매번 고개를 까닥까닥 흔들어 대며, 조용히 듣고만 있었다.

"참고 삼아 몇 동 몇 층은 공시가격(한국 부동산원이 감정한 부동산의 적정가격으로 세금, 건강보험료 등 대략 예순네 가지 기준 가격이 된다.) 이 얼마이며…"

사발 머리 나 교수는 실실 웃어 가며, 조리 있게 설명해 나갔다.

"으…흐…. 쩐…다!"

흰머리 윤편인은 그의 모습과 행동에서 알 수 없는 흥미를 느끼고, 자신도 모르게 입속말을 웅얼거렸다.

"실거래 가격(매도 매수인 거래 간에 직접 주고받은 금액)은 최고 가격이 얼마나 되는지도 수시로 확인해 보는 습관이야말로 돈 버는 데 도움이 된다는 사실을 아서야 합니다."

그 말을 해 놓고, 사발 머리 나 교수는 해쭉 웃었다.

"휴…. 대박! 진짜 골… 떵이네."

삼각 머리 조편재는 더 이상 감당이 안 되는 표정을 하고서 신음을 하듯 중얼거렸다. 또 다른 수강생들도 여기저기서 이마를 부여잡고, 끙끙 앓는 소리를 내듯 툴툴거렸다.

"마지막으로 주민들 계층과 연령, 그리고 라이프 수준까지 살펴보면, 실수는 없을 것 같습니다."

설명이 끝나면 사발 머리 나 교수는 수강생들의 표정을 살펴 가며, 만족도를 확인하곤 했었다.

"제기, 뭐 한 군데라도 쉽게 넘어가는 구석이 없네."

둥근 머리 맹비견은 누구의 응원을 구하는 눈치였다. 그는 주둥이를 한 뼘이나 내놓고는 상구 머리 노식신을 넌지시 쳐다보며 툴툴거렸다.

흰머리 윤편인을 비롯한 팀원들은 그런 그의 행동을 유심히 지켜보며, 빙그레 웃고 있었다. 그때 상구 머리 노식신이 불쑥 끼어들었다.

"내 말이…. 휴우. 어렵다, 어려워…. 젠장맞을!"

그는 인상을 구겨가며, 툴툴거리고는 다시 주절거렸다.

"그러나 저러나 외부 현황을 잘 살펴야 매매할 때 후회할 일이 없다니 기억이나 잘 해 둡시다. 허허허!"

상구 머리 노식신은 그를 다독이며 웃었다. 둥근 머리 맹비견도 덩달아 웃으며, 끄덕거렸다.

"교수님! 실거래 가격은 어디에서 확인할 수 있습니까?"

흰머리 윤편인은 생글생글 미소를 지어 가며, 질문을 던졌다.

이웃 수강생들과 함께 노닥거리던 일부 팀원들은 그의 물음에 눈길을 돌려 힐끔 쳐다보고 있었다.

"실거래 가격이야 여러분이 직접 발품을 팔거나, 공인 중개 사무실을 찾아가서 알아보는 것이 제일 빠릅니다."

사발 머리 나 교수는 달가워하는 눈빛으로 그의 말을 받았다. '너 질문 한번 잘했다.' 하는 눈빛이었다.

"그 밖에 다른 방법은 없습니까?"

큰 머리 문정인이 불쑥 끼어들었다.

"만약에 거래된 실거래 가격을 확인하고 싶다면 국토교통부 홈페이지에 찾아 들어가 전국 어느 지역이든 거래 신고된 실거래 가격을 분기별로 확인할 수 있습니다."

말끝에 사발 머리 나 교수는 '이제 시세를 파악하는 데 도움이 좀 되셨겠죠?' 하는 눈길로 고개를 끄덕였다.

수강생들 몇몇은 그 정도는 알고 있다는 표정으로 열심히 메모를 하고 있었다. 그때 메모를 끝낸 미모의 명정관이 그를 향해 주절거렸다.

"저기요, 교수님! 정말 궁금해서 그러는데요."

그녀는 왼손을 들고 있다가 궁금한 눈망울로 그를 불렀다. 순간 사발 머리 나 교수는 소리 나는 쪽으로 고개를 돌렸다. 아름다운 그녀의 얼굴이 보이자, 반가운 마음에 곧바로 반응을 보였다.

"말씀해 보세요, 주저하지 마시고…."

사발 머리 나 교수는 눈으로 확인한 질문자가 미모의 여인이라 밝고 경쾌한 미소로 말했다.

왜 아니겠는가? 그도 사내인데, 나 교수가 처음 그녀의 질문을 받던 날 마치 가슴팍을 딱딱한 굵은 몽둥이로 한 대 맞은 듯 숨이 꽉 멈추고, 알 수 없는 짜릿한 전율이 온몸에 퍼지는 느낌을 받았었다.

"아파트 맨 꼭대기 층이 전망은 좋은데, 왜 공시지가는 아래층보다 낮게 나오는 건지? 도대체가 그 이유가 궁금해서요?"

그녀의 표정은 사뭇 진지했다. 사람들도 의외에 물음에 궁금증이 쏠려 이들을 향해 눈길을 고정시켰다.

"음…. 방금 저분이 질문한 공시지가는 어느 곳에서 제공을 하는지를 알고 계시는 분이 있으시면, 누가 한번 말씀을 해 보시겠습니까?"

사발 머리 나 교수는 답변은 고사하고 도리어 좌중을 돌아보며, 새로운 질문을 묻고 나섰다. 그때 흰머리 윤편인이 슬쩍 나서며, 차분하게 주절거렸다.

"제가 알기로는 부동산 감정가격 의뢰는 매년 국토 교통부에서 한국감정원(현 한국부동산원)에 의뢰하고, 거기서 책정된 표준 공시 가격은 매년 1월 1일을 기준해서 국토 교통부에서 발표하지 않습니까?"

흰머리 윤편인은 아는 척하며 나불거렸다. 그와 달리 수강생들은 속닥속닥 거리며, "맞아…, 맞아…" 하는 소리가 여기저기서 튀어나왔다. 그의 귀에도 확연하게 들려왔다.

"그렇습니다. 아주 정확하게 답했습니다."

그는 밝은 미소로 엄지손을 추켜세웠다. 그리고 곧바로 주절거렸다.

"그럼 표준 공시 가격은 어디에 주로 사용되는 겁니까? 누가 설명해 볼 수 있을까요?"

사발 머리 나 교수는 흐뭇한 표정을 짓고서 추가 질문을 던졌다. 강의실은 잠시 침묵에 빠져 그에게 눈길이 쏠렸다.

"토지나 주택에 책정된 표준 공시 가격은 공시지가나, 감정가격, 또는 세금과 건강보험, 등 공공요금을 결정하는 데, 기준이 된다고, 알고 있습니다."

그는 생각이 나는 대로 늘어놓았다. 수강생들은 입을 쩍 벌리고, '우라질 자식! 정말 잘 아네.' 하듯 질시의 눈길로 흰머리 윤편인을 아니꼽게 쳐다보고 있었다.

"예…. 맞습니다. 지금 들으신 대로 표준공시지가는 예순네 가지에 달하는 곳에 기준이 되어 적용되고 있습니다. 모두들 이분께 박수 한번 쳐 주세요."

사발 머리 나 교수는 엄지손을 세우며, 중얼대고는 이내 양손을 두드렸다.

"짝짝짝…! 짝짝짝…!"

여기저기서 요란한 박수 소리가 울려 퍼지자, 애꿎은 창문들이 몸서리를 치며 웅… 웅… 소리를 냈다.

강의실은 금세 박수 소리와 떠드는 소리가 뒤엉켜 와글와글 소란스럽게 변해 갔다.

이들은 스트레스를 날려 버리는 심정으로 손뼉을 힘차게 두들기고 있었다.

"이렇게 매년 1월 1일에 책정된 표준공시지가(공시한 표준지의 단위 면적당 가격)를 가지고, 국토교통부에서는 각 지자체 및 홈페이지를 통해서 공동 및 개별 주택 공시 지가를 제공합니다."

"헐…! 그걸 누가 모르나, 젠장!"

웅성거리는 소란 속에서 몇몇의 수강생들이 중얼거렸다.

"그런데 왜 맨 꼭대기 층보다 그 아래층이 더 높게 나오는 건지, 그 이유가 궁금하시다 했는데, 사실 저도 궁금합니다."

사발 머리 나 교수는 애매한 표정으로 양손을 벌리며, 가만히 어깨를 올렸다.

"헐…! 뭐야, 썰렁 개그야…?"

큰 머리 문정인은 어이가 없다는 얼굴로 구시렁거렸다. 수강생들이 각자 한마디씩 하면서 갑자기 술렁거리기 시작했다.

"아니, 저 인간이 말을 빙빙 돌리는 이유가 도대체 뭐야?"

새치 머리 안편관은 누구 들으라고 하는 말인지, 중얼중얼 대면서 인상을 있는 대로 구기고 있었다.

"모르면 모른다고 하든가…? 젠장맞을!"

짱구 머리 나겁재는 입속말을 툴툴거리고 있었다.

"제가 감정 평가사가 아니라서 정확한 답변을 해 드리지 못하는 점에 대해 여러분께 널리 양해를 구합니다."

사발 머리 나 교수는 각자의 전문성을 빗대서 자신의 사정을 교묘하게 피해 갔다. 수강생 몇몇은 '아주 지랄을 떨어요.' 하는 눈총을 주고 있었다. 일부의 사람들은 이해를 한 듯 고개를 끄덕이며 '엥… 그랬구나?' 하면서 마치 그 이유가 합당하다는 표정이었다.

"하지만, 제 생각은 맨 위층도 여러 요인별로 평가하는 것으로 알고 있습니다."

사발 머리 나 교수는 가정을 빗대어 떠벌렸다.

"헉…! 그런 거야?"

수강생 중 하나가 나지막하게 읊조렸다.

"예를 들면 꼭대기 층은 계절적인 요인 및 방수 결함 등에서, 오는 요인들이 감정 평가에서 감점 요인으로 작용할 가능성이 크다고 봅니다."

사발 머리 나 교수는 애매모호한 무거운 표정으로 모두를 둘러보았다.

"교수님! 옥상은 뜨거운 햇살 때문에 여름은 냉방의 문제가 있고, 겨울은 혹한 등 추위에 노출되어 난방에 문제가 있지 않겠습니까?"

큰 머리 문정인은 아는 척하며 끼어들었다.

일부의 수강생들은 "맞아…, 맞아…" 하고 맞장구를 치듯 자기들끼리 수런거렸다.

"그렇죠, 정확한 지적입니다."

사발 머리 나 교수는 해쭉 웃어 가며, 그를 칭찬하고 나섰다.

"교수님! 비가 많이 오면 옥상은 방수에 취약해 물이 샌다는 말씀이십니까? 아니면 샐 수 있다는 말씀이십니까?"

속 알미리 봉상관은 툭 튀어나오는 웃음을 참아 가며, 비아냥거렸다.

"그거야 피해 발생 빈도가 높다고, 예상할 수 있을 겁니다. 왜냐하면 아무래도 하늘과 맞닿아 있으니까요?"

사발 머리 나 교수는 전문 분야가 아니라는 점에서 조심스럽게 응대를 하고 있었다.

"교수님! 요즘에는 1층은 정원으로 꾸미고, 옥상은 복층으로 설계하는 건설사들이 많아졌다고 합니다."

새치 머리 안편관은 언제가 신문에서 읽었던 기사가 떠올라 알은척하며, 중얼거렸다.

"맞습니다. 요즘은 트렌드가 그런 방향으로 진화하고 있습니다."

사발 머리 나 교수는 '너 때맞춰서 말 한번 잘했다.' 하는 표정으로 덧붙여 설명을 하고는 다시 주절거렸다.

"취약한 곳을 새롭게 설계해 가치를 올리는 신공법들이죠, 요즘은 각 건설사마다 개성 있는 디자인들이 속속 등장하는 추세입니다."

그는 내용을 보충하고서, 히죽 웃었다.

"제기랄! 골 터지겠네, 뭐가 이렇게 갈수록 복잡해…. 그러지 않아도 골이 터질 지경인데, 젠장! 갈수록 태산도 아니고 말이야, 휴…우!"

짱구 머리 나겁재는 골치가 저려오자 연신 고개를 가로저으며 투덜거렸다.

"그까짓 것 걱정하지 마세요, 돈 버는 재주만 있으면, 아니 요령만 있어도 크게 문제 될 게 없습니다. 흐흐…."

둥근 머리 맹비견은 제 간에는 위로한답시고, 개념 없는 소리를 중얼거렸다. 그리고 그의 어깨를 가볍게 잡아채듯이 흔들었다.

"거 옆에서 듣자 하니 대단한 자신감의 발로입니다. 하하하!"

상구 머리 노식신은 두 사람의 대화가 하도 기가 차고, 어이가 없었다. 그래서 자기 딴엔 '재미가 있겠다.' 싶어 슬쩍 따리를 붙이며 끼어들어 웃었다.

그때였다. 그들을 가만히 쏘아보던 사발 머리 나 교수의 표정이 순간 일그러지면서 외마디 소리를 빽 질렀다.

"자… 자…! 거기 떠드는 분들 조용히 좀 하시고, 여기들 보세요!"

탁! 탁!

사발 머리 나 교수는 출석부로 교탁을 세차게 내리치며, 툭 불거진 눈알을 부라렸다. 갑자기 터진 불벼락 소리에 수강생들은 슬금슬금 그의 눈치를 살펴 가며, 차츰 소리를 낮춰 가고 있었다.

강의실은 잠시 침묵이 흘렀다.

사발 머리 나 교수가 평정을 되찾은 듯 다시 주절거렸다.

"에… 외부 요건이 충족되었다면, 이제는 내부 요건을 확인해야 되겠죠?"

그는 내가 언제 큰소리 쳤었느냐는 듯한, 평온한 미소를 띠고서 사근사근 묻고 나왔다.

"예…!"

수강생들은 목청껏 대답했다. 이들은 슬슬 지쳐 가고 있었다. 그래서 일부는 눈치껏 건성건성 대답하고 있었다.

"어느 분이 내부요건에 대해서 아시는 대로 설명해 보시겠습니까?"

사발 머리 나 교수는 오른손을 살짝 올렸다가 반쯤 내리고는, 답변자를 찾아서 두리번거렸다. 열의가 남은 수강생들이 여기저기서 손을 들고 있었다.

"거기 이쪽 줄 세 번째 분 말씀해 보세요."

그는 눈에 익은 수강생 중에 첫눈에 들어오는 흰머리 윤편인을 팔을 뻗어 가리켰다. 그의 손짓이 자신을 가리키는 것을 확인한 흰머리 윤편인은 잠시 머뭇대다가 천천히 입을 열었다.

"제 생각에는 우선 부동산 서류부터 하나씩 검토를 시작해야 된다고 봅니다."

흰머리 윤편인은 사발 머리 나 교수의 눈을 올려다보며 대답했다. 그 소리에 몇몇 수강생들이 '뭔 개소리지…' 하는 표정으로 갸웃거리고 있었다.

"그뿐입니까?"

사발 머리 나 교수는 등기사항 전부 증명서(등기부등본) 등을, 확인한다는 말에 성이 차지 않아 재차 물어 왔다.

"뭐 그다음이야 실내 인테리어와 주방 등을 살펴야 되겠죠, 물론 전기나 수도 및 보일러를 비롯해 가스 시설 점검은 필수 사항입니다. 그리고 하수도와 화장실 등도 둘러보고, 누수 되는 곳은 없는지도 꼼꼼하게 확인을 해 둬야 합니다."

"참고로 관리비와 공과금이 미납된 것은 없는지도 관리사무실에 들러서 물어보아야 합니다."

"이러한 내용들을 한 가지씩 체크해 놓으면 나중이라도 문제 될 일은 없을 것 같습니다. 호호…"

흰머리 윤편인은 알고 있던 상식을 몽땅 끄집어내듯 까발리고는 생글거렸다.

"허허! 맞습니다. 그렇게 세부적인 사항까지 꼼꼼하게 살펴보는 평소 습관이 아주 중요합니다."

사발 머리 나 교수는 흡족한 미소로 웃음을 보이고는, 고개를 끄덕거렸다.

"헐…!"

"…."

큰 머리 문정인은 평소와 달리 새삼스럽게 입이 툭 불거져 나와 '그거 모르는 사람이 어디 있다고, 쳇!' 하며 눈살을 찌푸리고 있었다.

"아니… 뭔 소리들을 하는 거야? 누가 경매 물건을 순순히 보여 준다고, 지나가는 강아지가 웃겠다. 크크."

삼각 머리 조편재는 하도 기가 차고 코가 막혀 어이가 없어 했다. 그는 강아지처럼 허공을 쳐다보며, 컹컹 소리치듯 속살거렸다.

그러든 말든 사발 머리 나 교수는 설명을 이어 가며 계속 주절거렸다.

"먼저 주소(번지, 동, 층, 호수)를 확인하시고, 등기사항 전부 증명서와, 토지대장 등을 검토하는 데서부터 시작하시면 됩니다. 그렇게 특별히 어려운 사항은 없습니다."

사발 머리 나 교수는 동기부여 하듯 말끝마다 '쉽다, 잘 한다,' 소리를 반복하며, 모두를 이끌어 가고 있었다. 왜냐하면 부동산이나 경매를 처음 대하는 초보자가 섞여 있다는 책임감 때문이었다.

"자, 이쯤에서 잠깐 휴식 타임을 갖고 나서 다시 시작할까요?"

사발 머리 나 교수는 급한 볼일이 생긴 눈치였다. 그는 얼마 전부터 연신 핸드폰 문자를 살폈다. 그리고는 똥 마려운 강아지처럼 교탁을 빙빙 돌다가 서둘러 첫 시간을 마무리 지었다.

"예…!"

"완전 좋죠…!"

수강생들은 너 나 할 것 없이 반갑게 소리를 질렀다. 강의실이 떠나가도록 이들은 휴식 소리에 기뻐 "좋아라…!" 하고 외쳤다.

순식간에 강의실은 웅성웅성 소리와 함께 박작거렸다. 사방으로 흩어지는 이들의 발자국 소리를 뒤로 한 채 사발 머리 나 교수는 종종걸음을 치며 강의실을 빠져나갔다. 첫 시간은 이렇게 끝을 맺고 있었다….

제8장

공공의 장부

등기 내용

두 번째 시간.

강의실은 휴식을 취하는 잠깐 동안에도 조용할 틈이 없었다. 이곳저곳 그룹을 지은 사람들이 옹기종기 모여 수업 시간에 제대로 놀리지 못한 수다들을 강의실이 떠나가도록 목청을 높였다.

마치 어느 도떼기시장을 연상시키듯 북적거리고 있었다. 잠시 후 출입문이 열리며 사발 머리 나 교수의 넓적한 얼굴이 강의실로 성큼성큼 들어섰다.

그는 천천히 교탁으로 걸어가 덮어 놓았던 교재를 가만히 펼쳐 놓았다. 그리고 고개를 들어 수강생을 둘러보며 천천히 주절거렸다.

"자, 이번 시간은 첫 시간에 설명했던 부동산 서류에 관해서 알아볼까요?"

사발 머리 나 교수의 말이 채 끝나기도 전에 누군가 기다렸다는 듯이 질문을 던졌다.

"교수님! 등기사항 전부 증명서 서류에서는 무슨 내용들을 확인할 수 있나요?"

미모의 명정관이 차분한 목소리로 물었다. 사발 머리 나 교수는 이렇게 불쑥불쑥 튀어나와, 돌출 행동을 일삼아도 그의 숨겨진 달관한 강의 스타일로 받아 주곤 했었다.

어쨌거나 사발 머리 나 교수는 그런 계산을 집어넣고 있었는지 모른다. 왜냐하면 동문서답으로 일관하는 수강생들과 곳곳에 숨어 있다가, 뽕망치 게임처럼 툭 튀어나와 질문을 던지는 수강생이 대부분이었기 때문이었다.

"하하하! 지금부터 하나씩 설명해 나갈 모양이니 그냥 따라만 오시면 됩니다."

그는 미모의 명정관을 마주 보며, 달달한 미소를 지었다.

"나 형… 이번에는 정신 바짝 차리고 들어야 되겠죠? 흐흐…"

둥근 머리 맹비견은 느물스럽게 짱구 머리 나겁재를 돌아보며, 키득키득 웃었다.

"글쎄요? 정신 차린다고 들리면 나겁재가 아니죠. 크크!"

짱구 머리 나겁재는 자신을 비하하듯 넉살을 떨고는, 키득키득 웃고 있었다. 미모의 명정관은 그들의 대화가 나름 재미가 있어, 미소를 머금은 채 두 사람을 조용히 넘겨다보고 있었다.

"경매 시장에서 돈 잘 버는 핵심은 부동산 등기 서류를 제대로 파악할 줄 알아야 가능하다고, 누군가 말을 하던데, 그 말이 정말 맞습니까?"

짱구 머리 나겁재는 그에게 묻고서 고개를 갸웃갸웃거리며, 궁금한 표정을 지었다.

"글쎄요? 나도 언제가 들어 본 적이 있긴 한 것 같습니다. 뭐… 강의를 들다 보면 대충 감이 오겠죠?"

둥근 머리 맹비견은 애매모호한 표정을 지어 가며 중얼 거렸다. 한둘이 아니었다. 그러고는 의아스러워하듯 힘없이 입술을 오물오물 깨물고 있었다.

흰머리 윤편인과 팀원들은 두 사람이 나누는 이야기가 공감이 가는 구석이 있어 가만히 듣고 있는 눈치였다. 미모의 명정관은 아름답게 다듬은 머릿결을 가끔씩 쓰다듬어 가면서 사발 머리 나 교수를 가만히 주시하고 있었다.

"등기사항 전부 증명서에는 세 가지 항목으로 첫째 표제부(건물 또는 토지의 표시)와, 둘째 갑甲 구(소유권에 관한 사항) 그리고 마지막으로 을乙 구(소유권 이외의 권리 사항)로 구분되어 있다는 사실을 여러분도 잘 알고 계시죠?"

사발 머리 나 교수는 툭하면 모두를 끌어들였다. 그는 수강생들이 전부 알고 있는 것처럼 능청을 떨어 가며 슬며시 유인했다.

"예…!"

그가 쳐 놓은 덫에 걸려 소리치는 수강생들 중에는 지금까지 등기사항 전부 증명서를 제대로 구경 못 한 사람이 한둘이 아니었다.

하지만, 대답만큼은 아주 잘했다.

왜냐하면 수강생들 간의 보이지 않는 신경전은 망할 놈의 자존심을 건드리기 때문이었다.

"으…잉, 나는 처음 듣는 소리 같은데…?"

둥근 머리 맹비견은 수없이 등기부를 다루어 보았다. 그러나 아직까지 한 번도 세세한 내용까지 관심을 가지고, 자세히 들여다본 적은 없었다.

그래서 그는 두 눈을 껌벅거리며, 의아한 표정을 짓고 있었다.

하긴 뭐 일반 사람들은 평생 가야 한두 번 정도 주택 거래를 하는 실정이기에 당연지사인지 모른다.

전세 거래는 자주 있어도 보통 공인중개사를 통해서, 등기사항 전부 증명서를 확인하는 경우가 대부분이다. 그렇다 보니 자세한 내용까지 아는 사람이 거의 드물 거라고, 사발 머리 나 교수는 지레 짐작하고 있었다.

"여기 첫 페이지 표제부를 확인하시면, 접수일부터 소재 지번, 그리고 건물 명칭 및 번호, 건물 내역, 등기원인 및 기타 사항까지 자세하게 확인할 수 있습니다."

그러면서 사발 머리 나 교수는 등기사항 전부 증명서에 첫 장을 천천히 펼쳐 보였다.

수강생들은 확인이라도 할 자세로 동공을 확장해 등본 종이가 뚫어져라 쏘아보고 있었다.

"저, 교수님! 아파트 대지권도 확인할 수 있습니까?"

상구 머리 노식신은 뻔뻔스럽게도 빤한 질문을 물었다.

춘곤증이 찾아드는 따사로운 오후 권태감으로 몸이 나른하고, 무료했던 그는 심심풀이 땅콩을 씹듯 빈정거렸다.

"예…. 등기부 대지권 목적의 토지 표시 란을 살펴보시면, 소재부터 지번, 지목, 면적, 등기 원인까지 확인할 수 있습니다."

사발 머리 나 교수는 등기사항 전부 증명서 한 곳을 손가락으로 가리키고 있었다.

"흐흐… 교수님! 전유부분의 건물 표시도 토지 표시 란에 함께 나옵니까?"

상구 머리 노식신은 재미가 붙어 느물스러운 얼굴로 재차 개수 작을 부렸다. 그의 속셈을 모르는 사발 머리 나 교수는 그의 짓궂은 장난질에도 개의치 않는 듯 차분히 주절거렸다.

"그 부분은 토지 표시 아래 건물 표시 란에서 찾을 수 있습니다. 거기에는 접수부터, 건물 번호, 건물 내역, 등기 원인 및 기타 사항까지 별도로 표시되어 있습니다."

사발 머리 나 교수의 얼굴에는, '망할 놈의 자식 귀찮아 죽겠네.' 하는 표정은 읽을 수 없었다. 오히려 그의 질문을 즐기는 것 같은 밝은 기색이 역력했다.

"예! 잘 알겠습니다. 흐흐…."

그는 느물스럽게 대답하고서, 해죽해죽 웃고 있었다.

상구 머리 노식신은 아이디어나 모방성이 뛰어나 기성품을, 가치 있는 상품으로 전환시키는 데 타고난 재능을 가진 사내였다.

신장은 보통이지만, 실천력도 강하며, 먹고사는 데 근심걱정을 하지 않았다.

상구 머리 노식신은 여유가 있는 성격으로 대범하며, 남에게 베푸는 짓을 잘했다. 특히 친화적인 스타일로 자신을 희생하는 기질이 돋보였다.

나 교수를 상대로 시시콜콜한 질문을 던지는 것도 성격 탓으로, 혹시나 동료들에게 '작은 도움이 되지 않을까?' 하는, 나름 쥐뿔같은 개수작 가운데 하나였다.

"그럼 지금부터 갑 구에 대해 확인해 봅시다."

사발 머리 나 교수는 등기사항 전부 증명서를 펼쳐 이들이 볼 수 있도록 손에 들고 있었다.

"뭐 그러든가 말든가?"

수강생 중 누군가 중얼거렸다.

"갑 구에서는 소유권에 관한 사항을 파악할 수 있습니다. 이 정도는 다들 알고 계시겠죠?"

사발 머리 나 교수는 설명과 동시에 몇 발자국 칠판 앞으로 다가가 등기 내용을 쓰기 시작했다. 대부분의 수강생들은 그의 속 알머리를 집중적으로 쏘아보며, 대답했다.

"예⋯!"

이들의 우렁찬 목소리는 유리창을 뚫고 나갈 것처럼 요란스럽게 창문을 윙윙 흔들고 있었다.

순간 창밖에서 놀란 참새 떼들이 나뭇가지를 박차며 '후다닥' 날갯짓을 했다. 당장이라도 집으로 줄행랑을 놓고 싶은 어느 수강생의 마음처럼 새들은 창공을 자유롭게 날아갔다.

하지만 그와는 달리 대부분의 수강생들은 착실하게 강의 내용을 필기하고 있었다.

"교수님! 갑 구에서는 무엇을 확인할 수 있습니까?"

둥근 머리 맹비견은 뭐가 그리도 급해 서둘러 물었다. 보다 못한 몇몇 수강생들이 인상을 있는 대로 찡그리며, '저 우라질 자식은 아주 살판이 났군그래.' 하는 아니꼬운 눈총으로 쏘아보고 있었다.

"성급하시기는 우물가에 앉아서 숭늉 달래겠습니다. 흐흐…"

짱구 머리 나겁재는 그의 어깨를 가볍게 툭 치며 웃었다. 새치머리 안편관은 '우라질 자식! 이빨이 없다고, 잇몸으로 설치면 쓰나, 애들도 아니고, 말이야…' 하듯 눈꼴사납게 그를 노려보고 있었다.

"갑 구에서는 소유권(소유물을 자유롭게 사용·수익·처분할 수 있는 권리)과 관련된 권리자 등을 표시합니다."

위와 같은 내용을 떠들며, 사발 머리 나 교수는 길쭉한 칠판 위에 휘갈기듯 몇 글자를 쓰고는 바로 돌아섰다.

"오…호! 그래."

수강생들 중에 몇몇은 어렴풋이 본 적이 있어 낮은 소리를 내며 고개를 끄덕였다.

"보통 등기 권리자(소유자)와 공유자(소유권에 대한 지분권자)…" 사발 머리 나 교수는 칠판 위에 계속 적어 가며, 빠르게 주절거렸다.

"음…. 그렇군."

짱구 머리를 나겁재는 고개를 약간 흔들며 웅얼거렸다.

"그리고 가등기(본등기의 순위 보전을 위한 예비등기)와, 담보가등기(담보설정을 위한 가등기)."

사발 머리 나 교수는 차례대로 적어 내려가며, 동시에 설명을 곁들이고, 있었다.

"오…우, 대박!"

노랑머리 여자 수강생은 알고 싶었던 내용이 나오자, 갑자기 소리쳤다.

"에, 또 가처분 등기(청구권에 대한 집행을 보전하기 위한 등기)와, 가압류 등기(금전 채권이나 금전으로 환산할 수 있는 청구권) 그리고 압류 등기(강제로 다른 사람의 재산 처분이나 권리 행사 등을 못 하게 하는 등기) 등을 확인할 수 있습니다."

사발 머리 나 교수는 긴 설명을 해 놓고서 수강생들의 표정을 두루 살폈다. 이들의 낯빛은 잿빛 구름처럼 어두워져 있었다. 이미 수업 시작과 함께 첫 강의 시간에 권리 순위에 대해 설명을 들었던 내용이었다.

그러나 일부의 수강생들은 생소한 듯 생판 듣도 보도 못한 눈망울로 갸웃거렸다. 자신들은 한 번도 들어 본 적이 없다는 뻔뻔스러운 낯짝이었다.

"이해되셨습니까?"

사발 머리 나 교수는 툭 불거진 눈동자를 희번덕거리며, 잡아먹을 듯이 묻고는 고개를 잠시 주억거렸다.

"예…!"

몇몇 수강생들이 소리를 질렀다. 순간 "아니요!"로 이어진 또 다른 그룹들 가운데 일부의 수강생들이 앙칼진 목소리로 대답했다.

"어려워요!"

고함과 함께 터져 나오는 이들의 고통스러운 심정들이 여름날 소나기처럼 마구 쏟아져 나왔다. 사발 머리 나 교수는 그 마음을 알지만 어쩔 수가 없었다. 지속적으로 모니터링을 하면서 수위를 조절하는 방법이 그로서는 최선이었다.

사발 머리 나 교수는 부동산 등 경매 전문 용어를 얼마나 이해들을 하고 있는 건지, 그리고 강의가 어렵지는 않은 건지 등등을 수시로 체크했다. 그는 바짝 신경을 곤두세워 가며, 수업에 차질이 없도록 나름 늦지 않게 진도를 나아가고 있었다. 그때였다.

"저기요? 교수님! 등기사항 전부 증명서에 설정만 해 놓으면 뭐든지 환수할 수 있는 겁니까? 흐흐…."

흰머리 윤편인은 딴죽을 걸듯 돼먹지 못한 우라질 질문을 능청스럽게 물었다. 그에게는 새삼스러울 것이 없는 내용이었다.

그러나 동료를 의식한 알량한 행위였다. 나른한 오후에 권태감이 찾아들어 재미 삼아 나 교수를 우롱하는 수작 같았다. 여하튼 그는 괜히 심사가 꼬여 어깃장을 놓으며, 개수작을 지껄였다.

"하하하! 그런 건 아닙니다."

사발 머리 나 교수는 질문이 엉뚱해 자기 딴에는 재미가 있었다.

그래서 껄껄 웃어 가며 오른손을 휘휘 내저었다. 그의 웃음소리에 수강생들도 덩달아 웃음이 터져 낄낄거리고 있었다.

"그럼요…?"

흰머리 윤편인은 짐짓 모르는 체 시치미를 떼고서 능청스럽게 되물었다.

"재판에서 승소를 해야 권리를 행사할 수 있는 질권(채무자가 돈을 갚을 때까지, 채권자가 담보물을 간직할 수 있고, 채무자가 돈을 갚지 아니할 때는, 그것으로 우선 변제받을 수 있는 권리)이 있습니다."

그는 얼른 칠판 위에 일필휘지로 휘갈겨 쓰고는 돌아섰다. 그 틈에 약삭빠른 수강생들은 기회다 싶어 엄지손을 부지런히 놀려대고 있었다.

"헐…!"

그의 필체가 악필이라는 실망 때문은 아닌 것 같았다. 내용이 어려워서 나오는 한숨이었다. 좌우지간 탄식하는 낮은 소리가 어디선가 대나무를 베어 내듯, 칼바람처럼 들려왔다.

"그리고 일반 채권(한 특정인이 다른 특정인에게, 어떤 행위를 청구할 수 있는 권리)이 있습니다."

사발 머리 나 교수는 그 말끝에 머리카락을 쓸어 올리며, 모두를 쳐다보았다.

"와우! 그렇구나…."

둥근 머리 맹비견은 환한 얼굴을 까닥까닥 흔들며 중얼거렸다.

"또한 압류(국가 권력으로, 특정 재산에 대한 처분이, 제한되는 강제집행)만으로 받을 수 있는 채권도 있습니다."

사발 머리 나 교수는 말끝에 해쭉 웃고 있었다.

"헐…! 대박!"

짱구 머리 나겁재가 혼잣말로 웅얼거렸다. 설명을 마무리 지은 사발 머리 나 교수는 눈길을 돌려 흰머리 윤편인을 향해 묻고 있었다. 이해를 하셨느냐는 무언의 눈짓이었다. 그는 능청스러운 얼굴을 해 가지고, 고개를 끄덕끄덕거렸다.

그의 표정은 코웃음을 치며, '수고했다 우라질 짜…샤!' 하는 빌어먹을 낯짝이었다.

"아니, 질권은 또 뭔데요?"

둥근 머리 맹비견은 옆자리에 앉은 큰 머리 문정인을 향해 나지막이 물었다. 그는 주구장창 떠들어 대는 강의 내용에 줄곧 골머리를 끙끙 앓다가도, 궁금증이 생길 때면, 곧바로 팀원들에게 묻곤 했었다.

"음, 질권은 동산 질권과 권리 질권으로 나누어 구분할 수 있습니다."

큰 머리 문정인은 사발 머리 나 교수의 눈치를 슬쩍슬쩍 살펴 가며, 속닥거렸다.

주변 사람들과 팀원들은 이들의 속삭임이 귓가에 맴돌자, 은근히 신경이 쓰여 귀에 거슬렸다. 그래서 두 사람을 힐끔힐끔 쏘아보며 못마땅한 듯 째리곤 했었다.

"아하! 그렇구나, 그런데 나는 도대체 뭔 소린지를 도통 모르겠습니다."

둥근 머리 맹비견은 눈치가 보여 귓속말을 하듯 소곤소곤 조용히 말했다. 사발 머리 나 교수는 이들의 대화를 무시한 채 강의에 열중하고 있었다.

이들뿐만 아니라, 강의실 곳곳에서는 틈만 나면 속닥거리는 수강생들이 수시로 눈에 띄곤 했었다.

그러나 나 교수는 수업에 크게 방해가 되지 않는 이상 이들을 못 본 척 외면하며 진도를 나갔다.

"아…. 그게 말이죠, 동산 질권은 주로 생활 일용품 등을 담보로 잡고, 소액을 차용하는 데 이용되곤 합니다."

큰 머리 문정인은 차분하게 속삭이며, 눈치껏 말했다.

"아하! 전당포 같은데요?"

둥근 머리 맹비견은 최대한 목소리를 낮추어 대꾸했다.

"그렇죠, 잘 아시네."

큰 머리 문정인은 은근히 추켜 가며 그의 위신을 세웠다.

"뭐 그렇기는 한데… 젠장! 괜히 실속 없는 껍데기만 알아서 탈이죠. 왜 빈 깡통이 소리만 요란하지 않습니까? 크크!"

그는 민망한 얼굴로 둥근 머리를 긁적거리며, 히죽 웃었다.

"그리고 권리 질권은 채권 증서나, 주권을 담보로 은행으로부터 금융을 받는 권리질[채권·주주권·무체재산권(특허권·저작권·의장권) 따위의 재산권을 목적으로 하는 질권을 말합니다."

큰 머리 문정인은 이해가 되느냐며 눈치를 슬쩍 주면서 그의 얼굴을 빤히 쳐다보았다.

"이거야 원, 갈수록 첩첩산중이니, 아이고! 숨이 콱콱 막혀오는 것이 정말! 어렵다, 어려워…. 대충 그렇다고 칩시다."

왼손으로 이마를 부여잡은 둥근 머리 맹비견은 고개를 절레절레 흔들며, 오른손을 휘휘 저었다.

"하하하! 뭘, 이 정도 가지고 엄살이십니까?"

큰 머리 문정인은 그의 표정을 읽고는 소리를 죽여 가며, 크크 웃었다. 그는 왠지 맹비견의 모습에서 알 수 없는 자부심을 느끼고, 괜히 뿌듯해 자신도 모르게 어깨가 슬그머니 올라갔다.

"글쎄, 나는 우리 아파트에 설정된 근저당권이나, 담보 가등기 정도가 다인 줄 알았습니다. 아! 그래 가압류도 있었지… 뭐 그 정도나 알았지… 질권은 머리털 나고 처음 들어 봐서요."

둥근 머리 맹비견은 그의 설명을 듣고도 아직 이해가 제대로 안 되는 눈치였다. 그는 사발 머리 나 교수의 눈치를 살피느라 잠시 주춤거리고 있었다.

그때 짱구 머리 나겁재가 아는 척을 하며 슬며시 끼어들었다.

"왜 담보 설정한다면서 아파트 등기에다 근저당권(채무자와의 계속적 거래 계약 등에 의해, 발생하는 불특정 채권을, 일정액의 한도에서 담보하는 저당권)을 행사하잖아요?"

그는 사발 머리 나 교수를 슬쩍 쳐다보고서, 둥근 머리 맹비견을 향해 속삭이듯 말했다.

"그래, 저도 우리 집을 살 때 근저당권을 담보 설정했었습니다.

그게, 뭐 어째서요?"

둥근 머리 맹비견은 지나간 일이 문득 떠올라 순간적으로 그렇게 되받았다.

큰 머리 문정인은 뜬금없이 '뭔 개소린가?' 싶어, 그들을 괘씸한 표정으로 쏘아보고 있었다.

"그때 대출 담당 녀석이 담보설정 비용을 별도로 요구하지 않던가요?"

짱구 머리 나겹재는 갑작스럽게 엉뚱한 소리로 들이댔다. 그 소리를 옆에서 가만히 듣고 있던 새치 머리 안편관이 슬쩍 끼어들며, 능청스럽게 주절거렸다.

"내 말이…. 그놈들 이자 돈을 챙기면서 그 정도는 해결해 줘야지, 우라질 자식들 말이야…. 안 그래요? 흐흐…."

그는 질권 이야기를 하다가 갑자기 을 구에 설정하는 근저당권 이야기가 튀어나오자, 은근히 장난기가 발동했다. 그래서 슬쩍 능치고 들어와 개수작을 늘어놓으며, 이들을 비아냥거렸다.

"고얀 놈들일세…. 흐흐…."

삼각 머리 조편재가 능청스럽게 변죽을 울려 가며, 이들이 들어 보라는 듯이 맞장구를 쳤다.

"하여간에 사람들이 이렇다니까…. 남 말하는데 끼어들어서 방해를 놓는 에잇! 고얀 사람들 같으니라고…!"

둥근 머리 맹비견은 이야기 흐름이 끊어지자, 못마땅한 얼굴로 툴툴거렸다.

그는 한마디 내뱉고는 서슬 시퍼런 눈을 흘기고 있었다.

"크크! 맹형과 나 형이 갑자기 을 구에 설정하는, 근저당권을 꺼내 놓으니, 심술궂게 두 장난기가 발동했나 봅니다. 맹형이 그만 참으세요."

큰 머리 문정인은 살며시 웃어 가며, 그를 조용히 달랬다.

"알았습니다. 문형 봐서라도 제가 참아야겠죠? 알았으니 남은 얘기가 있으면 그거나 마저 해 주세요."

말과는 달리 둥근 머리 맹비견은 매서운 눈초리로 두 사람을 번갈아 쏘아보았다.

그러고는 입술에 집게손가락을 가만히 가져다 대고 있었다. 엿먹으라는 그의 손짓에 새치 머리 안편관은 보고도 못 본 척 슬며시 고개를 돌렸다.

"나는 괜찮은데 뭘, 그런 걸 가지고, 눈알까지 까뒤집어 가며 성깔을 부립니까?"

큰 머리 문정인은 그에게 은근히 눈치를 주면서 조용히 다독거렸다.

"하하! 알았으니 나머지 말이나 마저 해 주세요."

둥근 머리 맹비견은 괜히 무안해 실실 웃고는 허공에 손짓을 휘휘 저었다.

"하여튼 질권을 한마디로 말하면 돈 받을 사람이, 담보권(채무자가 채무를 이행하지 않을 때 채권자가 그 이행을 확보하는 권리)을 설정받고, 갚지 않으면, 돈 대신에 담보물로 거두어들인다는 말입니다."

큰 머리 문정인은 슬금슬금 나 교수의 눈치를 살펴 가며, 속삭였다.

"제기, 채권이면 다 채권인 줄 알았는데, 용도가 다른 채권들이 수두룩 천지 볏가리네. 와! 완전 골 때린다. 젠장!"

그는 나 교수가 듣든 말든 하고 싶은 말을 여지없이 지껄였다.

"그쪽 동네 조용히 좀 하세요!"

사발 머리 나 교수는 참다못해 신경질적으로 고함을 질렀다. 버럭 소리에 놀란 수강생들은 금세 숨을 죽이고, 그를 죽일 듯 쏘아보았다.

"…"

웅성거리던 강의실은 한순간에 숨을 죽인 듯 잠잠해져 어둠에 잠긴 밤바다처럼 잠시 정적이 흘렀다. 그때였다. 누군가 침묵을 깨고, 큰 소리로 외쳤다.

"여기요? 교수님! 질문 있습니다."

삼각 머리 조편재는 분위기에 아랑곳하지 않은 채 오른손을 번쩍 들고 말했다.

"뭐죠?"

사발 머리 나 교수의 반응에 다른 이들의 눈길이 두 사람을 향해 멈춰 서고 있었다.

"등기부등본(등기사항 전부 증명서)에서 우선순위 구별은 무엇으로 할 수 있습니까?"

삼각 머리 조편재는 몹시 궁금한 표정을 짓고 질문을 던졌다. 그리고 사발 머리 나 교수를 금방이라도 잡아먹을 듯이 쏘아보고 있었다.

그는 평소에 등기부등본을 확인하면서도 늘 의문점을 가지고, 살피곤 했었다.

등기 원인과 접수 번호가 왜 다른지? 그리고 갑 구와 을 구는 무엇으로 우선순위를 가늠하는지를 의문을 품고 있었다.

"지금 질문은 우리가 경매를 하면서 한 번씩은 겪어 본 어려움 중에 하나이기도 합니다."

사발 머리 나 교수는 그 말을 해 놓고, 씨익 웃었다.

"헐…!"

'듣고 보니 넘겨짚는 혼자 생각일지 모르겠지만, 저 양반도 지난날에 경매에 대한 쓰라린 경험을 가지고 이 자리에 있구나….' 하며, 흰머리 윤편인은 혼자 탄식을 하듯, 독백처럼 웅얼거렸다.

"여러분도 다 아시다시피 입찰자라면 등기부등본에서 우선순위(패권)는 누가 가지고 있는지가 항상 관심의 대상이 되겠죠?"

사발 머리 나 교수는 경매에 달려드는 사람이라면 최선순위권리가 근저당권인지? 아니면 가담보권인지? 그것도 아니면 가압류권인지? 혹은 강제경매 신청인지를 늘 먼저 눈이 간다는 소리를 하고 있었다.

"예…!"

대부분의 수강생들은 벼락같이 대답을 하고는 금세 술렁이듯 웅성거리고 있었다.

"여러분은 등기 원인과 접수 번호 중에 순위를 가른다면 어느 쪽이든 빠른 번호가 먼저라고 보십니까?"

사발 머리 나 교수는 퀴즈를 내듯 말을 해 놓고 빙그레 웃음을 보였다.

"예…!"

절반은 그렇다고 소리를 질렀다. 순간 사발 머리 나 교수의 인상이 반쯤 일그러지며, 그늘에 가려진 얼굴로 갸웃갸웃 가로저었다.

"아니요…!"

나머지는 절반은 그렇지 않다고 대답했다.

평행선으로 갈라져 나온 이들의 소리가 반가워 사발 머리 나 교수는 금세 인상이 활짝 피워 만개한 모란꽃처럼 웃고 있었다.

"하하하! 우선순위는 갑 구가 을 구보다 먼저라는 분도 가끔 있습니다."

한바탕 웃고 난 그는 우스갯소리를 끄집어내면서, 주의를 끌었다. 수강생 가운데 배꼽을 잡는 사람이 있는 반면 이유를 몰라 어안이 벙벙해져 그를 못마땅한 듯 쏘아보는 사람들로 나누어졌다. 그렇게 강의실은 잠시 웅성웅성 거렸다.

"혹시, 여러분 중에도 그런 분이 계시면 이제라도 잘 기억해 두셨다가 실수하는 일이 없도록 조심들 하세요, 아셨습니까? 허허허!"

사발 머리 나 교수는 양손을 벌리고는 어깨 뽕을 살짝 올리며 웃었다. 조용히 지켜보고 있던 미모의 명정관은 그의 몸짓이 어딘가 모르게 우스꽝스러워 피식피식 가볍게 웃고 있었다.

"예!"

몇몇 수강생들이 대답을 하고는 낄낄거렸다. 그러자 나머지 수강생들도 바이러스가 퍼지듯 따라 웃었다.

강의실은 금세 웃음바다로 변해 시합이 벌어지는 운동장처럼 떠들썩거렸다. 그때였다.

"아니요…!"

몇몇은 부정을 하며 소리를 질렀다.

그러나 일부의 수강생들은 나 교수가 무슨 소리를 떠들고 있는지를 다 알고 있다는 얼굴로 이죽거리고 있었다.

"참고로 알아 두세요."

사발 머리 나 교수는 새로운 뭔가를 가르쳐 주려고, 한껏 분위기를 잡고는 눈동자에 잔뜩 힘을 주었다. 그리고는 모두를 천천히 둘러보았다.

별 접수 동순위

"등기를 보는 순서는 별 접수, 동순위라는 사실을 항상 기억해 두세요."

사발 머리 나 교수는 설명을 하는 동시에 매직을 집어 칠판에 커다랗게 적었다. 수강생들은 '저건 또 뭐야? 젠장!' 하는 눈총으로 쏘아보고 있었다.

흰머리 윤편인과 돈 사랑 팀원 몇몇은 그의 말뜻이 무엇을 의미하고 있는지를 이미 알고 있다는 얼굴로 서로를 힐끔거리며, 웃고 있었다.

"교수님! 별 접수 동순위는 무슨 뜻인가요?"

미모의 명정관은 정말 무슨 말을 하는 건지, 도통 모르겠다는 애매한 표정을 짓고서 물어 왔다.

사발 머리 나 교수는 그녀와 달리 질문을 기다렸다는 얼굴을 해 가지고, 해죽해죽 웃었다. 그러고는 달달한 눈길을 건네듯 일말의 주저함도 없이 그녀를 향해 빠르게 주절거렸다.

"알고 나면 별것도 아니니 겁부터 내지 마세요. 하하!"

사발 머리 나 교수는 그녀를 다독거리며, 밝은 표정으로 웃었다.

미모의 명정관은 눈을 동그랗게 뜨고서 '쉽다고, 쳇! 자기나 쉽지, 흥!' 하며 읊조리고는, 샐쭉이 쏘아보고 있었다.

"별 접수는 갑 구나 을 구의 접수 번호 가운데, 빠른 접수 날짜를 가지고, 우선순위를 판단하는 겁니다."

그는 말을 하고는 히죽 웃었다.

"헐…! 별 것도 아니네. 뭐."

누군가 탄식하듯 중얼거렸다.

"동순위는 갑 구는 갑 구에서, 을 구는 을 구에서, 등기된 권리 가운데 가장 빠른 순위를 판단하는 방법입니다. 다만, 법적인 효력을 따질 때에는 법원(등기사무소)에 가장 먼저 접수된 날짜를 기준으로 정해진다는 겁니다."

사발 머리 나 교수는 칠판에 몇 글자를 적어 놓고 돌아서며, 다시 주절거렸다.

"어째, 이해들이 되십니까?"

그는 간단히 묻고는 갈증이 나는지 종이컵에 따라놓은 물을 한 모금 마셨다.

"예…!"

이들은 알고 있는 문제를 물어올 때나, 생판 모르는 내용을 물어올 때나, 항상 스트레스를 풀듯 소리를 질렀다. 그래서 그랬을까? 강의실은 언제나 메아리 없는 대답으로 웅성거렸다.

"등기부등본을 확인하시다 보면 접수일과 등기 원인이 기재된 항목이 나옵니다. 그 중 접수 일은 등기소에 접수된 날짜입니다. 그리고 등기 원인 일은 거래 계약일이나, 대출 약정일, 등에 해당한다고 보시면 됩니다."

말끝에 사발 머리 나 교수는 모두의 표정을 살폈다. 자신의 설명을 제대로 이해를 하고 받아들이는 눈치인지 심히 염려스러운 표정이었다.

그러고는 걱정이 잔뜩 묻은 얼굴로 그가 재차 물었다.

"어째, 무슨 말인가 알아들으셨습니까?"

사발 머리 나 교수의 물음에 대답은 이번에도 두 갈래로 나눠져 나왔다.

이해했다는 '예!' 수강생, 그리고 이도 저도 아닌 사람들 가운데, 도무지 모르겠다는 '아니요!' 수강생. 이렇게 분산되어 강의실은 마치 야단법석을 떨고 있는 국회처럼 소란스럽기가 그지없었다.

"교수님! 아직도 저는 감이 잡히지 않는데, 쉽게 설명해 줄 수 없습니까?"

삼각 머리 조편재는 갸우뚱갸우뚱 고개를 흔들며, 왼손을 휘휘 내 저었다. 젤 바른 선정재는 옆에서 한심하다는 눈길로 쏘아보며, 비웃고 있었다.

미모의 명정관은 묘한 미소를 짓고서 두 사람을 쳐다보고 있었다.

"이해하기가 어렵다면 이렇게 설명해 볼까요?"

사발 머리 나 교수는 그의 눈을 마주 보며 말했다.

"예, 말씀해 주세요."

삼각 머리 조편재는 대답과 동시에 어금니를 앙다물고, 시선을 그에게 쏘았다. 그는 한 번의 창피를 당하더라도 차후에 물질적인 손해를 보지 않는다면, 쪽팔리는 수모쯤이야 백 번이고 감수하겠다는 속내를 가지고 있었다. 왜냐하면 그의 인생관은 세상에 돈보다 소중한 것이 없다는 배금주의로 지금까지 살아왔기 때문이었다.

그는 자존심 한 번 굽히고, 이 보 전진하는 길을 선택하겠다는 현명한 뱃심을 가지고 있었다.

"별 접수는 갑 구나 을 구, 중에 가장 빠른 접수 날짜가 선순위가 됩니다."

"…"

"헐…! 대박!"

둥근 머리 맹비견은 나지막이 소리를 질렀다.

"가령, 갑 구에 등기된 가등기담보권 접수 날짜와, 을 구에 등기된 근저당권 접수 날짜 가운데, 가장 빠른 접수 날짜를 우선순위로 보는 겁니다."

사발 머리 나 교수는 눈동자에 힘을 주고 말했다.

"윽! 그렇군…"

삼각 머리 조편재는 신음을 삼키며, 고개를 끄덕거렸다. 그러고는 조용히 입을 열어 천천히 주절거렸다.

"풀어서 설명을 해 주시니 대충은 알 것도 같은데, 명 총무님은 어떠세요?"

삼각 머리 조편재는 얼굴을 살짝 돌려 미모의 명정관에게 넌지시 물었다. 갑작스러운 물음에 당황한 그녀는 긴장하는 낯빛으로 잠시 머뭇거리다 이렇게 대답을 했다.

"글쎄요, 저는 아직도 감이 잡히지 않네요."

미모의 명정관은 어정쩡한 얼굴로 말하며, 양팔을 가볍게 들었다 내리면서 갸우뚱거렸다.

"동순위는 갑 구 순위는 갑 구에서, 을 구 순위는 을 구에서, 가장 빠른 순위가 우선순위가 됩니다."

사발 머리 나 교수는 빠른 설명을 하느라 연신 침이 튀고 있었다.

"헐…! 정신이 하나도 없네, 젠장!"

일부의 수강생들은 빨라진 그의 설명에 탄식을 하듯, 퉁명스럽게 소리를 질렀다.

"즉 갑 구에 등록된 가등기 접수 날짜와, 가압류 접수 날짜 가운데, 가장 빠른 접수 날짜를 우선순위로 보는 것처럼, 을 구에서도 등록된 근저당권과, 전세권 가운데, 가장 빠른 접수 날짜를 가려 우선순위를 정하는 겁니다."

사발 머리 나 교수는 긴장하는 수강생들의 표정을 감지하고는, 다시 기본 강의 패턴으로 돌아가 천천히 설명을 하고 있었다.

"으흠···. 그렇군."

삼각 머리 조편재는 고개를 까닥이고는, 마침내 이해를 했다는 밝은 표정을 짓고 있었다.

수강생들 가운데 아직도 천지 분간을 못하는 완전 초보 몇 사람을 빼고는, 대부분의 사람들은 어림짐작이라도 대충은 이해를 하는 눈치였다.

"어째, 이제는 감이 좀 잡혔습니까?"

사발 머리 나 교수는 히죽 웃어 가며, 그에게 물었다.

"예, 을 구의 설정된(근저당권 등) 권리 가운데, 가장 빠른 순위를 우선순위로 보면 될 것 같은데, 맞습니까?"

삼각 머리 조편재는 자신이 이해한 방식대로 중얼대고는, 그를 가만히 올려다보았다.

젤 바른 선정재는 '자식, 제법인데,' 하는 눈길로 그를 쏘아보고 있었다. 사발 머리 나 교수는 부동산경매에 대한 이해력이 부족한 사람들을 모아놓고, 강의를 하려다 보니, 그의 등줄기는 매번 강의 때마다 식은땀을 한 바가지씩 흘려야 했다.

"젠장! 별거 아니네, 뭐."

짱구 머리 나겁재는 그의 설명을 이해하고 자신만만한 표정을 보였다.

"나 형은 다 알아 들었나 봅니다."

둥근 머리 맹비견은 뜻밖이라며, 의심의 눈초리로 빈정거렸다.

"아하! 알고 나니 별것도 아닌 걸 가지고, 괜히 끙끙거렸네, 젠장맞을!"

짱구 머리 나겹재는 우쭐해, 고개를 바짝 세우고 있었다. 상구 머리 노식신은 그가 아니꼬아서 못 봐 주겠다는 듯이 눈꼬리를 치켜뜨고서 그를 쏘아보았다.

"와…우! 대단합니다."

속 알머리 봉상관은 다른 사람들과 달리 엄지손을 들어 그를 추켜세웠다.

"헤헤! 저, 뭐야 별 접수는 갑 구 나 을 구 구별 없이, 접수번호 빠른 놈부터 일렬종대로 선착순 집합시키면 되는 거 아닙니까? 흐흐…"

짱구 머리 나겹재는 옆에 있으면 한대 쥐어박고 싶을 정도로 밉살스럽게 익살을 떨었다. 팀원들은 터져 나오는 웃음을 겨우 참고서, 손으로 입을 가린 채, 키득키득 거렸다. 속 알머리 봉상관은 아랑곳하지 않은 채 웃어 가며 다시 물었다.

"허허허! 그렇다 치고, 동순위는 어떻게…?"

그는 짱구 머리 나겹재의 기분을 살려 주면서 작은 소리로 속삭였다.

"아따, 동순위야… 갑 구네 식구들은 갑 구네 식구끼리, 빠른 순위별로 선착순 집합시키면 될 것이고…"

짱구 머리 나겹재의 눈길은 어느새 사발 머리 나 교수의 눈치를 힐끔 훔치며, 입으로는 연신 소곤거렸다.

"그러고요?"

둥근 머리 맹비견은 추임새를 넣어 가며, 나지막이 속삭였다.

"을 구네 식구들은, 을 구네 식구끼리, 빠른 순위별로 선착순 집합시키면, 되는 거 아닙니까? 흐흐…"

짱구 머리 나겁재는 자신도 모르게 신명이 나서 거침없이 떠들어 대고 있었다.

"그게 다입니까? 허허!"

속 알머리 봉상관은 뭔가 허전해, 고개를 갸웃거리며 넉살스럽게 웃었다.

"아따, 그럼 섭섭하지 않겠습니까? 흐흐…. 그중에 제일 빠른 권리 놈을 홀딱 벗겨서 기준 권리로 뻣뻣하게 세워 주어야 체면이 설게 아닙니까?"

짱구 머리 나겁재는 농익은 익살을 풀어놓으며, 히죽히죽 능청스럽게 소곤거렸다.

"까르르…"

팀원들은 까무러칠 소리에 조용히 키득키득거렸다.

"우…와, 놀라운데요? 내 다시 봤습니다. 허허!"

속 알머리 봉상관은 엄지손을 거듭 추켜세워 주면서, 히죽히죽 웃었다. 짱구 머리 나겁재는 그 말을 듣자, 우쭐한 기분에 어깨 뽕을 들썩들썩 올렸다가 내리기를 반복하며, 거만스럽게 뽐을 잡았다.

어찌 되었든 그의 이야기는 어설프면서 설득력을 가지고 있었다. 경매에서 기준 권리(최우선 순위)는 등기부등본에서 빠른 접수 날짜를 찾아내는 능력이 핵심이기에, 그의 말은 신의 한 수였는지 모른다.

임차권 등기 및 경매 개시 결정 등기

"여러분이 지금 배우는 기초들이 권리 분석을 하는 데 있어서 마중물이 된다는 사실을 아시고, 잘 배워 두시길 바랍니다. 나중에 헛발질들 하지 마시고…. 흐흐…"

"…"

사발 머리 나 교수는 설명 중에 딴청을 피우며, 수다를 떨고 있는 한 그룹을 아주 못마땅한 눈초리로 잠시 노려보다가 설명을 이어 갔다.

돈 사랑 팀원들은 따가운 눈총이 자신들에게 책임이 있다는 것을 눈치 채고, 엉큼스럽게도 딴청을 피우고 있었다.

그러는 가운데 다른 수강생들은 얼른 잡담을 중단한 채 그의 눈치를 살피며 숨을 죽였다. 그때였다.

"교수님! 을 구에는 근저당권만 등기하나요?"

미모의 명정관은 그의 눈길이 자기 쪽을 향하자 얼른 손을 들고서 질문을 던졌다.

그녀는 자기 그릇에 밥을 퍼 담는 손 빠른 훈련병처럼 잽싸게 물었다.

"아하! 그거는 그렇지 않습니다."

"…?"

"을 구는 소유권 외의 권리에 관한 사항, 즉 근저당권과, 저당권(채무가 이행되지 않을 경우 채권자가 저당물에 대해서 일반 채권자에 우선해 변제를 받을 수 있는 권리)."

"헉…!"

앞자리에 앉은 곱게 단장한 젊은 미모의 수강생 하나가 탄식을 하듯 작은 소리를 삼켰다. 그러든 말든 그는 계속 주절거렸다.

"그리고 세계에서 유일무이하게 우리나라만 가지고 있는 제도가 있습니다, 여러분도 다 아시는 우리 귀에 익은 전세권(전세금을 주고 타인의 부동산을 점유해 그 용도에 따라 사용할 수 있는 권리)이 있습니다."

"오…우! 맞아, 그래."

이들은 갑자기 뭔가 생각이 난 듯 소란스럽게 중얼거렸다.

"그리고 주택 임차권등기(이사해도 보증금을 우선 받을 수 있는 권리) 등을 등록할 수 있습니다."

사발 머리 나 교수는 고개를 가로저으며 말하고는, 그녀를 슬며시 쳐다보았다. 미모의 명정관은 그때를 놓치지 않고, 고운 머릿결을 끄덕이며 재차 주절거렸다.

"저희가 직접 등기도 할 수 있나요?"

그녀는 재미가 붙어 방긋방긋 웃어 가며 말했다.

"일반인의 경우 보통은 법무사(보수를 받고 법원이나 검찰청 등에 제출하는 서류를 작성하는 일을 업으로 하는 사람)를 통해서 서류를 접수하고 있습니다."

사발 머리 나 교수는 자기 긍정에 고개를 까닥까닥 거렸다.

"당연한 거 아니야…"

흰머리 윤편인은 혼잣말로 읊조리고는, 사발 머리 나 교수를 올려다보면서 피식 웃었다.

"요즘은 법원 등기 사무소에 직접 방문해서 접수하는 스마트한 열성파들도 제법 많다고 합니다."

그는 중얼대면서 히죽 웃었다.

"헉…! 정말?"

둥근 머리 맹비견은 탄식을 자아내며, '아하! 그렇게도 하는 구나…?' 읊조리고는, 고개를 끄덕이고 있었다.

"어머나, 그렇구나…. 교수님! 전세권은 알겠는데요, 임차권 등기는 잘 모르겠어요?"

그녀는 호기심이 가득한 눈망울로 질문을 하고는 난망한 표정으로 사발 머리 나 교수를 올려다보았다.

"음…. 임차권 등기는 임대차 계약이 만료된 시점에서, 보증금을 돌려받지 못한 임차인이 단독으로 등기할 수 있도록, 주택 임대차 보호법(임대인과 임차인을 보호하기 위한 법)으로 거주 이전의 자유를 보장하는 장치입니다."

사발 머리 나 교수는 설명을 끝내고 갈증을 느꼈다. 그래서 얼른 종이컵에 생수를 따라 목을 축이고 있었다. 그때 누군가 물어왔다.

"교수님! 임차권 등기를 설정하면 다른 곳으로 이사를 해도 권리를 보장받을 수 있다는 말입니까?"

무슨 이유에서 인지 젤 바른 선정재는 다시 되짚어 물었다.

"아…예, 맞습니다."

사발 머리 나 교수는 입술에 묻은 물기를 얼른 훔쳐 가며, 고개를 끄덕거렸다.

"가령, 임차인이 주민등록을 다른 곳으로 옮겨가도, 대항력(이미 성립된 권리 관계를 다른 사람에게 내세울 수 있는 힘)을 잃지 않습니다."

그는 눈가에 힘을 잔뜩 주고 그를 보았다.

"대박! 아니, 그럴 수가…?"

짱구 머리 나겁재는 새삼 놀란 듯 탄성을 질렀다.

"즉, 주택이 경매에 넘어가도 내 보증금을 우선해 돌려받을 수 있는 일종의 보증금 보험인 셈이죠."

사발 머리 나 교수의 설명에 사람들은 '아! 그런 거야?' 하며, 그런 줄 몰랐다는 놀라는 눈망울로 고개를 끄덕거리고 있었다.

"단, 최선순위 기준 권리보다 등록 일자가 빨라야 한다는 사실입니다."

사발 머리 나 교수는 설명을 해 놓고 빙그레 웃었다. 수강생들은 '그럼 그렇지, 흐흐…' 하는 눈길로 그를 쏘아보았다.

"저, 교수님! 등기부등본(등기사항전부증명서)을 살피다 보면, 경매 개시 결정등기(경매를 시작하기 위해 설정한 등기) 이전以前에 한 사람이 있거나, 이후以後에 한 사람들이 나타나던데… 그런 경우에도 보장을 받습니까?"

삼각 머리 조편재는 이번에 리포트 작업 과정에서 명확하게 밝혀내지 못했던 의문점에 대해서 물어 왔다.

"좋은 질문을 하셨습니다. 왜냐하면 그 문제는 여러분이 권리 분석하는 데 있어서 중요한 포인트가 될 수 있기 때문입니다."

그는 반색하며 대답하고는 씨익 웃었다.

"헐…! 정말?"

짱구 머리 나겁재는 탄식하듯 소리를 냈다.

"이번 기회에 잘 배워 두셨다가 권리를 분석하는 데 참고하도록 하세요."

사발 머리 나 교수는 모두를 향해 두 눈을 희번덕거리면서 말했다.

"예…!"

그의 당부와 달리 수강생들은 건성건성 대답부터 하고 있었다.

"지금부터 제가 하는 설명을 흘려듣지 마시고, 잘 귀담아들어 놓으시길… 바랍니다!"

사발 머리 나 교수는 딴 짓거리에 정신이 팔린 우라질 수강생들을 겨냥하듯 잠시 말을 멈추었다가 목청을 높였다.

"헐…! 뭔 얘기?"

새치 머리 안편관은 혼잣말로 구시렁거렸다.

"그리고 저쪽 구석에 모인 분들 사담 그만하시고, 여기 주목해 주세요!"

사발 머리 나 교수는 유난히 떠드는 한 곳을 지목하며, 긴 손가락을 뻗어 그들을 가리켰다.

풀을 베어 꽃뱀을 놀라게 하듯 그는 소곤대는 주둥이에 재갈 물렸다. 이들은 순식간에 입을 다문 채 주위를 둘러 가면서 사발 머리 나 교수의 눈치를 살피고 있었다.

그러나 수강생들은 숨을 죽인 듯 조용하다가도 사발 머리 나 교수의 강의가 시작되면 금세 속삭이는 소리가 되살아나 사제 지간의 눈치 싸움이 되풀이되곤 했었다.

수업에 달관한 나 교수는 늘 그럴 줄 알면서도 한 번씩 소음을 눌러가며, 강의를 계속 이어 갔다.

"우선, 경매 개시 결정등기 이전에, 임차권 등기를 한 임차인의 대항력은 전입 일자(주소지 읍, 면, 동사무소 등에 신고한 날짜)와, 확정 일자(계약 체결 일자를 확인 시켜줌)에 따라 우선변제권(보증금을 우선 변제받을 수 있는 권리)이 주어지지만…."

"…."

사발 머리 나 교수는 설명을 하면서도 연신 수강생들의 표정을 살피고 있었다.

"어…엉, 그래…?"

삼각 머리 조편재는 웅얼거리며, 알겠다는 표정을 짓고 고개를 까닥까닥거렸다. 흰머리 윤편인은 조용히 듣고 있었다. 그의 얼굴은 이미 다 알고 있다는 교만한 표정이 흐르고 있었다.

"경매 개시 결정등기 이후에 등록한 임차권 등기는 대항력이나, 우선변제권을 보장받지 못한다는 사실도 기억해 두시길 바랍니다."

사발 머리 나 교수는 두 눈동자를 희번덕거리면서 이해를 했느냐를 묻듯이 고개를 주억거렸다.

"헐…! 대박! 그런 거야?"

수강생 중 누군가 탄성을 지르며, 중얼거렸다. 그 순간 사발 머리 나 교수는 새로운 질문자를 찾느라 두리번두리번 주위를 돌아보고 있었다.

몇몇 수강생들은 그의 시선을 피해 딴청을 피우고 있었다. 그때 누군가 나서 질문을 던졌다.

"저기, 교수님! 그럼 경매 개시 결정등기 이후에 등기한 임차인은 보증금을 완전 보장받지 못합니까?"

생뚱맞다는 생각에 삼각 머리 조편재가 의구심을 품고 물어 왔다.

"맞습니다. 다만… 경락대금(부동산 소유권을 매수한 낙찰금액)이, 우선변제권이나 대항력을 가진 채권자들의 채권금액을 만족시키고, 남은 잔액이 있다면 가능할 겁니다."

사발 머리 나 교수는 설명을 끝내고, 넌지시 웃었다.

그의 설명은 청산(채무·채권 관계를 셈해 깨끗이 정리함)을 끝내고, 남은 돈이 있어야 구제받을 수 있다는 말이었다.

"헐…! 그런 거야, 젠장!"

삼각 머리 조편재는 푸념을 하듯 웅얼대고는, 고개를 까닥거리며, 살짝 미간을 찌푸렸다.

"즉, 남은 금액이 있다면, 경매 개시 결정등기 이후에 등기한, 채권자들끼리 우선권(선후)을 가려서 받을 수 있습니다."

설명을 끝낸 사발 머리 나 교수는 잠시 칠판으로 돌아갔다.

그 사이 수강생들은 지난날 경매를 통해서 겪었던 이야기들을, 드라마 시나리오 대본을 수정하듯 자신들 입맛에 맞게 각색을 하고 있었다.

노가리라면 한가락 하는 흰머리 윤편인 또한 자신의 희로애락이 담긴 경험담을 털어 가며, 넉살스럽게 낄낄거렸다.

돈 사랑 팀원들도 이에 질세라 흘러간 과거 부동산 추억담을 꺼내 주변 사람들의 이목을 잡아끌었다. 삼각 머리 조편재는 경매 개시 결정등기 이후에 등기한 채권자들의 억울한 사연을 들려주면서 서로 간에 안타까운 눈빛을 주고받았다.

이들은 분노의 찬 그들의 심정을 대변하듯 노기가 서린 얼굴로 애절한 사연을 까발렸다.

사발 머리 나 교수는 주택 임대차 보호법과 관련된 몇 가지 사항을 빼곡하게 적어 놓고, 분필을 놓았다. 그가 돌아서자 바로 질문이 쏟아졌다.

"저기요…, 교수님! 임차인은 대항력과 우선변제권이 언제 발생하나요?"

미모의 명정관은 그가 교탁으로 돌아오자, 곧바로 질문을 하고 나섰다. 그녀는 비싼 수강료에 대한 본전이라도 건지겠다는 태도로 덤벼들었다.

몇몇 수강생들은 질문에 대한 답변을 기다리듯, 두 사람을 번갈아 쳐다보며, 의혹의 찬 눈길로 소곤거리고 있었다.

"주택 임대차 보호법 제3조 1항을 찾아보시면, 주택 인도와 주민등록을 마친 다음 날부터 제삼자(임대인을 제외한 소유권에 관한 권리를 가진 자)에 대해서도 효력이 생긴다고 나와 있습니다."

사발 머리 나 교수는 대꾸를 하고서 잠시 책을 뒤적거렸다. 주택 임대차 보호법을 제대로 설명했는지를 검토하는 눈치였다. 그러고는 시간을 확인하면서 차분하게 주절거렸다.

"오늘 수업은 시간이 부족한 관계로 여기까지만 하도록 하겠습니다. 다음 시간에는 오늘 하다 못 한 수업을 이어서 할 테니 그렇게들 아세요."

"그리고 다음 수업 준비를 철저히 해 가지고 오시면 되겠습니다. 자, 이만들 돌아가시고, 금요일에 다시 뵙도록 하겠습니다."

이 말을 끝으로 사발 머리 나 교수는 가볍게 속 알머리가 보이도록 고개를 수그렸다. 그러고는 그대로 강의실을 나가 버렸다.

와글와글 소란스럽게 떠들어 대던 수강생들은 가져온 사유물을 각자 챙겨서 나가느라 한동안 북적거렸다.

흰머리 윤편인과 팀원들은 서로 바쁘다는 핑계를 이유로 한잔 마시자는 몇몇 사람들을 뒤로하고서, 서둘러 귀갓길에 올랐다. 흰머리 윤편인은 학교 주차장으로 곧장 걸어갔다.

거기에 세워 놓았던 승용차는 수업을 받는 동안 차갑게 식어 차문을 열자 싸늘한 한기가 그대로 전해졌다.

그는 시동을 걸어두고, 잠시 기다리다가 실내가 가열되면서 서서히 집으로 향했다.

오래간만에 가족들과 저녁 약속을 지키기 위해서였다. 모두가 떠나간 강의실은 이틀 후를 기약하며, 고요 속으로 빠져들고 있었다.

제9장

우리 임대차

대항력과 우선변제권

금요일 오후.

강의실은 여느 때와 다름없이 일찍 등교한 수강생들로 박작거리고 있었다. 그 즈음 평소 보다 일찍 출근한 사발 머리 나 교수가 강의실로 들어서며 인사를 챙겼다.

"안녕들 하셨습니까?"

그는 온화한 목소리로 말했다. 그의 혈색은 한겨울 동장군 추위가 무색하게 화사한 분위기가 감돌고 있었다.

"안녕하세요? 교수님!"

수강생들은 너나없이 고개를 꾸벅 숙이며, 큰 소리로 인사를 드렸다.

흰머리 윤편인은 등굣길에서 만난 사발 머리 나 교수에게 반갑게 인사를 챙기고, 먼저 강의실에 들어와 있었다. 그 시각 다른 팀원들도 미리 도착해 세상 돌아가는 수다를 떠느라 정신들이 없었다.

사발 머리 나 교수는 곧바로 출석부를 펼치며 결석 인원부터 체크하고는, 지체 없이 수업으로 들어갔다.

"그럼, 수요일 수업에 이어서 다시 시작해 볼까요? 복습과 예습은 많이들 준비해 가지고 오셨습니까?"

사발 머리 나 교수는 모두를 둘러보면서 해죽해죽거렸다.

"지난 시간에 주택 임대차 보호법 제3조 1항을 끝으로 수업을 마친 걸로 알고 있는데 맞습니까?"

그는 수업 분위기를 끌어올리기 위해서 먼저 질문을 유도하고 있었다.

"예! 그런 것 같습니다."

몇몇 수강생들이 목청이 터져라 소리를 질렀다.

"그러면 주택 인도와, 주민등록을 마친 다음 날부터 제삼자에 대해서도 효력이 생긴다고 했습니까, 그렇지 않다고 했습니까?"

사발 머리 나 교수의 물음에 미모의 명정관이 슬며시 나서며, 지난번 수업 시간에 메모했던 내용을 차분하게 설명을 했다.

"오…우! 증말? 역시 대단해…."

둥근 머리 맹비견은 그 즉시 엄지손을 세워 그녀가 보란 듯이 흔들었다. 그가 그러든 말든 미모의 명정관은 개념에 대해 자신 있게 설명을 마쳤다.

그러고는 자만이 가득한 표정으로 아름드리 머릿결을 까닥까닥 흔들어 가며, 뻐기듯이 으쓱하고 있었다.

이미 개념을 알고 있는 몇몇 사람들은 듣는 둥 마는 둥, '너희는 지껄여라 나는 엄지손 놀이나 하겠다.' 하는 표정으로 문자를 누르는 데 한눈을 팔고 있었다.

그 반면, 새로운 사실에 긴장한 일부 수강생들은 혼이 나간 듯 내용을 받아쓰기에 여념이 없었다.

"즉, 여러분이 알고 있는 대항력(이미 성립된 권리관계를 다른 사람에게 내세울 수 있는 힘)이 발생한다는 겁니다. 어째… 이해들이 되셨습니까?"

사발 머리 나 교수는 눈짓을 하면서 그녀를 마주 보듯 물었다.

옆자리 속 알머리 봉상관은 뭔 오지랖이 그리 넓으신지 자기 와이프는 챙기지도 못하면서 어쩌다 남의 유부녀에 관심을 품고서 신경을 곤두세웠다.

그의 핏발선 눈길은 이들의 움직임을 쫓아다니느라 잠시도 쉴 틈이 없었다.

그러거나 말거나 알 턱이 없는 미모의 명정관은 물음에 충실할 뿐이었다.

"예…"

그녀는 미소를 살짝 보이며 대답하고서 머릿결을 가볍게 매만지고 있었다.

"헤…에, 그렇구나…?"

짱구 머리 나겁재는 혼잣말로 속살거렸다.

"그러나 우선변제권은 임대차 계약서에 확정일자를 받아야, 후순위 권리자 및 기타 권리자보다 우선해 보증금을 변제받을 수 있습니다."

사발 머리 나 교수는 설명을 끝내고 해쭉 웃었다.

"앗…. 뜨거워! 몰랐네, 젠장!"

상구 머리 노식신은 놀라는 표정을 짓고는 입속말로 중얼거렸다. 수강생들 중에도 몇몇은 잊고 있거나, 몰랐다는 표정들을 짓고서 서로를 보며 소곤거렸다.

"무슨 뜻인지 알겠습니까?"

사발 머리 나 교수는 모두를 향해 경각심을 심어 주려고, 큰 소리로 물었다.

"예…!"

수강생들은 목청을 높여 대답했다. 흰머리 윤편인과 큰 머리 문정인은 사발 머리 나 교수의 눈치를 슬쩍슬쩍 살펴 가면서 이따금씩 속닥거렸다.

자신들은 다 알고 있다는 태도였다. 이들은 대항력과 우선변제권 등을 운운하면서 그간 과제물을 작성하면서 익혔던 설익은 선무당 지식을 우려내면서 거들먹대고 있었다.

"다시 말하지만, 대항력은 주택 인도와 주민등록을 마친 다음 날에 발생한다는 사실입니다."

사발 머리 나 교수는 재차 강조하며 반복하고 있었다.

"쳇! 우리를 바보로 아나…?"

빨간 파마머리 수강생이 구시렁구시렁거렸다.

"그러나 우선변제권은 임대차 계약서에 확정일자를 받은 날을 기준 한다는 사실만, 기억하시면 됩니다. 단, 거꾸로 대항력(전입과 거주)이 없는 우선변제권은 후 순위로 밀려 완전 꽝이라는 사실도 알아야 합니다."

사발 머리 나 교수는 눈알에 힘을 주어 말하고는 히죽 웃었다.

"헐…! 대박!"

젤 바른 선정재는 그의 모습에 작은 소리를 질렀다.

"뭔 말인지를 이제 감이 잡힙니까?"

사발 머리 나 교수는 동공을 확장시키며, 희번덕거렸다.

"예…!"

이들의 목소리는 시간이 갈수록 조금씩 엷어지고 있었다.

"요즘은 인터넷을 두들기면 우라질 임대차 보호법 정도는 눈 깜짝할 사이에 뜨지 않나…?"

둥근 머리 맹비견은 그 정도는 누워서 잠자기로 별것도 아니라며, 빈정거렸다.

"내 말이…"

짱구 머리 나겁재가 맞장구를 쳤다. 새치 머리 안편관은 두 사람 대화를 듣고 어이가 없었다. 그래서 흰머리 윤편인을 향해 말을 붙이며, 슬쩍 끼어들었다.

"아니, 경매로 돈을 벌고 싶다면 주택 임대차나, 상가 임대차 보호법, 정도는 대충이라도 암기하고 있어야 되는 거 아닙니까?"

새치 머리 안편관은 두 사람이 들어 보라는 배짱으로 비아냥거렸다.

"그야 당연한 거 아닙니까?"

흰머리 윤편인은 그의 말에 고개를 끄덕거렸다.

"에…이! 요즘은 스마트폰만 있으면 어디서나 쉽게 찾아볼 수 있는데, 뭐…."

큰 머리 문정인은 굳이 그럴 필요 없다며, 손을 가로저었다.

"그 말도 맞는 말이긴 합니다. 인공지능으로 빅 데이터를 저장하고, 딥 러닝을 하는 시대이니 말입니다."

흰머리 윤편인은 긍정을 하듯 중얼대고서 고개를 들어 그를 슬쩍 보았다.

"하지만, 기본적인 경매 상식은 꿰차고 있어야 하는 거 아닙니까?"

새치 머리 안편관은 미간을 찌푸리며, 반박하고 나왔다. 그는 자신이 공인 중개사 자격증을 취득하기 위해 밤낮없이 기본에 충실했던 지난날의 기억 속에서 아직 헤어나지 못하는 듯 반박하고 나왔다.

"그 소리도 틀린 말은 아닙니다. 그래서 배우러 온 것 아닙니까?"

속 알머리 봉상관은 갑자기 껄끄럽게 대거리가 이어지자, 얼른 감초처럼 끼어들었다.

하지만 이들 사이에는 서로가 원수를 만난 듯 싸늘해진 냉랭한 분위기가 한동안 이어졌다. 그때였다.

"자… 자! 여기 주목해 주세요!"

탕탕!

사발 머리 나 교수는 이들의 소음이 커지자 다소 신경질적인 반응을 보이면서 교탁을 두드렸다.

틈만 나면 수강생들은 사사로운 이야기로 나 교수의 강의는 뒷전인 양 노닥거리고 있었다.

점잖은 그도 달관한 노하우와 달리 가끔씩 짜증이 솟구쳤다. 왜 아니겠는가? 그도 사람인데….

그러나 그는 늘 '참을 인'을 가슴에 새겨놓고 살았다. 하지만 이렇게 내용을 이해하지 못하는 사람들이 늘어 갈수록 강의실 소음은 점점 커져만 갔다.

그러자 사발 머리 나 교수는 한 번쯤 눌러 줄 때가 온 것처럼 냅다 고함을 친 것이었다. 그의 고함 소리에 화들짝 놀란 수강생들은 순간 놀려대던 주둥이들을 잠시 멈추었다.

그리고는 잽싸게 겁먹은 토끼 눈을 뜨고서 사발 머리 나 교수를 물끄러미 쏘아보고 있었다. 이들은 '건들기만 건드려라 앙 하고 물어 줄 테니.' 하는 눈빛들이었다. 그는 잠시 기다렸다가 다시 주절거렸다.

소액 임대 보증금 및 최우선변제권

"말이 나온 김에 임차인 소액 임대 보증금(일정액의 범위에서는, 임대차에 앞서서 설정된, 저당권 기타 담보 물권·공과금보다, 우선적으로 변제받는 금액) 및 최우선변제권(소액보증금을 최우선적으로 임차인에게 변제해 주는 권리)에 대해서도 짚어 보도록 하겠습니다."

말끝에 사발 머리 나 교수는 칠판으로 돌아가 주택 임대차 보호법 제8조 1항을 적어 나가기 시작했다.

"소액 임대 보증금 및 최우선변제권은 또 뭐야? 젠장! 어이쿠! 갈수록 태산이구먼, 휴…우!"

둥근 머리 맹비견은 긴장한 눈빛으로 구시렁대면서 나 교수를 쏘아보고 있었다. 분필을 내려놓은 사발 머리 나 교수는 교탁으로 다시 돌아와 강의를 계속 이어 갔다.

"소액 임대 보증금은 경락 대금에서 일정 금액을 다른 설정권자(최선순위 포함)들보다 우선해 소액 임차인에게 지불하는 금액입니다."

사발 머리 나 교수는 설명을 하고 나서 모두를 둘러보았다. 수강생들이 얼마나 이해를 하며 듣고 있는지를 모니터링을 하면서 천천히 이들의 기색을 살폈다.

"오…우! 대박!"

내용을 몰랐던 수강생들은 어마야! 그런 법도 있었어? 하는 낯선 얼굴로 비명을 질렀다.

"이미 다들 알고 계시죠?"

사발 머리 나 교수는 모두가 알고 있는 뉘앙스로 전제를 깔아가며, 이들의 이목을 끌어들였다.

"아니요…!"

생판 처음 듣는 낯선 용어에 일부 수강생들은 인상을 몹시 찡그렸다. 이들의 목청은 기차 화통을 삶아 먹은 것처럼 스트레스를 풀고 있었다.

"처음 듣습니다!"

강의실은 금세 웅성거렸다.

"예…!"

이들의 반응은 부분적으로 엇갈려서 나왔다.

"아니, 내가 모르는 우라지다 자빠질 법이 여기도 숨어 있었네, 젠장!"

상구머리 노식신은 깜짝 놀라는 표정으로 앓는 소리를 냈다.

"처음 이 내용을 접하는 분들을 위해 주택 임대차 보호법 제8조 1항을 가볍게 살펴보겠습니다."

사발 머리 나 교수는 이들을 향해 해쭉 웃었다.

주택 임대차 보호법에 생소한 사람들은 그 주임법이 돈을 벌게 해 준다는 소리에 귀가 솔깃해졌다. 그리고 금방이라도 나 교수를 잡아먹을 기세로 눈알을 부라리며, 주목하고 있었다.

"이미, 아시고 있는 분은 복습한다고 생각하세요."

그는 모두를 향해 의미 있는 눈짓을 하며 살짝 웃었다.

"예…!"

일부의 수강생들이 응답을 하고 나섰다. 사발 머리 나 교수는 잠시 무슨 생각을 하면서 호흡을 가다듬듯 책을 뒤적거렸다.

흰머리 윤편인은 그가 말한 내용이 대충은 무슨 뜻인지를 짐작을 하고 있었다. 그는 얼마 전에 지인의 부탁으로 단독 주택 물건 하나를 찾아본 적이 있었다.

그러다 대법원 경매 정보를 검색하는 도중에 다수의 임차인들이 세 들어 사는 다가구를 하나 발견했었다.

그래서 그는 입찰 보증금만 가지면 낙찰을 받을 수 있겠다 싶어 단독주택에 대해 권리 분석을 파고든 적이 있었다. 건물은 3층 다가구로 준공한 지가 채 2년이 지나지 않은 신축 주택이었다.

사정이 어려워진 주택 소유자가 빌린 원리금(대출금과 이자)을 갚지 못하자, 망할 놈의 금융 기관에서 대손(외상 매출금·대출금 등을 돌려받지 못해 손해를 보는 일)을 예방하는 차원에서 사전에 경매로 넘긴 경우였다.

물론 이와 상반되는 경우도 간혹 찾아볼 수 있었는데, 거꾸로 건축 사업자가 은행을 이용해 건축 비용을 차용하고, 갚지 않는 도덕적 해이가 종종 발견되고 있었다.

이들은 감정가를 부풀리거나 전세 보증금을 확대시키는 교묘한 수법을 전개해 리베이트에 눈이 먼 악당들(내부자)과 손을 잡고 일을 벌이는 것이었다.

또는 분양가를 부풀리는 수법으로 소유주(매입자) 앞으로 담보 대출을 떠넘기는 사기 분양으로 결국 영문도 모른 채 임차한 세입자가 깡통주택을 떠안았다.

그렇게 임차인은 모라토리엄(지급유예)을 유지하다가 결국 주택은 경매 시장으로 넘어오는 경우가 왕왕 발견되고 있었다.

물론 그들은 시행사(건축 사업자)를 폐업하고, 잠적해 행방조차 찾을 수 없는 것이 현실이다. 어쨌거나 주택 1층은 임대인(소유주)이 주택을 관리하면서 거주하고 있었다. 2층과 3층은 원룸으로 임차인(세입자)들이 세 들어 살고 있었다.

집주인은 옥탑방(다가구 3층에서 4층 다세대로 전환되어 9억 이상 양도소득세 납세함)이 주택을 매도할 때 단독주택에서 제외되어 양도소득 세법에 적용된다는 사실도 모른 채, 방으로 꾸며서 월세를 놓고 있었다.

주인집을 제외하고, 임차인은 모두 열두 명이었다.

임차인들은 보증금 1천만 원에 월세 40만 원 또는 50만 원씩 지불하고 있었다. 대부분의 임차인들은 기준 권리(최선순위)가 되는 근저당권이 설정된 이후에 전입한 후 순위 임차인이었다.

흰머리 윤편인은 흥분했던 기분이 한순간에 싹 사라져 버렸다. 왜냐하면 젠장맞게도 보증금을 끌어 않는 캡 투자(전세금 이용)를 생각하고 덤벼들었기에 더욱 그랬다. 그러나 놀랍게도 뜻밖의 반전이 일어났다.

세입자 모두가 보증금이 소액으로 최우선변제에 해당하는 임차인들이었다. 그러한 기막힌 사실을 흰머리 윤편인은 미처 몰랐다.

미치고 팔딱 뛰게도 그들은 보증금 전부를 환수 받을 수 있는 소액 보증금 대상이었다.

그때 흰머리 윤편인은 소액보증금이 다른 채권보다 최우선 변제가 된다는 기쁘고 환장할 사실을 처음 알게 되고는, 미친놈처럼 흥분한 적이 있었다.

왜냐하면 주택(대지 가격 포함) 낙찰가의 2분의 1 금액은, 최선순위 기준 권리 근저당권 보다 후 순위 임차인 소액 보증금이, 먼저 최우선 변제 된다는 아찔하고, 재미난 경험을 눈으로 목격한 것이었다.

그때의 경험으로 흰머리 윤편인은 그의 설명이 무엇을 강조하려고 하는지를 쉽게 감지할 수 있었다.

사발 머리 나 교수는 뒤적이던 책을 펼쳐 놓고서 고개를 들어 중단했던 강의를 다시 시작했다.

"소액 임차인은 낙찰 금액에서 임대 보증금 중 일부(임대차 법으로 정한 금액)를 최우선 변제를 받을 수 있다는 사실을 기억하시면 됩니다."

사발 머리 나 교수는 흘러내린 머리카락을 가만히 뒤로 넘겼다.

"와…우, 대박!"

둥근 머리 맹비견은 깜짝 놀라 자기도 모르게 탄성을 질렀다.

"그러나 몇 가지 조건이 충족되어야 가능하다는 사실도 알고 있어야 합니다."

그는 보충을 하듯 덧붙이며 히죽 웃었다.

"헐…! 조건? 그렇지 뭐, 세상사가 거저 되는 게 있겠어? 젠장!"

흰머리 윤편인은 혼자 중얼중얼 거리며, 고개를 갸웃거렸다.

"무슨 말인지를 아시겠습니까?"

사발 머리 나 교수는 모두를 쳐다보며 되묻고는, 고개를 까닥거리면서 씩 웃었다.

"예…!"

수강생들은 그의 열강에도 무심하게도 건성건성 대답하고 있었다.

"으…잉, 또 뭘 기억하고 알아야 된다는 거야? 젠장!"

둥근 머리 맹비견은 혼잣말을 구시렁거렸다.

"첫째는 경매 개시 결정등기 전前에 주택 임대차 보호법(제3조 1항)이 요구하는 대항력과 확정 일자(계약서에 읍, 면, 동사무소 직인, 단 전자 상거래 시 자동 인식됨, 임대차 신고제 실시 후 확정 일자 자동 신고됨)를 갖추고 있어야 합니다."

"…."

"에그…. 그거야 알지…."

사발 머리 나 교수가 기존 설명을 반복하자 일부의 수강생들이 쑥덕거렸다.

"둘째는 1항의 경우에는 주택 임대차 보호법 제3조 제2항에서부터 제6항까지 규정을 준용한다는 사실입니다."

사발 머리 나 교수는 '이해들 하시겠죠?' 하는 눈빛으로 중얼거렸다.

"헉…! 증말!"

짱구 머리 나겹재는 탄식하듯 속살거렸다.

"셋째는 소액 보증금은 주택 가액(대지 가액 포함)의 2분의 1의 금액을 넘지 않는다는 사실입니다."

사발 머리 나 교수는 설명하고서 실실 웃으며 사람들의 안색을 두루 살폈다.

"와…우, 대박!"

후미진 곳에서 누군가 소리쳤다.

"에… 추가로 상가 건물(대지 가액 포함)도 낙찰 금액의 2분의 1의 금액이라는 점을 유의하시고, 각각 구별하시면 됩니다."

사발 머리 나 교수는 모두의 얼굴을 돌아보면서 미모의 명정관 쪽으로 시선을 돌렸다.

그리고 다시 입을 열었다. 그 순간 속 알머리 봉상관의 치켜뜬 눈꼬리가 그의 흠이라도 캐낼 눈빛으로 불꽃을 튕기며, 쏘아보고 있었다.

그러거나 말거나 그는 주절거렸다.

"이해들 하셨습니까?"

사발 머리 나 교수는 입술을 지그시 깨물고는 '설마, 이 정도쯤이야 알아듣지 못할까…?' 하는 표정을 짓고서 이들을 바라보고 있었다.

"예…!"

몇몇 수강생들이 건성건성 목청을 높였다.

"아니요…!"

일부의 수강생은 잘 모르겠다며, 냅다 소리를 질렀다.

"어려워요!"

미모의 명정관은 대답을 하면서도 아름드리 머릿결을 간드러지게 갸웃갸웃거렸다. 사발 머리 나 교수는 신통치 않은 이들의 반응에 금세 안색이 어두워졌다.

그러나 그는 적잖은 실망감 속에서도 사발 머리를 갸웃대면서 마음을 다잡고는, 다시 강의를 이어 가기 시작했다.

"소액 금액이라도 최선순위 기준년도(설정 년도)에 따라 적용하는 범위가 다르다는 사실을 알아야 합니다."

그는 이마에 굵은 주름을 잡아 가면서 중얼대고는 모두를 주시했다.

"헉…! 오 마이 갓!"

상구 머리 노식신은 곧바로 탄식을 토해 내듯 중얼거렸다.

"이러한 사실을 조심하지 않으면 권리 분석에서 자칫 낭패를 볼 수 있습니다."

사발 머리 나 교수는 두 눈을 희번덕거리며, 중얼거렸다.

"아이고! 이건 또 뭔 개소리냐…? 갈수록 해골 복잡해지네, 젠장맞을!"

새치 머리 안편관은 이마를 매만지며 평소와 다르게 짜증을 내고 있었다.

상구 머리 노식신은 그가 평소와 다르게 어딘가 이상해 슬쩍 말을 걸어왔다.

"안 형은 경매 공부도 많이 하고, 공인 중개사 자격증도 취득했다면서 오늘따라 웬 엄살이 그리 심하십니까?"

상구 머리 노식신은 아니꼽다는 눈초리로 그를 쏘아가며, 빈정거렸다.

"괜히 잘 알지도 못하는 소리 하지도 마세요, 공인중개사 공부를 했다고 부동산을 다 알면, 어느 정신 넋 빠진 놈이 여기 옵니까?"

새치 머리 안편관은 엄살이라는 말에 비위가 상해서는 신경질적으로 되받아쳤다.

맞는 말이었다. 공인 중개사 자격시험과 부동산경매 최고위 과정은 부동산이라는 개념은 동일하지만, 취급하는 전문 과정은 본질적으로 달랐다.

왜냐하면 그것들은 중개 서비스와 경매 집행 실무로 구분되어 있기 때문이었다.

수익 면에서도 부동산 중개 수수료와 투자 차익금이라는 개념에서 확연히 달랐다. 주위에서 듣고 있던 팀원들은 속 알머리 봉상관을 쳐다보며, 어떻게 해 보라는 눈치를 주고 있었다. 그는 곧바로 주절거렸다.

"그만들 하세요, 그러다가 정분나겠네. 허허허!"

속 알머리 봉상관은 두 사람 사이에 냉기가 흐르자 분위기 조성을 위해 슬쩍 끼어들었다.

그러나 그들의 눈싸움은 계속되고 있었다. 그때 사발 머리 나 교수가 구원 투수처럼 소리를 냅다 질렀다.

"거기 그 팀들 조용히 좀 하세요!"

사발 머리 나 교수는 낯짝을 붉히면서 한마디 하고는, 강의를 계속 이어 갔다.

"여러분은 소액 보증금 및 최우선 변제액 변천 사항을 반드시 기억하고 있어야 합니다."

"헐…! 모르면 안 되나…? 젠장!"

수강생 중 누군가 구시렁거렸다. 강의실은 갑자기 벌 떼처럼 들끓어 와글거렸다. 그러거나 말거나 그는 주절거렸다.

"그래야 생때같은 입찰 보증금을 날리지 않습니다. 명심하세요."

사발 머리 나 교수는 경매 전문가라면 기본적으로 기억해 두라는 일종의 경고 멘트였다.

그는 소액 보증금 및 최우선 변제액 변천 사항에 대한 내용 전체를 암기하라는 것도 아니었다. 다만 그러한 내용의 제목이라도 머릿속에 새겨 두라는 것이었다.

일부 수강생들은 "맞아…, 맞아…" 하며 소곤거렸다. 사발 머리 나 교수는 다시 칠판으로 돌아가 변천 사항을 연도별로 적어 내려 가기 시작했다.

수강생들은 열심히 따라 적었다. 미모의 명정관도 이에 질세라 착실하게 필기를 하고 있었다.

"야… 이거야 당최 뭐가 뭔지 도통 모르겠다. 젠장! 조 형은 알 겠어요?"

짱구 머리 나겁재는 고개를 절레절레 흔들며, 오만상을 찌푸린 채 물어 왔다.

"뭐 조금은…. 호호…."

삼각 머리 조편재는 알고 있는 것처럼 애매하게 대답했다. 옆자 리에 둥근 머리 맹비견은 도통 모르겠다면서, 고개를 가로저었다.

"역시, 조 형은 저와는 다르군요?"

짱구 머리 나겁재는 부러운 시선으로 그를 보며 엄지손을 세웠 다.

둥근 머리 맹비견은 뭐가 못마땅해 '우라질 자식들! 놀고들 있 네,' 하는 눈초리로 이들을 쏘아보고 있었다.

"에이, 나도 최근에야 리포트 작성하면서 조금이나마 감을 잡았 는걸요, 뭐."

그의 칭찬에 삼각 머리 조편재는 특별할 게 없다는 표정으로 오 른손을 가볍게 좌우로 흔들었다.

"아니, 가령 말입니다. 근저당권이 기준 권리(최선순위)라고 치면, 소액 보증금에 대한 최우선 변제 금액은 근저당권이 설정된 날짜를 기준 한다는 말입니까?"

상구 머리 노식신은 흰머리 윤편인을 바라보며 묻고는 고개를 주억거렸다. 그렇게 상구 머리 노식신은 나 교수의 설명을 어려움 없이 이해하고 있었다.

"바로 그겁니다. 제대로 알고 있으시네요. 하하!"

흰머리 윤편인은 그를 바라보며 엄지손을 세웠다.

"제기…. 나는 왜 바로 이해가 안 되는 걸까?"

둥근 머리 맹비견은 옆 사람을 슬쩍 보면서 자신을 타박하듯 구시렁거렸다.

"에이, 기초적인 지식을 알고 있는 사람하고 비교하면 안 되지…. 안 그래요, 팀장님?"

상구 머리 노식신은 그를 슬쩍 보듬어 안아 주는 척 은근히 비아냥거렸다. 그러고는 속 알머리 봉상관의 응원을 구했다.

"허허! 그럼요? 부동산 기초 지식을 갖춘 사람하고, 기초 공부가 안 된 사람은 전혀 다르지요."

속 알머리 봉상관은 그가 무안하지 않도록 거들고 나섰다.

"아니, 어느 정도는 알아듣겠는데, 여기서 꼭 헷갈린다 말이야…. 젠장!"

둥근 머리 맹비견은 자존심도 버린 채 안타까운 심정을 털어놓고 있었다. 팀원들은 안됐다는 눈길 속에서도 한편 한심하다는 눈빛으로 쳐다보았다. 그러고는 고개를 끄덕끄덕거렸다.

"뭔데 그래요?"

흰 머리 윤편인은 그의 솔직한 마음에 동정심이 갔다.

그래서 조용히 물어보았다.

"다른 게 아니라, 소액 보증금 및 최우선 변제액은 최선순위 기준 권리 일을 따져 임차인에게 최우선 변제 보증금을 돌려준다면서요?"

둥근 머리 맹비견은 무거운 표정으로 그를 쳐다보았다.

"그래서요?"

흰머리 윤편인이 되물었다.

"그런데 기준 권리(최선순위)가 근저당권도 될 수 있고, 가등기 담보권도 될 수 있다면서요?"

둥근 머리 맹비견은 확인을 하듯 묻고는, 히죽 웃었다.

"그런데요?"

흰머리 윤편인은 그를 쳐다보며, 슬쩍 말을 받았다.

팀원들은 사발 머리 나 교수의 눈치를 힐끔힐끔 쳐다보면서 속삭이듯 대화에 끼어들곤 했다.

"그럼, 우라질 기준 권리가 무엇이 됐든, 설정된 날짜를 따져서 임차인의 최우선 변제 금액이 정해지는 것인지? 아니면 또 다른 뭔가를 따져야 하는 규칙이 있는 건지? 도대체 여기가 헷갈려서 도통 이해가 안 된다는 겁니다. 제 말은…."

그는 도무지 헷갈려 뭐가 뭔지 모르겠다는 근심이 가득 찬 표정

이었다. 흰머리 윤편인은 그런 그가 안타까워 차분하고 부드럽게
입을 열었다.

"맹 형, 그 정도 알고 있으면 조금만 파고들면 쉽게 이해하시겠습
니다. 안 그렇습니까?"

흰머리 윤편인은 팀원들을 쳐다보며 동의를 구했다.

"그럼요, 제가 볼 땐 대단해요, 아니. 요즘 애들 말로 '쩐…다'거든
요. 호호!"

미모의 명정관은 환한 미소로 농을 던지고는, 은근슬쩍 그를 추
켜세웠다. 팀원들은 그녀가 그를 가지고 논다는 생각에 소리를 죽
여 키득키득 거렸다.

둥근 머리 맹비견은 동료들의 비릿한 칭찬이 어딘가 구리면서도,
기분은 그리 나쁘지 않은 눈치였다.

흰머리 윤편인은 그를 놀려먹기보다 도움을 주고 싶은 마음이
살짝 우러나 다시 보충 설명을 늘어놓으며 속닥거렸다.

"세상사가 그렇듯이 한번 어렵게 생각하면 계속 어렵게 느껴질
수 있습니다."

흰 머리 윤편인은 해쭉 웃음을 보이며, 계속 말을 이어 갔다.

"그러니 너무 어렵게만 생각하지 마세요, 그리고 최우선 변제 금
액 변천 사항을 차분하게 살펴보시면, 지역별로 날짜와 금액이 나
와 있습니다."

그는 가만히 둥근 머리 맹비견의 눈을 마주 보고 있었다.

"그거야 알고 있습니다."

둥근 머리 맹비견은 히죽 웃으며 말을 받았다.

"그럼, 음… 기준 권리가 근저당권이든, 가등기 담보권이든, 그것도 아니면, 확정일자 부임차인을 기준하든지? 하여튼 양쪽의 기일을 대입해 보고, 정해진 기준 금액이 얼마나 되는지를 확인만 하시면 되는 겁니다."

흰머리 윤편인은 장황하게 보따리를 풀어놓고는, 슬며시 그의 눈치를 살폈다.

설마 이쯤 설명했는데 돌대가리가 아니고서야 둥근 머리 맹비견이 모를까 싶었다. 역시 마음이 통했을까? 그는 고개를 끄덕끄덕거리고 있었다.

"아하! 이제야 분명히 감을 잡았습니다. 고맙습니다. 윤 형…"

둥근 머리 맹비견은 말과 동시에 민망한 얼굴로 고개를 숙이며 싱겁게 웃었다. 팀원들은 두 사람을 번갈아 쳐다보고 있었다.

"고맙긴요, 별것도 아닌 걸 가지고…"

흰머리 윤편인은 왠지 기분이 좋아져서 빙그레 웃었다.

"저도 이해가 안 가는 부분이 있는데, 누가 아시는 분이 있으면 설명 좀 해 주시겠습니까?"

짱구 머리 나겁재는 그동안 궁금했던 내용을 물어볼 요량으로 슬며시 말을 끄집어내 주위를 두리번거렸다.

소액 임차인 산식

“말해 보세요, 뭔데 그럽니까?”

흰머리 윤편인은 흐뭇한 기분에 알은척하며, 그에게 말을 건넸다.

“만약에 임차인이 많아서 배당 금액이 부족하면 어떻게 배분되는지를 아십니까?”

짱구 머리 나겁재는 말을 해 놓고 생각하니 괜히 면구한 구석이 있어 실실 웃음을 보였다.

“그거야 어려울 게 없습니다.”

흰머리 윤편인은 입술을 가볍게 문지르며 말했다.

“그래요, 후후… 그럼 설명 좀 해 주시겠습니까?”

짱구 머리 나겁재는 느물거리며, 그를 쳐다보았다.

"보통 주택 가액(대지 포함)에서 아니, 우리는 낙찰 금액이라고 해야 빨리 알아듣겠네, 그렇죠?"

흰머리 윤편인은 말을 하려다 말고는 그를 쳐다보며, 슬쩍 단어를 고쳐서 말을 꺼냈다.

"주택 가액(대지 포함)이나, 낙찰 금액이나, 뭐 거기서 거기니 쉽게 가십시다."

짱구 머리 나겁재는 처음과 달리 유들유들거리며, 뻔뻔스럽게 말했다.

큰 머리 문정인은 그런 짱구 머리 나겁재를 째리듯 안타까운 시선으로 쏘아보고 있었다.

"알았어요, 후후… 그럼 낙찰 금액으로 합시다."

흰머리 윤편인은 '아무러면 어떤가?' 싶어 히죽 웃었다.

"좋네요, 쉽고…."

짱구 머리 나겁재는 이죽거리며 그를 쳐다보았다.

"자꾸 말 끊지 말고, 들어 보세요."

흰머리 윤편인은 은근히 비위가 상해 쌀쌀맞게 대했다.

"하하하! 죄송하…므니다."

짱구 머리 나겁재는 '아차' 싶어 능청스럽게 익살을 떨었다. 그 순간 팀원들도 그의 넉살에 덩달아 낄낄거렸다. 선비 스타일 흰머리 윤편인은 금세 기분이 누그러져서는 부드럽게 속닥거렸다.

"그러니까, 낙찰 금액에서 2분의 1을 누구에게 줍니까?"

흰머리 윤편인은 그를 보며 속삭이듯 물었다.

"아, 그거야… 소액 임차인들에게 주겠죠."

짱구 머리 나겁재는 냉큼 아이처럼 장난스럽게 대답하면서 속으로는 '자식이 누굴 코흘리개 장난꾸러기로 아나…' 하며 눈을 부라리듯 그를 쏘아보고 있었다.

"잘 아시네요. 후후…."

흰머리 윤편인은 그의 분위기가 떨떠름해 보이자 고개를 비스듬히 돌려 말을 이어 갔다.

"지금 말한 것처럼 낙찰 배당액의 2분의 1은 소액 임차인에게 최우선 변제를 해 주는 배당 금액입니다."

흰머리 윤편인은 말을 해 놓고, 눈치가 보여 사발 머리 나 교수 쪽을 수시로 힐끔거렸다.

"…."

"그래서요?"

짱구 머리 나겁재는 그게 어쨌다는 거냐는 눈빛으로 양손을 벌렸다.

"그런데 지금 질문의 핵심은 임차인은 많은데, 돈이 부족하면 어떻게 배분하겠느냐? 그 말이 아닙니까?"

흰머리 윤편인은 그를 마주 보며, 눈동자를 희번덕거렸다.

"예…에."

그는 짱구 머리를 끄덕이며 조용히 대답했다.

"그럴 때는 총 금액, 그러니까 2분의 1 금액을 소액 임차인 산식에 따라 계산하면 됩니다."

흰머리 윤편인은 팀원들의 눈길을 의식하면서 차분하게 조용조용 속닥거렸다.

"아하! 내가 모르는 어떤 방식이 있나 봅니다."

짱구 머리 나겁재는 궁금해 죽겠다는 아이처럼 서둘러 물어 왔다.

"음…. 그게 말입니다. 가령, 낙찰 금액에서 배당받은 2분의 1 금액이 1억 원이라고 칩시다."

흰머리 윤편인은 그의 눈을 마주 보면서 눈짓을 했다.

"예…에."

짱구 머리 나겁재는 추임새를 넣듯이 조용히 장단을 맞추고 있었다.

"그리고 주택에는 마침 세 든 임차인들이 다섯 가구가 살고 있다고 봅시다."

말을 하고는 흰머리 윤편인은 그를 향해 씨익 웃었다.

"아…예, 다섯 가구요?"

짱구 머리 나겁재는 무슨 소린지 알겠다며, 숫자를 반복하듯 웅얼거렸다.

"예, 그중 한 가구당 임차인의 보증금(최우선 변제금액)을 3400만 원이라고 가정을 해 봅시다."

흰머리 윤편인은 조용히 속닥거렸다.

"예…에."

짱구 머리 나겁재는 교탁을 힐끔힐끔 훔쳐보면서 나지막이 대답하고 있었다.

"그리고 다섯 가구의 임차인 보증금(3400만)을 모두 더해 보면 합계한 총액이 1억 7000만(3400만 × 5 = 1억 7000만) 원이 나옵니다."

흰머리 윤편인은 노란색 메모지에 볼펜으로 적어 가며 소곤거렸다.

"예…에, 그렇죠."

짱구 머리 나겁재와 달리 둥근 머리 맹비견은 옆에서 핸드폰 계산기를 눈치껏 두드렸다.

"거기다 한 사람당 책정 몫인 임차인 보증금 3400만 원을 합계한 총액 1억 7000만 원에 대입해(3400만 ÷ 1억 7000만) 나누어 줍니다."

흰머리 윤편인은 메모지에 공식을 그려 가며 써 내려갔다.

"예…에, 그리고요?"

짱구 머리 나겁재는 확인하면서 계속 고개를 갸웃갸웃 거렸다.

"그다음에 소액 임차인 배당 금액으로 받은 2분의 1 금액 1억(3400만 ÷ 1억 7000만 × 1억) 원을 대입해 곱해 줍니다."

흰머리 윤편인은 계산한 메모지를 그에게 확인하라며, 가만히 내밀었다.

"예…에."

짱구 머리 나겁재는 받은 메모지를 바로 돌려서 확인하고는 고개를 끄덕거렸다.

"지금 확인하신 것처럼 계산해서 나온 금액은 한 사람당 2000만

원이 나옵니다."

흰머리 윤편인은 엷은 미소로 나지막이 소곤거렸다.

"예…에, 그렇게 나옵니다."

둥근 머리 맹비견은 핸드폰 계산기를 두드려 나온 숫자를 옆에서 확인해 주었다.

짱구 머리 나겁재는 고개를 돌려 그의 핸드폰을 힐끔 쳐다보면서 씨익 웃었다.

"따라서 임차인 다섯 가구는 한 가구당 2000만 원씩 각각 배당받게 되는 겁니다."

흰머리 윤편인은 '이제 알겠죠?' 하는 밝은 얼굴로 넌지시 웃었다.

"헉…! 대박!"

짱구 머리 나겁재와 둥근 머리 맹비견은 동시에 속삭이며, 비명에 가까운 소리를 질렀다.

"어쩌죠? 잘 모르겠는데 미안하지만, 다시 한번 말해 주실래요?"

짱구 머리 나겁재는 뒷머리를 긁적이며 이해를 못 해서 죄송하다는 표정을 지었다. 그는 아직 잘 모르겠다는 의아한 얼굴이었다.

"아직요…?"

흰머리 윤편인은 못마땅한 듯 얼굴을 약간 찡그렸다.

"예…에. 히히!"

그는 민망스러워 히죽히죽거렸다.

팀원들은 일제히 '으이구!' 하는 눈길로 그를 쏘아보고 있었다.

"뭐 어려운 일도 아닌데 리바이벌 한 번 더 하죠."

그는 처음 인상 쓴 것과 달리 대수롭지 않은 일처럼 말했다. 그러고는, 한편으로 안타까운 눈길을 주고 있었다.

속 알머리 봉상관은 고개를 끄덕끄덕거리며, 그렇게 해 주시라는 눈치를 보냈다.

"헤헤! 내 나중에 소주 한번 쏠게요."

짱구 머리 나겁재는 머리를 긁적이면서, 해죽해죽거렸다.

"하하! 뭐 그렇게까지, 애쓰시지 않으셔도 됩니다."

흰머리 윤편인은 마음만 받겠다는 뜻에서 빙그레 웃고 말았다.

"알았습니다. 그럼 기름종이에 적어 두겠습니다. 흐흐…."

짱구 머리 나겁재는 농담조로 넉살을 떨며 낄낄거렸다. 흰머리 윤편인은 빙그레 웃고는 이내 주절거렸다.

"뭐 그러시던가? 하여튼 배당 금액이 1억 원이라면, 비율대로 나누어 가져야 한다는 겁니다. 그래서 임차인 다섯 명에게 산식에 따라 2000만 원씩을 배당을 하면 되는 겁니다."

짱구 머리 나겁재는 그가 하는 말을 받아쓰면서 자연스럽게 볼펜을 끄적거렸다.

여전히 사발 머리 나 교수의 눈치를 보면서 이들은 속닥거렸다.

"예…에."

짱구 머리 나겁재는 알아듣고 대답을 하는 건지? 아니면 건성건성 대답을 하는 건지? 하여튼 그는 밤눈 내리듯이 조용히 속닥거렸다.

"그럼, 최우선 변제 보증금이 1인당 3400만 원이라고 한다면, 임차인이 다섯 명이 되니 최우선 변제 금액의 합계액은 1억 7000만 (3400만 × 5 = 1억 7000만) 원이 됩니다. 맞습니까?"

흰머리 윤편인은 여기까지는 이해가 되었는지가 궁금해 그의 얼굴을 처다보며, 가만히 눈치를 보았다.

"오⋯우, 예. 여기까지는 감이 옵니다."

짱구 머리 나겁재는 다행히도 지금까지는 이해를 하는 눈치였다.

"여기에 배당금액이 1억 원이라고 했으니, 1억 원에 3400만 원을 곱하고, 나누기 1억 7000만 원을 해도 됩니다."

"아니면 처음대로 3400만 원 나누기 1억 7000만 원을 한 후에 배당 금액 1억을 곱해도 똑같이 배당 비율은 2000만(1억 × 3400만 ÷ 1억 7000만 = 3400만 ÷ 1억 7000만 × 1억 = 2000만) 원으로 계산이 나옵니다. 따라서 한 사람당 2000만 원씩 배당하면 되는 겁니다."

흰머리 윤편인은 설명을 끝내고는, 이번에는 제대로 감을 잡았는지 어떤지 그의 표정을 슬며시 살피고 있었다.

짱구 머리 나겁재는 계산법을 제대로 이해하고, 이번만큼은 어둡던 안색이 환하게 밝아져 있었다.

"아하! 그러니까, 낙찰 금액(2억)을 절반으로 쪼갠 1억 원을 산식 (1억 × 3400만 ÷ 1억 7000만 = 2000만 원)에 따라 계산하고, 거기서 나온 비례 배분 금액 2000만 원을 배당받는다는 말씀이죠? 그리고 배당 비율은 임차인 최우선 변제 금액 연도를 기준으로[1] 해서 한도 금액이 정해진다 이 말이고요?"

쌍구 머리 나겁재는 이제야 알겠다는 표정으로 히죽 웃어 보였다. 옆자리 둥근 머리 맹비견은 덩달아 해쪽해쪽 웃고 있었다.

"예…에. 알고 나니 쉽죠?"

흰머리 윤편인은 빙그레 웃어 가며, 정겨운 눈짓을 해 보였다.

"크크! 알고 나니 별것도 아니네, 젠장! 흐흐…"

쌍구 머리 나겁재는 멋쩍게 뒷머리를 긁적이며, 웃고 있었다. 그때였다. 삼각 머리 조편재가 씨익 웃어 가며, 빠르게 주절거렸다.

"그럼 임차인들 숫자는 많은데, 각자 해당 기준일이 틀릴 때는 어찌해야 합니까?"

이들의 이야기를 가만히 듣고 있던 그가 흰머리 윤편인의 알은척에 은근히 심통이 났다. 그래서 '설마 네놈이 이것까지 알겠나?' 싶은 마음에 은근슬쩍 끼어들었다. 삼각 머리 조편재는 다른 사람은 몰라도 그에게 만큼은 왠지 모르게 심술이 놀부 형님 저리 가라였다.

흰머리 윤편인은 고개를 돌려 그를 힐끔 쳐다보고는 '자식 속 보이는 짓은 하여튼…' 하는 눈길을 주고는 차분하게 주절거렸다.

---

1) 서울 기준 소액 보증 금액: 2021년 5월 11일 5000만 원. 2018년 9월 18일 3700만 원. 2016년 3월 31일 3400만 원. 2014년 1월 1일 3200만 원. 2010년 7월 26일 2500만 원. 2008년 8월 21일 2000만 원. 2001년 9월 15일 1600만 원. 1995년 10월 19일 1200만 원.

"음… 그거야, 해당 기준일[2]에 맞춰서 선순위 임차인(전입 일자가 빠른 임차인)을 먼저 비율 배당을 하면 문제될 것이 없습니다.

그리고 배당금이 남으면, 다음 기준일[3]에 맞는 선순위 임차인을 비율 배당하면 됩니다. 무슨 다른 문제가 있습니까?"

이렇게 설명을 마친 흰머리 윤편인은 그의 냉소적인 얼굴을 싸늘하게 쏘아보며 비웃적거렸다.

"문제는 무슨…. 그냥 궁금해서 물어본 말입니다. 흐흐…"

삼각 머리 조편재는 '우라질 자식! 지랄하고 잘 알고 있네.' 하는 눈길로 말문을 닫았다.

그는 평상시에도 아는 척하는 흰머리 윤편인이 비위에 거슬렸다. 그래서 괜히 그에게 심사가 뒤틀려 한마디씩 툭툭 내뱉곤 했었다.

그는 '망할 놈의 자식 잘난 체는…. 설마, 네놈이 이것까지 알려고? 흐흐…' 하는 얌통머리로 물었다가 멋지게 한 방 두드려 맞은 꼴이었다.

"하하하! 어찌 보면 조형 말에는 은근히 뼈가 있지만, 틀린 말은 아닙니다."

흰머리 윤편인은 그의 질시에도 아랑곳하지 않고는 한바탕 웃었다. 그러고는 네놈의 속셈을 다 안다는 것처럼 비아냥거렸다.

"뭐라는 거야…. 이 우라질 놈이 벌써 눈치 깠다 이거야…?" 하며

---

2) 예시: 2016년 3월 31일 3400만 원. 소액 보증금 및 최우선 변제액 변천사.
3) 예시: 2018년 9월 18일 3700만 원. 소액 보증금 및 최우선 변제액 변천사.

읊조린 삼각 머리 조편재는 눈을 희번덕거리며 그를 노려보았다.

보든 말든 음흉스러운 속마음을 눈감아 버린 흰머리 윤편인은 너그러운 얼굴로 이렇게 주절거렸다.

"즉, 소액 보증금 및 최우선 변제 금액은 최선순위 기준 일에 따라 금액이 달라질 수 있으니 말입니다. 하하!"

그는 한 치의 망설임도 없이 빠트린 설명에 대해 인정을 하고 있었다. 팀원들은 그의 설명에 고개를 끄덕이며, 엄지손을 가만히 추켜들었다.

"그래 너 잘났다 쨔…사! 니 똥 굵다 개뿔따귀야! 흐흐…"

삼각 머리 조편재는 입속말을 중얼거렸다.

"어머…. 어떻게 달라지는데요?"

새로운 사실에 미모의 명정관은 호기심이 발동해 의아한 눈초리로 물어 왔다.

속 알머리 봉상관은 젤 바른 선정재를 슬며시 쳐다보고는 그녀에게 달콤한 눈길을 쏘아 대고 있었다.

"제가 설명이 짧았죠?"

흰머리 윤편인은 그녀를 쳐다보며, 눈짓을 끔벅거렸다.

"아… 아니, 그래서가 아니에요…. 제가 기초 지식이 한참 딸려서요…."

그녀는 민망스러워 급히 손을 저어 가며, 변명을 늘어놓았다. 젤 바른 선정재와 달리 속 알머리 봉상관은 그 모습에 은근히 반해 빙그레 웃었다.

"지금 교수님이 소액 보증금 및 최우선 변제액 변천사를 적고 계시잖습니까?"

흰머리 윤편인은 칠판을 가리키며, 그녀에게 속닥거렸다.

"그럼, 해당 기준 권리 기일과 소액 보증금 기준 일자를 대조하고, 해당 금액을 살피면 되는 건가요?"

그녀는 차분하게 또박또박 물어 왔다.

"그렇죠, 잘 이해하고 계시네요?"

흰머리 윤편인은 히죽 웃었다. 미모의 명정관도 덩달아 미소를 보였다.

"뭐 그러니까 해당 경매 사건 기준 권리 즉 가등기 담보권 또는 근저당권 등이 없을 때는 임차권 등기나 경매 개시 등기일(접수된 날)이 기준 권리가 되기도 합니다."

흰머리 윤편인은 이해를 하겠느냐는 자상한 미소로 싱긋 웃었다. 그녀는 미소를 머금고 아름드리 머릿결을 끄덕끄덕거렸다.

"자… 자…! 여기들 보세요."

탕! 탕!

사발 머리 나 교수는 쓰기를 끝내고 돌아서며, 돼지 멱따는 소리를 질렀다.

"내가 조금만 등한시하면 고새를 참지 못하고, 잡담들 하십니까?"

분필을 내려놓은 사발 머리 나 교수는 이들이 떠드는 소리에 더는 참지 못하고, 교탁을 힘껏 두들겼다.

그러고는 목청을 높여 고함을 치면서, 모두의 시선을 끌어 모았다. 그는 잠시 소란이 멈추기를 기다리는 눈치였다. 떠들썩거리던 말소리는 조금씩 엷어지며, 서서히 가라앉고 있었다.

"벌써 몇 번째입니까?"

사발 머리 나 교수는 맘씨 좋은 인상을 몹시 찡그려 가며, 잔소리를 꺼냈다.

"또다시 떠들면 강의 들을 생각이 없다고 믿어도 좋겠습니까?"

그는 몰아붙이듯 강경하게 목청을 높였다.

갑작스러운 모습에 놀란 사람들은 숨을 죽인 채 가만히 그를 지켜보고 있었다. 그때였다.

"죄송합니다."

누군가 작은 소리로 외쳤다. 수강생들은 순간 그를 예의주시하며, 사태를 파악하듯 눈만 깜박거렸다. 강의실은 금세 얼어붙은 채 한동안 침묵이 흘렀다.

도도히 흘러가는 강물처럼 이어졌다. 그러나 잠시 잠깐일 뿐이었다. 다시 침묵을 깨고 그가 주절거렸다.

"여러분들에게 중요한 내용입니다."

사발 머리 나 교수는 다시 부드러운 목소리로 말했다.

"지루하고 힘이 들더라도 조금만 참고 들어 보세요, 개똥도 다 나중에 쓸 데가 있는 법입니다."

그는 조금 전과 달리 누그러진 목소리로 점잖게 타이르고 있었다.

"예! 알겠습니다…!"

수강생들은 냅다 목청을 높였다.

"우리가 소액 보증금 및 최우선 변제액까지 살펴보았는데, 여기까지 궁금하거나, 의문이 드는 문제가 있으면, 지금 질문들 하세요?"

사발 머리 나 교수는 모두를 돌아보며 희번덕거렸다.

"글쎄…?"

큰 머리 문정인은 갑자기 생각이 나지 않아 고개를 갸웃갸웃 거리고 있었다.

"저, 교수님! 기준 권리보다 임차인의 대항력이 더 빠를 때 배당요구와 대항력이 늦을 때 배당요구에 대해서 궁금합니다."

그 말을 기다렸다는 표정으로 젤 바른 선정재는 곧바로 파고들었다.

"음…. 수업 진도는 아직 거기까지 나가지 못했습니다. 하지만, 질문이 들어왔으니 답변은 해야겠지요?"

사발 머리 나 교수는 질문 사항이 의외라 잠깐 동안 당황하는 기색을 보였다. 그러나 배우겠다는 수강생의 수업 태도가 어여뻐 긍정적으로 받아들였다.

그러자 이들은 화장실이 급해서 허리춤을 잡고 달려가다 엉겁결에 내지르는 소리를 외쳤다.

"예…에!"

순간 강의실은 웃음소리가 "크크! 킥킥! 낄낄! 흐흐…!" 하고 동조가 일듯 얄궂게 터져 나왔다.

수강생들은 그가 물으면 건성건성 개구지게 대답은 잘했다.

배당요구 및 종기일

사발 머리 나 교수는 이들의 소란에도 아랑곳하지 않은 채 잠시 시계를 들여다보고는 다시 강의를 이어 갔다.

그즈음 창문 너머 교정에서는 축구 경기가 한창 벌어져 심심치 않게 요란스러운 함성 소리가 들려오고 있었다.

"배당요구는 해당 법원에서 배당요구 종기일(배당 신청 기간)을 정해 놓고, 경매 물건에 속한 이해당사자 모두에게 각자의 주소지 및 거주소지로 언제까지 신고하라는 등기 우편물을 통지해 주고 있습니다."

사발 머리 나 교수는 그 말을 해 놓고 강의실을 둘러보면서 모두의 눈치를 살폈다.

"헐…! 증말?"

수강생 중 일부가 탄식을 하듯 소리를 질렀다. 그중 몇몇은 이미 알고 있는 표정이었다. 그러나 대부분의 수강생들은 모르겠다는 얼굴로 고개를 두어 번 내젓고 있었다.

"그런데 이해당사자 즉 임차인이 피치 못할 사정 또는 노골적으로 배당요구 종기 일까지 배당신청을 하지 않은 경우에, 여러분 생각에는 임차인이 배당을 받을 수 있을까요? 받지 못할까요?"

사발 머리 나 교수는 모두를 응시하며, 질문을 하고는 실실 웃고 있었다.

"받지 못합니다!"

수강생 가운데 누군가 소리쳤다.

"잘 모르겠습니다!"

둥근 머리 맹비견은 고개를 가볍게 흔들며, 소리를 질렀다.

"받습니다!"

수강생들은 금세 술렁거리며, 각자의 주장을 외치고 있었다. 사발 머리 나 교수는 의견이 분분해지자, 해쭉거리며 입을 열었다.

"정답부터 말하자면 받지 못합니다."

사발 머리 나 교수는 정면을 바라보며, 목청을 높였다.

"엥…. 정말? 대박!"

상구 머리 노식신이 나지막이 소리쳤다.

"즉, 배당요구를 하지 못한 임차인이나, 노골적으로 제출하지 않은 임차인도 이해 당사자들 배당에서 제외된다 그 말입니다."

사발 머리 나 교수는 어깨 뽕을 살짝 올리며, 양손을 가만히 펼쳤다.

"헉…! 잘났어…. 젠장!"

그 모습에 눈꼴이 사나워진 수강생 하나가 무거운 표정으로 구시렁거렸다.

흐뭇한 사람들 속에는 항상 정답을 비껴간 수강생들이 나왔다. 이들 중 하나가 속이 상해 무심코 내뱉은 말이었다.

"저기요…, 교수님!"

미모의 명정관이 오른손을 약간 삐딱하게 들고서 외쳤다.

"예…. 질문하세요."

사발 머리 나 교수는 반가운 듯 얼른 손짓으로 그녀를 가리켰다.

"배당요구를 하지 않은 임차인은 정말 보증금을 한 푼도 받을 수 없나요?"

미모의 명정관은 어두운 기색으로 눈빛이 흔들리는 불안한 얼굴로 그를 올려다보고 있었다.

"하지만, 예외는 있습니다."

사발 머리 나 교수는 말끝에 해죽 웃었다.

"으…잉, 정말?"

둥근 머리 맹비견은 눈동자가 휘둥그레지며, 코맹맹이 소리를 질렀다.

"예외라면… 뭐가 있나요?"

그녀는 뭔가 실마리를 찾는 표정으로 무언가에 쫓기듯 서둘러 물었다.

"우선적으로 대항력을 가진 임차인, 즉 기준 권리보다 전입 일자가 빠른 경우라면, 낙찰자가 임차인의 보증금을 인수(해결)해야 됩니다."

사발 머리 나 교수는 그녀의 흔들리는 눈빛을 바라보면서 애타는 심정을 어루만지듯 눈길을 주고 있었다.

"헉…! 완전 대박!"

수강생 일부는 깜짝 놀란 아이처럼 괴성을 질렀다. 강의실은 금세 시장통처럼 와글거렸다.

"어머, 그럼 낙찰자가 보증금을 떠안게 되나요?"

미모의 명정관은 아직도 안심을 못하고 확인하듯 재차 질문을 했다. 그리고는 나 교수의 코 아래 툭 불거진 주둥이를 함부로 쏘아보았다.

"그렇습니다."

사발 머리 나 교수는 대답을 하고는 고개를 끄덕이며, 히죽 웃었다. 그녀는 순간 짜릿한 희열을 느끼고 있었다. 안심이 돼서 그랬는지? 표정이 처음과 달리 한결 밝아졌다. 아니 해맑게 빛이 났다.

"헐…! 완전 피…박이네, 젠장!"

둥근 머리 맹비견은 놀란 토끼눈으로 구시렁거렸다. 수강생들은 "맞아…, 맞아…. 완전 쪽박이야…" 하며 웅성거리고 있었다.

"대항력을 가진 임차인 중에 신고를 하지 않는 분들이 종종 나옵니다. 일부이긴 하지만…"

사발 머리 나 교수는 '그러니 너희 놈들도 함부로 설쳐 대지 말라는' 경고성 눈빛으로 중얼거렸다. 몇몇 수강생들은 '아니…, 저 인간이 누굴 못 잡아먹어서 으르렁이야…' 하는 반사적인 눈총을 날리고 있었다.

"으…흐, 완전 계륵이잖아…. 고얀 놈!"

일부의 사람들은 분통을 터트렸다.

"어떤 이유에서요?"

그녀는 다시 카타르시스를 느끼고 싶었는가? 악착같이 파고들었다.

"음…. 개인 사정에 따라 다양합니다."

사발 머리 나 교수는 애매한 표정으로 중얼거렸다.

"으…잉, 왜죠?"

새치머리 안편관은 대놓고 물었다. 사람들도 궁금한 눈치였다.

"대표적인 경우로 입찰 금액이 낮아질수록 유리해지는 이해당사자들이 주로 장난을 치기도 합니다."

사발 머리 나 교수는 히죽 웃었다. 그는 너희들이 그 주인공이 아니냐는 얼굴로 실실 웃고 있었다.

"개뿔 따귀로 혼날 자식들이네!"

수강생 중 일부는 괜히 화가 치밀어 한마디씩 쑥덕거렸다. 강의실은 금세 소란을 떨듯 웅성웅성 떠들고 있었다.

"오…호! 거 말 되는데."

구석진 곳에서 수강생 중 하나가 중얼거렸다.

"남은 집이 경매로 넘어가 거리에 나앉을 판인데 그래도 되는 거야!"

짱구 머리 나겁재는 괜히 신경질이 나서는 짜증스럽게 소리쳤다.

"그러게 내 말이…."

둥근 머리 맹비견은 그의 짜증 비슷한 소리에 뽕짝을 맞춰주고는 얼굴을 찌푸렸다.

"아니…. 상처 난데 고춧가루를 뿌려도 유분수지…. 에잇! 똥물에 빠질 놈들 같으니라고…. 퉤퉤!"

짱구 머리 나겁재는 남의 일 같지 않아 분통이 터트리며, 안타까워하고 있었다. 자신은 그들과 다른 것처럼 지나가던 개가 다 웃을 행동을 하고 있었다.

"그게 짜…샤! 시장 경제 원리인걸, 우짜라고, 미친 놈들…. 흐흐…."

새치 머리 안편관은 속살거렸다. 사발 머리 나 교수의 설명을 듣고 난 미모의 명정관은 어느새 엄지손을 빠르게 움직이고 있었다.

그녀는 작성된 문자를 어디론가 급히 날리고 나서야 고개를 들었다.

그녀는 사촌 언니가 얼마 전 똑같은 경매 사건에 처한 사실을 알고는 그 내용을 자세하게 파고들었다. 그녀의 생각하고는 달리 최선순위 기준 권리보다 전입일이 빠른 세입자는 보증금을 날릴 이유가 없다는 사실을 알았다.

그 순간 그녀는 짜릿한 전율이 온몸을 감전시키는 희열을 느꼈었다.

자신의 걱정은 기우에 불과했다는 깨우침을 가르쳐 주듯이 울림을 주고 있었다. 미모의 명정관은 비로소 안심하는 눈치였다.

그녀는 심리적 불안에 떨고 있을 사촌 언니 걱정에 부지런히 엄지손을 놀렸다. 보증금은 안심해도 되겠다는 내용과 함께 위로의 마음도 함께 담아 보냈다.

비싼 수업료를 치른 대가가 이렇게 진가를 발휘할지는 그녀는 꿈에도 몰랐다. 미모의 명정관은 괜히 기분이 좋아져서 미치고, 환장할 웃음꽃이 어느새 얼굴 가득 퍼져 나갔다.

그 순간에도 사발 머리 나 교수의 강의는 계속 이어지고 있었다.

"그리고 재경매가 이루어지는 경우에도 다시 배당요구 종기일이 정해지기도 합니다."

사발 머리 나 교수의 말이 땅에 떨어지기도 전에 질문이 튀어나왔다.

"어떤 경우입니까?"

속 알머리 봉상관은 나지막하게 물었다.

"가령, 낙찰은 됐지만, 누군가 이의를 제기해 일주일 이내에 낙찰 (매각) 허가를 받지 못했거나⋯."

사발 머리 나 교수는 설명을 하다 말고는 잠시 물을 한 모금 마셨다. 그 광경을 지켜보던 성질 급한 수강생 하나가 곧 숨넘어갈 것처럼 빠르게 주절거렸다.

"으⋯메, 대박!"

삼각 머리 조편재였다. 그는 '빨리 쳐드시고, 속 시원하게 까발려보라'는 듯이 눈총을 쏘아 대며, 꿍얼꿍얼 혼잣말을 늘어놓고 있었다.

사발 머리 나 교수는 그의 말을 듣기라도 한 것처럼 다시 이어 주절거렸다.

"잔금을 납부 마감일까지 완납하지 못하면, 다시 재경매가 시작되는데, 그런 경우에도 구제를 받을 수 있습니다."

사발 머리 나 교수의 말이 끝나자 누군가 기다렸다는 듯이 이렇게 주절거렸다.

"우…와! 천만 다행이다!"

짱구 머리 나겁재였다. 그의 소리가 기폭제가 되어 강의실은 갑자기 웅성거렸다. 그때였다.

"교수님! 그 조건에 해당하지 않는 임차인은 완전 보증금을 받지 못합니까?"

삼각 머리 조편재는 뜬금없는 질문을 던지고, 히죽히죽 거렸다.

"음… 그렇지 못한 경우라면 법원에서 제외했던 이해당사자들인데, 그들은 법원이 낙찰 배당금을 배분하고, 남은 차액이 있다면 조건을 갖추거나, 아니면 소송을 통해서 받기도 합니다."

사발 머리 나 교수는 모두를 향해 말했다. 그러고는 이해를 하겠느냐는 표정으로 그의 눈을 마주 보며, 묻고 있었다.

"어떻게 말씀입니까?"

삼각 머리 조편재는 토를 달며 재차 파고들었다. 모처럼 노골적인 시선들이 나 교수를 향해 쏠리고 있었다.

"만약, 배당 차액이 남았다면, 경매 개시 등기 이후에 이해 당사자들과 순위(선후)를 따져 배분받는 과정을 거쳐야 됩니다."

사발 머리 나 교수는 이제 이해가 되시느냐는 눈길로 삼각 머리 조편재를 힐끔 쳐다보았다.

그러고는, 다시 고개를 돌려 모두를 바라보았다.

그는 삼각 머리를 끄덕이면서 오른 손가락을 올려 까닥거렸다.

"헐…! 못 받으면 소송이라도 해야지…. 뭔 소리야? 젠장!"

새치 머리 안편관은 굳은 낯빛으로 중얼거렸다.

"뭐… 이 정도로 정리할 수 있겠습니다."

사발 머리 나 교수는 더 이상 떠오르는 답변을 찾지 못한 채 이쯤에서 설명을 마쳤다. 그러자 일부의 사람들은 '뭐야…? 벌써 바닥난 거야? 젠장!' 하는 눈길을 보내고 있었다.

"저, 교수님! 권리 분석에 대해 질문을 해도 되겠습니까?"

젤 바른 선정재는 가벼운 미소로 묻고는 실실 웃고 있었다. 미모의 명정관은 한 번은 듣고 싶었던 내용이라 그랬을까? 아니면 관심을 가진 사내의 물음이라 그랬는지? 어쨌든 젤 바른 선정재를 달달한 눈길로 바라보고 있었다.

"권리 분석에 대해 물어보시겠다고요?"

사발 머리 나 교수는 손목시계를 들여다보며 말했다.

"우라질 자식! 잘난 척은…."

속 알머리 봉상관은 은근히 그를 질시하며, 중얼거리고 있었다.

"뭐 좋습니다. 경매 소송 사건만 아니라면 개의치 말고 물어보세요."

그는 젤 바른 선정재를 쳐다보며 빙그레 웃어 보였다.

"저, 교수님! 권리 분석에서 배당 순위는 기일이 빠른 순서입니까?"

상구 머리 노식신은 참았던 궁금증을 토해 내며 불쑥 끼어들었다.

"잠깐, 한 분씩 묻기로 합시다."

사발 머리 나 교수는 갑자기 뛰어들은 그에게 짜증이 나 약간의 신경질적인 반응을 보였다.

젤 바른 선정재 역시 금방이라도 그를 잡아먹을 표정으로 쩌려보고 있었다.

깜빡이등을 켜지도 않은 채 순식간에 끼어들은 그가 여간 못마땅한 눈치였다.

"먼저 질문하신 분부터 말씀해 보세요?"

그는 젤 바른 선정재를 먼저 가리켰다.

0순위

"제 질문도 비슷한 질문이긴 합니다."

젤 바른 선정재는 머쓱해 머리를 긁적대면서 히죽 웃었다.

"뭐야…? 저놈…!"

흰머리 윤편인은 혼잣말로 구시렁거렸다.

"배당 순위에서 0순위가 뭔지, 알고 싶습니다."

젤 바른 선정재는 담담하게 청했다.

"아하! 그래요, 두 분 모두 배당 순위에 관한 질문 같은데 잠깐 정리해 보도록 합시다."

사발 머리 나 교수는 말과 동시에 칠판 앞으로 다가갔다.

수강생들의 시선이 자연스럽게 그쪽을 향하고 있었다.

"여기, 칠판에 배당순위를 적어 놓을 테니 각자가 알아서 기록들

해 놓으세요."

칠판 위에 배당 순위를 적어 내려가던 사발 머리 나 교수는 순간순간 보충 설명을 곁들여 가며, 강의 진도를 빠르게 이끌어 나갔다.

"여러분들은 경매가 시작되면 제일 먼저 비용이 발생한다는 것쯤은 다 아시죠?"

그는 잠깐씩 고개를 돌려 말하고는 쓰기를 반복하고 있었다.

"예…!"

수강생들은 악을 쓰며 대답했다. 그러고는 기회는 이때다 싶어 나 교수의 눈치를 살펴 가며, 속닥거리고 있었다.

"모든 일에는 진행비가 들어가는 것처럼 경매도 집행 비용이 필요하겠죠?"

사발 머리 나 교수는 설명을 곁들이고는, 차후에 벌어질 생각을 하고 있는 표정으로 싱겁게 피식 웃었다.

"당근이죠."

이들은 이때까지만 해도 골머리가 편안해 여유를 부리면서 사발 머리 나 교수가 개떡처럼 물어도 찰떡처럼 대꾸하고 있었다.

"그래서 집행 비용을 우선 배당하는 겁니까?"

상구 머리 노식신이 서슴없이 소리쳤다.

"그렇습니다."

사발 머리 나 교수는 대뜸 대꾸해 주고는 히죽 웃었다. 수강생들은 '아하! 그렇구나….' 하는 시선으로 그를 바라보고 있었다.

"와…우, 대박!"

삼각 머리 조편재는 심심했던 터라 뜬금없이 소리를 질렀다.

"그래서 집행 비용은 순위와 관계없이 언제나 0순위로 배당됩니다."

사발 머리 나 교수는 칠판 위에 적은 내용을 가리키며, 강의 진행을 계속 이어 갔다. 반면 여성 수강생들은 강의 내용을 필기하느라 여념이 없었다.

"와…우! 집행 비용이 0순위라고…. 젠장!"

둥근 머리 맹비견은 자못 놀라는 시늉을 토해 내며 중얼거렸다.

"저, 교수님! 집행 비용은 먼저 법원에서 사건을 진행하고 후불 처리합니까?"

노트정리를 끝낸 짱구 머리 나겁재는 뜬금없는 질문을 묻고 나섰다. 몇몇 수강생들의 시선이 그에게 쏠렸다.

"음…. 그건 그렇지 않습니다."

사발 머리 나 교수는 고개를 절레절레 흔들며 부정했다.

"헐…! 후불 같은 소리 하시네, 무지에 밥 말아 먹을 자식…."

새치 머리 안편관은 혼잣말을 속살거렸다.

"말하자면 임의경매 및 강제경매를 신청한 채권자가 진행 비용 일체를 먼저 법원에 납부(선수금)해야 경매가 진행되는 시스템입니다."

사발 머리 나 교수는 어깨를 살짝 들썩이며, 양손을 펴 보였다.

"잠깐 샛길로 빠졌지만, 배당 순위에서 집행 비용은 무조건 0순위로 보시면 됩니다."

그는 칠판으로 다가가 몇 글자 휘갈기고 돌아섰다.

"젠장! 어디서나 제 몫부터 챙기는 것은 관민이 어쩜 그리 닮은 꼴인지…. 이놈 저놈 할 것 없이 똑같네, 그러…."

수강생들은 너나없이 구시렁거렸다.

"그다음으로 1순위가 무슨 채권인지 살피면 됩니다. 아시겠습니까?"

사발 머리 나 교수는 두 눈을 부릅뜨며, 수강생들을 응시했다. 그러나 필기에 정신이 팔린 사람들은 바쁜 손을 놀리느라 고개를 끄덕이며 목청만 높였다.

"예…!"

반면 일부 수강생들은 필기는 고사하고, 핸드폰을 조작하느라 엄지손가락만, 불이 나게 놀려 대고 있었다.

일하는 개미와 달리 기타를 치며, 노래를 부르는 베짱이처럼 이들은 각자 행동을 취하고 있었다.

"으…메! 무시라…."

짱구 머리 나겁재는 그의 눈초리가 살벌해 나지막이 소리를 질렀다. 강습 열기로 달아오른 강의실과 달리 창 너머에는 서녘으로 기울어 가는 햇살이 너울처럼 지나갔다.

그렇게 창문 틈으로 시들해진 날빛이 도둑같이 스며들고 있었다. 그럴수록 시간을 체크하는 나 교수의 강의는 점점 가속도가 붙어 가고 있었다.

"저기요? 교수님! 잠깐 쉬었다가 하면 안 될까요?"

미모의 명정관이 살포시 웃어 가며 앙살을 부렸다.

그때 몇몇 여성 수강생들이 득달같이 합세해 "잠깐 쉬었다 합시다!"를 외치고 있었다.

"그렇게 힘드십니까?"

사발 머리 나 교수는 여성들 성화에 항복을 하는 것처럼 물어 왔다.

"예…!"

수강생들은 떼거지로 소리를 질렀다. 시위대가 합창을 하듯이 다 함께 외쳤다.

"그럼 잠시 화장실에 다녀오실 분은 다녀오시고, 졸리신 분은 찬 바람 좀 쐬고 들어오시도록 하세요."

사발 머리 나 교수는 손목시계를 확인하면서 중얼거렸다. 그는 잠시 휴식을 취하는 시간이 강의에 도움이 되겠다는 생각보다 휴식할 타임이라는 데 마음이 움직였다.

수강생들은 사발 머리 나 교수의 그 말을 기다렸다며, 동시에 움직였다.

이들은 메뚜기 떼가 팔짝팔짝 뛰어오르는 것처럼 여기저기서 소란을 피웠다.

강의실은 금세 와글와글 떠드는 소리로 부산스러워지고 있었다. 젤 바른 선정재는 강의실을 빠져나와 곧바로 화장실로 걸어갔다.

그를 뒤쫓듯 따라 나온 미모의 명정관은 커피자판기 방향으로 총총 걸음을 쳤다.

자판기 앞에서 걸음을 멈춘 그녀는 지갑을 열고서 동전을 꺼내 들었다. 그러고는 누구를 기다리고 있는 것처럼 커피 두 잔을 뽑아 들었다.

뜨거운 종이컵 위로 아지랑이가 피어오르듯 김이 모락모락 피어오르고 있었다.

그녀는 커피 한 잔을 홀짝홀짝 마시면서 계속 곁눈질을 하고 있었다. 누군가 기다리는 눈치였다. 그때 젤 바른 선정재가 볼일을 마치고 화장실에서 나오는 모습을 확인한 그녀는 재빠르게 다가서며, 들고 있던 커피 한 잔을 불쑥 내밀었다.

그러고는 숨어 있다 갑자기 나타난 여자 친구처럼 차분하게 주절거렸다.

"커피 한잔 드세요."

그녀는 여린 피부에 뜨거움이 느껴오자 얼른 건넸다.

젤 바른 선정재는 얼떨결에 받아들고는, 재치 있게 주절거렸다.

"아하! 이거, 죄송하게도 제가 사 드려야 하는데, 본의 아니게 폐를 끼치는 군요, 하여튼 감사합니다."

젤 바른 선정재는 커피 잔을 오른손에 들고서 고개를 까닥거리며, 넉살을 떨고는 히죽 웃었다.

"어머…. 커피 한잔에 너무 예의를 차리신다. 손부끄럽게……. 호호!"

미모의 명정관은 상냥한 눈길로 그를 흘겨 가며 말하고는, 잔잔한 미소를 지었다.

'어…어, 이 여우 봐라…'

그는 속으로 중얼거렸다. 그러고는 옆자리에 멋진 아가씨를 곁눈질하듯이 눈길을 보냈다.

그녀의 흘겨보는 눈초리가 예사롭지 않았다. 그는 은근히 움츠려 들어 그녀를 슬쩍슬쩍 흘려보며 커피를 마셨다. 그러자 미모의 명정관이 조용히 주절거렸다.

"어떠세요? 수업은 뭔가 좀 알 것 같으세요?"

그녀는 금세 달달한 눈빛으로 묻고서 젤 바른 선정재를 바라보았다.

"힘은 들지만, 나름 재미는 있는 수업 같습니다. 명 총무님은요?"

젤 바른 선정재는 그녀의 뜨거운 눈길을 의식하듯 살짝 고개를 돌려 커피를 홀짝거리면서 되물었다.

"저는 뭐가 뭔지, 도통 모르겠어요. 호호!"

그녀의 대답에 젤 바른 선정재는 왼발을 비비며, 고개를 끄덕끄덕거렸다.

"나중에 별도 과외 수업이라도 받아야 할까 봐요? 크크!"

그녀는 은연중에 자신의 속뜻을 내비치며, 연신 생글거렸다.

젤 바른 선정재는 비비던 발짓을 중단한 채 그녀를 슬쩍 쳐다보았다. 미모의 명정관은 그의 눈길을 피하지 않았다. 아니, 기다리고 있었다는 눈치였다.

"허… 요것 봐라, 제법 단수가 보통이 넘는 여우일세…."

그는 입속말로 읊조렸다.

그러고는 말속에 녹아 있는 의미가 자신을 겨냥하고, 있다는 것을 의식하고 피식 웃었다. 하지만 그의 기색은 전혀 모르는 척 시치미를 떼고 있었다.

그러나 미모의 명정관은 딴청을 피우고 있는 그를 기다리지 않았다.

"저, 있잖아요?"

그녀는 커피를 홀짝이다 말고 젤 바른 선정재를 올려다보면서 그의 눈길을 끌었다.

"예, 뭔데요?"

그는 미소를 지어 가며 의아한 얼굴로 그녀를 주시했다.

"저…어, 저…어."

미모의 명정관은 처음과 달리 말을 꺼내지 못하고, 머뭇머뭇거리며 한참을 망설이고 있었다.

"어려워 마시고 말씀해 보세요."

젤 바른 선정재는 종이컵을 한 손으로 쥐고서, 말과 다르게 '수작 그만 피우시고 말을 해 보시지, 이 우라질 여우야!' 하는 눈빛으로 그녀의 표정을 살피고 있었다.

"저…, 다른 일은 아니고요…. 아시다시피 제가 경매가 처음이라서…. 어려운 부탁을 하나 말씀드려도 될까요?"

그녀는 잠시 머뭇거리다가 다시 말을 이어 갔다.

젤 바른 선정재는 연신 오른발을 비벼 대며, '내 그 소리 나올 줄 알았다.' 하는 눈망울로 고개를 살짝 들고는, 그녀의 눈동자에 키스하듯 마주 보며 끄덕였다.

"실은 집행법을 몰라 접근하기가 정말 두렵기도 하거든요, 그래서 선 선생님의 도움을 좀 받을 수 없을까 싶어서요."

그녀는 말을 꺼내기가 정말 어렵고 서먹서먹했다. 그래서 숨기고 있던 속에 말을 꺼내는데 눈빛과 입술이 가늘게 떨려 더듬더듬 거렸다. 그렇게 겨우 입을 떼고는 부엉이 눈으로 슬쩍슬쩍 그의 눈치를 살폈다.

그 모습이 얼마나 예쁘고 사랑스러웠으면 젤 바른 선정재는 '이게 무슨 넝쿨째 굴러 들어온 해어화냐?' 싶어 즐거운 낯빛이었다.

그 말을 해 놓고 그녀는 '혹시나 거절하면 어쩌나?' 싶어 긴장한 얼굴로 젤 바른 선정재를 아련하고 애처로운 눈길로 쳐다보고 있었다.

그는 그 눈빛이 청순하고, 가련해 보여 거절하지 못했다. 아니 은근히 반기는 눈빛이었다.

"아이, 난 또 뭐라고요, 걱정하지 마세요."

젤 바른 선정재는 오른손을 획획 내저으며, 해쭉 웃었다.

"정말요?"

미모의 명정관은 탄성을 지르며, 함박 미소를 활짝 터뜨렸다.

"그 정도 수고는 얼마든지 해 드릴 수 있습니다. 하하하!"

젤 바른 선정재는 별것도 아닌 걸 가지고 심각하게 접근하는 그녀의 조심성에 왠지 마음이 끌렸다. 아니 미모에 끌렸는지 모른다.

하여튼 그녀의 덫에 오케이라고 대답했다.

"정말이죠? 호호! 아이, 고마워라."

그녀는 코맹맹이 알랑대는 소리로 재차 다짐을 받고는, 은근한 눈웃음을 흘렸다.

젤 바른 선정재는 나름 계산이 있어 그렇게 해 줄 테니 걱정일랑 붙들어 매라는 눈길로 고개를 끄덕였다.

그리고 커피를 마시는 척 그녀를 흘려보면서 괜히 좋아서 히죽히죽 거렸다.

"그렇게만, 도와주신다면 제가 선 선생님께 폐가 돌아가지 않도록 최선을 다하겠습니다."

그녀는 핸섬한 선정재를 처음 볼 때부터 마음속에 담아두고 있었다. 하지만 이제야 맘 놓고 접근할 수 있는 허락을 얻었다. 그녀는 괜히 마음이 들떠 기분이 좋았다. 아니 왠지 모르게 가슴이 두근거리며 설레게 했다.

"그럼 여기다가 핸드폰 번호를 찍어 주세요, 적어도 커피 값은 해야죠. 후후."

젤 바른 선정재는 말과 동시에 가지고 있던 핸드폰을 그녀에게 건넸다.

"알겠어요."

미모의 명정관은 서슴없이 받아든 핸드폰에 자신의 번호를 입력시켰다. 그리고 통화 버튼을 눌렀다.

몇 초 후. '오늘 밤에— 아무도 모르게— 너랑 둘이서— 뜨겁게 뜨겁게— 사랑을 할 거야—' 하고 핸드폰 알람이 울렸다.

노랫소리를 듣자, 미모의 명정관은 입가에 엷은 미소를 띠며, 번호를 확인하고는 바로 끊었다.

두 사람은 동시에 핸드폰을 조작하면서 강의실로 천천히 걸어 갔다.

"저기, 선 선생님 급한 일이 아니면, 문자로 주고받으면 어떨까요?"

그녀는 조심스럽게 그의 의중을 떠보았다.

혹시라도 문제를 일으킬 소지를 사전에 차단하고 싶어서 그랬던 것 같았다. 어떻든 미모의 명정관은 미리 단속을 해 두고 있었다.

"예, 그게 좋을 것 같습니다. 흐흐…"

젤 바른 선정재는 대수롭지 않게 받아들였다.

강의실은 아직 수선스럽게 떠들고 있었다. 이곳저곳으로 분산된 수강생들은 무슨 사연들이 그렇게도 많은 걸까? 이야기꽃들을 피우느라 부산스럽기가 장마당이 따로 없는 광경이었다.

제10장

권리 분석

배당 순위

“자… 자, 이제 그만들 자리에 앉아서 수업들 합시다.”

사발 머리 나 교수는 교탁을 ‘탁탁!’ 두드리며, 수강생들의 시선을 한 곳으로 주목시켰다. 웅성웅성 소란스럽던 강의실은 점차 제자리를 찾아 가며, 차분히 가라앉고 있었다.

“전 시간에 강의한 0순위 내용을 이어 나갈 테니 잘 따라와 주시기 바랍니다. 이제 휴식도 취했겠다, 잘 따라올 수 있으시겠죠?”

사발 머리 나 교수는 생기가 넘치는 눈빛을 반짝거리며 이들을 보았다.

“쳇! 언제는….”

이렇게 수강생들 중에는 항상 토를 달거나, 못마땅한 듯 구시렁거리는 목소리가 심심치 않게 흘러나왔다.

"아니… 어째, 갑자기 조용들 하십니까?"

사발 머리 나 교수는 눈을 희번덕거리며, 물어 왔다. 이들은 멀건 눈알을 멀뚱멀뚱 굴리며, 물끄러미 쳐다보고 있었다.

사발 머리 나 교수는 '이 인간들 별안간 꿀을 처드셨나…?' 하는 눈길로 목청을 높였다.

"모두 잘 따라올 수 있으시죠?"

사발 머리 나 교수는 다시 묻고는, 모두를 둘러보았다.

"예…!"

그제야 목청을 높인 수강생들은 다시 활기를 찾은 듯 쑥덕대고 있었다. 이들을 잠시 바라보고 있던 사발 머리 나 교수는 이어 주절거렸다.

"지난 시간에 잠깐 설명을 드렸던 영순위에도, 동同 순위가 있다는 사실을 기억하시기 바랍니다."

사발 머리 나 교수의 카랑카랑한 목소리에는 기름기가 자르르 흘렀다.

"으… 잉! 이건 또 뭔 개소리람…."

짱구 머리 나접재는 들을수록 늘어나는 강의 내용에 숨이 가쁠 지경이었다. 그뿐만 아니라 흰머리 윤편인도, 돈 사랑 팀들도, 아니 대부분의 수강생들조차 새로운 사실에 술렁거리고 있었다.

"저기요, 교수님! 지금 0순위에도 동순위가 있다고 하셨는데… 그 종류는 몇 가지나 되나요?"

동순위가 있다는 소리에 깜짝 놀란 미모의 명정관은 무거운 표정으로 질문을 던졌다.

"음…. 잠시만…요."

사발 머리 나 교수는 잠시 생각 끝에 말을 이어 갔다.

"제가 지금부터 설명하는 내용을 암기하시든, 노트에 메모를 하시든, 여러분들 자유재량에 맡기겠습니다."

사발 머리 나 교수는 이들을 보며 해쭉 웃었다.

"젠장! 뭐가 좋아서 히죽히죽거려?"

갈색 단발머리 수강생이 그를 쏘아보면서 구시렁거렸다.

"그러게 말이야…. 칠판에 적어 놓은 항목 말고도, 새로운 내용이 더 있나 보지?"

짱구 머리 나겁재는 투덜대며, 고개를 갸웃거렸다.

그 말을 듣자, 미모의 명정관은 걱정스러운 눈길로 칠판을 쳐다보았다.

"음…. 그러니까 만약, 경매 집행 비용과 동등한 채권을 꼽는다면…."

그는 잠시 머뭇거리다가 곧바로 이어 주절거렸다.

"에… 우선 저당 부동산의 제3취득자[담보 물권이 설정된 물건에 관해 소유권 또는 용익 물권(지상권, 지역권, 전세권 등)을 취득한 제삼자가 사용한 비용 상환 청구권(필요비와 유익비 등에 사용된 금액을 돌려 달라고 하는 청구 권리)이 있습니다."

그는 말끝에 가만히 칠판을 가리켰다.

"헉…!"

그 말에 수강생들은 숨이 콱 막혀 '저건 또 뭐야…?' 하며, 칠판을 뚫어져라 쏘아보고 있었다.

"제3취득자는 뭐고… 비용 상환 청구권은 또 뭡니까?"

속 알머리 봉상관은 이맛살을 찌푸리며, 질문을 던졌다.

그 말에 부화뇌동하는 무리들은 사발 머리 나 교수를 향해 미운 놈 흘겨보듯 눈총을 쏘아 대고 있었다.

"거기까지 설명을 하자면 시간이 부족하니 다음 강의 시간에 설명해 드리기로 하겠습니다."

사발 머리 나 교수는 답변 내용이 갑자기 기억이 나지 않자, 손목시계를 힐끔 보면서 다음으로 미루는 눈치였다.

"체! 그러든가 마시든가…."

누군가 중얼거렸다. 흰머리 윤편인은 자기가 뭐라고 소리 나는 쪽을 향해 못마땅한 눈총을 쏘아 대며 인상을 한껏 구겼다.

"마지막으로 체납 처분 비용(재산의 압류, 보관, 운반과 매각에 든 비용) 등이 있습니다."

사발 머리 나 교수는 그제야 비로소 수강생들의 표정을 슬며시 살폈다. 그늘이 드리워진 채 굳어 있는 얼굴들을 확인하고는, 그의 가슴은 뭔가 짓누르고 있는 것 같은 통증이 밀려왔다.

아무것도 모르겠다며 사발 머리 나 교수의 얼굴만 쳐다보고 있는 순진무구한 철없는 아이들의 눈빛들 같았다. 그는 그래도 희망을 버리지 않는 기색이었다.

"어이쿠…. 웬 0순위가 이리도 많단 말인가? 젠장!"

둥근 머리 맹비견은 입속말을 구시렁거렸다.

"저, 교수님! 체납 처분 비용은 뭡니까?"

쌍구 머리 나겁재는 궁금한 눈빛으로 들이댔다. 그는 모르면 물어보는 겸손이 무지해서 창피당하는 수모보다 낫다는 주의였다.

"허허! 체납 처분 비용이요?"

사발 머리 나 교수가 웃어 가며, 대꾸하자 순간 수강생들의 눈길이 한곳으로 모아졌다.

"예⋯에."

쌍구 머리 나겁재는 대답을 하면서 뒷머리를 긁적거렸다.

"음⋯. 체납 처분비용은 재산을 압류하는 데 사용된 비용과 압류한 재산을 보관하는 데 사용된 비용, 그리고 운반 및 공매에 소요된 비용을 가리킵니다."

사발 머리 나 교수는 계속되는 질문을 회피할 수 없어 간단하게 설명을 하고 있었다.

이때다 싶어, 다른 수강생들도 손을 들고, 질문 공세를 펼치기 시작했다. 둥근 머리 맹비견도 그중에 끼어들어 궁금했던 질문을 던졌다.

"교수님! 제3취득자는 누구를 말하는 겁니까? 흐흐⋯."

그는 저돌적으로 묻고는 히죽 웃었다.

속 알머리 봉상관은 옆에서 "잘한다, 잘해." 응원하듯 속살거리고 있었다.

"오늘은 질문들이 날카롭습니다. 하하하!"

사발 머리 나 교수의 성품은 질문을 싫어하지 않았다. 가르치는 입장에서 질의는 바람직한 현상이라고 생각했었다. 그는 시간이 촉박하다는 핑계로 속 알머리 봉상관의 물음을 그냥 넘어갔었다.

하지만, 이제 대충이라도 짚어 주어야 맘이 편할 것 같았다. 물론 중간에 잠시 잊었던 기억들이 떠올라 이들의 질문을 받아 주고 있는 것이었다.

"음, 저당 부동산의 제3취득자는 경매 나온 물건의 채권자나 채무자가 아닌 자로, 즉 경매 부동산에 저당권을 설정한 이후에 담보 물권에 소유권이나 용익 물권(지상권, 지역권, 전세권 등)을 취득한 사람을 말하는 겁니다."

사발 머리 나 교수는 늦게야 설명하고는 조금 미안해 속 알머리 봉상관을 향해 히죽 웃었다.

"오…우! 증말?"

새치 머리 안편관은 속살거렸다.

속 알머리 봉상관은 '저 양반 내가 물어볼 때는 슬쩍 패스 하더니 날아가는 새의 거시기라도 보았나… 젠장!' 하며 날카로운 깨진 유리 조각을 그에게 날리듯 싸늘한 눈총을 쏘았다.

반면 일부 수강생들은 갸웃갸웃 머리를 흔들고, 또 다른 작은 무리들은 짝을 짓듯 여러 반응을 보이고 있었다.

"여기까지 이해들이 되십니까?"

사발 머리 나 교수는 뻔한 눈치에도 버릇처럼 묻고 있었다.

"예…!"

몇몇 수강생들이 건성건성 소리를 질렀다.

"아니, 저 인간이 도대체 뭐라는 거야…? 제기랄!"

둥근 머리 맹비견은 이해를 못 하고, 가지고 있던 볼펜을 획획 돌려가며 투덜거렸다.

순간 수강생들이 속닥거렸다. 그러자 강의실은 순식간에 웅성거리며, 소란스럽게 변해 갔다.

그때 흰머리 윤편인이 슬쩍 나서 목소리에 힘을 주며 주절거렸다.

"그러니까 담보 물권이 설정된 물건에 관해 소유권이나, 용익 물권을 취득한 자, 즉 매수한 사람이나, 사용권을 가진 자를 가리키는 겁니다."

그는 둥근 머리 맹비견이 안타까워 은근슬쩍 보충 설명을 하고 나섰다.

삼각 머리 조편재는 눈을 치켜뜨면서 '우라질 자식! 하여튼 아는 척은 더럽게 잘해…' 하고 웅얼거렸다.

"아하! 그렇군요?"

둥근 머리 맹비견은 이제야 뭔가 알 것 같다며 고개를 끄덕거렸다.

"그러니깐 아직 물건에 대해 완전한 소유권 등기를 받지 못한 사람이 아니면…"

흰머리 윤편인이 잠시 머뭇거리자, 그가 이어 그를 보며 주절거렸다.

"아니면 또 뭐가 있습니까?"

둥근 머리 맹비견은 보채는 어린아이같이 설레발을 떨었다.

"용익 물권을 취득한 자라는 말이겠지요. 허허!"

흰머리 윤편인은 나 교수 쪽을 힐끔대면서 '무슨 소린지 모르시겠느냐?' 하는 얼굴로 그를 힘껏 쏘아보았다.

"다른 내용은 없습니까?"

둥근 머리 맹비견은 뭐라고 하는 얘기인지를 알아들었다며, 양 팔을 벌리면서 재차 물어 왔다.

"예…. 어떻습니까? 그리 어렵지 않지요?"

가볍게 대답을 하고 난, 흰머리 윤편인은 고개를 까닥거렸다. 큰 머리 문정인은 두 사람 대화를 가만히 듣고 있다가 '음, 역시 저 우라질 자식은 아는 게 많아….' 하는 눈빛으로 미소를 짓고 있었다.

"아하! 알고 보니 특별할 내용도 별로 없네, 뭐?"

둥근 머리 맹비견은 혼잣말을 하듯 중얼대며, 그를 향해 고맙다는 듯이 고개를 약간 끄덕였다.

이들의 눈길은 다시 사발 머리 나 교수의 얼굴을 쫓아가며 쏘아보고 있었다. 그의 강의는 계속 이어졌다.

"취득의 경우는 여러 경로가 있습니다. 다만, 지금 필요한 답변은 그 취득자가 보존 또는 개량하는 데 사용한 필요비(보존·관리하는 비용)와 유익비(개량·이용하는 비용) 등에 관한 비용 상환 청구권이 0순위라는 말입니다."

사발 머리 나 교수는 알겠느냐며 눈동자를 희번덕거렸다.

"와…우! 대박! 그런 거야…?"

누군가 소리를 질렀다. 순간 수강생 일부가 소리 나는 쪽으로 눈을 돌렸다.

"이해되셨습니까?"

사발 머리 나 교수는 그러거나 말거나 자기 할 말을 중얼거렸다. 대부분의 수강생들은 그의 질문에 스트레스 풀듯 소리를 질렀다.

"예…!"

이들의 대답은 강의실이 무너져라 목청을 높였지만, 실상은 고충이 이만저만이 아니었다.

법률 전문 용어가 머릿속에 쉽게 와닿는 나이도 아니었기에 더욱 힘이 부쳤다. 어느 수강생은 처음 대하는 외국어처럼 아주 낯설게 들려왔다.

"휴…! 큰소리를 치고 시작은 했는데, 으… 고민되네, 고민돼…."

그 가운데 몇몇 수강생들이 소곤거렸다.

시간이 흐를수록 여기저기서 한숨 소리가 터져 나왔다.

"그러게 나 말입니다. 휴…. 결코 장난이 아니네요?"

눈가에 주름이 늘어진 빨간 머리 여자 하나가 하늘이 꺼져라 한숨을 내쉬며 고시랑거렸다.

특히 나이 든 여자 수강생들의 고충은 여간 심하지 않았다. 미모의 명정관은 다른 팀의 비슷한 연령대 여자분을 찾아 하소연을 하듯 푸념을 늘어놓고 있었다.

"저도 그냥 권리 분석이나 하면 끝나는 줄 알고 덤벼들었는데, 뭔 놈의 내용이 갈수록 첩첩산중이니 아주 죽을 맛이랍니다."

턱이 쪽 빠진 노란 파마머리 여자 수강생은 그녀의 푸념에 자신도 같은 처지라며, 고충을 털어놓았다.

멋모르고, 덤벼든 수강생들 중에는 경매하면 때 돈을 번다는 달콤한 남의 이야기에 혹해 겁 없이 덤벼들었다가 막상 뚜껑을 열어 보니 상상 그 이상이었다.

그들은 어디가 끝인지도 모르고, 끌려가면서 깊어지는 한숨 속에 비싼 수업료만 생각하면, 생살이 뜯겨져나가는 것 같아 포기할 수도 없는 노릇이었다. 그래서 꾹꾹 눌러 참아 가며 듣고 있었다.

"여러분들은 크게 걱정하실 필요가 없습니다."

그때마다 사발 머리 나 교수는 이들을 낚시질을 하듯 그럴싸한 꼬드김을 내놓고는 능청을 떨었다.

"헐…! 뭔 개소리야…?"

새치 머리 안편관은 웅얼거렸다. 그러거나 말거나 그의 강의는 계속됐다.

"물건마다 이러한 내용이 다 들어 있는 것도 아니고, 오뉴월 가뭄에 비 오듯 어쩌다 한번 나올까 말까 합니다."

사발 머리 나 교수는 수강생들이 술렁거리자, 서둘러 진화에 나섰다.

"헐…! 정말?"

짱구 머리 나겁재는 그 소리에 안도하는 눈치였다.

"우라질 자식! 진작 그렇게 말하지 말이야, 괜히 겁먹고 간이 다 졸아붙었잖아…."

수강생들은 이곳저곳에서 구시렁거렸다.

"특수한 물건이 아닌 다음에는 경매 집행비용이 대부분이라 미리부터 사서 걱정할 필요가 없습니다."

사발 머리 나 교수는 여기저기서 한숨 소리가 빗발치자 이들을 안심시키려고, 순식간에 달관한 말솜씨를 발휘했다. 그는 긴장한 낯빛으로 모두를 살피면서 서둘러 다독거리고는, 안도의 한숨을 쉬었다.

배당 1순위

사발 머리 나 교수의 말발이 먹혀들어 수강생들은 그나마 어두웠던 표정이 밝아졌다. 강의실 소란스러움도 일단락되어 점차적으로 수그러들고 있었다.

"그럼, 이번에는 1순위를 들여다볼까요?"

사발 머리 나 교수는 히죽 웃으며 이들을 보았다.

"헐…! 1순위."

흰머리 윤편인은 중얼거렸다.

"으…흐, 가 보지 뭐…."

수강생들은 건성건성 받아들이고 있었다.

"1순위에도 몇 가지 동순위가 들어 있습니다."

사발 머리 나 교수는 그 말을 해 놓고, 느물스럽게 웃었다. 수강생들은 적지 않게 놀라는 표정이었다.

"으…잉, 1순위 너마저. 차라리 날 죽여라… 제기랄!"

둥근 머리 맹비견은 늘어 가는 내용에 골이 흔들려 수시로 앓는 소리를 냈다.

"그 이유는 여러분도 아시다시피 종류가 다양해 그 유형에 따라 경매 물건이 다르기 때문입니다."

사발 머리 나 교수는 말끝에 괜히 미안해 히죽거리며 자신의 머리카락을 쓸어 올렸다.

순간 수강생들의 눈총이 그를 향해 싸늘하게 쏘아 대고 있었다.

"헉…! 대박!"

젤 바른 선정재가 놀라는 척 소리를 질렀다.

"교수님! 1순위 종류는 몇 가지가 있습니까?"

뒷말이 채 끝나기도 전에 둥근 머리 맹비견이 성급하게 물어 왔다. 미모의 명정관도, 속 알머리 봉상관도, 그의 성급한 물음에 어이가 없어 눈살을 찌푸리며, 그를 째리듯 쏘아보았다.

흰 머리 윤편인과 큰 머리 문정인은 그냥 사람 좋게 히죽히죽 웃고만 있었다.

"성질 급한 것은 여전하십니다. 쯧쯧…!"

상구 머리 노식신은 그를 보다 못해 혀를 끌끌 차면서 빈정거렸다. 그러고는 우물가에서 숭늉을 찾는 인간이라며, 아주 노골적으로 노려보고 있었다.

"히…. 타고난 걸 나보고 어쩌라고? 젠장. 헤헤!"

둥근 머리 맹비견은 부끄러움도 없이 히죽히죽 웃었다.

그는 여론을 호도하는 어느 넉살 좋은 늙은 이리처럼, 아니 설익은 군상처럼 굴었다.

"진짜 쩐…다."

흰머리 윤편인은 그를 째려보며 속살거렸다. 돈 사랑 팀원들은 그의 편한 행동거지에 이제는 그러느니 하는 눈치였다.

"허허! 예…에, 지금부터 설명을 할 테니 잘 귀담아들으시면 됩니다."

사발 머리 나 교수는 그 말끝에 빙그레 웃었다. 어찌 보면 둥근 머리 맹비견의 배우려는 열정이 그를 웃게 만든 것이었다.

"1순위에는 주택 임차인의 2분의 1의 소액 보증금 그리고…."

사발 머리 나 교수는 둥근 머리 맹비견을 마주 보았다.

"오… 예스."

그는 나 교수와 눈이 마주 치자, 순간 둥근 머리를 까닥대며, 속살거렸다.

"상가 임차인도 2분의 1의 소액 보증금이 있다는 사실을 다 알고 계시죠?"

사발 머리 나 교수는 눈동자를 희번덕거리면서 묻고는, 전체를 둘러보았다.

"예…!"

대부분의 수강생들이 버럭 하듯 대답을 했다. 그때 누군가 곧바로 목청을 높였다.

"모르는데요!"

그는 짱구 머리 나겁재였다. 그는 목소리를 높이고는 옆자리에 앉은 미모의 여자 수강생을 쳐다보며 주절거렸다.

"혹시 아십니까?"

그는 묻고서 겸연쩍은 듯 주변머리를 긁적거렸다. 그러고는 곧바로 익살스러운 표정으로 히죽 웃었다.

팀원들은 그의 행동을 쏘아보며, 어이가 없어 피식피식 웃고 있었다. 아니 익살이 우스워 웃는 것 같았다.

"아니요."

새침스럽게 생긴 그녀는 귀찮다는 듯이 쌀쌀맞게 대꾸하며, 고개를 획 돌렸다.

사발 머리 나 교수는 그들의 속닥거림은 아랑곳하지 않은 채 강의를 계속 이어 가고 있었다.

"그리고 임금 채권 가운데 일정액으로 근로자의 최종 임금(3개월분)과 퇴직금(3년분)이 있습니다."

사발 머리 나 교수는 말의 끝에서 '요건 몰랐지 요놈들아!' 하는 눈길로 전체를 둘러보고 있었다.

"으…잉, 정말! 그런 거야?"

그중 몇몇의 수강생들은 정말 몰랐다는 눈망울로 희번덕거리며, 서로의 얼굴을 번갈아 쳐다보았다.

그때 창 너머 교정에서는 힘내라는 응원의 함성 소리가 요란하게 들려왔다.

"그런 법도 있었네, 제기…. 그러나저러나 무슨 시합을 하나…?"

짱구 머리 나겹재는 창문 너머 들려오는 소리가 궁금해 이마를 부여잡고, 구시렁거렸다.

"나도 평소에 들어 보지도 못한 내용이라 헷갈려 미치겠네요. 젠장!"

속 알머리 봉상관은 혀를 내저으며, 새치 머리 안편관을 향해 양손을 펴 보였다. 그는 피식 웃으며, 엄살 피우지 말라는 표정을 지어 보였다.

흰머리 윤편인은 그들의 모습을 보며 실 웃고 있었다. 그러는 가운데 사발 머리 나 교수의 강의는 계속 이어졌다.

"마지막으로 재해 보상금도 여기에 해당됩니다. 기억들 하세요."

그는 설명을 끝내 놓고, 컵을 들어 목을 축였다. 누군가 문자를 보내오는 모양으로 그의 핸드폰은 이따금씩 부르르 떨리면서 요동을 치고 있었다.

하지만 그는 전혀 개의치 않는 눈치였다.

"저기요, 교수님! 재해 보상금은 무슨 말인가요?"

설명이 끝나기를 기다렸던 미모의 명정관은 나지막한 소리로 물어 왔다. 남자 수강생들의 시선이 그녀를 향해 모아지고 있었다.

"재해 보상금이란 사용자의 재산을 청산할 당시에 입은 업무상 재해에 대한 각종 보상을 말합니다."

사발 머리 나 교수는 서슴없이 설명을 늘어놓고는, 이해가 되셨느냐는 달달한 눈빛을 그녀에게 쏘았다.

"헐…! 대박!"

삼각 머리 조편재가 소리를 질렀다. 자신이 가해자인 것처럼…. 너스레를 떨었다.

"가령, 예를 든다면 요양비 그리고 장애 보상과 휴업 보상 등입니다."

사발 머리 나 교수는 오래된 기억들을 우려내어 천천히 말을 꺼냈다. 수강생들은 생판 모르면서 아는 척 고개들을 끄덕거리고 있었다.

한편 이들은 경매하는데 굳이 거기까지 알아야 하는 그 이유를 모르겠다는 애매한 눈빛으로 긴장을 한 채 그를 째리듯 주시하고 있었다.

"우리가 근로 기준법까지 알아야 합니까?"

흰머리 윤편인은 걱정스러운 표정으로 소리를 질렀다. 수강생들도 들고일어나 데모라도 할 것처럼, 여기저기서 아우성을 치고 있었다.

"알면 나쁠 것까지야 없겠지만, 경매를 가르칠 목적이 아니라면 굳이 외우지 않아도 별문제 될 것은 없습니다."

그는 흰머리 윤편인을 마주 보고 크게 신경 쓰지 않아도 된다며, 눈짓을 해 보였다.

"그럼, 필요할 때 근로 기준법을 찾아보면 나옵니까?"

흰머리 윤편인은 재차 확인하며, 그를 보았다.

"아, 예, 근로 기준법 가운데 재해 보상(제8장)을 찾아보시면 확인할 수 있을 겁니다."

그 말을 듣자 흰머리 윤편인은 굳이 애를 태워 가면서 외워야 할 이유가 없다고 생각했다. 그는 '무슨 뜻인지를 이해했다며' 고개를 끄덕거렸다.

사발 머리 나 교수의 설명에 대부분의 수강생들은 '아니, 당장 필요도 없다면서 왜 끄집어내서는 사람 돌아가시게 만드는지 모르겠네!' 하는 눈총으로 독이 잔뜩 올라 툴툴거리고 있었다.

가도 가도 끝이 없을 것 같은 망할 놈의 경매 수업은 머릿속을 여러 조각으로 파헤쳐, 지진이 찾아올 때 느끼는 진동처럼 이들의 골을 마구 흔들고 있었다.

그래서 한방에 대박을 친다는 소리에 접수한 둥근 머리 맹비견은 자신의 어리석음을 스스로를 타박하고 있었다.

그는 '골 때리는 우라질 수업을 듣고 있어야 하나.' 싶어 오만가지 생각들로 눈앞이 아른거렸다. 그래도 비싼 수업료보다는 수료증을 받아야 된다는 생각이 먼저 떠올랐다.

배당 2순위

그는 돈과 명예를 한꺼번에 얻을 수 있다는 희망 섞인 포부를 갖고서 자신의 머리를 살짝 쥐어박았다. 그러고는 '이까짓 것쯤이야.' 하는 눈빛으로 사발 머리 나 교수를 죽기 아니면 까무러치기로 쏘아보고 있었다.

"그럼, 2순위를 살펴볼까요?"

사발 머리 나 교수는 칠판을 가리키며 눈짓을 했다.

"여러분도 당해세(매각 부동산에 부과된 세금으로 우선 징수권이 부여됨)라고 들어 보셨죠?"

그는 은빛 지휘봉을 칠판에 가져다 대고 '당해세'에 밑줄을 쭉 그어 가며 중얼거렸다.

"예…!"

경매를 조금이라도 아는 사람들은 목청을 높여 대답했다. 그중 일부는 금붕어 시늉만 내고 있었다.

"아니요! 젠장맞을 당해세는 또 뭐야?"

짱구 머리 나겁재는 소리를 지르며 뜨악해진 얼굴로 큰 머리 문정인을 슬쩍 돌아보았다. 그는 사발 머리 나 교수를 쳐다보느라 대꾸도 하지 않았다.

"당해세는 무엇이 있을까요?"

사발 머리 나 교수는 모두를 향해 다시 질문을 던졌다.

"헐…! 알게 뭐야? 젠장!"

수강생 가운데 하나가 인상을 찡그린 채 모르겠다며, 구시렁거렸다.

"누구 아는 분 계시면 대답해 보세요, 틀려도 괜찮습니다."그는 강의실을 둘러보며, 오른손을 꾸부정하게 들어 보였다. 일부의 사람들은 그의 눈을 피하느라 고개를 숙인 채 딴청을 피우고 있었다.

"쳇! 그걸 알면 내가 교수 하지…. 젠장! 여기 앉아 있겠어…?"

상구 머리 노식신은 혼잣말을 구시렁거렸다.

"아는 데까지만 말해도 괜찮습니다."

사발 머리 나 교수는 이들을 유혹하듯 슬쩍 미끼를 던졌다.

"맞는지는 모르겠습니다만, 제가 답변해 보겠습니다."

주위를 획 둘러본 흰머리 윤편인은 나서는 사람들이 없자 제 깐에는 신이 났던 모양이다. 누가 보든 말든 슬그머니 손을 들고 있었다.

"그래, 거기 손 드신 분 말씀해 보세요."

사발 머리 나 교수는 실실 웃는 얼굴로 그를 가리켰다.

"그해 매각 부동산에 부과된 국세(재평가세, 토지 초과 이득세. 증여세, 상속세, 종합 부동산세)와 지방세(재산세, 도시계획 세, 종합 토지세, 자동차세)가 아닙니까?"

그는 말을 해 놓고 의심쩍어 괜히 뒷머리를 긁적거렸다. 수강생들도 긴가민가해 설왕설래하고 있었다.

"하하하! 그렇죠, 거시적으로는 국세와 지방세로 구분할 수 있습니다."

사발 머리 나 교수는 큰 소리로 웃고는 엄지손을 세웠다.

"모두 이분께 박수 한번 쳐 주세요."

그는 자신이 먼저 손뼉을 치며 권했다.

삼각 머리 조편재는 아니꼽고 눈알이 시린지, '아니, 국세와 지방세 모르는 사람도 있나…? 박수는 무슨… 개코다….' 하는 질시의 눈초리로 속살거리고 있었다.

"짝짝짝…!"

흰머리 윤편인은 칭찬 한마디에 괜히 우쭐해 어깨 뽕이 살짝 올라갔다.

"당해세는 여러분이 아시다시피 매각 부동산에 부과되는 국세와 지방세 그리고 체납 가산금(체납 세금에 일정한 비율로 덧붙여 매기는 금액)으로 구분할 수 있습니다."

"…"

"오⋯우, 대박!"

둥근 머리 맹비견은 나지막이 웅얼거렸다.

"저⋯, 교수님! 당해세로 취급하는 세금은 무엇이 있습니까?"

짱구 머리 나겹재는 경쾌한 목소리로 그를 올려다보았다.

"당해세는 대상 매각 부동산에 부과되는 세금으로 국세로는 재평가세와 토지 초과 이득세가 있습니다."

사발 머리 나 교수는 설명을 하다가 잠시 교재를 뒤적이고는, 다시 강의를 시작했다.

"그리고 여러분이 알고 있는 증여세, 상속세, 종합부동산세가 있습니다."

그는 웬일로 대법원 판결을 전혀 고려하고 있지 않았다. 그는 당해세가 적용될 때가 있고, 때로는 배제되는 경우가 왕왕 있다는 사실을 간과하고 있었다.

"헐⋯! 그래⋯?"

대부분의 수강생들은 고개를 끄덕이면서 수긍하는 눈치였다.

"그러나 여기에는 조건이 따른다는 사실입니다."

사발 머리 나 교수는 뒤가 꺼림직했던지, 그게 아니면 이제야 생각이 떠올라 설명을 덧붙인 것인지, 하여튼 사람들의 이목을 다시 끌어 모았다.

"엉⋯? 무슨 조건⋯?"

일부 수강생들은 의아한 눈으로 쑥덕거리고 있었다.

"당해세는 첫째 담보 설정 당시에 예측이 가능해야 합니다."

사발 머리 나 교수는 자기 긍정을 하는 표정으로 설명을 마치면 늘 고개를 까닥까닥거렸다.

"둘째는, 해당 목적물(경매물)의 소유자가 납세의무자에 해당되어야 합니다."

"…."

"그리고 세 번째는, 해당 부동산에 부과된 세금이어야 합니다."

여기서 사발 머리 나 교수는 히죽 웃어 가며, 다시 차분하게 주절거렸다.

"가령, 목적 부동산의 담보물권자(근저당권자, 담보 가등기권자, 전세권자 등)가 담보권 설정 당시에 예측이 가능하지 않은 재평가세와 토지 초과 이득세는 당해세가 인정되지를 않습니다."

사발 머리 나 교수는 중요한 대목을 강조하듯 긴장된 표정으로 차분하게 설명했다.

"헐…! 정말! 그런 거야…?"

속 알머리 봉상관은 혼잣말로 중얼거렸다.

"헉…! 대박!"

몇몇 수강생들은 몰랐던 사실을 알고 나자, 희열을 느끼며 깜짝 소리를 질렀다.

"즉, 담보권 설정 등기 시 이미 부과된 토지 초과 이득세만 당해세가 인정된다는 얘기입니다."

그는 다시 교재를 뒤적거려 뭔가를 찾았다. 그리고 다시 설명을 이어 갔다.

"왜냐하면 택지 초과 소유 상한에 관한 법률이 1999년 1월에 헌법 위헌으로 폐지되어 위 세목이 없어졌기 때문입니다. 그러나 기존에 발생한 세금에 대해서는 당해세가 조건에 합당하면 인정이 되고 있습니다."

사발 머리 나 교수는 '수강생들이 이해가 되었나?' 싶어 모두의 얼굴을 살피고 있었다.

"헐…! 대박!"

일부의 수강생들은 새로운 사실이 하나씩 덧붙여 갈 때마다 희열을 느끼고 있었다.

"또한 상속세나, 증여세는, 담보권 설정 당시 설정자(소유자)에게 납세의무가 있을 때만, 당해세에 해당합니다."

사발 머리 나 교수는 말끝에 컵을 들어 물을 한 모금 마셨다.

"헐…! 대박! 그런 거야…?"

수강생 하나가 입안을 가시는 시늉을 내며, 중얼거렸다.

"그러나 담보권 설정 이후以後 상속이나 증여 등으로 소유권이 이전되었다면, 그 양수인에게 부과된 상속세나 증여세는, 당해세가 아니라는 사실을 알아야 합니다."

사발 머리 나 교수는 여기까지 설명을 하고는, 히죽 웃었다.

"여기요… 교수님! 재평가세는 도대체 무슨 세금입니까?"

잘 따라오던 큰 머리 문정인이 재평가세에서 막혀 의아한 얼굴로 질문을 해 왔다.

순간 수강생들은 술렁거리고 있었다.

"음…. 재평가세는 자산 재평가법에 의해 법인 또는 개인의 사업용 자산(개인 또는 법인이 소유하는 토지·건물·기구·금전 등의 총칭. 재산)을 현실에 맞도록 매년 재평가해 그 차액에 대해 부과하는 조세를 말합니다."

사발 머리 나 교수는 차분히 설명을 해 주고는, 그를 넌지시 쳐다보았다. 일부이긴 했지만, 몇몇 사람들은 그가 무슨 소리를 떠벌렸는지 대충 이해를 하겠다며, 고개를 끄덕이고 있었다.

"크크! 으…. 이제야 생각이 떠오르네, 제기!"

큰 머리 문정인은 혼잣말을 중얼거렸다.

이들이 그러든 말든 사발 머리 나 교수의 강의는 계속 이어졌다.

"지방세로는 재산과 관련된 재산세와 종합토지세, 도시계획세, 그리고 자동차세가 있다는 사실은 다 아시고 계시죠…?"

그는 서서히 피곤이 겹쳐 두 눈덩이를 자주 비비고 있었다.

"예…!"

수강생들도 힘이 드는 건 마찬가지로 대답 소리가 점점 작아지고 있었다.

"그리고 고지서에 포함되는 지방 교육세와 지역 자원 시설세도 다 알고 계시지요?"

"…."

"예!"

몇몇 사람들만 반응하며 답변이 신통치 않자, 사발 머리 나 교수는 순간 기운이 빠져 실망하는 표정이 잠깐 사이에 스치고 지나갔다.

"아니요…!"

여기서도 수강생들의 반응은 엇갈리고 있었다.

"또한 지방세가 당해세에 해당한다 하더라도 여러분이 알아야 할 것이 있습니다."

"헐…! 또 뭘 알아야 된다는 거야? 젠장!"

몇몇 수강생들이 구시렁구시렁거렸다.

"지방 세법상 당해세 우선의 원칙이 부활한 시점이 1996년 1월 1일 이전에 설정 등기된 담보 물권(근저당권자, 담보가등기권자, 전세권자 등)은 당해세로 인정되지 않는다는 사실을 알아야 합니다."

"…"

"헐…! 대박! 정말이야…?"

상구 머리 노식신은 만세를 부르듯, 소리를 질렀다.

사발 머리 나 교수는 그를 힐끔 쳐다보고서 다시 빠르게 주절거렸다.

"국세나 지방세를 자세하게 확인하고 싶으면 인터넷에 들어가서 국가법령 정보센터를 클릭하고, 거기에서 국세 기본법과 지방세 기본법 등 시행령을 찾아보시면 됩니다."

사발 머리 나 교수는 설명을 하고서 싱겁게 해쭉 웃었다.

"헐…! 증…말?"

중년의 갈색 단발머리 여자가 스카프를 매만지며, 놀란 표정으로 웅얼거렸다.

"저는 세법 전공이 아니라서 안타깝게도 자세한 내용을 확인해 드릴 수는 없습니다."

사발 머리 나 교수는 당해세 가운데 우선권이 없는 세금과 해당 되지 않는 세금을 선별할 지식이 부족했다.

그래서 그쯤에서 은근슬쩍 넘어갔다. 그렇게 끝낸 세법 문제에 있어서는 이후 각자의 역량에 맡기는 듯 그는 다른 내용으로 방향을 돌렸다.

흰머리 윤편인도 궁금했던 점이 해갈되어 더 이상은 질문을 하지 않았다. 그가 망할 놈의 세금 문제에 관심을 갖는 이유는 따로 있었다. 흰머리 윤편인은 부동산 지식에 대해서 빈 깡통인 시절이 있었다.

그때 부동산 업자에게 사기를 당해 구입한 농지를 소유하고 있었다.

그 사기꾼은 흰머리 윤편인을 부동산 시장에 뛰어들게 한 장본인이자, 눈을 뜨게도 한 우라질 스승이기도 했다. 사기를 당한 관리 지역 전답은 미치고, 환장하게도 엎친 데 덮친 격으로 망할 놈의 환지 즉 경지정리까지 되었다.

그는 진흥 지역 논으로 변경된 토지를 팔지도 못하고, 장기간 방치해 두었다. 그러나 10여 년을 기다려도 토지 시세는 회복할 기미가 보이지 않았다. 매년 공시지가는 모기 눈알만큼 상승하고 있었다.

우라지게도 주변에 도로가 뚫리고, 지하철이 개통되어도, 지랄 맞게도 상승효과는 미비했었다. 신도시가 새롭게 형성된다는 발표에도 경지정리 된 농지시세는 미치고 환장하게도 제자리에 머물고 있었다.

그때부터 흰머리 윤편인은 토지는 자신과 맞지 않는다는 생각을 떨칠 수가 없었다.

그는 고민 끝에 손해를 감수하더라도 재수 총 맞은 토지는 던져버리고, 차라리 수익이 발생하는 신흥 부동산으로 갈아탈 계획을 세웠다. 그리고 각종 광고지에 토지를 매물로 내놓았다.

몇 개월이 지난 후에 농지를 구입하겠다는 구세주한테 연락이 왔다. 그렇게 매수자와 흥정 끝에 현 시세보다 아니 매입할 당시에 금액보다 몇천만 원을 손해를 보고 넘겼다.

물가 시세를 따지면 억 단위쯤 손실을 본 셈이었다.

그것뿐이면 다행이었지만, 재수 없는 놈은 뒤로 자빠져도 코가 깨진다고, 우라질 세금 제도가 새롭게 정비된 사실을 까맣게 모르고 있었다. 흰머리 윤편인은 농지를 자경하지 않은 채 가지고 있었다. 그 이유가 문제가 되었다.

그래서 비사업용 토지로 기존 세금(6~42%)에다 10%를 추가(16~52%)로 내야 했었다. 그제야 매매하기 3년 전에 주소를 이전하고, 자경을 했다면 하는 쪼다 같은 아쉬움을 삼켰다.

그것도 아니면 농지 법인에 신탁(소작)을 맡겨 놓았다면, 우라질 세금 10%를 절세할 수 있었는데, 그 기회조차 놓쳤다. 흰머리 윤편인은 게으른 탓에 이래저래 큰 손해를 보았다.

물론 8년간 자경하면 양도 소득세가 면제되는 혜택도 알고 있었다. 젠장! 알면 뭐 하나. 실천하지 못하면 완전 꽝인데. 그래서 누구에게나 사고 파는 타이밍은 정말 중요하다는 것을 깨달았다.

다만 장기보유 특별공제를 최대(10년) 30% 혜택을 받았기에 개떡 같은 10% 중과세 폭탄을 조금이라도 줄일 수 있었다.

배당 3순위

"음…. 이제는 3순위 차례죠?"

사발 머리 나 교수는 수강생들 중에 유독 그녀를 바라보며, 초점을 맞췄다.

"예…!"

이들은 힘 빠진 목소리로 대답을 했다.

"에, 또 3순위는 무엇이 있겠습니까?"

사발 머리 나 교수는 시간이 흐를수록 참여도가 떨어지는 수강생들을 안타까워하며, 수시로 질문을 던졌다.

그럴수록 강의실 분위기는 잡담 소리가 점점 커져만 갔다.

집값을 잡겠다는 서슬 퍼런 규제에도 집값은 천정부지로 솟아오르는 풍선효과(한쪽을 누르면 다른 쪽이 부풀어 오르는 현상)처럼 이들의 웅성거림은 커져만 갔다.

"저, 교수님! 담보 물권이 아닙니까?"

속 알머리 봉상관은 나지막한 목소리로 외쳤다.

"3순위는 법정 기일(법률로 규정한 날짜)이 담보 물권보다 빠른 국세나 지방세를 말합니다."

사발 머리 나 교수는 '영감탱이 세상 그만큼 살았으면 이 정도는 알아야죠.' 하는 눈빛으로 그에게는 새삼스러울 것이 없다는 뻔뻔한 표정이었다.

그 소리에 수강생들은 금세 수런거렸다.

"아하! 그런 거야?"

속 알머리 봉상관은 고개를 끄덕이며, 그의 눈빛을 읽지 못한 채 속살대고는 이내 빠르게 주절거렸다.

"그러면 세금 종류는 좀 전에 말했던 것과 다른 항목입니까?"

그는 돋보기안경을 올리며, 사발 머리 나 교수를 올려다보았다. 일부 수강생들은 이들을 향해 눈길을 쏘아 대고 있었다.

"당해세 하고는 약간 성질이 다릅니다."

사발 머리 나 교수는 고개를 좌우로 흔들며, 웃음기 있는 표정을 보였다.

"헉…! 뭐야? 이건…."

큰 머리 문정인은 자신의 견해와 다르다는 생각에 혼잣말을 중얼거렸다.

"국세가 됐든, 지방세가 됐든, 담보물건보다 법정기일이 빠른 세금은 모두 해당된다고 보셔도 무방합니다."

그는 빙그레 웃었다. 큰 머리 문정인은 '아하!' 하면서 무릎을 쳤다.

"저기, 교수님! 종목에 상관없이 법정 기일만 빠르면 3순위가 된다는 말씀입니까?"

짱구 머리 나겁재는 넌지시 웃으며 큰소리로 외쳤다.

"그렇습니다."

사발 머리 나 교수는 고개를 끄덕였다. 수강생들은 "아하!" 하며 속닥거리고 있었다.

"여러분은 법정 기일이 담보 물권 기일보다 빨라야 된다는 내용만 기억하시면 됩니다."

"…."

"와…우! 대박!"

누군가 웅얼거렸다. 그 소리가 기폭제가 되어 강의실은 금세 웅성거렸다.

"저, 교수님! 담보 물권이나 임차 보증금 채권은 언제 나오는 겁니까?"

상구 머리 노식신은 자신이 알고 있는 내용들이 도대체 왜 나오지 않는지를 무척 답답해했었다. 그래서 그는 궁금한 속내를 풀고 싶어 먼저 묻고 나섰다.

몇몇 수강생들도 질문에 공감을 갖고 있어 돌아가며 물어 왔다.

"허허허! 그게 그렇게 궁금하던가요?"

사발 머리 나 교수는 강의에 빠져드는 수강생이 나오면 괜히 기분이 좋아졌다. 왜냐하면 무슨 질문이라도 자주 나오면 참여도가 높다고 생각해 그를 흐뭇하게 만들었기 때문이었다.

"예, 뭐 좀…."

그는 당신이라면 안 궁금할까? 하며 눈총을 쏘았다.

"지금부터 4순위 담보 물권 및 임대차 보증금 채권이 나옵니다."

사발 머리 나 교수는 말과 동시에 칠판으로 돌아갔다. 그는 담보 물권의 종류와 임차 보증금 채권을 차례대로 열거하며 상세하게 기록하기 시작했다.

배당 4순위

그새를 틈탄 수강생들은 서로의 궁금증에 대해 수런거리고 있었다.

"저기… 조형, 이번에 물건을 분석하면서 궁금한 사항이 많았다면서요?"

젤 바른 선정재는 입 안이 서걱서걱해 침을 삼키며, 그에게 말을 시켰다. 미모의 명정관은 고개를 돌려 그의 얼굴을 빤히 처다보고 있었다.

예쁜 강아지가 눈망울을 반짝이며, 처다보듯이… 사랑스럽게 그를 보았다.

"좀 있었지요, 근데 그건 왜요?"

삼각 머리 조편재가 생글생글 웃어 가며, 되물어 왔다.

"아니, 별다른 이유는 뭐, 그보다 궁금했던 문제들이 있으면, 지금 물어보면 되겠다 싶어서 물었습니다."

젤 바른 선정재는 그를 통해서 무엇을 얻고자 하는 것보다, 그를 생각해서 알려 주었다.

하지만, 삼각 머리 조편재는 '우라질 자식! 별거 다 참견하고 지랄이네, 내 참!' 하는 눈빛이었다. 그러나 속마음과 달리 그의 입에서는 이렇게 튀어나왔다.

"그러지 않아도 그러려고 생각했습니다."

삼각 머리 조편재는 능청스럽게 웃고는 고개를 살짝 끄덕였다.

"하하! 벌써, 생각은 하고 있었습니까? 난 또 깜박했나 싶어 나대로 괜히 오버했네. 크크!"

젤 바른 선정재는 자기 딴에는 생각해서 말했는데, 그의 표정은 영 별로였기에 '괜히 말했나?' 싶어 어쭙잖은 얼굴로 고개를 돌렸다.

그러자 그가 뒤통수에 대고 빠르게 주절거렸다.

"제 속을 꿰뚫어 보는 것 같은데, 어째… 그분이라도 오셨습니까? 헤헤!"

삼각 머리 조편재는 장난기가 발동해 뻔뻔스러운 낯짝으로 실실거렸다.

"아니, 먼저 들은 얘기가 있어서 해 본 말이지… 그분은 무슨…. 윤 형이라면 몰라도…. 크크!"

젤 바른 선정재는 생뚱맞다면서 옆자리에 조용히 앉아 있는 흰머리 윤편인을 끌어다 붙이며 키득키득 웃었다.

"그런데 어쩜 제 속을 훤히 꿰뚫어 보고 계시는 신들린 소리를 하십니까? 키득키득!"

삼각 머리 조편재는 그를 가지고 놀듯 능청스럽게 말하고는 키득키득 웃었다. 평소에도 그는 상대를 골려먹거나, 능청을 떠는 농간 짓거리를 스스럼없이 잘했다. 그 사이 사발 머리 나 교수는 분필을 놓고, 돌아서며 차분하게 주절거렸다.

"여기에 적어 놓은 대로 담보 물권에는 민법상 유치권과 질권, 그리고 저당권 등이 있다는 것을 메모해 두시고, 이왕이면 머릿속에 기억들 해 놓으세요."

사발 머리 나 교수는 모두를 둘러보며 아시겠느냐는 표정을 지었다.

"헉…! 대박!"

둥근 머리 맹비견은 나지막이 소리를 질렀다.

"아니, 유치권은 대충 알겠는데, 우라질 질권(채무자가 돈을 갚을 때까지, 채권자가 담보물을 간직할 수 있고, 채무자가 돈을 갚지 아니할 때는, 그것으로 우선 변제받을 수 있는 권리)은 아까 듣고도 뭐가 뭔지 도통 모르겠네? 젠장!"

둥근 머리 맹비견은 무슨 괴물이라도 만난 것처럼 짜증을 냈다. 다른 수강생들도 툴툴대기는 마찬가지였다.

"저기요…, 교수님! 질권에 대해서 잘 모르겠는데, 다시 한번 설명을 해 줄 수 없습니까? 좀 부탁드립니다."

짱구 머리 나겁재는 부탁이라기보다 저돌적으로 목청을 높여 들이대고 있었다. 그럼 여기서 잠깐 그를 살펴보면 이랬다.

짱구 머리 나겁재는 간섭이나 통제를 받는 규제 따위를 싫어하며, 처세술과 사교성이 뛰어났다. 그래서 교제를 중시하며, 눈치가 빨랐다. 그는 구속을 싫어하고, 모방이나 창의성보다 명분을 원하며, 단순함을 좋아했다.

나겁재는 일반 신장으로 인간관계가 좋았으며, 투쟁과 경쟁에서 승부 기질이 강했다.

그는 기질적으로 우직함과 충직함, 그리고 변함이 적으며, 남의 재능과 재물을 내 것으로 탐하는 강한 성격의 소유자였다.

그래서 그는 선의의 목적을 이유로 무잡히 한 규제의 칼을 마구 휘두르는 위정자처럼 굴었다. 뒤에서 이마를 매만지던 둥근 머리 맹비견은 그의 질문에 '무슨 답변이 나올까?' 궁금해 사발 머리 나 교수를 금방이라도 잡아먹을 것처럼 노려보고 있었다.

"그래요, 모르는 것이 당연합니다."

사발 머리 나 교수는 해쭉거리며, 넛지(강압하지 않고 부드러운 개입으로 사람들이 더 좋은 선택을 할 수 있도록 유도, 즉 옆구리를 슬쩍 찌르듯) 있게 말했다.

"아니, 쟤 뭐라는 거야…? 젠장!"

수강생 중 나이가 지극한 사내가 인상을 구기며, 날을 세워 에지 있게 구시렁거렸다. 그러든 말든 그는 계속 주절거렸다.

"저도 처음 배울 때는 뭔가 뭔지 도통 이해하기가 쉽지 않았습니다. 그때는 듣고도 돌아서면 잊어버리곤 했으니까요. 허허!"

사발 머리 나 교수는 그 심정을 이해하고도 남는다며, 연민에 찬 눈빛으로 그를 보았다. 일부의 수강생들은 '아니, 저 가증이 사실일까?' 하는 날카로운 눈총으로 그를 쏘아보고 있었다.

"헐…! 징말!"

순진무구한 눈빛을 반짝이는 몇몇 수강생들은 감탄하듯, 중얼거렸다.

"제가 그 고통을 잘 압니다. 그러나 걱정하지 마세요."

사발 머리 나 교수는 은근슬쩍 손을 흔들며 해쭉 웃었다. 수강생 중 일부는 그가 자신들을 데리고 놀고 있는 것은 아닌가 싶은 땡감 먹은 죽상을 했다. 그러고는, 사발 머리 나 교수를 향해 쏘아보고 있었다.

"헹…! 걱정은 왜 하누 괜히 귀하신 몸 스트레스 받게시리…."

짱구 머리 나겁재가 혼잣말을 속살거렸다.

"자꾸 듣다 보면 뇌 새김처럼 여러분도 곧 귀가 스스로 익힐 겁니다."

말을 해 놓고 보니 뭔가 어설펐던 모양이다. 괜히 머쓱해진 사발 머리 나 교수는 빙그레 웃고 있었다. 그는 수강생들의 고충을 잘 알고 있는 눈치였다. 그래서 조금이라도 짐을 덜어 주려고, 자기 딴에는 안간힘을 쏟고 있었다.

"음…. 질권은 전 시간에도 설명했던 것처럼 이미 여러분도 다 아시는 내용입니다."

사발 머리 나 교수는 수강생들의 반응을 살피며, 강의를 이어 갔다. 이들의 반응은 첫 시간과 달리 영 시원치 않았다.

"에… 질권은 채권자가 채무자 또는 제삼자(물상 보증인)로부터 받은 담보 물권일 뿐입니다."

사발 머리 나 교수는 설명을 해 놓고는 수강생들의 눈치를 살폈다. 얼마나 이해들을 하고 따라오는지를 가늠을 하면서 그는 진도의 속도를 조절하고 있었다.

"헐……! 동산 질권(전당 행위)과 권리 질권(저당 채권, 지명 채권, 지시 채권, 무기명 채권, 증권) 등이 있다는 소리는 안 하네…?"

흰머리 윤편인은 혼잣말로 중얼중얼거렸다.

"뭐… 특별할 것이 없습니다."

사발 머리 나 교수는 미모의 명정관을 쳐다보며, 눈웃음을 살짝 건넸다. 그녀는 평소와 다르게 어느 순간부터 젤 바른 선정재의 눈치를 살피고 있었다. 둘 사이에 썸을 타는 눈치였다.

거북한 시선에 그녀는 딴전을 피우며 순간적으로 그를 외면해 버렸다. 그의 표정이 일순간 변했다가 금세 제자리로 돌아왔다.

"이제 이해가 좀 되십니까?"

사발 머리 나 교수는 그러든 말든 개의치 않고서, 본능에 충실하듯 모두에게 눈짓을 했다.

"예…!"

수강생들은 건성건성 대답을 하고 있었다. 이들과 달리 속 알머리 봉상관은 그에게 따가운 눈총을 쏘아 대고 있었다. 자신이 그녀의 보호자라도 되는 것처럼 아니 기둥서방처럼 감시하고 있었다.

젤 바른 선정재는 그의 뒤에서 여유를 부리며, 가잖다는 듯이 실실 웃고 있었다.

"저, 교수님! 물상 보증인(채무자 대신 담보를 제공한 자)은 자기 집을 채무자를 대신해서 담보 제공한 사람을 말하지 않습니까?"

새치 머리 안편관은 이따금씩 아는 체를 했다.

"그렇습니다. 요즘은 보증을 서주겠다고 나서면 당장 이혼하자는 소리를 듣겠지만, 제가 자랄 때만 해도 그런 일들이 비일비재했습니다."

사발 머리 나 교수는 지나간 일을 회상하듯 중얼거렸다. 그러고는 트라우마가 아직 남아 있는 눈치로 잠시 강의를 중단한 채 물을 한 모금 마셨다.

수강생들은 그의 목덜미를 바라보면서 마른침을 꿀꺽꿀꺽 삼키며, 갈증을 느끼고 있었다.

컵을 내려놓은 사발 머리 나 교수는 다시 설명을 이어 갔다.

그때였다.

"저기요…, 교수님! 견련 관계 뜻도 설명해 주세요."

미모의 명정관은 살포시 웃으며 말했다.

"여기서 그걸 묻는 것은 열심히 따라오고 있다는 반증이겠죠? 하하하!"

사발 머리 나 교수는 하지 않아도 될 칭찬을 늘어놓고는, 소리

내어 웃었다.

그는 그녀의 물음을 기다렸다는 듯이 어부지리 칭찬을 한 것 같았다.

그런데 더 웃기는 광경은 그를 응원하는 소리였다.

"맞습니다!"

누군가 장단을 맞추듯 소리를 질렀다.

그는 남몰래 미모의 명정관을 짝사랑하는 속 알머리 봉상관이었다. 그녀는 수줍음에 순간 벌겋게 낯을 붉히면서 '어머, 재수 대가리 영감탱이가 뭔 소리를 하는 거야…?' 하며, 그를 흘겨보다가 고개를 쌀쌀맞게 휙 돌렸다.

"견련 관계란 사물(사건과 목적물) 상호 간에 연결되어 있는 의존성을 견련(서로 얽히어 관련됨) 또는 관계라 부릅니다."사발 머리 나 교수는 간단하게 설명을 마치고, 그녀에게 '이해가 되셨느냐는 듯이 가볍게 눈짓을 해 주었다.

"오…호, 「하여가」, 만수산 드렁 칡처럼 얽혀 살자 뭐 그런 거야? 그런데 너는 왜 들이대고 난리니? 쳇!"

미모의 명정관은 혼잣말을 웅얼대고는 그의 눈짓에 마땅찮은 표정으로 고시랑거렸다.

그러거나 말거나 사발 머리 나 교수는 이어 빠르게 주절거렸다.

"가령 유치권에 있어서 담보된 채권과 물건이 쌍무계약(계약 당사자 쌍방이 서로 의무를 부담하는 계약)으로 견련된 경우에 양쪽의 채무가 서로 견련 관계에 있다고 봅니다."

사발 머리 나 교수는 말끝에 해쭉 웃었다.

"어머…. 징말?"

미모의 명정관은 그제야 이치를 깨달았다는 표정으로 아름드리 머리카락을 살랑거렸다.

"어째… 이해들 되셨습니까?"

사발 머리 나 교수는 모두에게 묻고는 눈웃음을 흘리며, 그녀를 쳐다보았다.

"예!"

짧은 대답을 한 그녀는 웃는 낯으로 가볍게 고운 머릿결을 살랑거렸다. 그때였다. 흰머리 윤편인이 볼품없이 구부정하게 오른손을 들고서 물어 왔다.

"저… 교수님! 근저당권이 설정되고 나서도 유치권이 성립됩니까?"

그는 궁금했던 우라질 문제들을 천년의 수수께끼를 풀어 가듯 하나씩 끄집어내고 있었다.

"유치권까지 들어가기는 아직 무리가 있지만, 할 수 없죠. 허허허!"

사발 머리 나 교수는 사람 좋아 보이게 웃고는, 뭔가를 생각하면서 잠시 주춤거렸다. 그리고 이내 설명을 시작했다.

"민사 유치권은 근저당권 등 권리보다 나중에 성립해도, 유치권자 의외의 자(유치물건 이해관계인)에게 유치권으로 대항할 수 있습니다."

그는 흰머리 윤편인을 주시하며, 잠시 주억거렸다.

"그러나 상사 유치권은 선행 저당권자 또는 선행 저당권에 기한 임의경매(저당권 등으로 법원 집행관에게 신청해서 행하는 경매) 절차에서 부동산을 취득한 낙찰자(매수인)에게 대항할 수 없다는 사실을 기억하셔야 합니다. 아시겠습니까?"

사발 머리 나 교수는 목소리에 힘을 주었다.

"헉…! 차라리 날 잡아먹든가, 아예 죽여라…."

짱구 머리 나겁재는 끝없이 이어지는 강의 내용에 지쳐서는 진절머리를 치고 있었다.

"잘 모르겠는디이요!"

수강생 중 하나가 코믹한 목소리로 외쳤다.

그 바람에 강의실은 한바탕 웃음소리가 빵 터졌다.

"으하하하…!"

사발 머리 나 교수도 함께 따라 웃고 있었다.

"까르르…!"

이들의 웃음 바이러스가 힘든 수업의 짜증을 날리듯 모두를 유쾌하게 만들고 있었다.

지치고 힘든 여성 수강생들도 지루하고, 벅찬 스트레스를 풀어버리듯 입을 가리고 낄낄거렸다.

"자… 자, 여기 주목해 주세요!"

탁! 탁!

사발 머리 나 교수는 분위기를 타는 눈치로 실실 웃어 가며, 가볍게 탁자를 두드렸다. 그는 시간이 얼마 남지 않았다는 조바심에 서두르고 있었다.

더 이상의 혼란스럽고, 술렁거리는 동요는 용납하지 않겠다는 의지의 얼굴이었다.

그러는 가운데 그는 빠르게 주절거렸다.

"단, 상사 유치권이 성립된 이후에 설정한 채무자로부터 부동산을 양수(타인의 권리·재산 및 법률상의 지위 등을 넘겨받는 것) 했거나, 제한물건(일정한 한도를 정하거나 그 한도를 넘지 못하게 막음)을 설정받은 자에게는 대항이 가능하다는 것쯤은 기억해 두세요."

사발 머리 나 교수는 눈에 힘을 주고 강조했다.

"예…!"

대부분 수강생들은 대충 대답을 하고는, 매번 그렇듯 바로 소곤거렸다.

"와…우, 정말! 대항이 가능하다고…?"

이들은 마주 보며 속닥속닥 떠들어대고는, 이내 나 교수 쪽으로 눈길을 돌렸다.

"아, 성립 이후에 양수 받은 자나 제한물건을 설정받은 자에게 대항할 수 있다는 말 같은데, 휴…. 젠장! 난 잘 모르겠다."

짱구 머리 나겹재는 튀어나온 주둥이를 오물거리며, 한숨을 내쉬었다.

그는 우리나라 말이 오늘처럼 어렵게 느껴지기는 처음이라며, 고개를 절레절레 흔들고 있었다.

사발 머리 나 교수의 설명은 전문 용어가 대부분이라 외국어를 듣는 것처럼 도통 머릿속으로 들어오지 않았다. 낯선 단어들은 자신의 두뇌를 갈라놓는 통증과 어지러움으로 미치고 환장할 정도로 메스꺼웠다.

그러나 참을 수 있었던 것은 전문 용어로 몸살을 겪고 있는 사람들이 혼자만이 아니라는 사실이었다.

"질문을 받다 보니 잠시 샛길로 빠진 것 같은데…. 아까 강의하다가 중단한 법정 담보 물권(법률 규정에 의한 담보 물권)에는 유치권과 법정 질권 그리고 법정 저당권(법률규정에 의해 성립하는 저당권)과 우선 특권[다른 채권자보다 우선해 변제받을 수 있는 특수한 권리(소액 보증금, 최우선변제권)] 등이 있습니다."

사발 머리 나 교수는 설명을 하고서 해쭉 웃었다.

"오…우, 대박!"

수강생들은 탄성을 지르며 잠시 서로를 쳐다보면서 웅성웅성거렸다.

그러고는 이내 사발 머리 나 교수를 응시하고 있었다. 그러거나 말거나 그는 계속 자기 말을 빠르게 주절거렸다.

"또한 당사자의 약정으로 발생하는 질권과 저당권 그리고 가등기 담보권과 양도 담보 등은 약정 담보 물권(당사자의 약정에 의한 담보물권)에 해당한다는 것을 기억하시면 됩니다."

사발 머리 나 교수의 설명이 매듭을 짓자, 일부의 사람들은 '맞아, 특약하고는 성격이 좀 다르긴 하지.' 하며 중얼거렸다.

"헐…! 대박!"

몇몇 수강생들이 탄식을 하듯 중얼거렸다. 나머지는 이해가 된 건지? 못한 건지? 두 눈만 껌벅거리고 있었다.

"아… 그리고 한 가지 더 관습법(규범이나 생활 방식에 근거를 두고 성립하는 법) 상 양도담보(목적물인 재산권을 채권자에게 양도했다가, 일정 기간 내에 변제하면, 담보물의 소유권을 반환받는 물적 담보) 등이 있다는 내용도 팁으로 챙겨 놓으세요, 어렵지 않지요?"

사발 머리 나 교수는 수강생들이 어렵다며, 죽는소리를 자주 하고 있어 먼저 선수를 치면서 쉽다는 말을 입에 달고 살았다.

짱구 머리 나겁재는 '저런 육시랄 사발 머리 나 샘 같으니라고, 쉽긴 개뿔!' 하며 툴툴거리며 그에게 눈총을 쏘았다.

"예…!"

그들은 힘없이 대답했다.

"헐…! 우리가 동급인 줄 아나 보지…? 쳇!"

새치 머리 안편관은 혼잣말을 읊조리며, 인상을 잔뜩 찌푸리고 있었다.

수강생들은 잠시라도 틈이 나면 여기저기서 웅성거렸다.

"아니, 어렵습니다!"

이들은 어렵다는 말을 입에 달고서 강의를 들었다. 엄살을 피우면 뭐가 달라지는 것도 없는데 아주 지능적이고 습관적으로 우는 소리를 잘했다.

이럴 때면 사발 머리 나 교수는 맥이 빠졌다. 그러나 그의 입에서 나오는 말은 달랐다. "내용이 누워서 방귀를 뀌는 것처럼 쉽다."
라며 능청을 떨었다.

"하하하! 너무 어려워 마세요."

사발 머리 나 교수는 경쾌하게 웃어 가며 손사래를 쳤다.

"쟤 뭐래…?"

수강생 가운데 하나가 구시렁거렸다.

"여러분이 접하는 경매 사건은 권리 분석 순위에서 자주 나오는
권리들로 종류가 그리 많지 않습니다."

사발 머리 나 교수는 교탁을 짚고 있던 왼손과 교재를 넘기고 있
던 오른손을 수시로 바꿔 가며, 제스처를 취했다.

"대충 손으로 꼽아 봐도 열 손가락 이내입니다."

사발 머리 나 교수는 손가락을 펴서 다시 하나씩 꼽아 가며 설
명을 했다. 수강생들은 그의 움직임을 쳐다보며, 손가락을 좌우로
놀리느라 분주했다.

"즉, 갑 구에서는 가등기(본등기 전 임시로 하는 등기)와 가처분 등기
(처분하지 못하도록 금지하는 잠정적 처분 등기) 그리고 가압류 등기(재
산을 임시로 압류하는 법원의 처분)와 압류 등기(국가 권력으로, 특정 재
산에 대한 처분이 제한되는, 강제집행) 및 강제경매(법원에서, 채무자의 부
동산을 압류하고 경매해 그 대금으로 채권자의 금전 채권을 충당하게 하는
강제집행) 신청등기 정도입니다."

사발 머리 나 교수는 모두를 둘러보며, 실실 웃었다. 그는 이들
도 자신과 비슷한 수준의 이해 능력을 가진 것처럼 대했다.

"에, 을 구에는 금융 기관이나 개인 사채 등을 대출받은 뒤에 설정하는 근저당권 등기(채무가 이행되지 않을 경우, 채권자가 저당물에 대해서, 일반 채권자에 우선해, 변제를 받을 수 있는 권리)와 서류 소송 없이 경매를 신청할 수 있는 전세권 등기(전세금을 주고 남의 부동산을 점유해, 그 용도에 따라 사용할 수 있는 권리)가 있습니다."

사발 머리 나 교수는 등기부등본(등기사항전부증명서)이 때로는 을 구가 없을 수 있다는 설명을 놓치고 있었다.

"그리고 서류 소송을 해야 경매를 신청할 수 있는 임대차 보증금 채권(한 특정인이 다른 특정인에게. 어떤 행위를 청구할 수 있는 권리)으로 임차권(대항력과 확정일자구비)과 임차권 등기 명령(임대차 계약이 종료된 이후 보증금을 반환받지 못할 경우 임차주택 소재지 관할 법원에서 임차인 단독으로 신청할 수 있는 제도)에 의한 임차권 등기(대항력을 유지하기 위해 하는 등기)가 있으나, 보통은 근저당권이 대부분 차지하고 있습니다."

사발 머리 나 교수는 동공을 확장해 강력한 눈짓을 보냈다. 그는 모두에게 이해가 되셨느냐며 물어보듯이 그의 눈길은 빠르게 이들을 두리번거렸다.

수강생들은 권리 분석 가짓수는 열 손가락 이내가 대부분이라는 그의 설명에 한동안 어두웠던 표정이 한결 밝아졌다.

"휴…. 그렇다면 다행이지만 말이야…."

속 알머리 봉상관은 안심을 하며 혼잣말을 중얼거렸다.

"이러한 권리들이 4순위에 해당한다고 보시면 됩니다."

사발 머리 나 교수는 수강생들이 어렵다고 할 때마다 쉽게 설명을 하려고 무던히 애를 써 보았다. 그는 자신의 교수법에 문제가 있는 것은 아닐까? 가끔은 의심도 해 보았다. 그래서 그는 수시로 고개를 갸우뚱거렸다.

"저, 교수님! 4순위에서 말소 기준 권리(최선순위)를 찾으면 됩니까?"

상구 머리 노식신은 뻔한 내용을 모르는 척 물었다. 마치 독도가 자기 땅이라고 우기는 게다짝 신는 우라질 쪽 바리 놈들처럼 안면에 철판을 깔고 말했다.

"예… 맞습니다."

사발 머리 나 교수는 고개를 까닥이며, 대답해 주었다.

"헉…! 징말?"

순간 어디선가 탄식하듯 작은 소리가 들려왔다. 그러고는 다시 사발 머리 나 교수가 빠르게 주절거렸다.

"여러분들은 먼저 말소 기준 권리를 찾는 습관을 기르셔야 권리 분석을 쉽게 할 수 있습니다."

그는 칠판에 쓰인 기준 권리를 분필로 밑줄을 쫙 그어 가면서 강조했다.

"오…호, 땡…큐!"

둥근 머리 맹비견은 속살거렸다.

"알겠습니까?"

"…"

사발 머리 나 교수는 모두를 향해 목청을 높이고는, 말소 기준 권리 글자를 보란 듯이 손가락으로 '땅땅!' 두들겼다.

"예…!"

수강생들은 버럭 소리쳤다. 대답 소리와 그의 분필 토막 가루는 동시에 포물선을 그리면서 허공으로 뿌려졌다. 툭 튕겨져 솟아오른 분필 토막은 바닥에 톡 떨어져 떼구루루 굴렀다.

"그리고 배당에 관해서도 말소 기준 권리 이후에 설정된 권리들은 특별 권리(유치권 등)를 제외하고, 배당을 받든, 못 받든, 무조건 말소된다는 사실을 알아야 합니다."

사발 머리 나 교수는 최선순위보다 설정 일이 늦는 권리들은 낙찰 대금이 완납되면, 배당과 관계없이 등기에서 무조건 소멸(등기 말소 신청에 의함) 된다는 사실을 말하고 있었다.

"와…우, 증말…?"

수강생들은 순간 희열을 느끼자 놀라는 척 소리쳤다.

그때 사발 머리 나 교수의 말이 끝나기를 기다리던 젤 바른 선정재가 불쑥 끼어들었다.

"저, 교수님! 혹시 말소되지 않는 권리들도 있습니까? 헤헤!"

젤 바른 선정재는 자신이 알고 있는 사실이 거짓이 아닐까 의문이 들자 궁금중에 질문을 던졌다. 그 소리를 들은 궁금한 눈길들이 이들을 향해 모아지고 있었다.

낙찰자 입장에서 보면 자칫하면 손실을 감당할 수 있기에 관심을 끌 수밖에 없는 질문이었다.

"허허허! 지금 설명을 하고 있잖습니까? 잘 들어 놓으세요."

사발 머리 나 교수는 질문이 들어오면 기분이 좋아져 웃어 가며 대꾸했다.

"예…에."

젤 바른 선정재는 엉겁결에 대답을 해 놓고, 좀 머쓱했던 모양이다. 괜히 머리를 긁적거리고 있었다.

"단 유치권이나 예고등기(사전에 민법상의 권리나 사실의 존재를 공시하기 위해 일정 사항을 등기부에 기재하는 등기) 그리고 가압류 등기(채무자의 재산에 대한 강제집행을 하기 위해 그 재산을 임시로 압류하는 법원의 처분등기) 이후에 소유권이 변경된 전 소유자에 대한 가압류는 경매로 소멸되지 않습니다. 따라서 낙찰자가 인수해야 한다는 사실을 기억하셔야 합니다."

사발 머리 나 교수는 매각으로 경매 사건이 끝난 뒤에도 등기에 그대로 남아 있는 예외 권리들을 하나씩 설명을 해 나갔다. 그러나 그의 설명에 대한 반응은 의외로 소란스러웠다.

"헐…! 완전 피…박이네, 시벌!"

짱구 머리 나겁재가 탄식하듯, 소리를 질렀다.

"에이, 쪽박이네, 뭐…. 젠장!"

둥근 머리 맹비견이 그에 뒤질세라 맞장구를 쳤다.

"젠장! 유치권이나 예고 등기 또는 선순위 등기 등을 권리 분석에서 놓치면, 개 박살 나는 거지, 뭐…."

새치 머리 안편관은 짜증스러운 목소리로 구시렁거렸다. 그 소리

에 반응을 보인 주위 사람들은 자신들 입장에서 뭐라 뭐라고 쑥덕
거렸다.

"크크! 맞아. 완전 피똥 싸는 거지, 뭐…."

몇몇 수강생들은 서로를 쳐다보며, 쫑알거리고 있었다.

이들이 떠들든 말든 그는 소란 속에서도 차분하게 주절거렸다.

"지금 질문하신 분 이해되셨습니까?"

사발 머리 나 교수가 그의 얼굴을 쳐다보며 손짓을 했다.

"예…."

젤 바른 선정재는 대답과 동시에 고개를 끄덕이면서, 히죽 웃고
있었다. 그는 자신이 알고 있던 내용과 별반 다른 사항을 발견하지
못하자 흐뭇해하는 표정이었다. 그러고는 곧바로 사발 머리 나 교
수의 시선이 자신에게 머물고 있다는 빌미로 다른 질문을 꺼내 빠
르게 주절거렸다.

"저… 교수님! 말소 기준 권리보다 먼저 설정된 권리들은 어떻게
되는 겁니까?"

젤 바른 선정재는 주로 어설프게 알고 있던 관련법을 위주로 질
문을 해 나갔다.

"음…. 그거야 말소 기준 권리보다 빠른 권리들은 낙찰자가 권리
를 승계(인수)해야 합니다."

사발 머리 나 교수는 말끝에 눈짓을 하며, 미간을 약간 찌푸렸
다 피면서 계속 주절거렸다.

"헐…! 독박에 쪽박이잖아?"

상구 머리 노식신이 그 말을 받아먹듯 곧바로 중얼거렸다.

"다만, 권리자가 배당요구 신청서[채권(보증금 등)을 돌려받기 위해 제출하는 서류]를 미리 작성해 법원에 제출하는 경우에는 권리 순위에 따라 우선 변제를 받고 말소됩니다."

사발 머리 나 교수는 설명 끝에 만족한 표정으로 희죽 거렸다. 그러나 그는 최선순위 기준 권리보다 설정(대항력) 일자가 빠른 권리자가 배당금을 다 채우지 못할 경우, 즉 잔금이 부족해 다 받지 못한 보증금은 낙찰자가 인수를 해야 한다는 설명을 빠트리고 있었다.

"오…우, 정말? 그런 거야?"

수강생들은 웅성거리며, 동시에 고개를 끄덕이고 있었다. 사발 머리 나 교수는 강의실 전체를 둘러보다가 눈이 벽시계 쪽으로 옮겨갔다. 그는 시간이 많지 않다는 것을 확인하고는, 뭔가를 찾는 눈동자로 책장을 뒤적거리고 있었다.

말소 기준 권리에 관해 젤 바른 선정재가 관심을 가지고 질문을 하는 데는 그만의 숨겨진 비사가 있었다. 젤 바른 선정재는 초보 경매 시절 배짱 좋게 단독주택을 낙찰받았다가 생각과 달리 피똥 싼 경험을 했었다.

그 바람에 입찰 보증금 10%를 배당재단(민집 147조: 배당할 금액 등을 관리하는 재단)에 고스란히 갖다 바친 것이다. 그것도 한 방에 거금 3000만 원씩이나, 아이고…. 벌어도 시원치 않을 초보 시절에 아차 하는 순간에 졸지에 쪽박을 찼었다.

이유는 이랬다. 젤 바른 선정재는 우라지게도 선순위 임차인과 유치권을 대수롭지 않게 생각하고 덤벼들었다가 경매 물건을 나 홀로 낙찰을 받았다.

그는 주위에 안타까워하는 시선을 뒤로한 채 뛸 듯이 기뻐했었다.

그러나 미치고 환장할 환희의 순간은 잠간이었다. 잔금 때문에 찾아간 경매 사무실에서 기절초풍할 사건이 터졌다. 그는 집행관의 설명을 듣고 나서야 잘못 받은 낙찰(선순위 임차인과 유치권 인수)이라는 사실을 비로소 알았다.

젤 바른 선정재는 눈물을 머금고, 어렵사리 마련한 경매 밑천을 포기할 수밖에 없었다. 실패로 인한 아픔의 씨앗이 자신을 경매 교육장으로 발길을 돌리게 했던 것이었다.

요즘은 제법 수익을 내는 선무당 실력을 갖춘 것도 다 쓰라린 아픔을 경험한 덕분이었다.

"저, 교수님! 전세권(서류 소송 없이 경매 신청할 수 있음)은 경매 신청일 당시에 잔여기간이 6개월 이내인 경우나, 전세 기간이 약정이 없는 경우에도, 인수 조건이 됩니까?"

속 알머리 봉상관은 자기 경험을 돌려 묻고 있었다. 그 순간 수강생들의 눈길이 하나둘씩 사발 머리 나 교수의 입을 향해 모아지고 있었다.

"하하하! 아주 중요한 질문을 하셨습니다."

사발 머리 나 교수는 그가 자신보다 연장자라는 것을 항상 염두에 두고 있는 눈치였다. 그래서 그에게 예의를 갖춰 대했다.

젤 바른 선정재는 '영감태기라고 깍듯하네, 젠장!' 하며, 읊조리면서 그를 넌지시 쏘아보았다.

"음···. 전세권의 경우라면···."

사발 머리 나 교수는 그의 눈을 마주 보고 중얼거렸다. 수강생들의 눈길이 그를 향해 쏘아보고 있었다.

"경우라면···?"

속 알머리 봉상관은 입속말로 따라 하고 있었다.

"첫째, 전세 기간이 만료되었거나."

사발 머리 나 교수는 손가락을 하나씩 펴가며 설명을 해 나갔다. 수강생들의 눈길은 그의 손가락을 따라 움직이고 있었다.

"으흠···. 그래···."

속 알머리 봉상관은 탄식하며, 소리를 삼켰다.

"둘째, 잔여기간이 6개월 이내인 경우."

사발 머리 나 교수는 곧바로 가운뎃손가락을 올려 브이 자를 만들고 약간 흔들어 보였다.

수강생들은 여기저기서 웅성거리며 소란을 떨었다.

"아니, 6개월···?"

가운데 앉은 수강생 하나가 나지막이 소리를 질렀다.

"셋째, 전세 기한이 정함이 없는 경우."

사발 머리 나 교수는 새끼손가락을 엄지손가락으로 누르고서야 겨우 약손가락을 펴면서 올렸다.

"헐…! 정말?"

둥근 머리 맹비견은 혼잣말로 속살거렸다.

"넷째, 최선순위 기준 권리가 가압류이며, 그 이후에 전세권이 설정된 경우로 후순위 근저당권이 경매를 신청했다면, 전세 기한이 6개월 이상 남았다 하더라도 낙찰자에게 인수되지 않습니다. 그래서 배당을 받든, 못 받든, 전세권은 말소 처리됩니다."

사발 머리 나 교수는 엄지손가락을 약간 구부리고는, 마지막 남은 새끼손가락을 펴 보였다.

"헉…! 대박!"

수강생들이 수런수런 떠들자, 강의실은 금세 소란스럽게 변해 웅성거렸다. 사발 머리 나 교수는 아랑곳하지 않은 채 속 알머리 봉상관을 쳐다보며, 이해가 됐느냐는 눈짓을 보냈다. 속 알머리 봉상관은 담뿍 웃어 가며, 자신의 트레이드마크인 속 알머리를 끄덕거렸다.

"말소 기준 권리보다 빠른 권리들 중에 소멸되는 권리를 살펴보았으니, 낙찰자에게 인수되는 권리도 아서야 되겠지요…?"

사발 머리 나 교수는 조금씩 지쳐 갔지만, 야문 주둥이는 아직 건재하게 살아 있었다.

그는 수강생들이 강의 내용을 빨리 이해하고, 따라와 주고 있어 감사할 따름이었다.

"예…!"

일부의 수강생들이 소리를 질렀다.

하지만 귀찮고 진절머리 난 사람들은 입도 벙긋하지 않았다. 그냥 두 눈만 멀뚱멀뚱 쳐다볼 뿐이었다.

"젠장! 뭐가 이렇게 댔다 많아, 골치만 아프게시리…. 에잇, 씨!"

둥근 머리 맹비견은 지겨워 환장하겠다는 표정으로 연신 투덜거렸다. 그러는 가운데서도 사발 머리 나 교수는 끊임없이 주절거렸다.

"소멸되지 않는 권리 중 첫 번째는 보전 가등기(소유권 이전 청구권 즉 순위 보전 가등기)가 있습니다."

사발 머리 나 교수는 집게손가락을 펴 보였다.

"헐…! 대박!"

스트레스가 쌓일 대로 쌓인 수강생들은 괜히 소리를 지르며 웅성거렸다.

"두 번째는 가처분 등기(금전 채권 이외의 특정물의 급부·인도를 보전하기 위해, 판결이 날 때까지 동산 또는 부동산을 상대방이 처분하지, 못하도록 금지하는 잠정적 처분)입니다."

사발 머리 나 교수는 여전히 손가락을 펴 보였다.

일부의 사람들은 골치가 띵띵 아픈 표정으로 고개를 흔들며 진절머리를 쳤다.

"헉…! 지친다…"

이들은 오만상을 잔뜩 찌푸린 채 투덜거렸다.

"그리고 세 번째는 환매 등기(판 물건을 도로 사들이거나 사들인 물건을 도로 팔겠다는 계약등기) 입니다."

사발 머리 나 교수는 히죽 웃어 가며 힘든 내색을 감추려고, 자기 딴에는 안간힘을 쓰고 있었다. 그도 교수이기 전에 한 인간인지라… 어쩔 수 없는 노릇이었다.

"와! 쩐…다!"

노랑 파마머리 여자 수강생 뒷자리에 앉은 누군가 툴툴거렸다.

수강생들은 자신들만 어렵고, 힘든 줄 알고 있었다. 그의 애타는 속도 모른 채 구시렁거렸다.

"네 번째는 지상권(남의 토지에서 공작물 또는 수목을 소유하기 위해 세를 내고 그 토지를 사용할 수 있는 권리)이 있습니다."

사발 머리 나 교수는 습관처럼 손가락을 펴서 올렸다.

"헐…! 진짜 많네, 젠장!"

상구 머리 노식신은 갑자기 짜증을 내며 툴툴거렸다.

"다섯 번째는 지역권(자기 땅의 편익을 위해 남의 땅을 이용할 수 있는 권리)이 됩니다."

사발 머리 나 교수는 설명을 하면서 연신 수강생들을 쳐다보며 긴장을 했었다. 하지만 어딘가를 보면 히죽 웃곤 했었다.

"으…아! 내 골이야…!"

몇몇 수강생들은 비명에 가까운 신음소리로 지겨움을 대신하며, 이따금 툴툴거렸다. 이들은 앓느니 차라리 죽는 게 났다는 표정이었다. 그러나 사발 머리 나 교수는 이들을 신경 쓸 겨를도 없이 연속 주절거렸다.

"마지막으로 임차권(임대차 계약에서 빌려 쓰는 사람이 그 물건을 사용해서 이익을 얻을 수 있는 권리)이 있습니다."

그는 보전 가등기, 가처분 등기, 환매 등기, 지상권 등기, 지역권 등기, 임차권 등기가 경우에 따라서는 낙찰자가 인수할 등기라는 사실을 강조하고 있었다.

"휴…우, 징그럽게도 많네, 젠장 할…!"

삼각 머리 조편재는 대충은 알고 있었다. 하지만, 늘어놓고 보니 이 정도일 줄은 정말 꿈에도 몰랐다는 얼굴이었다.

"이 여섯 가지 모두를 경우에 따라서 낙찰자가 인수해야 합니다."

사발 머리 나 교수는 양손을 가지런히 모았다. 그는 선순위와 후순위 구별은 하지 않았다.

"헐…! 완전 독박에 쪽박 차겠네, 시벌!"

짱구 머리 나겁재는 잔뜩 굳은 얼굴로 짜증을 내고 있었다.

"알겠습니까?"

"…"

사발 머리 나 교수는 권리 분석에 들어가면 이러한 권리들을 놓치지 말라는 의미에서 자기 딴에는 성의를 다해 설명하고 있었다.

"예…!"

뭐가 뭔지 모르는 사람들도 많았다. 그러나 대답만큼은 시원스럽게 내질렀다. 그 바람에 강의실은 웅성웅성 소리가 수시로 반복되곤 했었다.

"뭔 종류가 이렇게나 많은 거야⋯. 젠장맞을!"

흰머리 윤편인은 이미 그런 줄 알고 있었다. 하지만, 괜히 짜증이 나서는 옆 사람 장단에 덩달아 고시랑거리고 있었다. 이들은 시간이 갈수록 늘어 가는 강의 내용에 주둥이가 부르트듯 성이 나서는 알아들을 수 없는 불평들을 수시로 쏟아 냈다.

시간이 흐를수록 웅성거림은 점점 커져 갔다. 그렇게 사람들의 집중력이 분산되고 있었다. 그러나 대박을 칠 수 있다는 달콤함이 잠재의식 속에 살아 있어 수강생들은 꾹꾹 눌러 참아 가며, 그럭저럭 버티고 있었다.

이들은 마시멜로를 하나라도 더 얻어먹기 위해 참는 아이들처럼 두 눈을 부릅뜨고 있는 줄 모른다.

"저기요? 교수님! 말소 기준 권리는 어디서 확인할 수 있나요?"

미모의 명정관은 생글거리며, 목소리를 높여 물었다.

그녀의 질문을 들은 수강생들은 궁금증이 집중되고 있었다.

"말소 기준 권리요? 음, 보통은 경매 법원에서 일주일을 남기고 매각 명세서를 올려 줍니다. 여러분은 거기서 중요한 내용을 확인하시면 됩니다. 우선 최선순위 기준 권리와 기일, 그리고 임차인의 대항력과 보증금 등을 쉽게 찾아볼 수 있을 겁니다."

그녀의 물음에 사발 머리 나 교수는 다각적으로 알 수 있는 방법이 있는데도, 유독 대법원 경매 사이트를 추천하고 있었다.

왜냐하면 말소 기준 권리는 독자적으로 권리 분석을 하는 경우와 부동산 물건을 전문적으로 분석해 제공하는 경매 업체(회원제 사이트) 등이 있었다.

그러나 유독 사발 머리 나 교수는 자신이 직접 권리 분석을 할 줄 알아야 작은 실수를 하나라도 줄일 수 있다는 생각이었다. 그래서 그는 되도록 그 방법을 강조하고 있었다. 그래야 좋은 물건을 골라낼 수 있는 안목이 생긴다는 것이었다.

사발 머리 나 교수는 부동산경매에 입문하고, 아마추어 때를 벗고 난 이후에 전문적인 권리 분석 서비스를 이용해야 실력이 향상된다고 믿었다.

"예."

그녀가 조용히 대답하자, 사발 머리 나 교수는 이어 주절거렸다.

"여러분도 참고로 기억해 두세요."

사발 머리 나 교수는 실실 웃어 가며 권고하듯 말했다. 즉 내가 알아야 남도 부릴 줄 안다는 것이었다.

"히, 뭘⋯?"

빨강 머리 여자 수강생 하나가 눈망울을 굴려 가며, 장난스럽게 넉살을 떨었다.

몇몇 수강생들이 그 모습에 히죽히죽 웃었다. 일부는 그러거나 말거나 핸드폰을 조작하느라 천하태평 삼매경에 빠져 있었다.

"법원에서는 낙찰 기일 일주일을 남기고, 매각 명세서를 올려 주고 있다는 사실을 여러분도 이미 다 아시죠?"

사발 머리 나 교수는 이들을 보며, 히죽 웃었다.

"오⋯호, 대박!"

경매가 초짜인 사람들은 순간 희열을 느끼며, 탄성을 질렀다. 사막에서 오아시스를 만난 것처럼 이들은 새로운 사실에 흥분을 했다.

"그러나 여러분은 되도록 등기사항 전부 증명서와 법원에서 제공하는 매각 명세서 등을 모두 확인하는 습관을 들이도록 노력하세요."

사발 머리 나 교수는 기초가 튼튼해야 실수를 줄일 수 있기에, 틈이 날 때마다 기본기에 충실하라며, 매번 숨 가쁘게 강조하고 있었다.

그의 말이 끝나자 다시 손을 든 그녀가 생글생글 웃어 가며, 질문을 던졌다.

"저기요? 교수님! 등기부등본에 안 나오는 권리도 있나요?"

그녀는 갑자기 궁금증이 증폭되자 참지 못했다.

자신이 초창기에 배웠던 유치권 등의 권리를 그가 전혀 언급을 하지 않고 있는 게 그 이유였다.

"그럼요, 가령 유치권이나 법정 지상권 등은 등기사항 전부증명서에서 확인할 수 없습니다."

사발 머리 나 교수는 엉뚱한 질문에도 히죽 웃어 가며, 설명을 보충해 주었다. 그러고는 그녀를 달달한 눈길로 쏘아보면서 '이제 이해가 되었습니까?' 묻고 있었다.

"헐…! 대박!"

그녀는 혼잣말로 중얼대고는 '우라질 쌤은 어디다 눈길질이야!'

하듯 은근히 눈을 흘기고 있었다.

속 알머리 봉상관은 그 모습이 '딱 내 스타일'이라며, 배시시 웃고 있었다. 사발 머리 나 교수는 그러든 말든 개의치 않고서 이어 빠르게 주절거렸다.

"특히 두 가지 권리는 현장에 나가서 임장 활동을 통해서만 확인할 수 있습니다."

그는 '아시겠습니까?' 묻는 얼굴로 씨익 웃었다. 그녀는 버릇처럼 연신 볼펜을 이리저리 어지럽게 돌려 대면서 강의 내용을 받아쓰고 있었다.

아름드리 머릿결을 살랑살랑 흔들기도 하고, 가끔은 끄덕끄덕 움직이면서 누군가에게 자신의 미모를 봐 달라는 몸짓처럼 그녀의 자태가 예사롭지 않았다.

"헐…! 독박 안 당하려면 발바리가 되어야 쓰겠네."

짱구 머리 나겁재는 혼잣말을 중얼거렸다.

"그러나 법원에서 올려 주는 현황 조사서나 매각 명세서 등에서도 확인을 할 수 있습니다."

사발 머리 나 교수는 유치권 등은 권리자가 경매 법원에 신청을 해야 비로소 권리를 행사할 수 있기 때문에 그렇게 설명을 하고 있었다.

"아이고! 이건 또 뭔 새로운 함정이래…? 마치 부비트랩을 설치한 것 같군, 젠장!"

상구 머리 노식신은 혼잣말을 중얼거렸다.

사발 머리 나 교수는 다른 사람과 달리 그녀를 대하는 눈빛이 여간 달달한 것이 아니었다. 그녀의 미모에 한눈에 반한 눈빛이었다. 수컷이란 그저 가리지 않고 수시로 부르트는 모양이다.

"하여튼 말소 기준 권리를 확인을 하고자 했을 때 매각 명세서 최선순위 설정에 기재되는 권리는 (근)저당권과 담보가등기, 그리고 (가)압류와 강제경매 기입등기 등(전세권, 임차권)을 확인할 수 있을 겁니다."

사발 머리 나 교수는 모두를 둘러보며 목소리에 힘을 주었다.

"오매! 정말…?"

둥근 머리 맹비견은 순간 소리를 가볍게 질렀다.

"저기요? 교수님! 담보 가등기(채무 불이행 때 채무의 변제를 확보하는 수단 물적 담보)와 보전 가등기(개인의 소유권 기타의 권리를 보장하기 위한 수단) 또는 다른 권리와 보전 가등기가 지랄하고, 다투면 어떤 권리를 기준해야 합니까?"

흰머리 윤편인은 그동안 의문을 품었던 내용을 질문하며, 익살을 떨었다. 그 말을 듣던 수강생들은 갑자기 '킥킥' 웃으며 자기들끼리 저 시건방 좀 보라는 눈길로 웅성웅성거렸다.

사람들이 낄낄 웃고 떠들든 말든 사발 머리 나 교수는 약간 미간을 찌푸렸다. 그러고는 곧바로 응답을 해 주듯 주절거렸다.

"그거야 당연히 담보 가등기를 기준으로 합니다."

사발 머리 나 교수는 서슴없이 말해 주고는, 칠판에 담보 가등기와 보전 가등기의 차이를 천천히 쓰기 시작했다.

"와…우, 대박! 그런 거야?"

흰머리 윤편인은 무심코 중얼거렸다.

"그리고 다른 권리(근저당권, 가압류, 강제경매 등기)들도 기준 권리로서 행세를 합니다."

사발 머리 나 교수는 눈을 동그랗게 뜨며 강한 어조로 설명하고 있었다.

"오…예! 자꾸 들으니 쉽네…."

머리카락을 위로 올려 쪽을 찐 수더분한 중년 여성 하나가 나지막하게 중얼거렸다.

"모두들 참고하세요."

사발 머리 나 교수는 은빛 나는 지휘봉으로 칠판을 가리켜 가며 설명했다.

"예…!"

수강생들은 큰 소리로 대답을 하고서 소곤소곤 노닥거리고 있었다. 이들과 상관없이 사발 머리 나 교수의 강의는 계속 이어졌다. 그는 강의실을 두루 살펴 가며 계속 빠르게 주절거렸다.

"만약에 보전 가등기를 기준 권리로 보시고, 권리 분석을 했다가는 크게 낭패를 당할 수 있습니다."

말끝에 사발 머리 나 교수는 히죽히죽 야릇한 표정을 지어 가며 눈가에 잔뜩 힘을 주었다.

"크…으, 알아, 알아."

짱구 머리 나겁재는 입속말로 속살거리며, 그를 애꾸눈을 뜬 채 올려다보고 있었다.

"저, 교수님! 보전 가등기와 담보 가등기는 어떻게 구별할 수 있습니까?"

흰머리 윤편인은 내용을 달리해 파고들었다. 그 말을 들은 사람들의 눈길이 이들을 향해 모아지고 있었다.

그러나 강의실은 여전히 웅성거리는 속삭임들이 이곳저곳에서 파생되고 있었다.

"아하! 그럴 경우에는 법원 경매 기록 조서를 찾아보시기 바랍니다. 거기에는 자세한 내용들이 기록되어 있습니다. 행여 라도 빠트리지 마시고, 반드시 확인한 후에, 권리 분석에 임해야 하나의 실수라도 줄일 수 있습니다."

사발 머리 나 교수는 답변을 해 주며 담담한 표정으로 흰머리 윤편인을 바라보았다. 그는 알겠다는 듯이 고개를 끄덕끄덕하고서 곧바로 메모를 해 두었다. 미모의 명정관은 아직 이해를 못하고 불쑥 오른손을 들고 질문을 해 왔다.

"법원에서 조사해서 알려 주나요?"

그녀는 나지막하게 묻고서 사발 머리 나 교수를 주목했다.

"그렇습니다. 법원은 최고(상대방에게 일정한 행위를 하도록 요구하는 통지를 보내는 일)에도 불구하고, 가등기권자가 담보 가등기인지 소유권 보전 가등기인지를 법원에 신고하지 않으면 최선순위 담보 가등기라도 보전 가등기로 취급하고, 배당에서 제외합니다."

사발 머리 나 교수는 말끝에 이제 아시겠느냐는 표정을 짓고 히죽 웃었다.

"헐…! 대박! 그런 거야…?"

일부 수강생들은 새로운 사실에 희열을 느끼고는 자기 나름의 만족들을 꺼내 가며, 수런거리고 있었다.

"따라서 보전 가등기라도 낙찰자가 경락(경매로 동산 또는 부동산의 '소유권'을 얻는 일) 잔금을 완납하면 소멸하게 됩니다."

그녀의 물음에 사발 머리 나 교수의 얼굴은 피곤한 기색이 어느새 사라지고 금세 생기가 돌았다. 그는 피로회복 드링크라도 한 병 마신 것처럼 순간 상큼한 표정을 지었다.

그러나 그의 설명과 달리 대금 완납 전까지 보전 가등기를 가지고, 먼저 소유권 등기를 경료하면, 낙찰자는 그간에 개고생은 말짱 꽝이라는 사실을 기억해야 한다. 즉 낙찰은 없었던 일이 되는 것이다.

반면 잔금을 완납하면 자동 소멸하는 권리 등기라도 낙찰자가 법원에 말소 신청을 해야 등기부가 깨끗하게 정리된다.

여기서 팁을 하나 꺼내 보이자면, 특히 재개발이나 재건축 물건에 가등기는 철저하게 권리 분석(소유권이 누구에게 있는지, 또는 언제 인수했는지, 규제에는 걸림돌이 없는지)을 검토해야 소송 등 현금 청산 대상에서 피해 갈 수 있다는 것이다.

"저, 교수님! 가압류가 최선순위 권리일 때 대항력을 가진 임차인들의 최우선 변제 금액의 기준이 됩니까?" 큰 머리 문정인은 목이 컬컬해 쉰 듯하고, 잠긴 목소리로 질문을 해 왔다.

"그렇지 않습니다."

사발 머리 나 교수는 고개를 가로저으며 부정을 했다.

"엥…! 정말?"

큰 머리 문정인은 눈을 동그랗게 뜨고 그를 올려다보았다. 수강생들도 몰랐던 새로운 사실에 놀란 듯이 소리를 질렀다.

"그 이유는 가압류가 채권이기에 담보 물권하고는 전혀 다릅니다."

사발 머리 나 교수가 히죽 웃었다. '놀랬지?' 하는 표정 같았다.

"오…호! 대박! 그런 거야?"

큰 머리 문정인은 짜릿한 희열을 느낀 표정으로 환호하며 중얼거렸다.

"그래서 임차인의 최우선 변제 금액은 근저당권이나 담보 가등기 등의 담보 물권을 기준으로 하는 겁니다."

사발 머리 나 교수는 물권과 채권의 우열을 가려 주고는, 이해가 됐느냐고 묻듯이 눈길을 주억거리고 있었다.

"저기요…? 교수님! 그러면 가압류 배당 금액은 법원 배당 기일에 받습니까?"

삼각 머리 조편재는 조용히 있다가 뜬금없이 질문을 해오곤 했었다. 그 말을 듣자 흰머리 윤편인은 어이가 없어 입가에 가벼운 냉소가 흘렀다.

"가압류는 담보 채권이 아니고, 채권을 받기 위한 수단입니다. 하하하!"

사발 머리 나 교수는 말을 하면서도 기가 막혔던가? 한바탕 웃었다.

"헐…! 그걸 누가 모르나…. 젠장!"

삼각 머리 조편재는 괜히 짜증이 솟구쳐 구시렁거렸다.

"그래서 배당 금액을 공탁(법의 규정에 따라 금전·유가 증권 따위를, 공탁소 등에 맡겨 두는 일)해 놓는 겁니다."

사발 머리 나 교수는 말끝에 늘어진 긴 머리카락을 이마 위로 밀어 올렸다. 그리고 미소를 흘리며 모두를 바라보았다.

"그러면 가압류권자가 찾아가기만 하면 됩니까?"

삼각 머리 조편재는 궁금해 환장하겠다는 표정이었다.

"하하하! 그렇지 않습니다. 먼저 채무자를 상대로 본안(민사 소송법상 부수적·파생적인 사항에 대해 중심이 되는 사항) 소송을 제기해야 합니다."

사발 머리 나 교수는 어이가 없어 한바탕 웃고는 보충 설명을 해 주었다.

"젠장! 뭐가 그렇게 복잡해…!"

둥근 머리 맹비견이 툴툴대며 속살거렸다. 삼각 머리 조편재는 몰랐다며 깜짝 놀라는 눈치였다. 수강생들도 새로운 사실에 바짝 긴장하는 눈치였다.

"에… 그러니까 재판에서 승소를 하면 그 판결문을 가지고 공탁금을 회수해 갈 수 있습니다."

사발 머리 나 교수는 이제야 아시겠느냐는 표정을 지었다.

"헐…! 그런 거였어…? 젠장!"

삼각 머리 조편재는 금시초문인 것처럼 인상을 쓰고는 구시렁구시렁 거렸다. 그러고는 기가 막혀 '아이고! 젠장할 더럽게 복잡하네…!' 하고 읊조리고 있었다.

"즉, 그렇게 절차를 밟아야 배당 금액을 찾아갈 수 있는 겁니다. 하하!"

사발 머리 나 교수는 그가 하는 짓이 재미있어 말끝에 그냥 웃고 있었다. 그 모습을 바라보고 있던 수강생들도 괜히 키득 키득거렸다. 강의실은 금세 떠들썩해지며, 창문마저 부르르 흔들리고 있었다.

한바탕 소란스러움이 지나가자 언제 그랬느냐며 강의실 소란은 잠잠해졌다. 그때 누군가 새로운 질문을 하나 던졌다.

"저, 교수님! 전세권도 기준 권리로 가능합니까?"

새치 머리 안편관이었다. 그는 나름대로 경매 노하우가 쌓여 있는 경험자였다.

그런 그가 질문을 던질 때는 어딘가 수상한 부비트랩(사람이 위험하지 않다고 생각되는 물체에 장치해 무심코 동작을 취할 때 사람에게 결정적인 피해를 주는 장치) 같은 트릭이 숨어 있었다.

새치 머리 안편관의 물음에 수강생들은 일제히 그들을 향해 눈길을 돌렸다.

"음…. 전세권도 점유권이나 소유권 그리고 저당권 등(지상권, 지역권, 유치권, 질권)과 똑같이 물권에 해당됩니다."

사발 머리 나 교수는 설명을 하고는 모두를 가만히 둘러보았다.

"오…호! 중…말!"

새치 머리 안편관은 탄식을 하듯 소리를 질렀다.

"만약 아파트 전유부분 전체를 전세권 등기를 했다면, 말소 기준 권리에 해당됩니다."

사발 머리 나 교수는 전세권의 장단점을 끄집어내려는 건지, 실실 웃어 가며, 모두를 처다보았다.

"와…우, 대박!"

짱구 머리 나겹재는 나지막이 소리를 질렀다.

"그러나 건물 일부에 전세권을 설정했다면, 말소 기준 권리에는 해당되지 않습니다."

사발 머리 나 교수는 모두를 둘러보며, '이해를 하겠느냐?'는 눈길로 주억거렸다.

"헐…! 정말, 그런 거야?"

흰머리 윤편인은 무의식적으로 중얼거렸다. 그때 어디선가 짜증스러운 앓는 소리가 들려왔다.

어렵고 지루한 강의에 지친 사람들이 이따금씩 스트레스를 풀어 가듯 내는 소리였다.

"그럼, 구분 등기된 건물은 가능한가요?"

그들과 달리 강의에 재미가 붙은 새치 머리 안편관은 히죽 웃어 가며 파고들었다.

"구분 건물에 전세권 등기를 했다면, 말소 기준 권리로서 자격이 있습니다."

사발 머리 나 교수는 눈에 힘을 주고서 강한 어조로 중얼거렸다. 몇몇을 제외하고는 수강생들은 알아들었다며, 고개를 끄덕끄덕 가볍게 움직이고 있었다.

"엥, 징말…?"

새치 머리 안편관은 몰랐던 내용을 새롭게 깨달은 표정으로 작은 소리를 질렀다. 그 소리를 듣고 평택에서 등교한다는 여성 수강생 하나가 피식 웃었다.

"그러나 단독주택에 전세권을 설정하면 건물 부분만 효력이 미치고, 토지 부분에는 전세권이 미치지 않습니다."

말끝에 그는 수강생들의 표정을 모니터하느라 강의실 전체를 둘러 가며 쏘아보았다.

그리고 실없이 실실대고는 설명을 다시 이어 갔다.

수강생들은 사발 머리 나 교수의 움직임에 초점을 맞추고, 그가 행동하는 대로 눈길을 주고 있었다.

그림자가 따라 움직이듯 눈이 돌아갔다.

"따라서 건물 일부에 설정된 전세권은 말소 기준 권리가 될 수 없습니다."

사발 머리 나 교수는 단독주택 전세권의 결점을 짚어 주고는, 말끝에 히죽 웃었다.

"헐…! 왕짜증…."

누군가 구시렁거리자 일부의 수강생들조차 '젠장! 그런 거야?' 하고는 짜증을 냈다. 몇몇 수강생들은 그러려니 했고, 다른 일부는 아우성을 치고 있었다.

"아하! 이제야 알겠다. 우라질!"

새치 머리 안편관은 이들과 다르게 뭔가 깨달음을 얻은 낯빛이었다.

"그 부분이 헷갈렸는데 속이 다 시원하네."

새치 머리 안편관은 기분이 째지도록 흡족한 표정으로 혼잣말을 웅얼웅얼 거리고 있었다.

그즈음 창 너머로 스며든 어스름 날빛은 강의실 벽면을 누런 회색빛으로 천천히 물들여 갔다. 시간은 수업의 끝을 향하고, 사발 머리 나 교수와 수강생들은 점점 지쳐 가고 있었다.

"여러분이 어려운 경매 수업을 잘 따라와 줘서 저로서는 더 바랄 것 없이 흡족합니다."

"…"

"체! 골을 파먹어서 퍽이나 좋겠네, 젠장!"

둥근 머리 맹비견은 입속말을 속살거리며, 주둥이를 삐죽 내밀고 있었다.

"어째, 수업 내용이 조금은 딱딱해서 어렵지나 않았는지 모르겠습니다. 그래도 머릿속에 쏙쏙 들어오긴 합니까?"

사발 머리 나 교수가 입가에 미소를 보이면서 약간의 목소리 톤을 올려 물어 왔다.

그러고는 잠시 벽시계를 올려다보았다. 삼각 머리 조편재는 그

소리에 반감을 드러내듯 오만 인상을 잔뜩 찌푸리며, '이런… 젠장! 이런 수업이 머릿속에 쉽게 들어 오냐고, 그게 말이야 막걸리야…? 아나 너나 먹어라 엿이다.' 하고는 오른손을 슬며시 들고 있었다. 그때 앙칼진 여자 목소리가 짜증스럽게 들려왔다.

"아니요, 모르는 전문 용어가 너무 많아요!"

미모의 명정관은 투정 섞인 목소리로 엄살을 떨었다.

주위에 여자 수강생들도 덩달아 소리치며 죽을 맛이라고, 하소연을 늘어놓았다. 이들은 야유를 하듯 소리쳤다.

"아이고! 정말이지 힘이 드는 것은 그렇다 처도 이해하기 어려운 내용이 너무 많습니다."

짱구 머리 나겁재는 난망한 눈망울로 그를 보며 앓는 시늉을 해 보였다.

"하하하! 그렇게 힘이 드는 줄 몰랐습니다."

사발 머리 나 교수는 능청을 떨어 가며 안타까운 눈길로 허탈하게 웃었다.

"엥, 쟤 뭐래? 실실 쪼개 가며, 지금 누구 놀리는 거야?"

짱구 머리 나겁재는 혼잣말을 속살거렸다.

"다음 주 수업은 아주 쉬운 강의니 오늘 보다 좀 더 수월할 겁니다."

사발 머리 나 교수는 어린 제자들을 달래는 것처럼 터져 나오는 웃음을 억지로 참아 가며 슬쩍 미끼를 던졌다.

"와…우, 증…말?"

둥근 머리 맹비견은 뻔한 거짓말에 어이가 없어하며, 진짜냐며 소리를 질렀다.

"대신 집에 돌아가시면 복습은 반드시 하시길 바랍니다. 시간이 되시면 다음 수업 준비도 꼭 해 오시고 말입니다."

사발 머리 나 교수는 모두를 둘러보며 목청을 높였다. 그는 꼭 숙제를 해 가지고 오라는 초등학교 담임처럼 굴었다.

"쳇! 우라질 인간, 날로 먹겠다는 심산이네, 뭐."

짱구 머리 나겁재는 옆 사람을 돌아보면서 중얼거렸다.

"내 말이…"

둥근 머리 맹비견은 그와는 곧잘 죽이 맞아 늘 단짝처럼 어울리고 있었다. 수강생들은 벌써부터 집으로 돌아갈 준비로 강의실은 어수선해져 부산스러웠다.

"오늘 수업은 여기서 마치도록 하겠습니다."

사발 머리 나 교수는 빙그레 웃어 가며, 고개를 약간 숙였다. 그리고 교탁 위에 펼쳐진 교재를 서둘러 수습하고 있었다.

"휴…유! 이제야 좀 살 것 같네."

흰머리 윤편인은 크게 한숨을 내쉬며 말했다. 그는 긴 터널을 빠져나온 듯 고개를 살래살래 흔들었다.

사발 머리 나 교수는 짧은 인사말을 마지막으로 북적거리는 강의실을 천천히 걸어 나갔다. 일부의 사람들은 인사와 동시에 흐트러진 옷매무새를 단정하게 매만지고 있었다. 이들과 다른 몇몇은 자신이 가져온 소지품을 챙겼다.

그러고는 누가 먼저인지 하나둘씩 강의실을 빠져나가고 있었다. 흰 머리 윤편인과 돈 사랑 팀원들도 다음 주를 기약하고는 각자의 행선지로 뿔뿔이 흩어지고 있었다. 썰물이 빠져나가는 것처럼 사람들은 귀가를 재촉했다. 흰머리 윤편인은 강의실을 빠져나와 주차장으로 걸어갔다.

그곳에는 수업을 듣는 동안 주차해 놓았던 그의 승용차가 겨울 추위를 견디며 주인을 기다리고 있었다. 차갑게 얼어붙은 차 문을 열고 올라탄 그는 냉기가 맞이하는 시트에서 이내 시동을 걸었다.

그러고는 교내 주차장을 서서히 빠져나갔다. 주변에 시동을 거는 동기들을 뒤로한 채 그는 곧장 집을 향해 가속 페달을 밟았다. 추위로 얼어붙은 도로를 따라 복잡한 시내로 들어섰다. 흰머리 윤편인은 한참을 달린 끝에 시내를 빠져나와 한적한 도로를 타고 동네 어귀에 들어섰다.

그러고는 시원스럽게 뻗은 길을 따라 지하 주차장으로 들어갔다. 무사히 주차를 마친 그는 승강기를 타고 곧장 집으로 올라가 가족들과 재회를 했다.

그리고 잠깐의 여유도 없이 주중에 미루어 두었던 밀린 과제들을 하나씩 해결하느라 죽자고 매달렸다.

주말 동안은 대법원 경매물건을 찾아내 검토도 해 보고, 임장도 하면서 경매 수업에 필요한 복습과 예습을 병행하곤 했었다.

그러는 사이에 어느덧 새로운 한 주가 시작되고 있었다.

정부는 연일 부동산 정책들을 쏟아 붓듯이 꼬리를 물고 내놓고 있었다. 매스컴들은 부동산 정책을 기획 보도하느라 짧은 하루가 빠르게 저물어 갔다.

이른 아침부터 새로운 부동산 이슈들이 매스컴 일면을 장식하면, 입빠른 달변가들은 어느새 전문가 해석을 달아 마치 부동산 시장의 대변인을 자처하듯 브리핑을 하고 있었다. 세상이 부동산으로 뜨겁게 들끓든지 말든지, 자신들의 생각을 풀어놓고 있었다.

수요일 오후 등굣길

그러든 말든 흰머리 윤편인은 어여쁜 와이프와 마주 앉아 그녀가 정성 들여 차려 놓은 점심 식사를 먹었다. 그는 식탁에 오른 반찬들을 맛깔스럽게 먹어 가며 생각은 이미 대학원에 가 있었다.

왜냐하면 자신의 성격상 늦지 않게 가야 한다는 결벽성 때문이었다. 그래서 서둘러 식사를 마쳤다. 그러고는 외출 준비를 마치자 그는 곧장 집을 나서 대학원으로 향했다. 오늘따라 거리에 눈발이 사납게 내리고 있었다. 도로가 꽁꽁 얼어붙어 차들이 거북이 운행을 하고 있었다.

그래서 할 수없이 대학원까지 시간 안에 도착하기 위해서는 승용차를 두고 대중교통을 이용해야 했다. 그는 집에서 나와 가까운 역까지 도보로 걸어갔다. 출구에서 에스컬레이터까지 걸어 내려와 아래로 이동하는 계단에 올라탔다.

그리고 개찰구를 통과해 대합실에 도착했다. 거기서 약 6분 정도 기다리다 막 도착한 지하철을 탔다. 오후 한가한 시간이라 지하철 승객들이 붐비지 않았다. 빈 좌석이 여기저기 눈에 들어왔다. 그중 맘에 드는 한 곳에 가서 앉았다.

그는 목적지 역까지 도착하는 데 약 20여 분이 걸렸다. 역 근처에 도착하기 전부터 광고와 함께 안내 방송이 흘러나왔다. 흰머리 윤편인은 곧장 지하철역을 빠져나와 대학원 정문을 통과하기까지 도보로 부지런히 걸어서 약 10여 분이 소요되고 있었다.

그리고 복도를 지나는 데는 채 5분이 걸리지 않았다. 그가 벌겋게 달아오른 얼굴로 강의실 문턱에 들어서자, 이미 도착한 수강생들로 강의실은 북적대고 있었다.

자기 자리를 찾아간 흰머리 윤편인은 가져간 가방부터 내려놓았다. 그리고 먼저 온 팀원들과 가볍게 인사를 나누고, 바로 의자에 앉았다. 수강생들은 몇 칠을 못 본 사이에 쌓였던 수다 삼매경에 빠져 세상 풍선을 잔뜩 불고 있었다.

돈 사랑 팀원들도 그 속에 함께 어울려 웃고 떠드느라 정신들이 없었다. 이들은 주중이나 주말 동안에 부동산경매 물건을 찾아내서 검토하거나 입찰을 받으러 다녔다. 그중 일부 수다꾼들은 임장 활동 등에서 자신들이 겪었던 경험담을 부풀려 수선을 떨고 있었다.

이들은 허풍선이도 울고 갈 바람을 잔뜩 집어넣고 자랑을 하거나, 주로 실수로 인한 에피소드를 재미 삼아 들려주면서 호들갑을 떨었다.

소란스럽게 떠들며, 부산을 떨던 사람들은 강의실로 들어서는 사발 머리 나 교수의 얼굴이 눈에 띄자 높았던 목소리들이 조금씩 가라앉기 시작했다.

그러고는 그의 눈치를 흘끔흘끔 살피고 있었다. 사발 머리 나 교수는 간단하게 출석 체크를 마치고, 곧바로 경매 수업으로 들어갔다.

강의는 지난 시간에 못다 한 내용을 다시 끄집어내서 계속 이어졌다. 그는 수업 첫 시간이라 그런지 주둥이에 모터를 달고 있는 것처럼 생기발랄하게 주절거렸다. 그의 열강에 녹아든 강의실은 순식간에 치열한 공방전이 펼쳐지고 있었다.

사발 머리 나 교수와 수강생들 사이에 질문과 답변은 시간이 갈수록 뜨거워져 불꽃이 튀고 있었다. 강의실은 점점 뜨겁게 달아올랐다. 그리고 의문점이 생기면 곧바로 질문이 쏟아졌다.

제11장

주택 및 상가
임대차

"자… 자! 이쯤에서 본론으로 돌아가기로 하죠."

사발 머리 나 교수는 말과 동시에 해쭉 웃고는 교재를 뒤적거렸다.

"헐…! 누가 뭐라나, 젠장!"

수강생 가운데 몇몇 사람들은 콧방귀를 끼듯 툴툴거렸다.

"이제부터 임대차 보증금에 관해서 조금 더 설명하고 5순위로 넘어가도록 합시다."

사발 머리 나 교수는 경매 수업의 연장선에서 관련된 질문을 가볍게 받아 준다는 것이 수업 범위에서 한참 벗어나고 말았다.

"헐…! 진작 그럴 일이지."

속 알머리 봉상관은 혼잣말로 중얼거렸다. 그렇게 골머리를 앓던 수강생들의 바람대로 사발 머리 나 교수는 본래의 강의로 되돌아갔다.

"앞에서 임차인 보증금과 관련해서 대충은 설명을 했습니다. 다만, 제4순위 임차권 등기와 임차인의 권리를 제대로 이해하지 못한 분들이 있어, 보충 설명으로 대신할 테니 참고들 하시길 바랍니다."

그는 자기 긍정을 하듯이 말끝에 사발 머리를 까닥까닥 대고는 히죽 웃었다.

수강생들은 금세 웅성웅성 소란을 떨고 있었다. 둥근 머리 맹비견은 "아니, 뭘 또 복잡하게 젠장!" 하며 읊조렸다.

"먼저 주택 임대차 임차인들과 상가 건물 임대차 임차인들의 우선순위와 대항력, 그리고 우선변제권 등에 관해서 몇 가지는 짚고 넘어가야 할 것 같습니다."

설명이 끝나자, 그 자리에서 돌아선 사발 머리 나 교수는 주택 임대차 보호법과 상가 건물 임대차 보호법에 대해 칠판 위에 하나씩 적어 나가기 시작했다.

그 틈을 타서 수강생들은 임대차 보호법 때문에 굴곡진 삶을 살아가는 기막힌 사연들을 주고받고 있었다. 강의실은 서서히 난상 토론장으로 변해 여기저기서 떠드는 소리가 모여 와글거렸다. 그 가운데 한 사람이 나서 돈 사랑 팀원들에게 이렇게 주절거렸다.

"내가 이번에 조사한 아파트에 우라질 소유주가 살면서 망할 놈의 세입자를 들였다는데, 어디까지 믿어야 되는지 모르겠다 말입니다."

젤 바른 선정재는 그들이 의심쩍다면서 상구 머리 노식신을 붙들고는, 자신의 고충을 털어놓고 있었다.

"젠장! 완전 개코 같은 소리네, 어떻게 자기가 사는 아파트에 임차인을 들일 수 있단 말인가…? 어딘가 구린 냄새가 펄펄 나지 않습니까?"

옆자리에서 듣고 있던 속 알머리 봉상관이 고개를 가로저어 가며 중얼거렸다.

"뭐 그럴 수도 있겠지만, 현실적으로 힘든 경우죠, 임장臨場을 나가 확인은 해 봤습니까?"

상구 머리 노식신은 그를 얄궂게 쳐다보았다.

"아니요."

젤 바른 선정재는 대뜸 고개를 가로저었다.

"그럼 법원 경매 서류 조서에는 뭐라고 나와 있었습니까?"

함께 듣고 있던 흰머리 윤편인은 뭔가 짐작이 가는 구석이 있어 슬쩍 물어 왔다.

"현황 조사서(집행관의 현장조사 내용)와 매각 명세서(대상 물건의 현황과 권리관계 및 감정 평가액 등을 일목요연하게 정리 작성한 공식적 문서)에는 임차인으로 올라와 있었습니다. 하지만, 뭔가, 구린내가 풍긴다 이 말입니다."

젤 바른 선정재는 눈알을 희번덕거리며, 고개를 갸웃거렸다.

그동안 자신이 파악했던 서류들을 떠올리며, 한껏 의구심을 드러내고 있었다.

"제기, 매각 명세서에 임차인으로 올라와 있으면 확실한 세입자가 아닙니까?"

짱구 머리 나겁재가 불쑥 끼어들었다. 젤 바른 선정재는 눈을 치켜뜨고는 '지랄 염병 헤엄치고 있네!' 하는 눈빛으로 쏘아보고 있었다.

"모르는 소리 하지도 말아요!"

상구 머리 노식신은 매몰차게 잘라 말했다.

"뭐, 아니면 말고…. 히히!"

짱구 머리 나겁재는 해쭉 웃고는 돌아서서 가운뎃손가락을 들어 올리고 있었다.

"물론 집행관이 조사해서 올린 기록인지, 아니면 본인이 직접 권리신고를 한 내용인지는 매각 명세서를 확인하면 나올 것이고, 또…."

흰머리 윤편인은 자신이 겪었던 경험들을 들춰내며, 중얼거렸다. 그때 둥근 머리 맹비견이 쓰윽 끼어들며, 이렇게 들이댔다.

"또 뭐가 있습니까…?"

그는 익살스러운 몸짓 개그로 능청을 떨었다.

"사람 참! 남의 말을 중간에서 자르고 있어!"

이야기가 끊어지자, 젤 바른 선정재가 눈꼬리를 치켜뜨며, 짜증을 냈다. 그 모습이 우스꽝스러운 미모의 명정관은 입을 막고서 킥킥 거리고 있었다.

"키득키득…."

그녀의 웃음소리에 참았던 팀원들도 덩달아 웃고 있었다. 흰머리 윤편인은 히죽 따라 웃고는 계속 주절거렸다.

젤 바른 선정재는 그녀의 미소에 치밀었던 화가 누그러져 구겨졌던 인상이 어느 순간 활짝 펴져 있었다. 속 알머리 봉상관은 그를 쳐다보면서 '사람 성질이 죽 끓듯 하네,' 하고는 속으로 혀를 끌끌 차고 있었다.

그는 두 사람의 사이에서 헛물켜고 있는 줄도 모른 채 애석하게도 틈만 나면 그를 상대로 으르렁거렸다.

"아마도 임장 활동을 나가 보시면 대충 윤곽이 잡힐 겁니다. 그것도 싫으면…."

"싫으면 또 뭐가 있남요?"

둥근 머리 맹비견은 갑자기 장난기가 발동했다. 그게 아니면 젤 바른 선정재에 대한 우라질 반감이었다. 그래서 죽자고 끼어들었다.

"하하하! 이제 장난 그만 치시고, 들어 봅시다."

흰머리 윤편인은 넛지 있게 둥근 머리 맹비견을 팔꿈치로 툭 치면서 실실 웃었다.

그 순간 미모의 명정관의 싸늘한 눈초리가 둥근 머리 맹비견을 차갑게 흘겨보고 있었다.

"왜…에 있잖습니까? 경매 법원에서 제공하는 사건 내역을 검토하다 보면, 자기 부인이나 친인척을 올려놓는 경우가 종종 발견되곤 하는데, 왜들, 본 적이 없으십니까?"

그 말을 해 놓고, 흰머리 윤편인은 팀원들의 눈치를 흘끔거렸다. 이들은 돌아가면서 고개를 *끄덕끄덕*거리고 있었다.

"뭐, 그렇다고들 하긴 하는데…."

무슨 생각을 하며 젤 바른 선정재는 애매한 얼굴로 고개를 끄덕거렸다. 그는 믿기지 않는 눈치였다.

"내 말은 그쪽으로 파고드는 방법도 의외로 문제를 쉽게 해결할 수 있다고 봅니다."

말을 끝낸 흰머리 윤편인은 그의 눈을 슬쩍 보며 싫으면 말고, 하는 표정으로 주억거리고 있었다.

"가만, 가능성이 없는 말은 아닌 거 같습니다."

한동안 침묵을 지키던 새치 머리 안편관이 한마디 거들며 끼어들었다. 젤 바른 선정재는 '혹시나 새로운 방법이 있을까?' 싶어 그에게 기대를 걸고는 쏘아보고 있었다.

"만약, 자기 부인을 세입자로 올려놓았다면, 임차인으로 배당이 되겠습니까?"

새치 머리 안편관은 익살스러운 표정으로 손사래를 쳤다. 미모의 명정관은 가볍게 터져 나오는 웃음을 어찌하지 못하고 킥킥거렸다.

"그렇죠, 임차인이 배우자나 가족이라면, 배당에서 제외된다고 보는 게 정설입니다."

큰 머리 문정인이 먼저 나서서 아는 척 거들었다.

"말이라고요, 완전 안 되죠, 자기 가족은 임차인으로 올려놓아도 헛일입니다."

흰머리 윤편인은 맞장구를 치며, 고개를 가로저었다. 순간 삼각 머리 조편재가 눈총을 쏘아 대며, 그를 아니꼽게 째려보고 있었다.

"그럼, 지인이나 친척도 안 되나요?"

미모의 명정관은 조잘조잘거리며, 엷은 웃음을 보였다. 그녀는 가족과 친척 그리고 지인과는 어떻게 다른 건지 꽤나 궁금한 표정이었다.

"그건 또 다른 문제이니 접근 방법을 달리해야 할 겁니다." 새치머리 안편관이 가로채듯 나섰다. 이때 팀원들의 아니꼬운 시선이 그에게 쏠렸다. 그러나 그는 이들이 모르는 뭔가를 알고 있는 눈치였다.

"어머, 그래요? 어떻게 해야 하는지를 방법을 아시면, 저도 좀 알려 주시겠어요?"

그녀는 배시시 웃으며 부탁했다.

"글쎄…? 제일 손쉬운 방법은 직접 찾아가서 당사자와 부딪쳐 보시는 것이 가장 확실합니다. 하지만, 그 방법이 두렵거나 싫다면, 안내장을 작성해서 보내는 것도 하나의 묘안이긴 합니다."

새치 머리 안편관은 잠시 무언가를 정리하는 표정을 지어 가며, 천천히 설명을 보충했다.

"안내장이라면…요?"

그녀는 '첫 번째 보다는 두 번째 방법이 낫겠다.' 싶어 의아한 얼굴을 하고서 그를 바라보았다.

"왜… 있잖아요? 거짓으로 임차인 신고를 하면….'"

새치 머리 안편관은 눈가에 힘을 주며 잠시 머뭇거렸다.

"하면요…?"

그녀는 어린애처럼 되묻고는 손톱을 깨물고 있었다.

그는 별안간 말문이 막혀 계속 이어 가지 못하고, 한참을 이 생각 저 생각을 하면서 한곳을 멍하니 쳐다보았다. 뭔가 기억이 가물가물해 골똘히 생각하는 것 같은 표정이었다. 그때 흰머리 윤편인이 불쑥 나서 한마디 주절거렸다.

"일단 안내장을 작성해서 보내시면 효과를 볼 수 있을 겁니다. 왜냐하면 사실이 아닌 자가 세입자처럼 속이고 임차인이라 거짓으로 신고하면, 고의적인 위법행위로 처벌을 받을 수 있기 때문입니다."

"그래서 안내장을 잘 작성해서 보내시면 의외로 연락이 오는 분들이 더러 있다고 합니다."

흰머리 윤편인은 만리장성을 거닐 듯 늘어놓고는 그녀를 향해 해쭉 웃었다. 미모의 명정관은 '혹시나?' 싶은 마음에 고개를 돌려 다시 주절거렸다.

"그러고요?"

그녀는 자신을 깔보는 듯 미소 짓는 그의 웃음에 눈살을 찌푸리며 '우라질 자식! 웃기는…' 하며 속살거렸다.

"안내장을 받고 지레 겁먹은 거짓 신고자 중에는 자진해서 배당을 포기하는 사람들도 꽤 있다고 합니다."

흰머리 윤편인은 중요한 핵심 내용을 아무렇지도 않게 툭 내뱉고는, 그녀를 보며 자기 긍정에 고개를 까닥까닥거릴 뿐 찌푸린 표정에 대해 아무런 내색하지 않았다.

"흐흐⋯. 뭐 내용증명 등기라도 날라오게 되면, 괜히 주눅이 들어 그렇기도 하겠습니다."

짱구 머리 나겹재는 중간에 끼어들며, 히죽거렸다.

"그 방법은 IMF 시절에 금융기관에서 많이 이용했다고 합니다."

새치 머리 안편관은 그제야 다시 설명을 이어 갔다.

그에 눈의 초점은 그녀의 목덜미에서 늘어진 스카프의 끝자락 모서리 쪽에 꽂혀 있었다. 그는 불거져 솟은 가슴 사이로 흘러내린 스카프가 무척이나 부러운 눈빛이었다.

"어머⋯. 그런 묘수가 있었네요. 호호!"

미모의 명정관은 샛별처럼 반짝거리는 그의 말이 반가워 입을 가리고 웃고 있었다. 아마 몰랐던 접근 방법을 알게 되면서 느끼는 짜릿한 희열 같았다.

"그럼 문서를 작성할 때 참고할 서식이나 법률 내용 등은 없을까요?"

그녀는 말을 하면서도 일부러 의도한 듯 새치 머리 안편관을 지나 흰머리 윤편인을 슬쩍 넘겨다보고 있었다.

그에게 뭔가 구원을 청하는 애처로운 눈빛이었다.

그 모습을 모른 척할 수 없었던 그가 가벼운 입놀림을 하듯 곧바로 주절거렸다.

"있긴 있습니다, 아마, 이런 내용으로 작성하시면 효과를 보실 겁니다."

흰머리 윤편인은 자신의 경험을 근거로 설명을 늘어놓기 시작했다.

"첫 번째로, 임대차 계약서 위조는 사문서 위조죄가 된다고 안내할 수 있습니다."

그는 말끝에 미소를 머금고 그녀를 바라보았다. 미모의 명정관은 입을 다물지 못한 채 경악하듯 놀라는 표정을 지었다.

"헐…! 정말?"

짱구 머리 나겁재가 안내를 경고로 바꿔 할 수 있다는 인식의 전환을 사고하면서 느낀 충격에, 그는 경기하듯 놀라며 벌떡 일어났다가 다시 앉았다. 그 모습에 팀원들은 히죽히죽 웃었다.

그러든 말든 흰머리 윤편인은 계속 빠르게 주절거렸다.

"두 번째는, 허위 임차인 신고는 경매 방해죄가 된다고, 안내할 수 있습니다."

흰 머리 윤편인은 연신 그녀에게 이해를 하시겠느냐는 눈치를 주고 있었다.

"헉…! 경매 방해죄…?"

그녀는 또다시 탄성하며, 놀란 표정을 지었다. 새로운 사실에 희열을 느낀 얼굴 가득 어쩔 줄 몰라 감동하는 환희가 안면근 깊숙이 퍼져나갔다. 그녀의 소리 없는 탄성은 신의 한 수를 거머쥐기라도 한 눈빛이었다.

"세 번째는, 거짓(위계)으로 금전적 이득을 취했다면, 사기죄에 해당되어 형법상 처벌을 받을 수 있다는 안내장을 작성할 수 있을 겁니다."

이렇게 설명을 마친 흰머리 윤편인은 그녀의 반짝거리는 환희에 찬 눈빛을 보면서 이제 뭐 좀 이해가 되시겠느냐는 눈치를 주었다.

그녀 입장에서 보면 자랑이라도 하는 것처럼 거만하기가 이를 데가 없어 보였다. 그러나 그녀는 고마운 마음에 아니꼬운 심정은 다 접어 두고서 한마디 주절거렸다.

"어머나, 윤 선생님은 경매 경험이 많으신가 보죠? 호호! 하여튼 대단해요."

그녀는 엄지손가락을 내밀면서 배시시 미소를 지었다. 속 알머리 봉상관은 질시 어린 눈길로 그녀를 쏘아보고 있었다.

삼각 머리 조편재도 인상을 찡그리며, 흰머리 윤편인을 질시하듯 입을 한 움큼 내민 채 쏘아보았다.

"그 정도쯤이야 누구나 다 아는 겁니다. 흐흐…."

팀원들의 질시를 뒤로한 채 그녀의 칭찬에 고무된 흰머리 윤편인은 우쭐한 마음에 앞턱을 내밀며, 자세를 슬며시 고쳐 앉았다.

옆자리에서 지켜보던 젤 바른 선정재가 빈 정이 상해서는 이죽거리면서 그를 째려보고 있었다.

"그래, 쩐…다, 쩔…어! 우라질 자식!"

삼각 머리 조편재는 그의 거드름이 비위에 거슬려 가자미눈을 치켜뜨고서 속살거렸다.

그즈음에 진녹색 칠판 위에 흰 글씨로 주택 임대차 보호법과 상가 임대차 보호법을 차례로 적어 내려간 사발 머리 나 교수는 분필을 내려놓고, 다시 정면을 향했다.

"여러분들은 경매의 꽃이 뭐라고 생각합니까? 누가 한번 대답해 보세요."

사발 머리 나 교수는 어수선한 분위기를 한곳으로 모으기 위해 질문을 던졌다. 자신들 이야기로 수다를 떨고 있던 수강생들은 사발 머리 나 교수의 목소리에 놀라 자유분방했던 자세를 고쳐 앉았다. 그러고는, 교탁을 뚫어지게 바라보는 척 그를 주시하고 있었다. 그때였다.

"권리 분석입니다!"

짱구 머리 나겁재가 먼저 소리를 질렀다.

수강생들은 '그래, 너 잘났다.' 하는 눈빛으로 히죽 웃었다.

"임장 활동이요!"

뒤이어 둥근 머리 맹비견이 소리를 질렀다. 몇몇 수강생들은 설마 하는 눈치에 고개를 갸웃거리고 있었다.

"인도 명령 및 명도 소송이요!"

상구 머리 노식신이 남들과 뒤질세라 목청을 높였다. 일부 수강생들이 부정하듯 고개를 가로흔들었다. 이들은 퀴즈를 풀어 가듯 입에서 나오는 대로 지껄였다.

"경매 물건 고르기요!"

삼각 머리 조편재가 장난치듯 냅다 소리를 질렀다. 몇몇 수강생들은 어이가 없다며, 한심한 눈길로 그를 쏘아보다 고개를 돌렸다.

"낙찰 후 소유주나 임차인을 내보내는 명도가 꽃이 아니겠습니까?"

흰머리 윤편인도 한마디 거들고 나섰다.

사발 머리 나 교수는 여러 답변들이 터져 나오자 싱긋 웃고 있었다. 누구 하나 자신이 원하는 정답이 아닌 모양이었다. 그는 히죽히죽 웃고만 있었다.

그러나 답변들이 터무니없다거나, 꽃이 될 수 없는 내용은 자신의 기준에서 한 마디도 없었다. 사람마다 사물의 이치를 논리적으로 생각하고, 판단하는 능력. 그리고 실천적 원리에 따라 의지와 행동을 규정하는 역량이 다른 것처럼, 이들이 생각하는 이성적 견해는 마음속에 문제의 정답이 있다고 믿었다.

경매의 꽃 그것은 무엇일까? 낙찰을 받기 이전 또는 이후, 아니 모든 과정이 꽃이다. 내 손에서 나간 원금이 이득으로 돌아오는 그날이 경매의 꽃과 열매를 함께 받는 날인지도 모른다.

그러나 흰머리 윤편인은 유별스럽게도 피상적으로는 새싹이 푸릇푸릇 돋아나는 싱그러운 나뭇잎보다 아름답게 핀 꽃과 풍성한 열매를 사랑했다.

하지만 그 마음속은 보다 더 멀리 내다보는 꽃씨를 품고 있었다.

"우리가 함께 풀고 있는 권리 분석이나 지금 여러분들이 내놓는 답변들은 경매를 배우는 데 있어 무엇 하나도 소홀히 다룰 수 없는 핵심 사항으로 모두가 꽃이라고 할 수 있습니다."

그는 그 말을 늘어놓고는 싱겁게 웃었다.

"헐…! 그럴 걸 경매의 꽃은 왜 묻고 지랄이야? 웃겨 죽겠네, 젠장!"

강의실 구석에서 누군가 구시렁거렸다. 수강생들은 "아니, 이도 저도 아니면 도대체 뭐라는 거야? 젠장!" 하며 툴툴거렸다.

"아시겠습니까?"

"…."

사발 머리 나 교수는 밑도 끝도 없이 물어 왔다.

"예…!"

수강생들은 건성건성 소리부터 질렀다.

"에잇…. 그걸 누가 모르나, 젠장!"

짱구 머리 나겁재는 쥐뿔도 모르면서 다 아는 양 엿장수도 주워 가지 않을 혼잣말을 속살거렸다.

"제가 강조하는 핵심은 이중 무엇 하나라도 경매를 배우는 과정 속에서는 하나의 꽃이 될 수 있다는 말입니다."

사발 머리 나 교수는 모두를 향해 말하고는 고개를 주억거렸다.

"저, 교수님! 그중에서 제일 중요하다고 꼽는다면 무엇을 추천할 수 있을까요?"

상구 머리 노식신은 능청스럽게 묻고는, 히죽히죽 웃었다.

"아마도, 경매의 기본을 모르면 누구의 도움 없이는 힘들 겁니다."

그는 말을 해 놓고는 해쭉 웃었다.

"헐…! 배꼽 빠지겠네, 젠장!"

이들은 어이가 없다는 표정을 짓고는 주둥이를 샐쭉샐쭉 거렸다.

"허허허! 그러니 이번 시간은 당연히 경매의 모든 과정을 꽃으로 보시면 되겠습니다."

사발 머리 나 교수는 매 과정마다 진화를 거듭하며, 현재 시간을 최고 최선의 베스트로 아니, 꽃으로 설명하고 있었다.

그런 이유 때문에 그는 모두를 둘러보며, 권리 분석의 중요성을 강조하고 있는지 모른다.

"교수님! 제 생각은 권리 분석보다는 낙찰을, 낙찰보다는 명도(넘겨받거나 넘김)를 경매의 꽃이라고 생각을 했었습니다. 그런데 이제는 고정 관념을 깨 버려야겠습니다. 흐흐…"

흰머리 윤편인은 사발 머리 나 교수의 말끝에 농지거리를 하듯 빈정거렸다. 그러자 수강생들은 그의 입놀림에 여기저기서 키득키득 웃고 있었다.

"하긴, 뭔들 중요하지 않겠습니까?"

그때 귀담아듣고 있던 큰 머리 문정인이 입가에 웃음을 흘리며 슬쩍 끼어들었다. 그러고는 그를 보며 다시 주절거렸다.

"그러나 진짜 중요한 것은 경매 끝에 남는 과실이 아닐까 싶습니다."

그는 자기만의 심오한 해석으로 떠벌렸다.

"두 분 말을 듣다 보니 경매의 끝은 행복한 과실이 아니면 불행한 과실 중에 하나가 아닐까? 하는 동전의 양면 같다는 생각이듭니다."

속 알머리 봉상관은 말끝에 끼어들며, 자신의 견해를 밝혔다.

"그럴지도 모르죠?"

흰머리 윤편인은 공감을 하고 있다며, 그의 말을 부정하지 않았다.

"뭐, 결론이야 씨앗까지 받아 봐야 알겠지만 말입니다."

속 알머리 봉상관은 갈무리를 하며 속닥거렸다. 그러고는 두 사람을 번갈아 쳐다보았다. 사발 머리 나 교수는 말이 끝나기를 기다렸다는 표정을 짓고서 강의를 계속 이어 나갔다.

"그렇죠, 모든 과정은 사람마다 다른 꽃이라고, 볼 수 있습니다. 그렇게 보면 누구 한 분 틀린 말이 없습니다."

사발 머리 나 교수는 빈정대는 소리에도 모르는 척 둘러말하고 있었다.

그가 권리 분석에 힘을 실은 것은 어찌 보면 강의를 집중시키기 위한 달관한 유한 행동에 하나였는지 모른다. 그는 그러는 가운데 흐름을 유지하며, 계속 빠르게 주절거렸다.

"주택 임대차에서 임차인 분석을 소홀히 할 수 없다는 것은 여러분도 잘 아시고 계시죠?"

시간이 흐를수록 그의 목소리는 무디어져 가고 있었다.

"예…!"

일부의 수강생들은 악을 쓰며, 소리를 지르는 것으로 대답을 대신하고 있었다.

"앞에서 최우선 변제 시간에 놓친 몇 가지를 설명하고, 다음 순위로 넘어 가도록 합시다."

사발 머리 나 교수는 책을 한 권 집어 들었다. 수강생들의 눈길이 나란히 책 표지에 가서 꽂혔다.

"여러분들은 임대차 효력이 언제 발생하는지 이제는 다 아시죠?"

그는 책을 펼쳐 놓고 나서 다시 물었다.

득달같이 언제나 귀에 익은 소리가 들려왔다.

"예…!"

일부 수강생들은 짜증 난 스트레스성 음성으로 소리를 질렀다.

"아니요…!"

몇몇 수강생들은 장난을 치듯 소리쳤다.

"허허허! 지금까지 모른다면 누가 믿지 않겠지요?"

사발 머리 나 교수는 어이가 없어하며, 너털웃음으로 웃고 말았다.

"헐…! 다 사람 나름 아니겠어?"

새치 머리 안편관은 콧방귀를 끼며, 읊조렸다.

"어느 분이 답변해 보실까요?"

"…"

사발 머리 나 교수는 빙그레 웃고는 한 손으로 그녀를 가리켰다. 미모의 명정관은 짐짓 모르는 체하려다가 얼떨결에 한마디 주절거렸다.

"전입 신고한 다음 날이요!"

그녀는 무심결에 응답을 하고는 '어머, 저 호랑말코 샘은 나랑 전생에 무슨 원한이 사무쳤나…?' 싶은 눈총으로 쏘아보고 있었다.

"벌써 기억들이 잘 나지 않나 봅니다. 하하하!"

사발 머리 나 교수는 비틀어 말하며 능청스럽게 웃었다. 그러고는 딱하다는 눈길을 주었다.

"예…!"

"아니요…!"

수강생들은 우왕좌왕 떠들어 가며, 소리쳤다. 그러나 대답들이 양쪽으로 갈라져 나왔다. 그녀뿐 아니라 갑자기 물어보면 선뜻 기억이 나지 않을 때가 있다.

'그런데 뭘 그렇게 비꼬아 딴죽을 걸까?' 싶어 수강생들은 차가운 시선으로 시위하듯 목청을 높이고 있었다. 그래서 그랬을까? 그의 달콤한 눈길은 어디에도 찾아볼 수 없었다.

"우우…!"

"뭐… 기억하고 있다면 다행입니다."

사발 머리 나 교수는 이들이 쏘아 대는 싸늘한 눈총들이 마음에 쓰여 적당히 얼버무리고 말았다.

"헐…! 저 사발 머리가 뭐라는 거야…?"

삼각 머리 조편재가 혼잣말을 속살거렸다. 수강생들은 또다시 "우우!" 소리를 질렀다. 사발 머리 나 교수는 아랑곳하지 않은 채 서둘러 주절거렸다.

"대항력은 주택 인도와 주민등록을 전입신고 한 다음 날부터 발생한다고 말씀드렸지요?"

사발 머리 나 교수는 말끝에 미모의 명정관을 건너다보면서 배시시 웃고 있었다.

"치…. 알아, 알아…."

둥근 머리 맹비견은 미간을 구겼다 펴면서 중얼거렸다.

"즉, 다음 날 0시를 기해서 효력이 발생한다는 말입니다."

그는 '이 정도는 알죠?' 하는 표정을 지어 가며, 이따금 눈짓을 끔쩍끔쩍 거렸다. 짱구 머리 나겁재는 '젠장! 내가 알면 세상 사람들 다 아는 거 아니겠어, 히히!' 하고는 사발 머리 나 교수를 히죽히죽 바라보았다.

"지금부터라도 제발 기억들 좀 해 두세요, 이제는 다시 복습할 시간이 없을 겁니다."

사발 머리 나 교수는 다시는 반복 학습할 기회가 없다는 것을 잘 알기에 도리어 부탁하듯 강조하고 나왔다.

"예…!"

그의 속 타는 마음을 알 길이 없는 수강생들은 그러거나 말거나 설렁설렁 대답을 하고 있었다.

"그런 것쯤이야…. 아… 눈감고 세수하기지. 히히!"

누군가 익살을 떨며 중얼거렸다.

사발 머리 나 교수는 신경이 무디어진 채로 이들이 무엇을 하든 아랑곳하지 않았다.

마냥 유들유들한 표정으로 소리 나는 곳을 흘끔 쳐다보면 그만이었다.

"저, 교수님! 기준 권리인 근저당권 등기하고 같은 날에 임차권을 접수를 시켰을 경우 어느 권리가 먼저입니까?"

문제가 아리송했던 속 알머리 봉상관은 이때가 아니면 언제 또 시간이 있을까 싶어 서둘러 질문을 던졌다.

"그 문제는 권리를 따지기 이전에 근저당권(담보권)은 물권이고, 임차권은 채권이라는 사실을 알고 있으면, 이해하기가 보다 빠르실 겁니다."

사발 머리 나 교수는 그를 내려다보며 말했다.

"으…잉! 그게 뭔 소리다냐?"

"…"

수강생들은 눈알을 희번덕거리며, 그에게 궁금한 눈길을 쏘아 대고 있었다.

"물권인 근저당권은 접수 당일에 효력이 발생한다면, 채권인 임차권은 앞에도 설명했던 것처럼 다음 날 0시를 기해 대항력이 발생한다 이 말입니다."

사발 머리 나 교수는 말끝에 히죽 웃고 있었다.

"와…우, 대박! 하루 차이…"

수강생들은 희열을 느낀 채 웅성웅성 떠들고 있었다.

"따라서 물권인 근저당권의 효력이 먼저 발생하는 겁니다."

사발 머리 나 교수는 눈가에 힘을 주고 이들을 보았다.

"헐…! 물권은 채권의 형님이네, 젠장!"

흰머리 윤편인은 괘씸하다는 표정으로 퉁명스럽게 종알거렸다.

"대답들 해 보세요, 근저당권은 언제라고요?"

사발 머리 나 교수는 목청을 높여 다그치듯 외쳤다.

"접수 당일이요…!"

수강생들은 그의 물음에 부응이라도 하려는 눈치로 힘차게 목소리를 높였다.

"헐…! 그리고 보니 오전 아홉 시부터 따져 보면 정확하게 열다섯 시간이나 차이가 나네…? 젠장!"

삼각 머리 조편재가 손가락을 꼽아 가며, 숫자를 중얼거렸다. 팀원들은 이구동성 '두말하면 잔소리지.' 하는 눈빛으로 고개를 끄덕거렸다.

"징말…!"

상구 머리 노식신은 잘 몰랐다는 표정으로 놀라는 시늉을 해 보였다.

"그렇죠, 그러면 임차권은 언제라고 했습니까?"

사발 머리 나 교수는 눈빛을 반짝이며, 또다시 물어 왔다.

"신고 다음 날 0시요…!"

이들은 장난을 치듯 유치원생처럼 목청을 높였다. 순식간에 강의실은 떠들썩했다가 천천히 가라앉기를 반복하고 있었다.

"이제 아시겠습니까?"

사발 머리 나 교수는 이들을 잡아먹을 것처럼 두 눈을 부라렸다.

"예…!"

이들의 고함소리에 흔들린 유리창이 몸서리를 치면서 부르르 떨고 있었다.

"특히 질문하신 분 이해하셨습니까?"

사발 머리 나 교수는 속 알머리 봉상관을 향해 눈짓을 해 보였다.

"예…."

그는 목청을 가늘게 떨면서 대답했다. 그러고는 속 알머리를 끄덕거리며, 히죽 웃었다.

속 알머리 봉상관은 상황 판단이 빠르고, 이해력이 뛰어났다. 신장은 중키에 화합은 물론 말을 잘해 상대를 편안하게 해 주는 장점을 가진 사내였다. 특히 표현력이 돋보였다.

그는 약자를 도와주는 반면 강자에게 반항하는 하극상 기질을 가진 이중성격의 소유자이기도 했다. 그러나 남이 어려울 때 도움을 주며, 내면적으로 정이 많았다. 그는 속박을 싫어했다.

그리고 감정 기복이 심해 감수성이 예민한 반면 재능이 출중한 신중년 사내이기도 했다.

"저, 팀장님!"

둥근 머리 맹비견은 그를 툭 건드렸다.

"왜요?"

속 알머리 봉상관은 고개를 돌려서 소리 나는 쪽을 향해 시선을 주었다.

"저, 말이죠?"

그는 비장한 얼굴로 묻고 있었다. 돈 사랑 팀원들의 눈길이 그들을 향해 쫓고 있었다.

"근저당권이 접수된 날보다 하루 전날에 주택 점유와 주민등록을 전입 신고한 임차인이 있다면, 누가 선순위입니까?"

그는 봉상관은 다 알고 있겠다 싶어 슬며시 물어 왔다.

"그거야, 당연히 임차인이 빠르겠지요."

속 알머리 봉상관은 슬쩍 교탁 쪽을 보면서 눈치껏 대꾸해 주었다.

"어째서죠? 내가 보기에는 둘이 동同 순위 같던데요?"

짱구 머리 나겁재는 대충 어림잡아 들이대고는 그를 쳐다보았다.

흰머리 윤편인은 그런 그의 착각이 안타까워 피식 웃고 있었다.

"크…으, 아니… 좀 전에 임차권은 다음 날 0시에 효력이 발생한다고 말하지 않았습니까?"

그는 고개 끄덕였다.

"그렇다면 봅시다. 근저당권을 법원이 오픈하는 오전 9시에 서둘러 등기를 접수했다고 칩시다. 그렇다고 해도 시간상으로 따져보면 임차권이 훨씬 빠르다는 것을 알 수 있을 겁니다."

속 알머리 봉상관은 상대의 자존심을 건드리지 않으려고, 조심스럽게 말했다.

"헤헤! 제가, 잠시 망할 놈의 착각을 했나 봅니다. 가만히 생각을 해 보니 아홉 시간이나 차이가 나더라고요. 흐흐…"

둥근 머리 맹비견은 실실 웃으며, 머리를 긁적거리고 있었다. 짱구 머리 나겁재는 큰소리를 쳐 놓고, 괜히 민망스러워 히죽 웃었다. 그러고는 시선을 잽싸게 사발 머리 나 교수 쪽으로 돌렸다.

"주민등록을 같이하는 가족 가운데 한 사람이 주소지에 남아 살고 있다면, 다른 가족들이 전출이나 이사를 해도 임차인의 대항력이 살아 있다는 사실을 알고 있습니까?"

사발 머리 나 교수는 모두를 향해 고개를 주억거렸다.

"예…!"

이들 가운데 일부가 큰 소리로 대답을 했다. 몇몇 수강생들은 핸드폰에 정신이 팔려 바쁜 손가락을 놀려 대고 있었다.

"모릅니다!"

수강생 가운데 하나가 힘차게 목청을 높였다. 많은 얼굴들이 소리 나는 쪽으로 눈길을 돌렸다. 이들은 조금 전에 배웠던 지식들도 잠시 한눈파는 사이에 홀라당 까먹기가 예사였다.

그러나 수많은 과정을 거치면서 수강생들은 알게 모르게, 성장을 거듭하고 있었다. 시루 속에 누런 콩들이 조금씩 물을 먹고 자라나 콩나물이 되듯이 이들도 반복되는 학습 효과로 경매 지식들이 조금씩 쌓여 가고 있었다.

"저기요? 교수님! 보증금을 회수하지 못하고, 이사 간 임차인은 대항력을 아주 잃어버리는 겁니까?"

삼각 머리 조편재가 구부정하게 일어나 질문을 던졌다.

"그렇습니다."

사발 머리 나 교수는 거침없이 답변을 해 주면서 한편 왜 그러느냐는 눈길을 주고 있었다.

"헐…! 완전 쪽박 찬 거지…, 뭐."

어디선가 한 수강생이 종알거렸다. 삼각 머리 조편재는 고개를 갸웃거리며, 그 이유나 말을 좀 해 달라는 눈망울로 그를 바라보고 있었다. 사발 머리 나 교수는 금세 눈치를 읽고서 한마디 주절거렸다.

"그래서 임대차 종료 이후에 보증금을 회수하지 못한 임차인이 이사를 갈 때는 임차권 등기 명령을 관할 지방법원 등에 신청할 수 있도록 임대차법 제도를 마련해 놓은 겁니다."

사발 머리 나 교수는 그를 향해 말하면서 내려온 머리카락을 가만히 쓸어 올렸다.

그는 보증금을 받지 못하고, 이사를 가더라도 임차인이 보증금을 받을 수 있는 사용 방법(실체법)을 설명하고 있었다.

"교수님! 일시적으로 사용하는 임대차도 대항력이 있나요?"

미모의 명정관은 사발 머리 나 교수의 설명이 끝나기를 기다렸다가 곧바로 질문을 던졌다.

"그 문제는 정답부터 먼저 말하면, '대항력이 없다'입니다."

사발 머리 나 교수는 자기 탓도 아닌데 괜히 말끝에 미안한 표정을 짓고 있었다.

"헉…! 증…말요…?"

그녀는 놀란 토끼 눈을 뜨고서 황당한 표정을 보였다.

"임시 사용하는 임대차가 명백한 경우에는 주택 임대차 보호법의 적용을 받지 못합니다."

사발 머리 나 교수는 안타까운 눈빛으로 그녀를 쳐다보았다. 강의실 곳곳에서 수강생들이 쑥덕쑥덕 소곤거리고 있었다.

"저어, 교수님! 전세를 들어가면서 전세권 등기를 하지 않았다면 어떻게 처리됩니까?"

상구 머리 노식신이 불쑥 손을 들고서 목소리를 높였다. 그는 전세를 살면서 집주인(임대인)이 전세 등기 자체를 거부해 사정상 임대차 계약서만, 작성하고 살고 있었다.

"음⋯. 그런 경우에는 미등기 전세에 해당됩니다."

사발 머리 나 교수는 안타까운 소리에 미간을 찌푸린 채 그를 보았다.

"와⋯우, 임대차라는 얘기네?"

흰머리 윤편인이 작은 소리로 중얼거렸다.

"따라서 그럴 때는 전세 보증금을 임대차 보증금으로 봅니다."

사발 머리 나 교수는 그의 얼굴을 마주 보며, '이해가 됐느냐는?' 눈치를 주었다.

"그럼 주택 인도와 전입신고를 마친 다음 날부터 대항력이 발생한다는 말입니까?"

상구 머리 노식신은 한숨을 내쉬며 미간을 찡그렸다. 그는 그나마 다행이라며, 가슴을 쓸어내리고는, 남몰래 안도의 침을 꼴깍 삼켰다.

"그렇습니다."

사발 머리 나 교수는 덤덤하게 대답을 해 주고는, 계속 강의를 이어 갔다. 상구 머리 노식신은 긴장이 풀어진 눈동자로 허공을 주시한 채 뭔가 골똘히 생각하고 있었다.

"만약, 전세권 등기(서류 소송 없이 경매 신청할 수 있음)를 접수했다면 그 날짜가 대항력 발생일이 되겠지만, 미등기된 경우라면 전입일자 다음 날, 즉 주민등록을 전입 신고한 익 일 0시부터 대항력이 발생합니다."

사발 머리 나 교수는 양손을 벌리며, 어깨 뽕을 살짝 올렸다.

"헉…! 대박!"

수강생들은 새로운 사실에 희열을 맛본 것처럼 탄성을 질렀다.

"그리고 계약서에 확정일자(개정법: 당사자가 임대차 신고만으로 확정일자 자동 설정됨)를 받아 두어야 우선변제권을 확보합니다. 즉 대항력을 갖춘다, 이 말입니다."

"…"

"만약 그조차도 안심을 할 수 없다는 생각이 드시면, 전세 보증금 안심 보험에 가입하시면 됩니다. 다만 추가 비용이 발생한다는 것을 감안하셔야 합니다."

사발 머리 나 교수는 말끝에 이해를 하셨느냐는 표정을 보였다.

"보험은 갭 투자(전세 안고 주택 구입)가 성행하는 지역일수록 필수적이라고 봅니다."

사발 머리 나 교수는 히죽 웃었다.

"와…우, 대박! 그런 거였어?"

수강생들은 톡 쏘는 짜릿한 맛을 느끼고는 소리를 질렀다.

"단, 아파트를 제외한 단독 주택이나 빌라 등 개인주택은 전세 보증금 안심보험에 가입을 받아 주지 않는 지역도 있다는 것을 인지하시고 있어야 합니다."

사발 머리 나 교수는 그러한 불공평이 못마땅해 미간을 약간 찡그렸다가 다시 펴고는 계속 주절거렸다.

"따라서 아파트 외에 주택은 잘 알아보시고, 주변의 주택시세와 전세금의 시세 그리고 지역 등을 반드시 확인하셔야 합니다. 특히 캡 투자 빌라 전세금은 깡통주택(전세금보다 집값이 낮은 주택)이 될 가능성이 높기 때문입니다."

그는 경매 강의를 하다가 걸핏하면 샛길로 나가곤 했었다.

"이해되셨습니까?"

사발 머리 나 교수는 추가 비용이 들더라도 토끼가 세 개의 굴을 파 놓듯이 비상출구를 항상 준비할 것을 권장하고 있었다.

그러나 국토교통부 홈페이지에 들어가 실거래 시세 등을 반드시 확인해 보라는 내용을 빠트리고 넘어갔다. 즉 빌라 실거래 시세와 빌라 전세금의 실체를 검증해 보라는 권고를 놓친 것이다.

"예…!"

상구 머리 노식신은 앞장서서 대답을 하고 있었다. 수강생들은 서로를 보며 술렁거렸다. 상구 머리 노식신은 자식 교육을 위해서 자신의 소유 아파트는 세(임대)를 놓고, 학군이 좋은 지역으로 이사 와 전세를 살고 있었다.

그러나 아직 확정일자를 받지 못해 그는 마지막 말에 표정이 굳어 버렸다. 앞전에 사발 머리 나 교수의 최우선변제에 대한 설명을 듣고부터 더욱 초초한 마음이 그를 짓누르고 있었다.

확정일자는 배당금을 먼저 받을 수 있는 기준이 된다는 사실을 알고 있는 그로서는 더욱 조바심이 나고 걱정스러웠다.

상구 머리 노식신은 그렇게 하지 못한 자신을 원망하며, 수심이 가득 찬 얼굴로 낙담하고 있었다.

그는 집주인이 금융기관이나 사채업자 등에게 (근)저당권 등 채권 권리를 설정하지 않았기를 기대하면서 누군가에게 급하게 문자를 찍어 전송했다. 아마도 가족 가운데 하나일 가능성이 커 보였다.

그러고는 돌아가는 대로 등기를 확인하고, 여러 가지 조치를 취해야겠다는 생각을 잠시 하고 있었다.

하지만 요즘은 스마트폰을 가지고 있다면, 앉은 자리에서 등기를 확인할 수도 있었다. 그러나 그는 당황한 나머지 그런 생각조차 떠올리지 못했다.

그러거나 말거나 사발 머리 나 교수의 강의는 계속 이어지고 있었다.

"만약, 여러분이 법인(자연인이 아니고 법률상으로 인격을 인정받아서 권리 능력을 부여받은 주체)이라면 주택임대차 보호법의 적용을 받을 수 있을까요?"

그는 히죽 웃어 가며 모두를 보았다.

"헐…! 뭔 개소리야?"

짱구 머리 나겁재가 짜증을 내며 투덜거렸다.

"누구 대답해 보실 분 없으십니까?"

사발 머리 나 교수는 강의실 전체를 둘러보며, 고개를 주억거리고 있었다.

"교수님! 법인은 주민등록을 전입할 수 없는데도 가능합니까?"

흰머리 윤편인은 긍정도 부정도 아닌 애매한 답변을 가지고 되물었다. 사람들은 '그러게 말이야?' 하는 의아한 표정들을 한 채 이들을 쏘아보았다.

"그럼, 법인단체 근무 직원들의 주민등록으로 전입신고를 마쳤다면, 임대차 적용이 되겠습니까?"

사발 머리 나 교수는 새로운 단서를 덧붙이며, 새롭게 질문을 해왔다. 흰머리 윤편인은 머뭇거리며 잠시 고민에 빠진 눈치였다.

그때 어디선가 대답이 터져 나왔다.

"됩니다…!"

수강생 중에 하나가 자신 있게 소리를 질렀다. 뒤를 이어 몇몇이따라 외쳤다. 순간 강의실은 많은 목소리가 어우러지며, 소란스럽게 웅성거렸다. 누군가 다시 소리를 질렀다.

"안 됩니다…!"

이들의 주장은 찬반으로 갈라져 강의실 소란은 한동안 뜨거웠다. 분위가 어수선해지자, '안 되겠다.' 싶은 사발 머리 나 교수가 먼저 큰 소리로 질문을 던졌다.

"그렇다면 된다는 분은 왜 되는지? 누가 대표로 말씀해 보실까요?"

사발 머리 나 교수는 수강생들의 얼굴을 살피며, 두리번거렸다.

"제 개인 생각으로는, 법인은 주민등록을 올릴 수 없다고 봅니다."

큰 머리 문정인이 나섰다.

"그러나 직원의 이름으로 주택을 계약하고, 주택인도와 주민등록을 전입신고를 마쳤다면, 문제가 될 것이 없다고 사료됩니다. 틀렸나요?"

큰 머리 문정인은 답변을 해 놓고도 혹시나 싶어 아리송한 얼굴로 갸웃거리고 있었다. 대부분의 수강생들은 설왕설래하고 있었다.

"그러면 틀렸다고 생각하시는 분 누가 대표로 말씀해 보시겠습니까?"

사발 머리 나 교수는 손을 들고 주위를 살폈다. 흰머리 윤편인이 가만히 손을 들었다. 그가 답변을 하는 동안에 질문한 내용이 정리가 된 눈치였다.

"거기, 손 드신 분 말씀해 보세요."

그는 흰머리 윤편인을 가리켰다.

자신이 지적되자 그는 곧바로 주절거렸다.

"제, 의견은 좀 다릅니다. 우선 법인은 주택 임대차보호법에 적용 대상이 아니라는 점입니다."

흰머리 윤편인은 주택 임대차 보호법은 자연인을 위한 법이지,

법인을 위한 법이 아니라는 지적을 하고 나왔다.

"헐…! 완전 당연하지."

수강생들 중에는 그의 말에 공감을 하는 사람들이 제법 있어 고개를 끄덕이며 중얼중얼거렸다.

그는 개의치 않은 채 계속 빠르게 주절거렸다.

"그러나 직원이 주택 인도와 동시에 전입신고를 마치고, 직접 거주하면 문제는 없다고 봅니다."

흰머리 윤편인은 직원을 자연인으로 판단해 말하고 있었다.

"와…우, 그러면 뭐가 문제인데…?"

수강생들은 쑥덕쑥덕 떠들며 그에게 눈총을 쏘았다.

"다만 거주의 목적이 아니면서 주민등록을 전입 시켜 놓았다면, 그 자체가 불법 위장 전입으로 주택 임대차 보호법에 저촉되어 인정받지 못한다고, 생각합니다."

흰머리 윤편인은 거주하지 않는 전입은 주택 임대차 보호법에 어긋난다며, 국회청문회에서 불법 위장 전입을 문제 삼아 시시비비를 가리는 것처럼 주접을 떨고 있었다.

"두 분 모두 대체적으로 잘 답변했다고 봅니다."

사발 머리 나 교수는 해죽 웃어 가며 누구도 지지하지 않았다.

"헐…! 대박!"

어디선가 야유하듯 소리를 질렀다.

"뭔, 개소리야…?"

짱구 머리 나겁재는 자신은 알 수 없는 말들이 나오자 혼잣말을 속살거리고 있었다.

"여러분도 그렇게 생각하시지요?"

사발 머리 나 교수의 의도는 모두가 참여하도록 독려하는 데 그 목적을 가지고 있었다.

"예⋯!"

수강생들은 대답을 건성건성 하면서도 눈길은 나 교수를 향하고 있었다.

"뭐야? 정말, 얘들 장난도 아니고⋯."

둥근 머리 맹비견은 신경질적으로 구시렁거렸다.

"아니, 자연인은 되고, 법인은 주택 임대차 보호법 적용 대상이 아니라고⋯?"

상구 머리 노식신은 뭔가 이상하다는 듯 인상을 구긴 채 중얼거렸다.

"젠장맞을! 난 뭔 소리인지 하나도 모르겠다."

둥근 머리 맹비견이 짜증스럽게 혼잣말로 종알거렸다.

"대법원 판례에 의하면 법인은 주택 임대차 보호법(제3조 제1항) 소정의 대항 요건의 하나인 주민등록을 구비할 수 없다고 봅니다."

사발 머리 나 교수는 대법원 판례 하나(대법원 1997년 7월 11일 선고96다7236 판결)를 칠판에 적었다. 그리고 설명을 계속해 나갔다.

"따라서 법인인 임차인은 주택 임대차 보호법상 대항력을 취득하기는 어렵습니다."

사발 머리 나 교수는 마음씨 좋은 인상을 찡그렸다가 다시 히죽 웃었다.

"와…우! 증…말?"

수강생들은 탄성을 질렀다. 순간 강의실은 소란스럽게 웅성거렸다. 그러거나 말거나 사발 머리 나 교수는 자기 할 말을 늘어놓고 있었다.

"다만, 참고적으로 주택 임대차 보호법(제3조 2항, 3항)에 따라서 일정한(어떤 기준에 따라 범위나 방향 따위가 정해져 있음) 경우에는 법인이라고 하더라도, 특별히 대항력을 인정받을 수 있습니다."

사발 머리 나 교수는 설명을 해 놓고는 실실 웃고 있었다.

2권에서 계속

독립운동가 김돈金墩

■ 김돈(1887. 9. 12.~1950)

경북 의성 춘산면 금천리 814번지 출생.

항일운동 단체, 독립운동 단체 신민부新民府에 몸담았다.

저자의 외조부로, 2002년 건국훈장애국장을 서훈받았다.

27세 때 아호 '농속膿俗' 김돈의 외침과 업적

난세에 "내가 할 일은 나라를 구할 일밖에 없다."라며 가산을 정리해 북만주로 향했다. 일본 제국주의 타도와 민족 해방운동에 앞장섬과 동시에 한민족 농민조합 운동과 재만 한인의 귀화권 등 법적 지휘 향상에 전력했다.

1925년 김좌진 장군 등과 함께 신민부를 결성하고 중앙 집행위원 심판부위원장審判部委員長으로 활동했다.

1926년 국민당과 연계하여 동북 혁명군을 조직하고 직접 전투에 참여했다.

1928년 신민부 계파 중 민정파에서 활동 4월 국민부 결성 교통위원에 선임되었다.

1929년 4월 결성되어 남만주 일대를 관장했던 국민부 창립 대회에서 외무담당 위원을 맡았다.

같은 해 9월에는 길림吉林에서 국민부의 정당으로 결성된 조선혁명당의 중앙 집행 위원에 선임되었으며 조선혁명당이 조직한 길흑특별회의 특별 위원에 선임되어 활동했다.

해방 후 1946년 1월 임시정부 비상정치회의 주비회의에 조선혁명당 정당대표로 참여, 2월 비상 국민회의에 후생위원으로 활동. 또 같은 해 12월부터 1948년 5월까지 과도임시정부 관선입법의원으로 활동하며 대한민국 건국에 크게 기여했다.

1950년 6·25 동란 겨울 인민군에 의해 납북되어 굶주림과 추위 등에 의해 사망했다.